［美国］约翰·格里森姆 John Grisham — 著　于霄 — 译

无辜的人

一个美国小镇上的谋杀与冤案

THE INNOCENT MAN

Murder and Injustice in a Small Town

译林出版社

图书在版编目（CIP）数据
无辜的人：一个美国小镇上的谋杀与冤案 /（美）约翰·格里森姆（John Grisham）著；于霄译．—南京：译林出版社，2018.11
书名原文：The Innocent Man: Murder and Injustice in a Small Town
ISBN 978-7-5447-7272-3

I.①无… II.①约… ②于… III.①长篇小说 - 美国 - 现代
IV.①I712.45

中国版本图书馆 CIP 数据核字（2018）第 015328 号

著作权合同登记号　图字：10-2016-546 号

无辜的人　[美国] 约翰·格里森姆/ 著　于霄 / 译

责任编辑　王笑红
特约编辑　王心悦　邹　晴
装帧设计　后声文化
校　　对　张　萍
责任印制　单　莉

原文出版　Bantam Dell
出版发行　译林出版社
地　　址　南京市湖南路 1 号 A 楼
邮　　箱　yilin@yilin.com
网　　址　www.yilin.com
市场热线　025-86633278
排　　版　南京展望文化发展有限公司
印　　刷　江苏凤凰新华印务有限公司
开　　本　850 毫米 ×1168 毫米　1/32
印　　张　11.5
版　　次　2018 年 11月第 1 版　2018 年11月第 1次印刷
书　　号　ISBN 978-7-5447-7272-3
定　　价　68.00 元

献给安妮特·赫德森和勒妮·西蒙斯，
纪念她们的弟弟

第一章

俄克拉荷马州东南部起伏的山脉自诺曼市绵延到阿肯色州，人们现在几乎看不出那里曾经蕴藏着巨量石油。一些老钻机点缀乡间，虽然有些还在转动，但每转慢悠悠打上来的那寥寥几加仑石油，总让旁观者好奇，费这功夫是不是值得。许多钻机干脆被人丢弃，兀自耸立在田野里，成为自喷井、投机者和那一夜暴富的辉煌过去的残破纪念碑。

有些钻机散布在埃达附近的农田里，埃达是一个有一万六千人口的石油镇，镇上有大学和县法院。那些钻机都是摆设，因为石油已经枯竭。现在埃达人靠在工厂打工、生产饲料和种山核桃为生。

埃达的中心很繁华，主街上没有空置或用木板封住门窗的建筑，许多商家把生意迁到了郊区，但还是在镇中心勉力经营了下去。中午时分，各个咖啡馆总是熙熙攘攘。

庞托托克县法院逼仄，陈旧，里面挤满了律师和他们的客户。和其他地方常见的一样，在法院周围，政府机构的大楼和律师事务所交错分布。县监狱是一个低矮、无窗的防空洞，出于一些为人遗忘的原因，建在法院的草坪上，甲基苯丙胺的祸害让它总是人满为患。

主街的尽头是东中央大学，它拥有四千名学生，其中很多人是走读生。这所高等学府的年轻人为社会输送了新鲜血液，它的教员也为俄克拉荷马州东南部增添了不一样的人群。

没有什么事能逃过《埃达晚报》的法眼。《埃达晚报》是一家报道当地新闻的报纸，它生机勃勃，欲与本州规模最大的报纸《俄克拉荷马人》一争高下。通常，《埃达晚报》的头版是世界和国家新闻，然后是州和地区新闻，最后是重要事项，包括高中体育、地方政治、社区大事和讣告。

在埃达和庞托托克县，南方小镇居民和独立的西部人和睦相处。他们大都操得克萨斯州东部或阿肯色州口音，在“i”和其他长元音上总是发音不清楚。这里是契卡索族聚居区。俄克拉荷马州是印第安人最多的州，经过了百余年的混居，有些白人也有了印第安人血统。非白人血统的污名早已不为人在意，事实上，它现在还可以带来自豪感。

南方圣经地带贯穿埃达。小镇上有来自基督教十几个分支的五十座教堂，星期天和平时都很热闹。埃达有一座天主教堂，一座圣公会教堂，却没有寺庙或犹太教堂。多数埃达人是基督徒，或声称自己是基督徒，且归属于一个教堂。人们的社会地位往往由宗教归属决定。

埃达拥有一万六千人口，在俄克拉荷马这个农业州被认为是个大地方，它吸引来了工厂和折扣店。工人和消费者驱车从周边几个县赶来。它位于俄克拉荷马城东南八十英里，距达拉斯以北三个小时车程。埃达的每个人都有在得克萨斯工作或生活的熟人。

埃达当地最引以为傲的是夸特马[1]生意。一些最好的赛马出自埃达牧场。此外，当埃达高中美洲狮队在州橄榄球赛中取得冠军后，整个镇可以夸耀好几年。

埃达是个友好的地方。随处可见人们与陌生人攀谈，或相互聊天，他们乐于帮助有需要的人。孩子们在门前草地的阴凉处玩耍。日不闭户，年轻人整晚闲逛也不会招来麻烦。

如果不是因为20世纪80年代早期发生的两起谋杀案而声名远播，埃达也许会一直不为世界所知。事实上，默默无闻对庞托托克县温良的人们来说是件好事。

似是出于城市的不成文规定，埃达的大部分夜店和酒馆都开在镇上的边缘地带。它们把自己放逐到不为人注意的区域，以保护品行良好的市民不受地痞及其恶行的影响。马车灯酒吧就是那样一个地方，它坐落在一幢洞穴般的金属建筑里，灯光昏暗。那里有廉价啤酒、点唱机、周末乐队、舞池，外面有铺着碎石的大型停车场，在那儿，落满泥土的皮卡远多于轿车。那里和你想象的一样，工人在回家前找杯酒喝，乡村男孩寻些乐子，深夜那些事，跳舞和聚会的人听现场音乐。文斯·吉尔和兰迪·特拉维斯早年就在那里工作。

马车灯酒吧是个很受欢迎也很忙碌的地方，许多兼职酒保、保安和鸡尾酒女招待在那里工作。黛比·卡特就是他们中的一员，她二十一岁，是个当地女孩，几年前从埃达高中毕业，现在单身。她还

1 夸特马，美国的一个马种，以擅长短距离冲刺而著称。——译注（本书第356页的页下注为原书注释，其余的均为译注，以下不再一一注明。）

有两份兼职，有时还会去做保姆。黛比有自己的车，她住在第八街一个车库楼上的公寓里。那个公寓在东中央大学附近，是个三居室。她是个漂亮姑娘，留着深色头发，苗条，爱运动，受男孩子的欢迎，非常独立。

她的母亲佩姬·史迪威担心她在马车灯酒吧和其他夜店里待得太久。佩姬抚养女儿长大，不是希望她去过这种生活，实际上，黛比是在教堂里长大的。高中毕业后，她开始参加派对，夜夜晚归。佩姬反对女儿这样过日子，母女俩时常为黛比的这种新生活方式而争吵。黛比决定独立生活。她找了间公寓，离开了家，但还是与母亲保持密切的联系。

1982 年 12 月 7 日晚上，黛比在马车灯酒吧上班，给顾客送酒水，时不时看下墙上的钟。那个晚上显得特别漫长，她问老板自己是不是可以早点下班，和朋友们聚聚。老板没有反对，于是她马上就与吉娜·维塔和其他几个人坐在了酒桌边。吉娜是她的高中密友。另一个高中时期的朋友格伦·戈尔路过，邀请黛比共舞一曲。她接受了，但跳到一半就突然停下，愤怒地甩掉对方。后来，在女卫生间里，她说，她希望有一位女性朋友能陪她过夜，这样她才不会害怕，但并没有说是什么事让她害怕。

马车灯酒吧那天早早就打烊了，大概是在十二点半。吉娜·维塔邀请那天一起喝酒的几个朋友到她的公寓里继续喝点。大多数人去了，而黛比说自己又累又饿，只想回家。他们慢悠悠地晃出酒吧，并未特别赶时间。

有几个人看到，马车灯酒吧打烊时，黛比在停车场与戈尔聊天。汤米·格洛弗与黛比很熟，因为他们在当地一家玻璃厂共事，他也认识戈尔。当他坐上自己的皮卡准备离开的时候，他看到黛比打开了她的车门。戈尔不知从哪里冒了出来，他们又说了几句，她一把将他推开。

迈克·卡彭特和特丽·卡彭特夫妇也在马车灯酒吧工作，迈克做保安，特丽是女招待。他们要去开车的时候，经过黛比的车，看到黛比坐在驾驶室里和格伦·戈尔谈话。戈尔站在车门边。卡彭特夫妇与他们道了别，继续往前走。一个月前，黛比曾告诉迈克，她害怕戈尔，因为他脾气很坏。

托尼·拉姆齐是酒吧的擦鞋女孩。1982 年的时候，俄克拉荷马州的石油生意依然在蓬勃发展。埃达有很多人穿着漂亮的靴子，总得有人负责擦亮它们，而托尼急需用钱，她靠擦鞋赚到了一些。她也和戈尔相熟。那晚，托尼在离开的时候，她看到黛比坐在方向盘后。戈尔在副驾驶一边，蹲在敞开着的车门外。他们的交谈看上去相当平和。没有什么不对劲的地方。

戈尔没有车，当晚他是求熟人罗恩·韦斯特把他带到马车灯酒吧的，他们大约在十一点半到达。韦斯特点了啤酒，找了个地方休息，而戈尔则在酒吧里来回转悠，他似乎认识所有人。最后一次通知打烊时，韦斯特拽住了戈尔，问是不是要带他一程。戈尔说需要，韦斯特就到停车场等他。几分钟后，戈尔匆忙赶来，坐上了车。

他们感到很饿，于是韦斯特开车去了市区一家名为瓦夫勒的咖啡馆。两人简单吃了早餐，韦斯特买单，马车灯酒吧的酒钱也是他付的。他昨晚先去了哈罗德俱乐部，想去那里见几个生意伙伴。生意伙伴没找到，却碰到了戈尔，戈尔是那里的临时调酒师和 DJ。他们两人并不熟，但当戈尔请他捎自己去马车灯酒吧时，韦斯特没能说不。

韦斯特有两个年幼的女儿，是个幸福的丈夫和父亲，不经常在酒吧里待到很晚。他想回家，却被戈尔缠上了。他们在一起待得越久，戈尔花钱就越大手大脚。当他们走出咖啡馆时，韦斯特问戈尔要去哪里。戈尔说要去母亲那里，在橡树街上，往北过几个路口就到。韦斯特对小镇很熟悉，便开车上路，还没到目的地，戈尔就突然改变了主意。戈尔在韦斯特的车上坐了几个小时，想要下车走走。外面很冷，气温仍在下降，寒风刺骨。冷锋在逼近。

他们在橡树大道浸信会教堂停下，这里离戈尔所说的他母亲的住所不远。戈尔跳下车，为韦斯特所做的一切道了谢，迈步向西走去。

橡树大道浸信会教堂距黛比·卡特的公寓仅一英里。

戈尔的母亲实际上住在小镇的另一边，离教堂很远。

大约在深夜两点半，吉娜·维塔正和那几个朋友在公寓里聊天，忽然接到了黛比·卡特打来的两个不同寻常的电话。在第一个电话中，黛比让吉娜开车过去，接她走，因为有人，一个来客，在她的公寓里，他让她感到很不自在。吉娜问那人是谁，谁在她家里。电话被低沉的说话声和争夺电话的打斗声打断。吉娜感到这个要求很奇怪，自然就担心起来。黛比自己有车，一辆 1975 年的奥斯莫比，她可以开车去任何地方。在吉娜匆忙走出公寓的时候，电话又响了起来。还是黛比，她说她改变了主意，没什么事了，不麻烦吉娜了。吉娜又问她来客是谁，但黛比转移了话题，不肯说出那个人的名字。她让吉娜早上再打电话给她，叫她起床，免得她迟到。这又是一个奇怪的请求，黛比以前从未这样做过。

吉娜还是开车过去了，但转念一想，黛比公寓里有客人。时间已经很晚。黛比可以照顾自己，并且，如果她房间里有个男人，吉娜可不想闯进去，于是就折回去休息了，早上，也就是几个小时后，她也忘了打电话给黛比。

12 月 8 日上午十一点左右，唐纳·约翰逊路过黛比家，想上楼跟她打个招呼。两人在高中时就很要好，后来唐纳搬到了肖尼县，那儿离埃达只有一个小时的车程。唐纳当天到镇上来看父母，顺便会几位朋友。她快步走上车库公寓外的狭窄楼梯，突然放慢了脚步，因为她发现自己踩到了碎玻璃。门上小窗的玻璃破了。不知为何，她首先想到的是，黛比把钥匙锁在了公寓里，打破玻璃是为了进屋。唐纳敲了门，没有回应。她听到里面有收音机播放音乐的声音。当她转动门把手时，才发现门没有上锁。刚踏入门内一步，她就意识到出事了。

小小的客厅里一片狼藉——沙发垫扔在地板上，衣服散落各处。右手边的墙上，有人用某种红色液体潦草地写着，“接下来死的人是吉姆·史密斯”。

唐纳大声喊着黛比的名字，无人应答。她曾来过这个公寓，所以马上就走到卧室，继续呼唤朋友的名字。床被移动过，不在原来的地方，床上的东西被扯了下来。她看到了一只脚，然后，她在床后的地板上看到了黛比——面朝下，赤着身，到处是血，背上写着什么字。

唐纳吓得呆立原地，一步也不能向前。她盯着自己的朋友，等着她活过来。也许这一切只是个梦，她想。

她缓缓后退，退进厨房。厨房里有一张白色的小桌子，桌上也有凶手留下的话。她忽然想到，凶手有可能还在室内，就立刻跑出了公寓，跑回车里。之后她又冲到街上，找了一家便利店，在那里她找到一部电话，打给了黛比的母亲。

佩姬·史迪威听到消息后，不敢相信自己的耳朵。她的女儿躺在地上，赤着身，到处是血，一动不动。她让唐纳再重复一遍刚才说的话，然后丢掉电话冲向自己的车，但电池没电了。恐惧已让她麻木，她回到屋里，打电话给查理·卡特——黛比的父亲，她的前夫。佩姬和查理几年前离了婚，他们关系一直不好，很少说话。

查理·卡特家里没人接电话。佩姬的朋友卡罗尔·爱德华兹住在黛比家对面。佩姬打电话给她，告诉她出了大事，求她快点去看看黛比怎么样了。接下来，佩姬陷入了漫长的等待。最后，她又打电话给查理，他这次接到了电话。

卡罗尔·爱德华兹一路跑到黛比的公寓，也看见了破碎的玻璃和敞开的门。她进了房间，看见了尸体。

查理·卡特是个体格健壮的砖瓦工，有时也在马车灯酒吧做保安。他跳进自己的皮卡，疾驶向女儿的公寓。一路上，所有可怕的想法都涌进了这位父亲的脑海，但那场景还是比他想象的更糟。

当他看到她的尸体，他喊了两声她的名字，跪在她身边，轻轻抬起她的肩膀，看着她的脸。一块满是血污的毛巾塞在她的嘴里。他知道他的女儿已经死了，但他还是在等，等着哪怕一丝还有生命的迹象。可什么也没有，他缓缓起身，环顾房间。床被动过，已经不在墙边，床单不知去向，屋里混乱不堪。很明显，这里发生过打斗。他回到小客厅，看到了墙上的字，他去了厨房，四处看了看。现在这里是犯罪现场。查理把手揣在口袋里，离开了。

唐纳·约翰逊和卡罗尔·爱德华兹站在门外的楼梯平台上，边哭边等。她们听到查理向他的女儿道别，听到他说，他对发生的一切多么悲痛欲绝。查理跌跌撞撞地走出来，满脸泪痕。

“要不要叫救护车？”唐纳问。

“不用，”查理说，“救护车已经没有用了。报警吧。”

两名护士首先赶到，他们上楼进入公寓，不一会儿其中一个就跑了出来，不停地呕吐。

丹尼斯·史密斯警探到达公寓的时候，现场周围挤满了巡警、护士、旁观者，甚至还有两名地方检察官。当他意识到这可能是一起谋杀案后，就封锁了整个区域，不让邻居进入。

身为埃达警察局的队长、从业十七年的老警察，史密斯知道应该怎么做。他让公寓里的所有人都离开，只留自己和另一位警探，然后，他派警察挨家挨户走访，寻找证人。史密斯怒火中烧，尽力克制自己的情绪。他和黛比很熟，他女儿和黛比的妹妹是好友。史密斯也认识查理·卡特和佩姬·史迪威，难以相信他们的孩子竟然死在家里卧室的地板上。当犯罪现场的一切都在掌控之中后，他对公寓展开了侦查。

地上的玻璃来自前门破碎的小窗，门里门外到处散落着碎片。在小客厅的左手边有一张沙发，沙发垫被丢在客厅四处。在沙发前，他发现了一件崭新的法兰绒睡衣，上面还有沃尔玛的商标。他认真看了对面墙上的字，立刻发现那是用指甲油写的。“接下来死的人是吉姆·史密斯。”

他认识吉姆·史密斯。

在厨房里，史密斯在一张白色小方桌上，看到了另一条留言，显然是用番茄酱写的——“不要找我们，否则……”（Don’t look fore us or ealse.[1]）在桌边，他看到了几件牛仔服和一双靴子。他很快就会得知，那是黛比前夜在马车灯酒吧穿的衣服。

他走到卧室，床角还挡着门。窗户开着，窗帘被吹了起来，屋

1 原文如此，凶手拼错了两个单词。

里很冷。在死亡来临前，这里有过一场激烈的厮打，衣服、床单、毛毯和毛绒玩具散落遍地。所有东西都脱离了本来的位置。丹尼斯·史密斯跪在黛比的尸体前，发现了凶手留下的第三条消息。在她的背上写着，“杜克·格雷厄姆”（Duke Gram[1]）。字迹已干，看上去是用番茄酱写的。

他也认识杜克·格雷厄姆。

尸体下面是一根电线和一条佩有大银扣的西部风格皮带。“黛比”的名字刻在腰带扣的中心。

迈克·基斯威特也是埃达警察局的警员，在他对犯罪现场拍照时，史密斯开始收集证据。史密斯在尸体上、地上、床上和毛绒玩具上都找到了头发。他有条不紊地收起每根头发，并装进一张折好的纸里。每“包”证据都详细记录了取证的准确地点。

他小心翼翼地移动、标记和封装床单、枕套、毯子、电线和皮带、在浴室的地板上发现的一条撕裂的内裤、黛比的一些毛绒玩具、一包万宝路香烟、一个空的七喜罐、一个洗发水瓶、烟头、厨房里的玻璃水杯、电话、尸体下的一些毛发。一个德尔蒙牌番茄酱的瓶子被卷在床单里，丢在尸体旁边。它也被小心地装起，留供州刑事实验室检查。瓶盖不见了，但后来被验尸官找到了。

收集完证据，史密斯开始收集指纹。他在很多犯罪现场进行过无数次这样的程序。他清理了前门的正反两面、窗框、卧室里的所有木质表面、厨房的桌子、较大的玻璃碎片、电话、有漆的门窗边，甚至清理了黛比停在外面的车。

加里·罗杰斯是俄克拉荷马州调查局的探员，住在埃达。他在

---

1 凶手拼错了单词，应为 Duke Graham。

十二点半左右到达现场，史密斯简要向他说明了情况。他们两人是朋友，在许多案件中有过合作。

在卧室里，罗杰斯注意到，南墙墙根附近好像有一小片血迹，就在地板上方、靠近电源插座的地方。接下来，在尸体被抬走后，他让里克·卡森警员切下了四英寸见方的墙砖，保存下了那块血迹。

史密斯和罗杰斯的第一印象都是，凶手不止一名。现场混乱，黛比的脚踝和手腕上没有被捆绑的痕迹，她头部受到严重创伤，毛巾深深塞进她的嘴里，她身体两侧和手臂上都有瘀伤，他们可能使用了电线和皮带，一个凶手似乎实施不了这么多暴行。黛比并不瘦小，她身高五英尺八英寸，体重一百三十磅。她很勇敢，肯定会奋力反击，以求自救。

拉里·卡特梅尔医生是当地的法医，他来到现场进行简单的检查。他的初步意见是黛比死于窒息。他授权移动尸体，并将尸体交给了当地殡仪馆老板汤姆·克里斯韦尔。尸体被装进克里斯韦尔准备的灵车里，运到了州验尸官办公室。州验尸官办公室位于俄克拉荷马市，尸体在晚上六点二十五分到达，并被放置在冷藏柜中。

史密斯警探和罗杰斯探员回到埃达警察局，与黛比·卡特的家人待在一起，试着安慰他们，与此同时收集有助于破案的人名。朋友、男朋友、同事、敌人、前老板，所有认识黛比，有可能了解她死亡情况的人。随着名单的增长，史密斯和罗杰斯开始传唤黛比的男性熟人，要求很简单：请他们到警察局提供指纹、唾液、头发和阴毛的样本。

没有人拒绝。迈克·卡彭特，那个在十二点半看到黛比和格伦·戈尔待在停车场的保安，是最早自愿提供证据的人之一。汤米・格洛弗是另外一个看到黛比与戈尔在一起的证人，也马上来警局提供了样本。

12 月 8 日下午七点半光景，格伦・戈尔出现在哈罗德俱乐部，他本来是要负责播放唱片并照看生意的，但店里根本就没几个人，他问为什么顾客这么少，有人告诉他发生了谋杀案。很多顾客，甚至哈罗德俱乐部的一些工作人员都去了警局，接受问话并留下指纹。

戈尔急忙赶往警局，加里・罗杰斯和另一名埃达警察 D. W. 巴雷特询问了他。戈尔告诉他们，他从高中起就认识黛比，还说，在前一夜见过她。

戈尔的完整笔录如下：

> 格伦・戈尔在哈罗德俱乐部做 DJ。1982 年 12 月 8 日晚七点半，苏茜・约翰逊在哈罗德俱乐部告诉格伦关于黛比的事。格伦和黛比曾是同学。12 月 6 日星期一，格伦在哈罗德俱乐部见过她。1982 年 12 月 7 日，格伦在马车灯酒吧也见过她。他们谈过给黛比的车上漆的话题。但黛比没有告诉过格伦她与谁有什么过节。格伦和罗恩・韦斯特约在晚上十点半来到马车灯酒吧。他和罗恩大约在凌晨一点一刻离开。格伦从未去过黛比的公寓。

笔录是巴雷特做的，加里・罗杰斯见证，与其他几十份笔录一起归档。

戈尔后来翻供说，12 月 7 日晚上，他看到一个叫罗恩・威廉森的男人在俱乐部里纠缠黛比。没人可以验证新供词的真实性。当天在场的很多人都认识罗恩・威廉森，他是一个名声很差的大嗓门酒鬼。没有人记得曾在马车灯酒吧见过他，事实上，大多数接受询问的人都强调，他根本就不在那里。

如果罗恩·威廉森出现在一个酒吧，每个人都会知道。

奇怪的是，在12月8日的指纹和毛发收集程序中，戈尔成了漏网之鱼。他或者是自己逃脱，或者是被人有意放过，或者只是被忽略了，不管是出于什么原因，总之，他没有留下指纹、唾液和毛发样本。

时间过去了三年半以上，埃达警方才最终从戈尔身上取得了这些样本，而他是谋杀案发生前最后一个被看到和黛比在一起的人。

12月9日下午三点，州验尸官和法医病理学家弗雷德·乔丹医生对尸体进行了检验，州调查局的加里·罗杰斯和杰里·彼得斯当时也在场。

乔丹医生是一位有数千次尸检经验的老法医。他首先看到，这是一具白人女性的尸体，裸体，仅脚上有一双白色袜子。尸体已完全僵硬，这意味着她死亡已超过二十四小时。在她的前胸写着一个词——“死”（die），看上去是用红色指甲油写的。另一种红色东西在她尸体上涂抹得到处都是，可能是番茄酱。她背部写着“杜克·格雷厄姆”，可能也是用番茄酱写的。

她的胳膊、胸部和脸上有几处小瘀伤。他注意到，她的嘴里有些小伤口，一条浸满血液的绿色毛巾被深深地塞进喉咙，塞不下的部分露在嘴外，他小心翼翼地将毛巾取出。在她的脖子上有半圆形的擦伤和瘀伤，阴道也有瘀伤。她的直肠肿胀，乔丹医生开始检查，马上发现了一枚螺旋形金属小瓶盖，并将它取出。

内部尸检结果和预料的一样——肺部衰竭，心脏扩张，头皮有几处小瘀伤，但没有脑损伤。

所有伤害都是在她还活着的时候实施的。

没有迹象表明她的手腕和脚踝被人捆绑。她前臂上的一些小瘀痕可能是防卫伤。她死亡时的血液酒精含量很低，仅为 0.04。他用棉签从她的口腔、阴道和肛门提取了样本。后来进行的显微镜检查显示，她的阴道和肛门里有精液，而口腔里没有。

为了保存证据，乔丹医生剪下了她的指甲，刮掉了一些番茄酱和指甲油，梳下了松动的阴毛，还剪下了一小撮头发。

死因是窒息，是毛巾塞住她的嘴与皮带或电线勒住她的脖子共同导致的。

在乔丹医生完成尸检后，杰里·彼得斯为尸体拍了照，收集了完整的指纹和掌纹。

悲伤不已的佩姬·史迪威失去了自理能力，也无法作出任何决定。她不关心谁来安排葬礼，或葬礼如何安排，因为她根本不想参加。她不吃饭，也不洗澡，无疑还没有接受女儿已去世的事实。她的姐妹格伦娜·卢卡斯陪着她，并慢慢把事情接手过来。格伦娜安排了葬礼，佩姬的家人小心翼翼地告诉她，大家希望她能参加。

12 月 11 日星期六，黛比的葬礼在克里斯韦尔殡仪馆的教堂举行。格伦娜给佩姬洗了澡，换了衣服，并开车把她送到葬礼现场。这是一场痛彻心腑的折磨，她全程紧握着佩姬的手。

在俄克拉荷马州农村，在几乎所有的葬礼上，灵柩都打开着，置于牧师讲台前。所以，哀悼者可以看到死者。这样做的原因早已为人遗忘，但结果是给哀悼者的伤口上又撒了盐。

灵柩敞开，人们可以看出黛比明显遭受了殴打。虽然花边高领的上衣隐藏了脖子上的勒痕，但还是可以看到她的脸瘀青，肿胀。她穿着生前最喜欢的牛仔裤和靴子，腰上系着宽大的牛仔腰带，手指上戴着马蹄形钻戒——那是母亲为她准备的圣诞礼物。

前来参加葬礼的人很多，里克·萨默斯牧师主持了这场葬礼。然后，黛比在细雪中落葬于玫瑰谷公墓。她有父母、两个姐妹、两位祖父母、两个侄子。她是一个小型浸信会教堂的成员，她六岁时在那里接受了洗礼。

这起谋杀案震动了埃达。虽然小镇上从来不乏暴力和杀戮，但受害者通常是牛仔和流浪汉。这些人就算不吃枪子，也早晚会一命呜呼。但对年轻女子的残酷强奸和谋杀却是骇人听闻的，小镇充斥着流言、猜测和恐惧。到了晚上，家家掩门闭户。大人们严厉禁止孩子们晚上外出。即使孩子们只是在门前草地阴凉处玩耍，年轻的妈妈们也会在附近守护。

在小酒吧里，黛比之死成了唯一的话题。黛比交游广泛，很多常客都认识她。她有多名男友，在她死后，警察一一询问了他们。名单不断增长，更多的朋友、更多的熟人、更多的男友。经过几十次询问之后，更多的名字跳了出来，但没有一个是真正的嫌疑人。她是一个很受欢迎的女孩，讨人喜欢，长于交际，很难相信有什么人会忍心伤害她。

警察整理出一份二十三人的名单。这些人 12 月 7 日都在马车灯酒吧出现过，警察询问了其中大多数人。大家差不多都认识罗恩·威廉森，但没人记得那天见过他。

各种奇怪之人的消息、故事和回忆一股脑地涌入警察局。一个名叫安杰莉亚·奈尔的年轻女人联系了丹尼斯·史密斯，告诉他，她见过格伦·戈尔。她和黛比是密友，黛比确信戈尔偷走了她车上的挡风玻璃雨刷，这个矛盾由来已久。黛比从高中起就认识戈尔，并且很怕他。在谋杀案发生前一个星期左右，安杰莉亚开车带黛比去戈尔家讨个说法。黛比进门与戈尔交涉。当她回来时，非常生气，确信就是他拿走了雨刷。她们开车去警察局报了案，但未被正式立案。

至于杜克·格雷厄姆和吉姆·史密斯，埃达警方都很熟悉。格雷厄姆和妻子约翰尼共同经营一家夜店。那是一个比较文明的场所，他们也很少惹什么麻烦。冲突并不多见，其中极为激烈的一次是当地的一个流氓和无足轻重的罪犯吉姆·史密斯引起的。一天，史密斯喝醉了，到处找麻烦。杜克请他出去，但遭到拒绝。于是，杜克猛地拿出一把霰弹枪，把他撵走。报复随之而来，那几天，夜店的气氛变得十分紧张。史密斯是那种会携枪回来一通乱射的人。

格伦·戈尔是杜克店里的常客，时常调戏约翰尼。后来，他越来越过分，她就推开了他，杜克把他赶了出去。他们不许戈尔再踏入店里一步。

奇怪的是，杀害黛比·卡特的凶手试图嫁祸给杜克·格雷厄姆，同时还想恐吓吉姆·史密斯。史密斯实际上已经被关了起来，他在某个州监狱服刑。而杜克·格雷厄姆开车去警局，提供了确凿的不在场证据。

黛比的家人被告知，要腾空黛比租的公寓。她的母亲还是什么事也做不了。她的阿姨格伦娜·卢卡斯主动承担了这个令人不适的任务。

警察打开了公寓的门，格伦娜缓步进入。谋杀发生后，没人动过里面的东西，她的第一反应是怒从心起。显然，这里发生过争斗。她的外甥女拼死反抗。谁会忍心对这样一个甜美的女孩下此毒手？

公寓里很冷，有一股让人恶心的气味。她也不知道那是什么味道。“接下来死的人是吉姆·史密斯”这些字还赫然写在墙上。格伦娜怔怔地看着凶手胡写乱画的字迹，她想，肯定不是短时间完成的，他一定在这里停留了很久，她的外甥女死于漫长而残酷的折磨。在卧室里，床垫靠在墙上，所有东西都乱七八糟。至于衣柜，衣架上的衣服和衬衫一件不剩。凶手为什么要把所有衣服都从衣架上扯下来？

小厨房里也很乱，但没有挣扎的痕迹。黛比的最后一餐饭里有速冻土豆——油炸薯球——剩下的还在纸盘子里，沾着番茄酱，没人动过。盘子旁边有一个盐瓶，盘子和瓶子还摆在她吃饭的白色小桌上。盘子旁边是另一条潦草的留言——“不要找我们，否则……”格伦娜知道有些字是用番茄酱写的，她被这些错字吓坏了。

格伦娜竭力甩掉那些可怕的想法，开始打包。她花了两个小时把衣服、餐具、毛巾等等这些东西整理好，装箱。染满血的床单没被警察拿走。地上也还有血迹。

格伦娜本来没打算打扫房间，她只是来取走黛比的东西，然后尽快离开。但是，把用黛比的指甲油写成的字留在那里，会很奇怪。把黛比的血迹留在地板上让别人清理，好像也有些不对劲。

格伦娜考虑过要仔细擦洗这些地方，清除存留的每一处谋杀痕迹，但她实在不忍再看，她从未想到自己会如此接近死亡。

在谋杀案发生后的日子里，对一般嫌疑人的搜捕一直在继续。总计二十一人提供了指纹、毛发和唾液样本。12 月 16 日，警探史密

斯和探员罗杰斯开车前往俄克拉荷马市的州调查局刑事技术实验室，送去了在犯罪现场取得的证据，以及从十七人身上取得的样本。

四英寸见方的墙砖是最让人抱有期待的证据。如果血迹确实是在争斗和谋杀时留在墙上的，而它又不属于黛比·卡特，那么警方就掌握了找到凶手的可靠线索。州调查局探员杰里·彼得斯检查了墙砖，并认真地将其特征与他在对黛比做尸检时取得的血液特征进行了比较。他的初步结论是，血迹不属于黛比·卡特，但他还要复查这一分析结果。

1983 年 1 月 4 日，丹尼斯·史密斯提交了更多的指纹。同一天，黛比·卡特的毛发样本和犯罪现场的毛发样本送到了州调查局毛发分析师苏珊·兰德那里。两个星期后，更多的犯罪现场样本堆在了她的办公桌上。样本都已分门别类，摞在之前送来的样本上，有待兰德在某一天检验和分析。等待检验的样本很多，兰德已疲惫不堪，与堆积如山的案件作斗争。像大多数刑事技术实验室一样，俄克拉荷马州的也面临资金和人员不足的问题，承受着找到真凶的巨大压力。

在等待州调查局结果的这段时间里，史密斯和罗杰斯也在向前推进，追踪线索。这起谋杀案仍然是埃达最热的新闻，人们希望案件早日告破。但是，在与所有调酒师、保安、男友和夜猫子谈过之后，调查顿时陷入了僵局。本案没有明显的嫌疑人，也没有明确的线索。

1983 年 3 月 7 日，加里·罗杰斯询问了一个名叫罗伯特·吉恩·迪塞里奇的当地人。迪塞里奇因酒驾在庞托托克县监狱服刑，刑期不长，刚刚刑满获释。他服刑时，罗恩·威廉森也因酒驾入狱，他们曾共处一间囚室。监狱里关于卡特谋杀案的讨论从未中断，其中不乏大胆的猜想，也有不少号称内部消息的传言。囚室的室友们也数次谈论这个案件，据迪塞里奇说，这样的聊天让威廉森极不舒服。他们经常因此争吵，甚至拳脚相向。威廉森很快被转移到了另一间囚室。迪塞里奇隐约感觉到，罗恩与谋杀案有某种联系，并建议加里·罗杰斯将威廉森列为重点嫌疑人，进行调查。

罗恩·威廉森这个名字在调查中首次被提及。

两天后，警察询问了诺埃尔·克莱门特。克莱门特是最早自愿提供指纹和毛发样本的人之一。克莱门特讲述了罗恩·威廉森最近一次到他家的情况。他好像是在找别的什么人。他进来没敲门，看到一把吉他，就拿了起来，直接和克莱门特开始讨论卡特谋杀案。在交谈中，威廉森提到，谋杀发生次日的早晨他在自己家附近看到警车，就以为警察是来抓他的。他说，他在塔尔萨遇到过些麻烦，不想在埃达再招惹是非。

警察是一定会去找罗恩·威廉森的，奇怪的是，他们三个月后才第一次询问他。有几个警察，比如里克·卡森，与罗恩从小就相熟，大多数警察认识罗恩是在他高中打棒球的时候。截至 1983 年，威廉森仍然是埃达培养的最好的选秀球员。威廉森 1971 年与奥克兰运动家队签约时，很多人，包括他本人，都认为他可能会成为下一个米奇·曼托，成为俄克拉荷马州走出的另一个棒球明星。

但威廉森在棒球事业上取得的辉煌成就已成往事，现在警方眼中的他只是一个无业的吉他调音师。他与母亲住在一起，醉生梦死，举止怪异。

他曾因酒驾数度入狱，一次因在公共场合酗酒被捕，在塔尔萨声名狼藉。

第二章

罗恩·威廉森，1953 年 2 月 3 日生于埃达，是朱厄妮塔·威廉森和罗伊·威廉森最小的孩子，也是家里唯一的男孩。罗伊是罗利家居产品公司的上门推销员，埃达人熟悉他的身影，他穿着大衣，打着领带，提着样品箱，穿梭在埃达的大街小巷。样品箱里装满了营养品、香料和厨房用品，很是沉重。他总是随身带着一大袋糖果，用以犒劳那些热情接待他的孩子们。谋生不易，白天奔波，晚上还要加班做案头工作。他收入一般，在罗尼出生之后，朱厄妮塔就在埃达的一家医院找了份工作。

父母都要去工作，罗尼[1]自然而然就归十二岁的姐姐安妮特照顾，这让她喜不自禁。她喂他吃东西，帮他洗澡，陪他玩耍，呵护他，宠爱他，也宠坏了他。他是一个可爱的小玩具，她能得到他是多么幸运。安妮特放学的时候，就负责照看弟弟，打扫房间，做晚餐。

勒妮是家里的第二个孩子，罗恩出生的时候，她五岁。虽然她

1 罗尼系罗恩的昵称。

没打算去照顾弟弟，但很快就成为弟弟的玩伴。安妮特也要看护勒妮，长姐如母，当勒妮和罗尼长大后，他们还是经常联合起来对付这位监护人。

朱厄妮塔是虔诚的基督徒，也很固执，她会在每个星期日和星期三、每个教会活动日带领家人去教堂。孩子们从没错过任何一次主日学校、假期《圣经》学校、夏令营、复活节聚会、教会活动，甚至参加了一些婚礼和葬礼。罗伊没那么虔诚，却也坚守着节制的生活方式：按时去教堂，绝不喝烈酒，不赌博，不说脏话，不赌牌，不跳舞，把全身心奉献给家庭。他严于管教，时常抽出皮带威胁孩子，有时还会真打两下，打的通常是他唯一儿子的屁股。

威廉森一家在第一五旬节圣洁教堂做礼拜。那里有充满活力的全备福音会众。作为五旬节派，他们信仰真诚的祷告生活，不断培养与基督的个人联系，忠于教会，全面参与教会事工，勤勉地研习《圣经》，友爱地接纳教会的其他成员。礼拜不适合胆小的人，那里有活力四射的音乐、热情洋溢的布道和激情参与的教众——通常都能见到不知名的人士发言、现场治疗或行“按手礼”。教会对公开表达持非常开放的态度。即使声音很大，只要是圣灵指引下的情感表达，大家也都乐于接受。

大人给小孩子们讲《旧约》的精彩故事，还要求他们背诵《圣经》的著名篇章。人们鼓励孩子在很小的时候就“接受基督”——以公开接受洗礼的方式忏悔，请求圣灵永驻自身，效仿基督生活。罗尼六岁接受基督。那年春季，复活节礼拜活动很漫长，接近尾声时，他在镇南的蓝河接受了洗礼。

威廉森一家平静地生活在埃达东部第四街的一栋小房子里，离大学不远。休闲时，他们会走亲访友，参与教会事务，偶尔在附近的州立公园露营。他们一家对体育运动不感兴趣，而在罗尼发现了棒球后，一切发生了翻天覆地的改变。起初，他只是在街头和其他孩子打着玩，参加的比赛也是种类繁多，规则多变。但从一开始，他的手臂就明显比别人强壮，手也比别人快，他在本垒左侧挥动球棒。他从第一天就迷上了这个运动，不久就央求父亲为他买一副手套和一支球棒。家里没多少闲钱，但罗伊还是带着孩子去买了。一年一度的惯例由此形成——初春时节到海恩斯用具商店选购新手套。购买的一般是店里最贵的一款。

手套用不着时，罗尼会把它供在卧室的一角，那里还有米奇·曼托的“神龛”。米奇·曼托是职业棒球联盟中最伟大的扬基队球员，也是最伟大的俄克拉荷马人。曼托是全国孩子的偶像，而在俄克拉荷马州，他就是神一样的存在。该州每个少年棒球联盟成员的理想都是成为下一个米奇。罗尼当然也不例外，他在房间里的一块展示板上贴满了米奇的照片和棒球卡。六岁时，他就可以背出曼托和其他许多球员的所有统计数据。

罗尼不是在街上打球，就是在客厅里用尽全力挥棒练习。家里地方小，家具都很简朴，但不可替代，所以，每次母亲抓到他挥动球棒差点打破台灯或打坏椅子时，就把他撵出去。可几分钟后，他又会回来。在朱厄妮塔看来，小儿子是特别的，虽说有些娇生惯养，但不会犯错。

他也是一个让人捉摸不透的孩子，有时乖巧敏感，大胆地表达对母亲和两个姐姐的爱，但一转眼又变得刁蛮自私，对家里所有人发号施令。在他幼年时，家人就发现了他的情绪波动，但没有予以特别的警惕。罗尼有时是个难对付的孩子，这也许是因为他在家里年纪最小，还有一屋子的女人溺爱着他。

在每一个小镇，都有一位热爱棒球运动的少年棒球联盟教练。他们会孜孜不倦地为棒球事业寻找新鲜血液，哪怕那只是个八岁的孩子。在埃达，这个人的名字是德韦恩·桑德斯，他是警鹰队的教练。他在第四街的一家街角加油站工作，离威廉森家不远。威廉森家的孩子那不俗的表现传到了他耳朵里，于是，罗尼不久就加入了球队。

罗尼虽然年纪小，但明显是块好材料。令人称奇的是，他父亲对棒球所知甚少。罗尼是在街上自学成才的。

在夏季那几个月，属于棒球的一天早早就开始了。男孩们聚集起来，谈论扬基队前一天的球赛，那是他们唯一的话题。他们研究比赛数据，谈论米奇·曼托，抛着手里的球，等待更多的球员到来。一小群人到了，意味着街头比赛即将开始，球员们有时要躲避来往车辆，有时会打碎一两扇窗户。当更多的孩子到来后，街头比赛结束，他们会前往一块空地，投入将持续一整天的正规比赛。傍晚，他们会回家洗个脸，吃口饭，穿上球服，急匆匆冲到基瓦尼斯公园，参加一场真正的比赛。

冠军通常是警鹰队，这也是德韦恩·桑德斯的努力换来的。警鹰队的明星是罗恩·威廉森。当他的名字登上《埃达晚报》的时候，他只有九岁。“警鹰队共十二次安打，罗恩·威廉森击出两支本垒打，两支两分打点。”

罗伊·威廉森去看每场比赛，在露天看台上静静地观看。他既不向裁判或教练大喊大叫，也不为儿子高声喝彩。偶尔，在成绩不佳的时候，他会从父亲的角度提些建议，但那也往往是泛泛的人生教导。罗伊从没打过棒球，他正在学习相关知识，要赶上小儿子还需要好几年的时间。

罗尼十一岁时入选埃达儿童联盟，是扬基队的最佳新秀。该队由俄克拉荷马州立银行赞助。罗尼带领这支队伍创下了单季战无不胜的纪录。

他十二岁时仍在给扬基队打球，在那个赛季，《埃达晚报》有如下报道："俄克拉荷马州立银行队在第一局最后得十五分……罗尼·威廉森击出两支三垒打"（1965 年 6 月 9 日）；"扬基队员只有三次击球机会……但罗伊·哈尼、罗恩·威廉森和杰姆斯·拉姆上演了一场好戏。威廉森三垒打"（1965 年 6 月 11 日）；"俄克拉荷马州立银行扬基队开局得两分……四个安打中两支，罗尼·威廉森和卡尔·蒂利两人击出两支二垒打……都是二垒打"（1965 年 7 月 13 日）；"同时，银行队跃居第二……罗尼·威廉森两次二垒打，一次安打"（1965 年 7 月 15 日）。

20 世纪 60 年代，宾尼高中位于埃达城外东北八英里处。人们都认为它是所乡村学校，比庞大的埃达高中要小得多。附近的孩子如果想上埃达高中都可以去，但是得自己开车，所以他们大都选了较小的学校宾尼，这主要是因为，宾尼的校车穿越了小镇东部，而埃达高中的校车却不经过那里。罗恩家那条街上的孩子多数都选择了宾尼高中。

在宾尼初中，罗尼被选为七年级的秘书，在第二年，被选为八年级的主席和班里最受欢迎的学生。

1967 年，他升入宾尼高中九年级，同级的有六十名学生。

在宾尼高中，没人打橄榄球，而橄榄球是埃达非官方的保留项目，每年强大的埃达高中队都为州冠军而拼搏。宾尼是一所篮球学校，罗尼第一年也打篮球，并且很快就像玩棒球一样摸熟了它。

罗尼从来不是书呆子，但他确实很喜欢读书，可以拿 A 和 B

的高分，他最喜欢的科目是数学。当厌倦了课本时，他会去翻看字典和百科全书。他逐渐痴迷于某些领域。为字典狂热的时候，他将闻所未闻的单词抛向朋友，如果他们不知道这些词的意思，就会遭到他的斥责。他研究过历任美国总统，记住了有关他们的无数细节。好几个月的时间，他喋喋不休地谈论这一主题。虽然他的生活越来越远离教堂，但他依然对《圣经》的几十个篇章烂熟于心。他经常会利用这个优势来考身边的人。有时，他的这份痴迷在朋友和家人中得不到响应。

罗尼是极具天赋的运动员，在学校里很受欢迎，当选为高一的副年级长。女孩们留意他，喜欢他，想和他约会，他在女孩子们当中自然也并不害羞。他开始注重外表，对衣柜里的衣服越发不满。他希望穿更好的衣服，而父母却负担不起，但他不肯罢休。为了让自己的儿子穿得更好，罗伊只能悄悄地给自己买二手衣服。

安妮特结了婚，继续住在埃达。1969 年，她和母亲开了一家发廊，名为“美丽屋”，设在埃达市区老朱利安酒店的底层。她们工作努力，生意很快就兴隆起来，有一部分生意来自在酒店高层做生意的几个应召女郎。这些晚间女郎在镇上存在了几十年，也破坏了不少婚姻，朱厄妮塔非常看不惯她们。

安妮特对弟弟的要求从来都无力拒绝，在有了自己的生意后，依然如此，罗恩不断地从安妮特那里骗钱，去买衣服，交女友。他不知从哪里得知姐姐在当地一家服装店有一个赊账账户，就开始用它花钱。他也从不考虑买廉价货。他有时会征求家人的同意，但大部分时候独断专行。安妮特有时会发火，他们就争吵，最终他还是会骗她买单。她喜欢这个弟弟，“不”字难以说出口，她希望弟弟可以拥有世界上最好的东西。在每次争吵中，他总是会告诉她，他有多么爱她。毫无疑问，这的确是真话。

勒妮和安妮特都担心弟弟被宠坏，给父母增加压力。她们有时会说他，有些争吵令人难忘，但最后获胜的还是罗尼。他会哭，会道歉，会让所有人微笑继而大笑。他的两个姐姐都会塞钱给他，帮他购买父母负担不起的东西。他自恋，苛刻，以自我为中心，极度幼稚，显然是整个家庭的宠儿，他会忽然展现出自己过人的魅力，让所有家人都服服帖帖。

家人爱他，他也爱家人。即使在争吵时，他们也知道，他会得到他想要的任何东西。

罗尼九年级结束后的那年夏天，一些幸运的男孩计划参加附近一所大学的棒球训练营。罗尼也想去，但罗伊和朱厄妮塔真的付不起这笔费用。罗尼坚持要去，这是难得的机会，可以提高棒球技术，吸引大学教练的关注。好几个星期，他除了这件事什么也不说，当一切看起来已无望时，他很气愤。罗伊最终默许了，并从银行借来了钱。

罗恩的下一个计划是买辆摩托车，罗伊和朱厄妮塔也反对。他们进行了老生常谈的反对和教育，说摩托车是买不起的，也太危险。罗尼宣称要靠自己买，他找了人生第一份工作，下午送报，把每一分钱都存起来。当他攒够了首付，他就买了摩托车，并与销售商约定了月供。

在“帐篷复兴”仪式[1]来到小镇后，还款计划就搁浅了。巴

1 “帐篷复兴”仪式，一种聚集在帐篷下举行祈祷的仪式，是从美国开发边疆时代的祈祷会延续下来的。

德·钱伯斯十字军来到埃达——人头攒动，声乐震天，激情四射，夜不能寐。第一场布道罗尼就参加了，他被深深地打动，第二天晚上就带来了自己的大部分积蓄。当募捐盘放在他的面前，他掏空了自己的口袋。但巴德兄弟需要更多，于是，罗尼第三天带来了余下的所有积蓄。第四天，他搜刮了自己可以找到或借到的所有散钱，匆忙回到帐篷，又参加了一次喧嚣的布道，又一次捐出了来之不易的金钱。整个一周，罗尼不停地捐献，捐献，当大军离开时，他彻底破产了。

罗尼不再去送报纸了，因为那会耽误他练球。罗伊凑了钱，付掉了摩托车的欠款。

两个姐姐都搬出去了，罗尼要求家人把所有注意力都放在他身上。如果他不那么会甜言蜜语，可能早就让人无法忍受，可他偏偏天生具有无尽的魅力。他温暖，外向，慷慨，似乎理应得到家人毫无理由的付出。

罗尼升入十年级时，埃达高中的橄榄球教练找到罗伊，建议他让儿子转学到一所规模大一些的学校。他的孩子是个天才运动员，那时，小镇上所有人都知道罗尼是位出色的篮球和棒球选手，而俄克拉荷马是一个注重橄榄球项目的州，教练向罗伊保证，为埃达美洲狮队效力，前途必定更为光明。凭借罗尼的身材、速度和臂力，用不了多久，他一定可以成为顶尖选手，乃至正式球员。教练提出，如果罗尼转学到埃达高中，他会每天到家里来接罗尼。

决定权在罗尼手中，他选择留在宾尼高中，反正也就剩两年了。

从埃达沿177号公路向北二十英里，那里有一个不为人注意的乡村小镇阿舍。阿舍的居民很少，不足五百，没有市区，只有两座教堂，一个水塔，几条柏油路，路边稀稀落落几户老旧房屋。阿舍的骄傲是漂亮的棒球场，就在分区街上那所规模很小的二流高中旁边。

和许多极小的小镇一样，阿舍看上去很不起眼，但四十年来，它一直拥有全国最强的高中棒球队。事实上，历史上没有任何一所高中，不管是公立还是私立，像阿舍印第安队那样赢过那么多场比赛。

所有的辉煌始于 1959 年，一个名叫穆尔·鲍温的年轻教练来到这里，接手了棒球这个长期为人忽视的项目，1958 年，球队一场比赛都没赢。情况很快就有了起色。不到三年，阿舍就拿到了第一个州冠军。几十个冠军接踵而来。

不知出于什么原因，俄克拉荷马州批准进行秋季学校棒球比赛，但只针对规模过小以致不能进行橄榄球比赛的学校。在阿舍期间，鲍温教练的球队通常会在秋季赛中得到州里的冠军，而在春季赛中再下一城。那是一段辉煌的岁月，阿舍队在州比赛中六十次进入决赛，也就是说，连续三十年，秋季和春季都打入决赛。

在四十年中，鲍温教练的球队总计赢得了两千一百一十五场比赛，仅输了三百四十九场，拿回了四十三个州冠军的奖杯，培养了几十名大学球队和职业棒球小联盟选手。1975 年，鲍温被提名为全国高中年度最佳教练，为了奖励他，小镇扩建了鲍温的球场。1995 年，他又一次获得了全国高中年度最佳教练。

"荣誉不属于我，"回首往事，他谦虚地说，"属于孩子们。我从没得过一分。"

也许他的确没得过一分，但他也确实取得了了不起的成就。每年 8 月，俄克拉荷马州的气温经常高达华氏一百度，鲍温教练则召集他的小球队，筹划在州赛场上的下一次进攻。他手头的球员名单向来单薄——阿舍高中的每一届毕业班大概有二十名学生，其中一半是女生——只有十二名球员的情况并不少见，其中还包括有潜力的八年级学生。为了保证没人退出，鲍温的第一要务是分发制服。每个孩子都是球队不可或缺的一员。

然后，鲍温开始训练，起初是一日三训。他是极其严苛的——一小时又一小时的热身、冲刺、跑垒和基础锻炼。他宣扬努力奋斗，宣扬锻炼出强壮大腿的重要性，宣扬全力以赴，最重要的是，宣扬运动精神。没有一个阿舍的球员会与裁判争吵，也没有人在挫败时丢盔卸甲，或羞辱对手。这支阿舍球队尽可能不在弱队那里丢分。

鲍温尽力避免他的球队与弱队交手，特别是在春季赛。因为春季赛时间更长，赛程也更具灵活性。阿舍喜欢直面强队，拼搏取胜，渐渐声名远播。在他们面前，埃达高中、诺曼高中和来自俄克拉荷马市、塔尔萨的几个能获大比分胜利的豪门球队都遭惨败。随着传奇的延续，这些球队会来到阿舍，到鲍温教练亲自维护的整洁球场上比试几场。他们离开时，大巴上通常一片沉默。

鲍温的球队纪律严明，有些评论者说，频频获胜是因为球队招募到了好球员。阿舍吸引着那些怀抱远大梦想、立志以棒球为业的选手。罗尼·威廉森当然也想方设法地来到了这个学校。在夏季联赛中，他遇到了阿舍队员布鲁斯·莱巴。莱巴可能是本地区第二好的球员，与罗尼仅有一步之遥。他们很快就成为亲密无间的好友，并计划在高三时一同在阿舍训练。越来越多的球探——既有来自大学的，也有来自专业球队的——在鲍温的球场周围转悠。球队很有可能获得1970年秋季赛和1971年春季赛的冠军。那样的话，罗恩在上升之路上就会赢得更多的关注。

转校意味着要在阿舍租房，这对罗尼的父母来说是一笔很大的开销。家里并不宽裕，此外，罗伊和朱厄妮塔还要在阿舍和埃达之间往返。但罗尼下定了决心。他相信，就像本地大多数棒球教练和球探相信的一样，他将在高三结束后的夏季赛中成为选秀明星。职业棒球梦近在咫尺，他所需要的只是再加一把力。

有传言说，罗尼有可能会成为下一个米奇·曼托，罗尼也听到了这种说法。

在球迷的悄悄帮助下，威廉森一家在距阿舍高中两个街区的地方租了一间小房子，罗尼 8 月到鲍温教练的新人训练营报到。起初，他被高强度的训练压垮了，长时间的奔跑、奔跑、奔跑，让他喘不过气。教练不得不多次向这位新来的明星球员解释，有一双铁腿对击球、投球、跑垒、外场抛球来说多么重要，尤其是在连赛第二场比赛后面几局候选球员很少能坚持下去的那段时间。罗尼一时并不能理解教练说的这些问题，但他很快受到了朋友布鲁斯·莱巴和其他阿舍球员拼搏精神的感染。他跟上进度，立即进入状态。队里只有四个高三学生，作为其中之一，罗尼不久就成了非正式的队长，和莱巴一起成为球队的领袖。

穆尔·鲍温赞赏罗尼的身材、速度和中外野火箭般的投掷。他的手臂如加农炮，左侧挥棒强劲有力。训练中，他几次打出飞往右外野的全垒打，让人惊叹。秋季开始，球探归来。他们很快就认真关注罗恩·威廉森和布鲁斯·莱巴。因为在赛程表上，阿舍的对手都是些不设橄榄球项目的小学校，所以阿舍队只输了一场比赛，顺利向下一个冠军迈进。罗恩的打击率是 0.468，六支本垒打，他的朋友兼劲敌布鲁斯的打击率是 0.444，也是六支本垒打。他们相互勉励，也都确信自己会进入职棒联盟。

他们在球场外也很“卖力”。他们周末出去喝啤酒，在大麻中找到了新乐趣。他们追求女孩，女孩也很容易到手，因为阿舍人热爱自己的英雄。他们夜夜笙歌，对埃达的俱乐部和酒馆全无抵抗力。如果他们喝了太多酒，不敢开车回阿舍，就会住在安妮特家。他们会在深夜喊她起来，做些吃的，几乎全程都在不停地表示歉意。罗尼央求姐姐不要告诉父母。

他们行事谨慎，未被警察发现。他们害怕穆尔·鲍温，况且1971年的春季赛那么充满希望。

阿舍的篮球运动只不过是棒球队员保持状态的手段。罗恩一直冲在前面，带领球队得分。有两所小规模大学的篮球队对罗恩感兴趣，但他没兴趣。赛季将要结束时，他收到职棒球探的来信。他们信中会问候几句，保证几周内就来看他比赛，请求提供赛程表，邀请他在夏季参加试训营。布鲁斯·莱巴也收到了这样的信，他们花了很多时间比较手头的信件。这个星期是费城人队与小熊队，下个星期是天使队和运动家队。

篮球赛季在2月底结束，到了阿舍的表演时间。

经过与几个“陪练队”的交战，阿舍队做了很好的热身，在大学校的球队来到小镇后，他们火力全开。罗恩一开始就状态不错，保持到了最后。球探们议论纷纷，球队要赢了，阿舍高中的生活很不错。阿舍队面对的是对手的最佳阵容，鲍温教练的球员每个星期都能看到极好的投球。越来越多的球探来到观战台，罗恩在每场比赛中都证明，他无畏任何人的投球。他本赛季的打击率为0.500，五支全垒打，四十六次打点。他很少三振出局，时常保送上垒，因为对手都不想投球给他。球探喜欢他的力量，本垒板上的冷静，冲向一垒的速度，当然还有他强壮的手臂。

4月末，罗恩获得吉姆·索普奖提名，该奖项是颁给俄克拉荷马州的杰出高中运动员的。

阿舍队二十六胜，五负，1971 年 5 月 1 日，以 5–0 的战绩击败格伦堡队，获得了又一个州冠军。

鲍温教练提名罗恩和布鲁斯为全州优秀球员，这是他们应得的荣誉，但超出了他们的预料。

就在毕业前的几天，一场巨大的变故降临，罗恩和布鲁斯将会意识到阿舍的棒球生活很快就会远离他们。过去的一年，是他们关系最为亲密的一年。这需要庆祝，于是一个特别令人难忘的麻烦之夜拉开了帷幕。

那个时候，俄克拉荷马市有三家脱衣舞俱乐部。罗恩他们选择了最好的一家，名为“红狗”。出发时，他们已经从布鲁斯家的厨房里拿了五分之一瓶威士忌和六罐啤酒。他们带着酒离开了阿舍，到达红狗时，已酩酊大醉，但又点了啤酒。他们欣赏着脱衣舞，醉眼迷离中，舞娘显得愈发美丽。两个男孩点了膝上舞，他们开始烧钱。布鲁斯的父亲要求他凌晨一点之前必须回家，但美女和酒让他一拖再拖。最终他们在十二点半走出了店门，而回家还有两个小时的路程。布鲁斯发动了他刚改装过的一辆科迈罗。路上罗恩说了让他不开心的话，他就突然停下了车。他们相互咒骂起来，决定立马做个了断。他们从科迈罗里跳出来，在第十街中间拳脚相加。

经过几分钟的拳打脚踢，两人都疲惫不堪，同意立刻停手。他们回到车上，重新上路回家。没人记得打架的原因，那成了夜雾中的永恒之谜。

布鲁斯错过了一个出口，后来又拐错了一个弯，最后彻底迷路。他决定在从未走过的乡间小路上绕个大圈，朝他认为的阿舍方向返回。父亲规定的时间早已过了，他还在乡间疾驰。他的队友在后座上昏睡。路上漆黑一片，直到布鲁斯看到警车从后面快速接近。

他记得他在威廉森肉类加工公司门前停下了车，但并不确定附近是哪个镇，也不清楚那里属于哪个县。

布鲁斯下了车。州警态度和蔼，问他是不是喝了酒。

“是的，警官。”

“你知道自己超速了吗？”

“知道，警官。”

他们聊了起来，警察似乎并不打算开罚单或逮捕他。布鲁斯信誓旦旦，表示一定会安全开车回家。正在此时，罗恩把头伸出了后窗，大喊大叫，声音低沉且含混不清。

“那是谁？”警察问。

“只是一个朋友。”

这位朋友又喊了一句，州警命令罗恩下车。不知为何，罗恩从远离公路的一侧打开车门，然后掉进了深沟。

两人都被逮捕，并被关进了看守所，那儿又冷又潮，而且没有床。狱警把两个床垫丢在了小房间的地板上。他们在那里过了一夜，浑身发抖，充满恐惧，仍然没有醒酒。他们知道不能给父亲打电话。

对罗恩来说，这只是未来漫漫牢狱生活的第一个夜晚。

第二天早晨，狱警给他们拿来了咖啡和培根，并劝他们给家里打个电话。两人很不情愿，但还是打了，两个小时后，他们就被放了出来。布鲁斯独自开着他的科迈罗回家，而罗恩，出于某种原因，不得不和莱巴先生还有自己的父亲同乘一车。这两个小时的车程很长，想到要见鲍温教练，就显得更长了。

两位父亲坚持让孩子们直接找教练实话实说，他们也这样做了。鲍温什么也没说，也没有撤回他们季后荣誉的提名。

毕业前没再发生别的事。布鲁斯发表了言之有物的毕业致辞。做毕业演讲的是尊敬的弗兰克·H. 西伊先生，他是与埃达相邻的塞米诺尔县的一位受欢迎的地区法院法官。

阿舍高中 1971 届有十七名学生，对他们所有人来说，毕业典礼都是里程碑式的大事件，都是家庭的荣耀、珍贵的记忆。他们父母那一代很少有人有机会读大学，有些人连高中都没读完。罗恩和布鲁斯却对毕业典礼不以为意，他们仍然享受着州冠军带来的荣耀，更重要的是，他们都在梦想着职棒联盟选秀。他们的人生不会终结于俄克拉荷马州的农村。

一个月后，两人都被提名为全州优秀球员。罗恩成为当年俄克拉荷马州优秀球员的第二名。年度州全明星赛赛场里挤满了人，包括所有职棒联盟球队和多所大学的球探。比赛之后，有两个球探，一个来自费城人队，一个来自奥克兰运动家队，把罗恩和布鲁斯拉到一边，给了他们非正式的要约。如果他们接受每人一万八千美元的奖金，费城人队会签下布鲁斯，运动家队会签下罗恩。罗恩认为他们出价太低，拒绝了。布鲁斯有些担心自己的膝盖，当然也认为出价太低。他告诉球探自己打算在塞米诺尔专科学校打两年球，希望可以抬一下价。有更好的条件，他就会答应，但球探并未提价。

又一个月后，罗恩参加了自由球员选秀，在第二轮再次被奥克兰运动家队选中。在八百名球员中，仅四十一人被选中，罗恩是第一个被选中的俄克拉荷马州球员。费城人队没有选中布鲁斯，但愿意给他一份合同，他再次拒绝，去了一所专科学校。他们在职业球队一同打球的梦想渐渐破灭了。

奥克兰运动家队的第一份正式出价简直是种侮辱，威廉森一家没有请经纪人也没有律师，但他们知道球队只想出很少的钱。

罗恩独自到奥克兰去见球队高管，没有谈出什么结果，他没有签合同。他回到埃达后不久，他们又打电话让他回去，这一次，他见到了球队经理迪克·威廉森和几名球员。运动家队的二垒手是迪克·格林。迪克对罗恩很友好，带着他在俱乐部和球场四处转了转。他们在路上遇到了超级巨星、奥克兰先生雷吉·杰克逊，当雷吉得知罗恩是第二轮选秀的选手后，询问了他在球队里打的位置。

迪克·格林有点针对雷吉，他回答说："罗恩是右外场手。"众所周知，雷吉主宰着右外场 。"兄弟，你会在少年联盟中死得很惨。"他边说边走开了。交谈随之结束。

奥克兰运动家队不愿意支付太多奖金，因为他们把罗恩定位成捕手，但他们还没见过他接球。谈判在艰难进行，但出价仍然不高。

家人在共进晚餐时讨论罗恩是不是应该去上大学。罗恩曾口头答应接受俄克拉荷马大学的奖学金，父母希望他好好考虑一下这个选择。这是一次上大学的机会，高等教育会让他受益无穷。罗恩明白这一点，但他认为，以后什么时候读大学都行。奥克兰运动家队突然向他开出了五万美元的签约奖金，罗恩立即抓住了这笔钱，把大学抛诸脑后。

这在阿舍和埃达是大新闻。罗恩是这一地区有史以来排位最高的选秀球员，在一段短暂的时间里，万众瞩目让罗恩变得谦逊起来。他的梦想实现了。他现在是一名职业棒球选手。家人的付出有了回报。他感到圣灵在指引着自己沿正确的道路前行。他回到了教堂，在星期日晚上的礼拜中走向圣坛，与牧师一同祈祷。然后，他向会众发表演讲，感谢教会里的兄弟姐妹，感谢他们给予的爱和支持。上帝祝福他，他确实感到幸运。他忍住眼泪，保证把每一分钱和每一份天赋都用来增添主的荣耀。

他为自己买了一辆崭新的“超极短剑”跑车和一些衣服，为父母买了台新的彩电，然后，在一次扑克比赛中输掉了余下的所有钱。

1971 年，奥克兰运动家队的所有者是查理·芬利，他于 1968 年将球队从堪萨斯市搬来。他是个标新立异的人，自诩有远见卓识，行事却十分浮夸。他兴致盎然地为棒球世界带来了新事物，比如彩色队服、棒球宝贝、橙色棒球（仅存在了很短时间）以及运送新棒球到本垒裁判处的机器兔，总之，任何可以吸引眼球的东西。他买了一头骡子，给它起名“查理 O”，带着它在球场上巡游，有时甚至牵它进酒店大堂。

芬利的怪异之举占据了地区新闻头条，与此同时，他也在建立自己的王朝。他聘请了能干的经理人——迪克·威廉森，召集了一支强大的球队，球员包括雷吉·杰克逊、乔·鲁迪、萨尔·班多、伯特·坎帕尼斯、里克·蒙代、维达·布卢、凯特费许·杭特、罗里·芬格斯，还有托尼·拉鲁萨。

20 世纪 70 年代初的运动家队毫无疑问是最酷的棒球队。他们脚穿白色球鞋，是唯一也是第一支穿白球鞋的球队，拥有多套令人眼花缭乱的队服，这些队服以不同的方式组合绿色、金色、白色和灰色。想想看，加利福尼亚酷哥，配以长发浓须和桀骜不驯的气质。棒球是一项拥有百年历史的运动，需要人们尊重它的传统。运动家队是出格的，他们有自己的态度，而整个国家却还徘徊在 20 世纪 60 年代。谁需要权威？所有的规则都可以打破，即使是在职业棒球这样守旧的领域。

1971 年 8 月底，罗恩第三次去奥克兰。这一次他的身份是运动家队队员、俱乐部成员、大家庭的一员、未来之星，尽管他还没有打过一场职业比赛。球队热情地接纳了他，他们轻轻拍着他的背，说着鼓励的话语。他那时已满十八岁，但长着一张娃娃脸，留着长度过眼的刘海，看上去顶多只有十五岁。老球员知道他前方的路并不平坦，正如每一个签约的男孩一样，但他们还是让他感受到了温暖，因为他们也曾面临同样的处境。

在签下合同的人当中，只有不到10%的幸运儿能在职业联盟打上一场比赛，但没有任何一个十八岁的孩子想听到这个消息。

罗恩往来于球员通道和球场之间，与队友们戏耍，参加赛前击球练习，看着走进奥克兰阿拉米达县体育馆的寥寥观众。在他挥出职业生涯第一棒之前，他就在运动家队的球员通道后取得了重要位置，在那里观看自己的新球队比赛。第二天，他回到了埃达，以前所未有的决心要碾压职业棒球小联盟的对手，并决心在二十岁时一鸣惊人，也许要到二十一岁。他看到、感受、吸收了职棒联盟的魔力，再也不会和以前一样。

他的头发长长了，他试着蓄须，但最后没能成功。朋友们认为他很有钱，他也的确努力塑造这样的印象。他与众不同，比埃达绝大多数的人要酷。他可是去过加利福尼亚的！

整个9月，他高兴地看着运动家队赢了一百零一场比赛，赢得了美国西部联赛。他很快就会与他们一同上场，接球，在中外垒驰骋，穿上五颜六色的队服，留起长发，成为球赛中最嬉皮的选手之一。

11月，他与陶普斯口香糖公司签订协议，授权该公司展示、印刷和制作印有他名字、肖像、图像和签名的棒球卡。

和埃达其他任何一个男孩一样，罗恩收集了成千上万的棒球卡，珍藏、交换、装裱它们，放在鞋盒里，走到哪带到哪，然后攒钱买下更多。米奇·曼托、怀堤·福特、约吉·贝拉、罗杰·马里斯、威利·梅斯、汉克·阿伦，所有伟大的球员都有抢手的棒球卡。现在罗恩也有了属于自己的。

梦想转瞬成真。

不过，他第一次出赛是去距奥克兰很远的俄勒冈州的库斯湾，对手是西北联盟的A级球队。1972年，罗恩在亚利桑那州梅萨的春季训练中的表现并不出色。他没打动任何人，没引起任何人的注意，奥克兰运动家队仍在考虑把他安排在哪个位置。他们把他放在本垒板后，他从未打过那个位置。他们把他放在投球区，仅仅是因为，他抛球的力气很大。

春季训练快结束时，坏运气来了。罗恩的阑尾破裂了，不得不回埃达做手术。在等待康复期间，他极不耐烦，开始酗酒度日。当地必胜客的啤酒很便宜，当他厌倦了那个地方后，他就开着新车超级短剑到麋鹿小屋，就着波旁威士忌和可口可乐吃东西。他百无聊赖，急切地想回到球场，任何地方的球场都好。出于某种原因，他自己也搞不清到底是为什么，酒馆成了他的避难所。最后，他等到了期待已久的电话，动身去了俄勒冈。

在库斯湾—北本德运动家队做兼职球员期间，罗恩打出一百五十五棒，安打四十一次，打击率是成绩平平的0.265。他参加了四十六场比赛，也当过几局的投手。赛季末，他的合同被转给了艾奥瓦伯灵顿队，依然是中西部联盟，依然是A级球队，只是稍微好一些，也离主队更近。他只为伯灵顿队打了七场球，就在赛季结束后回到了埃达。

罗恩在职业棒球小联盟漂泊不定。球员们的收入仅够过粗茶淡饭的生活，其他全靠东道主俱乐部的施舍。在主队时，他们住在汽车旅馆或挤在小公寓里。汽车旅馆按月付费，这样会便宜一些。在乘坐大巴去别处打比赛的沿途，会有更多汽车旅馆，也有酒吧、夜店和脱衣舞俱乐部。球员们年纪不大，大都还没结婚，离家很远，不管球队如何约束，他们都逐渐习惯了夜生活。大多数人还没到二十岁，心智还不成熟，在短暂人生的大部分时间里都备受呵护，并且所有人都相信他们不久就会为大球队效力，赚大钱。

他们玩得很疯。比赛在晚上七点开始，十点结束，他们简单洗个澡，就冲进酒吧。他们彻夜狂欢，整日昏睡，不管是在家里，还是在大巴上。酗酒，追逐女人，打扑克，吸大麻——这就是青少年球员生活的肮脏一面，而罗恩热情地融入其中。

和所有为人父者一样，罗伊·威廉森心中充满期盼和自豪，关注着儿子在各赛季的表现。罗恩不太给家里打电话，写信就更少了，但罗伊一直关注着他的比赛数据。罗伊和朱厄妮塔开车去过俄勒冈两次，看自己的孩子比赛。罗尼在新秀赛季并不顺利，他在努力适应大力的直线球和弧度很大的曲线球。

回到埃达，罗伊接到了运动家队教练打来的电话。罗恩在棒球场外的生活方式让人担忧，他频频参加派对，饮酒，晚归，宿醉。这个孩子越来越过分，他才十九岁，这是他的第一个赛季，家人也不在身边，这或许也并不是那么不正常，如果父亲能严加责备的话，他也许可以安分下来。

罗恩也在打电话。夏季赛一天天过去，他的上场时间依然少之又少。他对经理人和工作人员失去了耐心，他感到自己被忽视了。如果一直坐冷板凳，如何提高能力？

他选择了一个风险很大、也很少有人使用的策略——越级上告。他打电话给运动家队的高层，抱怨一大堆事情。球队的底层生活极为悲惨，他上场的机会太少，他希望招他入队的大人物了解这一切。

但决策层可没有什么同情心。运动家队有数百名少年球员，大多数人成绩远胜罗恩，这种电话和抱怨不久就为人淡忘。他们知道罗恩的球衣号码，也知道他在挣扎。

高层传话下来，这个孩子最好闭上嘴，安心打球。

1972 年初秋，罗恩回到埃达。他依然是当地的英雄，从加利福尼亚回来，现在更有了炫耀的资本。他继续保持着夜生活的习惯。当奥克兰运动家队在 10 月下旬第一次获得世界职业棒球大赛冠军时，他在当地的低端酒吧主持了一场热烈的庆祝活动。“这是我的球队！”他对着电视机一遍又一遍地大喊，引来酒友的崇拜。

然而，罗恩忽然改变了习惯，因为他遇到了美丽的少女、前埃达小姐帕蒂·奥布莱恩，并开始与她交往。两人迅速堕入情网，频繁见面。帕蒂是虔诚的浸信会信徒，不喝酒，也受不了罗恩的坏习惯。而罗恩欣然同意改邪归正，承诺会改变生活方式。

1973 年，罗恩发现自己与职业联盟距离很远。在梅萨又度过一个平庸的春季赛之后，他被重新分配到伯灵顿蜜蜂队，仅打了五场比赛，就被转到了佛罗里达州联盟的基韦斯特海螺队，一支 A 级球队。在那里，罗恩打了五十九场比赛，打击率让人沮丧，仅为 0.137。

人生第一次，罗恩怀疑自己是否还有机会进入职业联盟。前两个赛季表现不佳，他很快就明白职业投球，即使在 A 级联赛，也比他在阿舍高中经历的任何球都难打。每一个球都强劲有力，每一个曲线球弧度都很大。上场的每一个球员都很优秀，有些人甚至有机会进入职业联盟。他的签约奖金早已被挥霍一空，棒球卡上的笑容已不若两年前灿烂。

罗恩感到，所有人都在看着他。埃达、阿舍的所有朋友和乡亲都期盼他实现他们的梦想，靠他出名。他将是俄克拉荷马州走出的又一个伟大运动员。米奇十九岁时即在比赛中一举成名，而罗恩已经落后了。

罗恩回到埃达，回到帕蒂身边。帕蒂强烈建议他在赛季间歇找一份有意义的工作。一位叔伯在得克萨斯州认识人，罗恩便驱车到维多利亚做了几个月的屋顶维修工。

1973 年 11 月 3 日，罗恩和帕蒂在埃达第一浸信会教堂举办了盛大的婚礼，那是她所属的教堂。那年，他二十岁，依旧前程似锦。

埃达把罗恩·威廉森视为最伟大的英雄，现在，他又娶了好人家的选美皇后。他的人生令人羡慕。

1974 年 2 月，这对新婚夫妇开车到梅萨，开始春季训练。在新生活的压力下，罗恩努力拼搏——他也许还到不了 3A，但至少达到了 2A 水平。1974 年的合同是与伯灵顿签的，但他不想回那里。他受够了伯灵顿和基韦斯特，如果运动家队把他送回那些地方，意思就很明确了——他们不再认为他有什么希望。

他在训练中更加卖命，跑得更远，并进行额外的击球训练，像早年在阿舍一样努力。有一次，在日常内场练习中，他用力把球投到了二垒，一阵尖锐的疼痛从肘部传来。像所有运动员一样，他尽力不去想，告诉自己，只要坚持下去就好了，那只是春季训练的酸痛，会自行消失。然而，第二天疼痛依旧，一天比一天严重。到了3月底，罗恩几乎不能再在内场抛球了。

1974年3月31日，运动家队裁掉了罗恩，他和帕蒂开车回到俄克拉荷马州。那是一段漫漫长路。

他们不想继续住在埃达，就搬到了塔尔萨，在那里，罗恩找到了在贝尔电话公司做服务代表的工作。这不算是新的事业，只是一份在他养伤期间用以支付账单的工作。他在等棒球界的人打电话来，等某位伯乐打电话来。几个月后，他主动致电，但没人对他感兴趣。

帕蒂在医院里找了份工作，他们每日忙碌，以求自立。安妮特每个星期给他们寄五或十美元，以免他们付不起账单。后来，帕蒂打电话告诉安妮特，罗恩用这些钱买啤酒喝，而这是她不希望看到的。于是，这点补助也停止了。

夫妇间就此起了摩擦。安妮特担心他们，因为罗恩又开始喝酒，她不知弟弟的婚姻到底出了什么问题。帕蒂是一个生性内敛、羞涩的人，在威廉森家里，她从未真正放松过。安妮特和她的丈夫每年来看望他们一次。

罗恩没有获得晋升机会，他离开了贝尔，转而为安盛保险公司卖人寿险。那是1975年，他仍然没有签下棒球合约，仍然没有球队来找这位被人遗忘的天才。

罗恩有着运动员自信和外向的性格，凭借这一点，他卖出了很多份保险。买卖自然而然就达成了，他感到自己很享受这种成功和随之而来的金钱，也很享受酒吧和俱乐部里的夜间生活。帕蒂讨厌酒气，更无法容忍狂饮。吸食大麻已经成了他的习惯，帕蒂憎恶极了。他的情绪波动越来越剧烈。那个她以身相许的温良男子已经变了。

1976年春天的一个晚上，罗恩打电话给父母，边哭边歇斯底里地说，他和帕蒂吵了一架，分居了。罗伊和朱厄妮塔，安妮特和勒妮，听到这个消息后都震惊了，希望这段婚姻还有挽回的余地。每一对年轻夫妇都要经历几场暴风雨。现在，只要哪一天，罗尼可以接到球队电话，重新穿上球衣，恢复他的职业生涯，他们的生活就会回归正轨，就可以熬过婚姻中那些黑暗的日子。

但是，破镜难圆，至于问题出在哪儿，罗恩和帕蒂都选择缄口不提。他们平静地以感情不和为由向法院提交了离婚申请。分居期限届满，他们的婚姻持续了不到三年。

罗伊·威廉森有一个发小，名叫哈里·布雷肯，又名哈里大猫，这个绰号是他在打棒球时得来的。罗伊和哈里两人一起在俄克拉荷马州弗朗西斯镇长大。哈里现在是扬基队的球探。罗伊找到了他，也把他的电话号码给了自己的儿子。

1976 年 6 月，罗恩说服别人的能力起了作用，他让扬基队相信，自己的手臂已完全康复，并且从未这么好过。罗恩见过太多好的投球，自知打不中。所以，罗恩决定利用他的优势——他的右臂。他的右臂一直是球探关注的焦点。奥克兰运动家队一直说要把罗恩培养成一个投手。

罗恩与纽约—佩恩联队的奥尼昂塔扬基队签下了合同，这是一个 A 级队。他迫不及待地离开了塔尔萨。梦想又活了过来。

他投球的力度的确很大，但经常自己都不知道把球投到哪里去了。他的变化球技艺不够纯熟，根本就是经验不足。因为投球过快过猛，他的手臂又开始酸痛，一开始只是隐隐的，然后手臂就完全不能用力了。两年未上球场的后果很严重，当赛季结束时，他又一次不得不离开。

他还是无颜见埃达父老，他回到了塔尔萨，卖起了保险。安妮特过来看他，谈到棒球和自己事业的失败，罗恩歇斯底里地哭个不停。他向姐姐承认自己长期以来一直患有严重的抑郁症。

罗恩习惯了少年棒球联盟的那种生活，他又一次沉沦。他泡酒吧，追求女人，喝啤酒。为了打发时间，他加入了一个垒球队，享受着小舞台大明星的感觉。在一个清凉夜晚的比赛中，他向一垒投球的时候，感到肩上有什么地方崩断了。他退出了球队，放弃了垒球，但受的伤无法逆转。他去看了医生，医生让他参加一项艰苦的康复计划，但伤情未见改善。

他没有告诉任何人自己受的伤，又一次希望好好休息一下，到春天的时候会康复。

1977 年春天，罗恩完成了职业棒球事业上的最后一击。他又一次说服了扬基队，穿上了扬基队服。他经历了春季训练，作为投手，被分配到了佛罗里达州联盟的劳德代尔堡队。在那里，他强撑着度过了他的最后一个赛季，总计一百四十场比赛，赛季的一半时间，他在路上，在大巴上，一个又一个月，球队能不让他上场就不让他上场，他仅参加了十四场三十三局比赛。那时他已二十四岁，而且肩伤已无法痊愈。阿舍和穆尔·鲍温时代的荣耀一去不复返。

在这种情况下，多数球员都会感到退出不可避免，而罗恩不这样想。那么多乡亲对他抱有那么高的期盼，家人为他牺牲了那么多。他错过了接受大学教育的机会，为的就是成为职业棒球联盟的队员。所以，退出对他来说不是一个选项。他的婚姻已失败，但他不习惯失败的滋味。何况他正穿着扬基队服，这时刻提醒他梦想就在前方。

罗恩顽强地坚持到了赛季结束，然后他心爱的扬基队再一次把他裁掉了。

第三章

赛季结束数月后，布鲁斯·莱巴在塔尔萨的南街购物中心闲逛，突然看到了一张熟悉的面庞，当场呆住了。在托普斯男装的柜台里站着的正是自己的老友罗恩·威廉森，他衣冠楚楚，正向顾客推销身上衣服的款式。两人给了对方一个熊抱，开始叙旧，话匣子一打开，就难以停下。他们年轻时曾是一同拼搏的兄弟，此刻惊讶于彼此已各奔东西。

从阿舍毕业后，他们走上了不同的人生道路，从此失去了联系。布鲁斯在一所大专里打了两年棒球，在膝盖承受不了后，就不打了。罗恩的职业生涯也好不到哪里去。他们都离过一次婚，也不知道对方曾结过婚。而他们现在还依然保持着对夜生活的喜爱，这也不足为奇。

他们都还年轻，外表帅气，单身，手里有钱，没过多久，他们又一同走进俱乐部，追求女人。罗恩本来就喜欢女孩，在职业棒球小联盟那几个赛季的生活，让他对追逐于石榴裙下更为热衷。

布鲁斯住在埃达，只要他路过塔尔萨，就会与罗恩还有他的朋友们彻夜狂欢。

虽然棒球伤透了他们的心，但依旧是他们最喜爱的话题：阿舍的辉煌往事，鲍温教练，他们曾共同拥有的梦想，还有和他们一样经历拼搏和失败的老队友。因为双膝有问题，布鲁斯彻底告别了棒球，至少彻底放弃了追逐职棒联盟荣耀的梦想，而罗恩从未放弃。他相信自己还可以打球，相信有一天一切会发生改变，他的手臂会奇迹般地痊愈，有人会打电话给他。他相信，生活会重新变好。起初，布鲁斯只是耸耸肩，觉得有这种想法只是因为无法忘怀过去的成就。人生经历告诉他，高中运动明星最容易为人遗忘。有些人接受了这一点，继续前行，而另一些人却几十年都怀抱虚幻的梦想，不肯放手。

罗恩几乎陷入了妄想，始终认为自己还可以继续打球。挫败困扰着他，消磨着他。他不停地问布鲁斯，埃达人在怎样谈论他。自己没能成为下一个米奇·曼托，他们是不是很失望？他们有没有在咖啡馆里谈论他？没有，布鲁斯向他保证，人们真的不再谈论他了。

但这没有用。罗恩认为父老乡亲将他视为一个失败者，而改变这一切的唯一方法就是签订最后一份合同，然后努力挺进职棒联盟。

“听好了，兄弟，”布鲁斯不停地跟他说，“忘记棒球吧。梦已经结束了。”

家人发现罗恩的个性发生了很大的变化。有时候，他会紧张，激动，不能将精力集中在一件事情上。家庭聚会时，他会安静地坐着，几分钟后，突然就提起一个关于自己的话题。他一开口，就会主导话题，所有内容都必须与他有关。他无法平静，烟抽得很凶，还养成了从屋里突然消失的古怪习惯。1977 年的感恩节，安妮特邀请全家人共度节日，准备了一桌丰盛的传统晚餐。当所有人都坐下后，罗恩没说一句话就起身离开餐厅，穿过埃达镇到母亲家去了。之后，他也没作任何解释。

在另一些家庭聚会上，他会突然缩回卧室，把门反锁，自己待着。此举虽然令家人不安，但确实让他们得以拥有愉快交谈的时间。但他又会忽然从房间里冲出来，想到什么就说什么，和别人聊的事情没有任何关系。他会站在小客厅中间像疯子一样喋喋不休，直到疲惫不堪，然后冲回卧室，再次反锁上门。

有一次，罗恩出来的时候手里拿着把吉他，开始疯狂地乱弹乱唱，还要求家人一起唱。在几次不和谐的尝试之后，他放弃了，拖着沉重的脚步回到卧室。有人叹气，有人翻白眼，而后一切回归正常。可悲的是，家人逐渐习惯了罗恩的这些古怪行为。

罗恩有时表现得内敛，沮丧，会连续好几天莫名其妙地闷闷不乐，或是对所有事情都挑剔指责。接着，就像某个开关被触碰，外向的性格又会回来。棒球事业让他失意，他不想谈它。一个电话可以让他情绪低落，自怨自艾，而下一次电话铃声响起时，他又会兴奋，紧张而快乐。

罗恩的家人知道他酗酒，还听很多人说他在吸毒。或许酒精和毒品导致他精神失衡，也是造成他情绪过度波动的原因之一。安妮特和朱厄妮塔曾小心翼翼地询问，但只招来他的愤怒。

后来，罗伊·威廉森被诊断患上了癌症，罗恩的问题变得不再那么重要。罗伊的肿瘤长在结肠处，迅速扩散。罗尼极度依赖母亲，但他对父亲也充满爱和尊敬。他为自己的行为感到愧疚。他已很久没有去过教堂，信仰出现了很大问题，但他还是坚守五旬节派的信仰——罪过会受到惩罚。父亲一生清白，现在却被罚受苦，一定是因为他犯下了罄竹难书的罪。

罗伊的病情日趋严重，这也加剧了罗恩的抑郁。罗恩不停地回想那些自私往事——他向父母索要好衣服和昂贵的运动装备，要他们送自己去棒球训练营和旅行，上中学时为了打球方便暂时搬到阿舍，所有这一切仅在他拿到奥克兰运动家队的签约奖金，抱回彩电的光荣举动中得到过回报。他记得，罗伊为了让被宠坏的儿子在高中里穿得好，悄悄给自己买二手衣服。他记得，父亲走在埃达热浪翻滚的人行道上，提着笨重的样品盒，兜售香草和香料。他还记得，父亲总是会出现在看台上，从未错过自己的任何一场比赛。

1978 年初，罗伊去俄克拉荷马市接受了探查性手术，但肿瘤还是恶化了，已扩散，医生也无能为力。罗伊回到了埃达，他拒绝化疗，饱受病痛的折磨，身体一天天衰弱下去。在罗伊最后的日子里，罗恩从塔尔萨开车回家，守在父亲身旁，心烦意乱，泪流满面。他一遍遍地道歉，请求父亲原谅。

罗伊听够了这些话，有一次没有忍住，对罗恩说："你该长大了，儿子。做个男人。擦去眼泪，别再歇斯底里。继续你的生活。"

1978 年 4 月 1 日，罗伊去世。

1978 年，罗恩仍然住在塔尔萨。他和斯坦·威尔金斯合租一个公寓。斯坦是一个比他小四岁的铁匠。两人都喜欢吉他和流行音乐，经常一连弹唱几个小时。罗恩的发声浑厚，质朴，弹吉他也颇有天赋。他用的是非常昂贵的芬达吉他，可以坐在那里弹上几个小时。

在塔尔萨，蹦迪的场景很劲爆，两个室友也经常出去。下班后，他们会一起喝几杯，然后去俱乐部。罗恩在这些俱乐部里很有名。他喜欢女人，在追求她们时也从不羞涩。他扫视人群，找出最热辣的女人，邀请她跳舞。如果她同意步入舞池，他通常可以将她带回家。他的目标是，每天晚上都换不同的女人。

虽然罗恩酷爱杯中物，但在追求女人时，还是非常小心，不敢多喝。喝太多，会影响他的表现，有些毒品却不会。当时，可卡因正在美国飞速传播，在塔尔萨的俱乐部里随时可以买到。那时，还没有什么人担心性病，最大的危险是疱疹，艾滋病尚未出现。对那些放荡的人来说，20 世纪 70 年代末是个狂野和享乐的时代。罗恩·威廉森沉醉其间，生活失去了控制。

1978 年 4 月 30 日，塔尔萨警方接到报警，来到丽萨·伦茨的公寓。当警察到达时，她告诉他们，罗恩·威廉森强奸了她。5 月 5 日，罗恩被捕，在付了一万美元后获得保释。

罗恩聘请了资深的刑事辩护律师约翰·坦纳，并随意地承认曾与丽萨做过爱。但他发誓，当时她是同意的，他们是在一个俱乐部认识的，她邀请他回她公寓。在那里，两人最终上了床。坦纳实际上是相信这位当事人的，这对坦纳来说十分罕见。

在罗恩的朋友看来，强奸之说荒唐可笑。真实的情况是，有许多女人对罗恩投怀送抱，他在酒吧里可以随意挑选。他盯上的不是教堂里的年轻处女，他在俱乐部和迪厅认识的那些女人也在寻找目标。

这种指控侮辱了他，但他还是决心表现得若无其事。他和往常一样频繁光顾夜店，如果有人认为他卷入了麻烦，他会一笑置之。他有一个好律师。庭上见！

而私下里，他却因诉讼而恐惧万分，这也理所当然。被人扣上了这么严重的罪名，足以让人心惊，而必须出庭面对陪审团，他们有权判他坐很多年的牢，这种可能性更是令人害怕。

大部分的细节，他不愿让家人知道，埃达距离塔尔萨有两个小时的车程。但是，他们不久就注意到罗恩抑郁得更严重，情绪波动也更剧烈。

罗恩的世界日渐灰暗，他使用了唯一的武器去反击，他喝得更多，回家更晚，追更多的女孩，所有努力都是为了过得更好，忘记眼前的烦恼。但酒精滋养了抑郁，或者抑郁渴求更多的酒精，无论是哪种情况，他都变得更喜怒无常，更郁郁寡欢，行为举止更难以预测。

1978 年 9 月 9 日，塔尔萨警方接到了另一个报警电话，报警人也称自己被人强奸。报警的是一个十八岁的女孩，名叫埃米·戴尔·费尼霍。她在夜店玩了一夜之后，凌晨四点回到自己的公寓。她正和男友闹别扭，男友反锁了门，在公寓里睡觉。她找不到钥匙，由于急着要上洗手间，便沿街快步找了一家二十四小时便利店。在那里，她碰到了罗恩·威廉森，他正和往常一样享受着夜生活。两个人此前并不认识，却还是攀谈了起来，他们一起离开了便利店，走进高高的草丛，在那里云雨了一番。

据费尼霍说，罗恩对她拳脚相加，把她的衣服几乎剥光，然后强奸了她。

罗恩则说，费尼霍因为男朋友把她锁在了公寓外，生了气，就答应和他在野草地匆匆做了一次。

不满五个月的时间，罗恩第二次找到约翰·坦纳，需要他帮助保释。两个强奸案悬在头顶，罗恩终于放弃了夜生活，开始隐居。他独自一人，不和任何人说话。安妮特了解一些情况，因为她在资助罗恩。布鲁斯·莱巴则不清楚发生了什么。

1979 年 2 月，费尼霍强奸案首先开审。罗恩作证时，向陪审团解释说，是的，他们发生了性关系，但那是双方合意的。两个人在凌晨四点的便利店后面相约发生性关系，这听上去很奇怪。但陪审员们在经过一个小时的讨论后，还是相信了罗恩，他们返回法庭后宣布他无罪。

5 月，另外一个陪审团听审了丽萨·伦茨强奸案。罗恩又一次向陪审团充分解释了事情的经过。他在夜店里遇到了丽萨，和她跳了舞，很喜欢她。丽萨显然也喜欢他，因为她邀请他一起回公寓。在那里，他们双方合意发生性行为。受害人告诉陪审团，她并不想发生性关系，在开始前，她就试图停止，但她害怕罗恩，最后因害怕受到伤害而放弃了抵抗。陪审团又一次选择相信罗恩，宣布他无罪。

平生第一次被人称作强奸犯，罗恩感到羞辱，他知道这个标签将会跟随他很多年。很少有人会被两次贴上这样的标签，而且相隔不到五个月。他，了不起的罗恩·威廉森，怎么会被贴上强奸犯的标签？不管陪审团怎么判，人们总会风言风语，一直说这件事。他们一定会在罗恩走过的时候，在背后戳几下脊梁骨。

罗恩当时二十六岁，在人生的绝大部分时间里都是棒球明星，都是奔向职棒大联盟荣耀的骄傲运动员。后来，虽然手臂受伤，但罗恩还是期盼着伤病会痊愈，他仍然是一名自信的运动员。埃达和阿舍的人没有忘记他。他还年轻，天赋依旧摆在那里。所有人都听说过他的名字。

但在强奸诉讼后，一切都改变了。他知道，人们会忘记自己的运动员身份，而强奸案被告的名声将不胫而走。他越来越孤僻，逐渐缩回自己昏暗而迷乱的世界。他开始迟到早退，而后辞去了托普斯男装柜台的工作。破产接踵而至，罗恩失去了一切，他收拾行装，悄悄离开了塔尔萨。他渐渐崩溃，坠入了旋涡，那是一个由抑郁、酒精和毒品组成的世界。

朱厄妮塔在等着儿子好转，忧心忡忡。她不太清楚罗恩在塔尔萨遇到了什么麻烦，但她和安妮特的担心是有充分理由的。罗恩现在显然过得一团糟——浑身酒气，性情狂乱，情绪波动严重，行为举止越来越奇怪。他看上去更糟——长发蓬乱，满脸胡须，衣着肮脏。而这正是那个曾经整洁、时尚的罗恩·威廉森，正是那个销售精致服饰，总能立即指出领带与夹克不完全搭配的罗恩·威廉森。

他坐在母亲小书房的沙发上，睡着了。没过多久，他每天都要睡二十个小时，通常都是在这张沙发上。卧室空着，但他晚上甚至不愿意走进去。卧室里有什么东西，一些让他恐惧的东西。虽然他睡得很沉，但有时会跳起来大喊，地上都是蛇，墙上爬满了蜘蛛。

他开始幻听，听到有人在他耳边说话，却并未告诉母亲他们说了些什么。之后，他开始与那些人对话。

所有事情都让他疲惫不堪，就连吃饭和洗澡都成了繁重的任务，做完后，他都要大睡一场。即使在短暂清醒的时候，他也是无精打采，漫无目的。朱厄妮塔不能容忍有人在家里喝酒，她讨厌酒气和烟味。罗恩搬到厨房旁边的狭小车库后，冲突才算停了下来。在那里，他可以抽烟，喝酒，弹吉他，而不触怒母亲。想睡觉时，他就回到小书房，倒在沙发里，醒来后，又回到自己的小车库。

偶尔，他的情绪会发生波动，变得精力充沛，他又会想要过夜生活。喝酒，吸毒，追女人，只是比以前谨慎些。他会出去几天，住在朋友那里，从碰到的任何熟人那里借钱。然后，情绪再次转变，他又会倒在沙发里，对现实世界不闻不问。

朱厄妮塔担惊受怕，无休无止。家族里没有人得过精神疾病，她根本不知该如何应对，唯有每天祈祷。她行事谨慎，努力让安妮特和勒妮不受罗尼的问题困扰。她们两人都结了婚，生活幸福，罗尼是她的负担，但不应是她们的。

罗恩有时也会说要找份工作。他游手好闲，靠人供养，因此感到自己暮气沉沉。他有个朋友在加利福尼亚认识一个人，那人需要雇人，于是，罗恩去往西部，这下家人松了口气。但没过几天，他就打电话给母亲，大哭着告诉她，他的住处有些魔鬼崇拜者，他很害怕，但他们不让他离开。朱厄妮塔给他买了机票，他终于设法逃离了那里。

他先后去佛罗里达、新墨西哥和得克萨斯找过工作，但没有一份工作能干满一个月。每次出门都让他筋疲力尽，他会更沉重地倒向沙发。

朱厄妮塔最终说服他去看心理医生，医生诊断他患有躁狂抑郁症，开了锂盐，而罗恩并不按时吃药。他四处打零工，什么也做不长久。他有些销售天赋，但以现在的状态根本无法取悦任何人。他仍然自称职业棒球运动员，雷吉·杰克逊的密友，只不过，埃达人那时已不再相信。

1979 年年底，安妮特到庞托托克县法院见了地区法院法官罗纳德·琼斯。她说明了自己弟弟的情况，并询问州政府和法院能不能帮帮他们。“爱莫能助，”琼斯法官说，“除非罗恩危及自己或他人。”

在一个心情极好的日子，罗恩向埃达一家职业康复中心提出了培训申请。中心的顾问认识到了罗恩情况的严重性，就把他交给了俄克拉荷马市圣安东尼医院的 M. P. 普罗索医生。1979 年 12 月 3 日，罗恩住进了医院。

麻烦接踵而至。罗恩向工作人员提出一些非分的要求。他要求别人给予他额外的关注和照顾，表现得好像他是那里唯一的病人。如果他们不能如他所愿，他就会离开医院，几个小时后再回来，要求重新入院。

1980 年 1 月 8 日，普罗索医生写下了这样一段话：“这个孩子的行为非常奇怪，有时甚至有精神疾病的症状，他或者像埃达顾问所认为的那样有躁狂症，或者患有具有反社会倾向的精神分裂症，或相反，具有精神分裂倾向的反社会人格，可能永远无法确诊……他需要接受长时间的治疗，但他却不认为自己患有精神分裂症，需要治疗。”

罗恩生活在梦想中，那个梦想始于少年时代，始于他在棒球场上的光辉岁月，他从未接受事业已终结的事实。他仍然相信棒球界的大佬会来找他，让他重归球队，让他名扬四海。“这才是他精神失调中真正分裂的地方，”普罗索医生写道，“他就是希望重回赛场，如果可以成为球星，那就更好了。”

医生建议进行长期的精神分裂症治疗，但罗恩不会考虑这个建议。罗恩不配合，他从未做过完整的体检。普罗索医生在观察后记录道：“这个年轻人健康，强壮，有活力，走路很快……比同龄人具有更好的状态。”

在罗恩有能力正常生活的时候，他也为罗利家居产品公司上门推销产品，穿行在父亲曾经走过的街区。但这份工作很乏味，佣金也很少，他也不耐烦去处理文件。况且，他是罗恩 · 威廉森，是伟大的棒球明星，现在竟沦落到挨家挨户推销厨房用品的地步！

罗恩不接受治疗，不吃药，爱喝酒，他成了埃达当地酒吧的常客。他是个疯狂的醉汉，高声谈笑，吹嘘自己的棒球事业，骚扰女人。他惊吓过很多人，酒吧服务员和保安都认识他。如果罗恩来喝酒，所有人都会知道。他最喜欢的夜店之一就是马车灯酒吧，那儿的保安会紧紧盯着他。

没过多久，身负塔尔萨两起强奸案的恶名就让罗恩尝到了苦头。警察开始注意他，有时还会在埃达跟踪他。一天晚上，他和布鲁斯·莱巴去露营，中途停车加油。一名警察跟踪了几条街，截停了他们，指控他们偷汽油。警察纯粹是要找麻烦，他们差一点被捕。

但逮捕很快就找上门来了。1980 年 4 月，在父亲去世两年后，罗恩第一次因酒驾被判入狱。

11 月，朱厄妮塔·威廉森说服了儿子去治疗酒瘾。在母亲敦促下，罗恩走进了位于埃达的南俄克拉荷马州精神健康服务中心的办公室，见到了物质滥用顾问杜安·洛格。罗恩坦承了自己的问题，说自己已喝了十一年酒，吸毒也吸了至少七年，在扬基队把他裁掉之后，他喝得更多了。但罗恩没有提及塔尔萨的两次强奸诉讼。

洛格将他介绍到了一个名叫桥屋的机构，这个机构设在距埃达六十英里的阿德莫尔。第二天，罗恩出现在桥屋，并同意接受为期二十八天的封闭戒酒治疗。他极度紧张，不断地告诉顾问，自己做过“非常可怕的事情”。没出两天，他变得独来独往，长睡不醒，吃饭也有一顿没一顿。一个星期后，他被当场抓到在卧室里吸烟。这显然是违反规定的，他宣布自己不会在这儿待了。安妮特正好去阿德莫尔看望罗恩，他就和安妮特一起离开了。但是，他第二天又回来了，请求再度入住。他们让他回埃达，两周内再申请。罗恩害怕母亲生气，没有回家。他在外游荡了几个星期，谁也不知他去了哪里。

11 月 25 日，杜安·洛格写了一封信给罗恩，约他 12 月 4 日见面。洛格说了这样一句话：“我担心你的健康情况，希望到时可以见到你。”

12 月 4 日，朱厄妮塔告诉精神健康服务中心，罗恩找到了工作，现在正住在阿德莫尔。他结识了新朋友，并开始参加教会活动，重新接受了基督，不再需要服务中心的帮助。罗恩的病历被封存了起来。

十天后，罗恩再次见到杜安·洛格，他的病历又被拿出来。罗恩需要长期治疗，但他并不认可这一点。医生开的药（主要是锂盐）他也不按时吃。有时，他会坦承自己过度饮酒和吸食毒品，旋即又会坚决否认。在喝过几杯啤酒之后，如果有人问起，他又会承认。

因为保不住什么工作，罗恩经常身无分文。如果朱厄妮塔拒绝“借”钱给他，他就会在埃达游荡，另外想办法。他的朋友圈越来越小，大多数人对他避而不见，这不足为奇。有几次，他开车去阿舍，在球场上，他一般都能找到穆尔·鲍温。聊天时，罗恩会抱怨自己运气太差，这位老教练也会再给他二十美元。罗恩信誓旦旦表示会归还，与此同时穆尔也会严厉地规劝他改邪归正。

罗恩总是到布鲁斯·莱巴那里寻求庇护。布鲁斯已经再婚，他在距小镇几英里的家里过着比以往平静得多的生活。一个月里约有两次，罗恩会踉踉跄跄地来到他的门前，衣冠不整，烂醉如泥，请求布鲁斯给他个地方过夜。布鲁斯通常都会让他进门，为他醒酒，给他东西吃，并借给他十美元。

1981 年 2 月，罗恩再一次因酒驾被捕，并且认了罪。在监狱里待了几天之后，他就去奇克谢看望姐姐勒妮和姐夫加里。一个星期天，他们从教堂做礼拜回来后，在后院里发现了他。他解释说，他一直住在他们屋后栅栏下的帐篷里，当然也在帮他们看家护院。他又说，他在去劳顿的路上从一些当兵的手中逃出，这些当兵的在他们家里藏匿武器和炸药，计划占领基地。幸运的是，他得以及时逃脱，现在需要一个住的地方。

勒妮和加里让他住在儿子的卧室里。加里还为他找了一份在农场里搬运干草的工作。这份工作罗恩只做了两天，他说他找到了一个垒球队，对方要他过去。那位农场主打电话给加里，说不欢迎罗恩回来，他觉得罗恩在情绪方面有严重的问题。

罗恩对美国总统的兴趣忽然之间被重新点燃，好多天除了这个话题什么也不谈。他不仅对总统的姓名倒背如流，还能说出关于总统的各种事情——出生日期、出生地、任期、副总统、妻儿和政绩等。在西蒙斯家里，所有谈话都必须围绕美国总统进行。只要罗恩在场，别想谈论其他事。

他完全是个夜猫子，他也想在夜里睡觉，却做不到。此外，他喜欢彻夜开着电视，把声音调到最大。第一缕阳光照进房间，他就昏昏欲睡、摇摇晃晃地去休息。西蒙斯一家被折磨得两眼通红，疲惫不堪，只能在早餐时享受一丝宁静，然后出门工作。

他经常抱怨头痛。加里一天夜里听到声音，发现罗恩在药柜里翻来翻去，想找点什么来止痛。

在饱受精神折磨之后，加里决定找罗恩坐下来严肃地谈谈。加里解释说，他欢迎罗恩留下，但必须遵守家里的作息时间。罗恩根本意识不到是自己出现了问题。他平静地离开，回到了母亲的住处。在那里他可以在沙发上昏睡，也可以闷头躲在车库里。在二十八岁的年纪，罗恩不能正视自己的问题，不承认自己需要帮助。

安妮特和勒妮非常担心她们的弟弟，但是，她们什么也做不了。罗恩和以前一样倔强，似乎对流浪生活相当满意。他的行为越来越古怪，毫无疑问，精神情况也越来越糟。但这一话题是禁区，她们曾试图和他谈谈，事实证明这样做是个错误。朱厄妮塔可以哄劝他去看医生或治疗酒瘾，但他却从未坚持完成长期治疗。每次短暂的清醒之后，罗恩都会在接下来的好几个星期陷入迷茫，不知道自己要去哪里，要做什么。

如果说罗恩还有什么娱乐的话，那就是弹吉他，他通常会坐在母亲屋前的门廊上弹奏，对着鸟儿弹唱几个小时。如果在门廊上待得无聊，他会到路上去弹。他经常无车可开，或者没钱加油，他就在埃达周围游荡，无论何时，无论何地，人们都能看到他抱着吉他。

罗恩的发小里克·卡森在埃达当警察。他值夜班时经常看到罗恩在街边闲逛，甚至在一栋栋房子间穿行，在深夜里弹着和弦唱着歌。见面时，里克会询问他打算去哪里。如果他没有什么地方好去，里克就把他送回家。有时，罗恩会同意，其他时候，他则想自己继续晃下去。

1981 年 7 月 4 日，罗恩因在公开场合醉酒而被捕，并认了罪。朱厄妮塔非常生气，坚持让他就医。他这次去了诺曼的州中心医院，入院后，接诊的是精神科医生桑巴琼。罗恩主诉的唯一内容是，他需要“帮助”。他的自信和热情都已消磨殆尽，脑子里满是毫无价值、毫无希望的想法，甚至想自杀。他说：“我对自己和身边的人毫无用处。我保不住自己的工作，我态度太消极。”他告诉桑巴琼医生，第一次严重发作抑郁症是在四年前，那时他的棒球事业宣告终结，同时婚姻也崩溃了。他承认酗酒和吸毒，但不认为这些行为是导致问题的原因。

桑巴琼医生发现罗恩“头发蓬乱，衣装不整，邋遢肮脏……不注意外表”。病人的判断力没有严重受损，他对自己的现状有清醒的认识。诊断结果是恶劣心境障碍，这是一种持久的轻度抑郁症。桑巴琼医生建议他坚持用药，接受更多的心理咨询和小组治疗，还建议家人对他继续提供支持。

罗恩在州中心医院待了三天，就要求离开，工作人员只能同意。一个星期后，他又回到了埃达的精神健康服务中心，在那里，他见到了心理医生助理查尔斯·阿莫斯。罗恩说自己以前是职业棒球运动员，在事业终结时患上了抑郁症，他还认为自己的抑郁与宗教信仰有关。阿莫斯带他去见了埃达唯一的心理医生玛丽·斯诺。斯诺医生每周为他治疗一次。阿莫沙平是一种常用的抗抑郁药物，罗恩在服用后有所好转。斯诺医生试图说服她的病人，需要进一步加强心理治疗，但三个月后，罗恩就不再出现了。

1982 年 9 月 30 日，罗恩再次被指控醉酒驾驶。他又一次被捕，入狱，然后认罪。

第四章

在黛比·卡特遇害三个月后，丹尼斯·史密斯和迈克·基斯威特警探来到威廉森家，第一次询问了罗恩。朱厄妮塔也在家，参加了这次会面。调查员问 1982 年 12 月 7 日晚上他在什么地方，罗恩说不记得了——毕竟已经过去三个月了。是的，他经常去马车灯酒吧，也经常去埃达的其他夜店。朱厄妮塔找出了自己的日记，翻找日期，告诉两名警探那天晚上十点她的儿子待在家里，并把 12 月 7 日的日记交给他们查看。

警探又问罗恩，他是否认识黛比·卡特。他回答说，不确定。他当然听说过这个名字，因为在谋杀案发生后，小镇上的所有人除了黛比就很少谈论什么别的。史密斯拿出受害人的照片，罗恩认真地看了看。也许见过她，也许没有。之后，罗恩又把照片要来看了一眼。她看上去有些眼熟。他断然否认知道谋杀的事情，却说自己认为，凶手可能是个跟踪她回家的精神病，这个人闯进了她家，在犯了罪之后就逃出了小镇。

约三十分钟后，警察问罗恩是否愿意提供指纹和毛发样本，他表示同意，并在询问结束后跟他们去了警察局。

三天后，1983 年 3 月 17 日，警察又来了，问了同样的问题。罗恩再次声称自己与谋杀半点关系也没有，1982 年 12 月 7 日那天晚上他在家。

警察还询问了一个名叫丹尼斯·弗里茨的人。弗里茨与谋杀案调查唯一的关联是，他是罗恩的朋友。根据警方早前制作的一份报告，弗里茨是“卡特谋杀案的嫌疑人，或至少是其中一个嫌疑人的熟人”。

丹尼斯很少去马车灯酒吧，在案发时，已经几个月没去过那里了。那天晚上没有人在马车灯酒吧见过他，事实上，在 1983 年 3 月前，也没有任何证人提到过他的名字。他刚搬到这个地区，镇上的人对他也不熟悉。他不曾开车送罗恩去马车灯酒吧。他不认识黛比·卡特，也不确定以前是不是见过她，更不知道她住在哪里。然而，既然警探现在正在调查罗恩，并下意识地认为是两名凶手作案，那么他们还需要一个嫌疑人。弗里茨就是他们要找的人。

丹尼斯·弗里茨在堪萨斯近郊长大成人，在那里上了高中，1971 年在东南俄克拉荷马州立大学获得生物学学位。1973 年，他的妻子玛丽生下了他们唯一的孩子伊丽莎白。那时，他们住在俄克拉荷马州杜兰特市。玛丽在附近一所大学里工作，丹尼斯在铁路上有一份很好的工作。

1975 年圣诞节那天，丹尼斯在城外工作，玛丽被一个十七岁的邻居谋杀。她坐在自家书房的摇椅上，头部中枪而死。

接下来的两年，丹尼斯无法工作。他感情上受到了创伤，除了照顾伊丽莎白之外，什么也做不了。1981 年，伊丽莎白开始上学，他终于振作起来，在科纳沃镇寻得一份初中科学教师的工作。几个月后，他在埃达租了间房子，离威廉森家和黛比·卡特的公寓都不远。他的母亲万达也搬到埃达，和他同住，帮他照顾伊丽莎白。

丹尼斯换了工作，在诺布尔镇教九年级生物课，兼任篮球教练。诺布尔镇距埃达一个小时车程。校方允许丹尼斯住在校园中的一个小房车里。每到周末，他会回埃达去陪伊丽莎白和母亲。诺布尔镇没有夜生活，丹尼斯偶尔会在工作日的晚上开车回埃达看望女儿，然后出门喝一杯或者找个姑娘。

1981 年 11 月的一天晚上，丹尼斯在埃达待得无聊，想喝杯啤酒，就开车去了便利店。罗恩把母亲名下的老别克车停在门外，正坐在车的前座上，弹着吉他，看着人来人往。丹尼斯也会弹吉他，吉他正巧就放在后座上。两人聊起音乐，罗恩说自己家距离这儿几个街区，还邀请丹尼斯一同回去来一场即席演奏会。两个男人都需要朋友。

罗恩的公寓又逼仄又肮脏，弗里茨想，这真是个可悲的地方。罗恩解释说，他和母亲一起生活，而母亲忍受不了烟酒。他没有工作，丹尼斯问他整天都做些什么，他回答说，自己一般就睡觉。罗恩很友好，有亲和力，时不时大笑，但弗里茨还是觉得有距离感。罗恩会久久盯着别处，然后看着丹尼斯，好像他根本就不在那里。丹尼斯想，这真是个奇怪的家伙。

但他们一起弹吉他聊音乐的时候，非常开心。经过几次交往，弗里茨发现罗恩喝酒喝得厉害，情绪波动极大。罗恩喜欢啤酒和伏特加，他的习惯是下午醒来后，一离开母亲的视线范围就开始喝酒。他在喝酒之前，无精打采，情绪压抑，一旦喝了酒，他就恢复了生气。两人成了酒吧和酒廊的常客。

一天下午，丹尼斯顺道来到罗恩家，比平时早。罗恩还没有喝酒。丹尼斯与朱厄妮塔闲聊了一会儿。她是一个好人，但灵魂一直饱受折磨，她没说很多话，显见已受够了自己的儿子，聊了一会儿，她就走了，丹尼斯在卧室里找到了罗恩，他正直勾勾地盯着墙壁看。这个房间让罗恩紧张，他平时很少进来。

墙上贴着他的前妻帕蒂和身着各种棒球服的他本人的大幅彩色照片。

“她很漂亮。”弗里茨看着帕蒂的照片说。

“我曾拥有一切。”罗恩言语中饱含悲伤和苦涩。他才二十八岁，却已对人生彻底放弃了希望。

酒吧之行通常是一次冒险。罗恩从来不会安分地走进夜店，他总是要成为焦点人物。他最爱的套路之一是西装革履，自称是富有的达拉斯律师。1981 年，他在法庭上待的时间足以让他掌握法言法语，学会律师的行为举止。他在诺曼和俄克拉荷马两市的几乎所有酒吧都扮演过他曾聘请的律师坦纳。

弗里茨通常坐在台下欣赏罗恩的表演，他给了罗恩极大的空间，却也逐渐厌倦了这种“冒险”。晚上出去，两人经常会闹些矛盾，不欢而散。

1982 年夏日的一天，他们在酒吧过了一夜后返回埃达。罗恩说他想去得克萨斯州加尔维斯顿。弗里茨讲过在那儿出海捕鱼的故事，罗恩说他一直想去体验一下，弗里茨后悔自己讲了那个故事。他们两人都已喝醉，计划外的八小时车程，此刻在他们看来，也并非离谱透顶。现在他们坐到了丹尼斯的皮卡上。和以往一样，罗恩没有车，没有驾照，也不付油钱。

学校已经放假，弗里茨口袋里有些钱，为什么不去钓钓鱼？他们又买了些啤酒，向南进发。

在得克萨斯州的某个地方，丹尼斯需要打个盹，于是罗恩接过了方向盘。丹尼斯醒来后发现，皮卡的后斗里多了个陌生的黑人。“捎上了个搭便车的。”罗恩一脸骄傲地说。在休斯敦的某个地方，天快亮的时候，他们停下车，去便利店买了点啤酒和吃的，回来后发现，车没了，被那个搭便车的人偷走了。罗恩说忘了拔车钥匙，又想了一下，他承认，自己不仅没拔车钥匙，可能也没熄火。他们又喝了几瓶啤酒，抱怨为何这么不走运。弗里茨坚持要报警，而罗恩却不太同意。他们又吵了一架，丹尼斯最终还是拨通了电话。警察听了他们的故事后，当场就笑出了声。

那是小镇不太繁华的地段，不过他们还是找到了一家必胜客，吃了些比萨，喝了几扎啤酒，开始漫无目的地游荡。傍晚时分，他们路过一家乡村酒吧，罗恩决定进去玩玩。这是个疯狂的主意，但弗里茨很快就意识到，在酒馆里比在外面要安全一些。丹尼斯啜饮一瓶啤酒，祈祷没有人注意到他们。罗恩故态复萌，大声谈笑，吸引别人的注意。他现在穿着西装，摇身变为成功的达拉斯律师。丹尼斯还在为那辆皮卡忧心忡忡，在身边那位伙计大谈密友雷吉·杰克逊的轶事时，他只能祈祷他们不会被人谋害。

酒馆的要人名叫科特斯，他和罗恩马上就称兄道弟。罗恩讲了弄丢皮卡的事，科特斯大笑不已。酒吧打烊后，罗恩和丹尼斯坐科特斯的车一同离开。科特斯的公寓就在附近，但床铺不够，两个白人大男孩只能睡地板。醒来后，宿醉的弗里茨想到皮卡的事就来气，打算赶快安全返回埃达。他推醒罗恩，花了一点钱说服科特斯开车带他们去银行，这样他可以取点钱。在银行，罗恩和丹尼斯进去后，科特斯在车里等着。丹尼斯拿到了钱，在他们将要离开的时候，十几辆警车呼啸着从四面八方包围了科特斯。全副武装的警察把他从车上拽了出来，扔到了一辆警车的后座。

罗恩和丹尼斯躲回了银行，在快速评估了停车场上的突发情况后，就急忙从另一边逃走了。他们买了巴士车票。回家的路程显得漫长而痛苦。弗里茨受够了罗恩，怪罪他弄丢了皮卡，发誓短时间内不再见他。

一个月后，罗恩打电话给丹尼斯，想约他出去。休斯敦的那次冒险经历之后，两人的友谊降温了不少。弗里茨喜欢出门喝点啤酒、跳几支舞，但他不会失控。罗恩在公寓里喝酒弹吉他的时候，一切还好，但一进酒吧，任何事都有可能发生。

丹尼斯接上了罗恩，一同去喝酒。弗里茨解释说这次待不了很久，因为他约了一个年轻姑娘晚些时候见面。他正在积极地找寻爱情。妻子已过世七年，他渴望一段稳定的爱情关系。而罗恩的想法则不同，女人对他来说只意味着性，别无其他。

结果，丹尼斯发现，那天晚上很难甩掉罗恩，当他去见女朋友的时候，罗恩也跟了过去。罗恩终于发现自己并不受欢迎，就气愤地离开了，只不过不是步行离开的，他偷了丹尼斯的车，开着去了布鲁斯·莱巴的家。弗里茨当晚和那个姑娘待在一起，第二天早上才发现车不见了。他打电话报了警，做了笔录，然后打电话给布鲁斯，问他是否见过罗恩。布鲁斯答应开车把罗恩和他偷的那辆车送回埃达，当他们到达时，两人都被警察拦下。案件撤销了，但丹尼斯和罗恩好几个月没说话。

弗里茨在埃达的家中待着，忽然接到了丹尼斯·史密斯警探的电话。警探希望他来警察局一趟，回答几个问题。“什么样的问题？”弗里茨问。“你到了就知道了。”史密斯回答。

弗里茨极不情愿地去了警察局，他没什么可隐瞒的，但这样和警察打交道终究让他不安。史密斯和加里·罗杰斯询问了他和罗恩·威廉森的关系。他回答说，一个老友，好几个月没见过了。询问一开始像是例行公事，后来逐渐变得像是指控。“1982 年 12 月 7 日晚上，你在哪里？”丹尼斯一时想不起来，他需要一点时间去回忆。“你认识黛比·卡特吗？”不认识。如此等等。一个小时后，弗里茨走出了警察局，竟然被牵连进了这次调查，他隐隐有些担忧。

丹尼斯·史密斯再次打电话给弗里茨，问他是否愿意接受测谎。凭借已有的科学知识背景，弗里茨知道测谎仪非常不可靠，他不想参加这种测试。另一方面，他从未见过黛比，很想向史密斯和罗杰斯证明这一点。他极不情愿地同意了，测试将在俄克拉荷马市的州调查局办公室进行。随着日期临近，弗里茨越来越紧张，为了舒缓紧张的神经，他在测试之前服用了一片安定。

测试由州调查局的拉斯蒂·费瑟斯通警官主持，丹尼斯·史密斯和加里·罗杰斯守在旁边。测试结束了，两名警察急着凑上来看测试图表，在得到坏消息后轻轻地摇头。

警察告诉弗里茨，他的测试“严重不合格”。

他的第一反应是“这不可能”。

“你在隐瞒些什么？”警察说。弗里茨承认自己很紧张，最后也承认自己服用了安定。这让警察很失望，他们坚持要再进行一次测试。弗里茨感到，自己并没有选择的余地。

一个星期后，费瑟斯通带着测谎仪来到了埃达，在警察局地下室安装完毕。弗里茨比上一次更紧张，但还是如实回答了问题，没遇到什么困难。

但结果仍是“严重不合格”，据费瑟斯通、史密斯和罗杰斯说，这次情况更糟。测谎后进行的询问带上了怒气。罗杰斯扮白脸，他又是咒骂又是威胁，说“你在隐瞒些什么，弗里茨？”而史密斯则扮演弗里茨的“真朋友”，但他表现得很幼稚，也很老套。

罗杰斯的穿衣打扮走牛仔路线，穿着皮靴什么的，他的风格就是在屋子里耀武扬威，怒气冲冲，骂街，出言威胁，大谈特谈死囚区和注射死刑，然后突然扑到弗里茨面前，当胸一击，让他坦白。这样做很吓人，却不怎么奏效。弗里茨一遍遍地重复：“从我面前滚开。”

罗杰斯最后指控弗里茨犯有强奸和谋杀罪。他越来越恼怒，他提到弗里茨及其死党威廉森的话也越来越恶毒。他说他们闯进姑娘的房间，奸杀了她，而现在，他，罗杰斯，正在要求他们坦白罪行。

没有证据，只有口供，也可以结案，所以，警察拼命想从弗里茨那里榨出点东西。弗里茨没有退让，他没什么好坦白的，但经受了两个小时的污言秽语，他还是决定说点什么。他告诉他们，去年夏天，他和罗恩开车去诺曼，一天晚上，在吵闹的酒吧里，他们寻找女孩下手。其中一个被丢在了车后座上，丹尼斯不让她出来，她变得歇斯底里。最终女孩跳出来跑掉了，还报了警。为了躲避警察，罗恩和丹尼斯把车停在停车场，在车上过了一夜。女孩并未提起诉讼。

弗里茨讲的这个故事似乎让警察平静了一些，至少在讲完后几分钟之内是这样。警察的目标显然是威廉森，现在掌握了更多的证据，证明他和弗里茨是酒友。弗里茨与卡特谋杀案的关系还不清楚，但警察到那时为止的大多数话都是无稽之谈。弗里茨知道自己是无辜的，如果史密斯和罗杰斯追查他，那真正的凶手就可以逍遥法外了。

警察狂轰滥炸了三个小时，最后放弃了。他们认为弗里茨也参与其中，但没有口供不能结案。警察要好好做点功课，他们开始监视弗里茨，在镇上跟踪他，毫无理由地截停他。好几次，弗里茨一醒来就看到警车停在他家前面。

弗里茨自愿提供了毛发、血液和唾液样本。何不把所有东西都给他们呢？他没有什么可害怕的。找律师的想法一闪而过，但为什么要费那个功夫？他完全是无辜的，警察很快就会认识到这一点。

史密斯警探调查了弗里茨的背景，发现他 1973 年曾因在杜兰特种大麻被判有罪。有了这个信息，埃达警方联系了弗里茨执教的诺布尔镇初中，告诉管理层，弗里茨不但正在接受谋杀案调查，而且有毒品犯罪前科。弗里茨在申请教职时不曾披露这些信息，他立即被解雇了。

1983 年 3 月 17 日，州调查局的苏珊·兰德从丹尼斯·史密斯那里收到了“弗里茨和威廉森的头发和阴毛样本”。

3 月 21 日，罗恩来到警察局，自愿接受测谎。测谎由州调查局的另一名测试员 B.G. 琼斯主持，他宣布测试结果无效。罗恩也提供了唾液样本，一个星期后，他的样本和丹尼斯·弗里茨的一同被送到了州调查局。

3 月 28 日，州调查局的杰里·彼得斯完成了指纹分析。他在报告中写道，墙砖上的掌纹不属于黛比·卡特、丹尼斯·弗里茨或罗恩·威廉森，这份报告没有附加任何限定条件或免责声明，用语非常明确。这个结果本应是警方的好消息，因为找到了掌纹的主人，就可以找到凶手。

警方却不是这么想的，他们悄悄告诉卡特一家，罗恩·威廉森是头号嫌犯。虽然还没有足够的证据，但他们正在追寻所有线索，慢慢、有条不紊地建立证据链，好将他绳之以法。他显然形迹可疑，他行为古怪，作息颠倒，和母亲住在一起，无业，因骚扰妇女而臭名昭著，是低劣酒馆的常客，最糟糕的是，住得离犯罪现场很近。他穿过后巷，走到黛比·卡特的公寓只需要几分钟！

另外，罗恩在塔尔萨还惹下了那两个麻烦。人们认定这个男人是强奸犯，不管陪审团曾经作出的判决是什么样的。

在谋杀案发生后不久，黛比的姨妈格伦娜·卢卡斯接到过一个匿名电话。电话里传来一个男声："黛比已经死了，下一个就是你。"格伦娜恐惧地回忆起用指甲油潦草地写在墙上的字："接下来死的是吉姆·史密斯。"两句话如此相似，简直让她崩溃，她没有报警，而是打电话给地区检察官。

比尔·彼得森出身埃达名门，是一个身材魁梧的年轻人，已经做了三年检察官。他的辖区包括三个县：庞托托克、塞米诺尔和休斯，办公室设在庞托托克县法院。他认识卡特一家，和所有小镇检察官一样，他迫切地想找到嫌疑人并破案。丹尼斯·史密斯和加里·罗杰斯经常与彼得森交流案件侦查方面的最新进展。

格伦娜向比尔·彼得森描述了那个匿名电话，他们都认为，电话可能就是罗恩·威廉森打来的，而凶手可能也是他。从他住的车库走几步，穿过后巷，就可以看到黛比的公寓，从他母亲家的车道走几步，就可以看到格伦娜的家。他的住所正好位于她们两家的中间，这个奇怪的男人是无业游民，他作息颠倒，窥视着周围的街区。

比尔·彼得森派人在格伦娜的电话上装了监听器，但再也没人打来电话。

格伦娜的女儿克里斯蒂那年八岁，她明白家里正在经历磨难。格伦娜与女儿形影不离，不让她使用电话，并确保她在学校里时也有人悉心照料。

先是格伦娜家，接着是黛比的亲戚们，大家偷偷议论起威廉森。威廉森为什么要杀黛比？警察为何不出手，他们还在等什么？

流言不止，口耳相传，恐怖的氛围在邻里间蔓延，蔓延到整个小镇。凶手逍遥法外，所有人都能看到他，所有人都知道他的名字。为什么警察还不把他从街区清理出去？

在斯诺医生最后一个疗程结束的一年半之后，罗恩确实不能继续在街上游荡了，他急需接受医疗机构的长期照料。1983 年 6 月，在母亲的敦促下，他沿着熟悉的路线，步行去了埃达的精神健康服务中心。他请求帮助时，又一次说自己情绪压抑，无法正常生活。服务中心把他介绍到了位于库欣的另一家机构，接诊的是阿尔·罗伯茨，一位康复咨询师。罗伯茨在病历中写道，罗恩的智商是 114，"智力水平中等偏上"，但值得注意的是，他的大脑可能因酗酒受到了一定程度的损伤。

罗伯茨指出："这个人的表现就像是在大声求救。"罗恩缺乏安全感，显得紧张，担忧，焦虑，压抑。

> 他讨厌规则和权威。他的行为不稳定、不可预测。他在情绪控制方面存在问题。他怀疑、不信任身边的人。他缺乏社会交往能力，在与人打交道时感到极为不适。患者不对自己的行为承担责任，在受伤害时会充满愤怒和敌意地反击。他将世界视作极为可怕、遍布威胁的地方，而他保护自己的手段是敌对或逃避。罗恩看上去很不成熟，并且给人一种对什么都不感兴趣的印象。

罗恩向位于埃达的东中央大学申请参加职业培训项目，表示想攻读化学或体育教育学位，这样以后就可以去做教练。他同意接受一系列更全面的心理评估，评估员是职业康复中心的心理医生助理梅尔文·布鲁金。

布鲁金与罗恩和威廉森一家相熟，也许是因为太熟了，他的行为观察记录载满轶事，他把罗恩称为“罗尼”。

关于罗恩的运动事业，布鲁金写道：“我不知道罗尼在高中时是一个什么样的学生，但我确实知道他是出色的运动员，只是在场内场外脾气暴躁，为人粗鲁，行为幼稚，以自我为中心，骄傲自大。他妄自尊大，无法与人相处，无视规则，这让他到哪里都无法成为一名合格的运动员。”

关于家庭，他写道：“罗尼的母亲一生勤劳。多年以来，她拥有并经营一家发廊。罗尼的父母在一次次危机中都站在他的身边，给他支持，他的母亲显然还在抚养着他，虽然她在感情、体力和经济上都已被榨干了。”

关于失败的婚姻，他说：“罗尼娶了一个非常漂亮的姑娘，她还曾是埃达小姐。但她最终忍受不了罗尼波动的情绪，并且罗尼也不能维持家里生计，所以与他离了婚。”

显然，罗恩承认自己酗酒和吸毒。布鲁金记录道：“罗尼一直有严重的酗酒和吸毒问题……他滥用药物。大多数情况下，他是为了治疗自己严重的抑郁症。据罗尼自己说，他现在已经戒酒戒毒了。”

布鲁金诊断罗恩患有双相情感障碍，并描述如下：

> 双相情感障碍意味着，这个年轻人情绪波动剧烈，高潮时躁狂，低谷时抑郁昏沉。我诊断他是抑郁型，因为他在大多数

时间典型地表现为抑郁。他的躁狂高潮通常是由毒品引发的，持续时间很短。在过去三四年中，罗尼抑郁得很严重，他住在母亲家里，多数时间在睡觉，用来工作的时间非常非常少，完全依靠身边的人养活。他从家里出去过三四次，主要目的是为了恢复状态，但并没有成功。

布鲁金还诊断罗恩患有偏执型人格障碍，因为“他彻底且毫无理由地怀疑、不信任别人，极为敏感，情感受限”。

为谨慎起见，他又增加了酒精和毒品依赖症。他的预后诊断为“不确定”，并总结说，“这个年轻人自十几年前离开家之后就从未振作起来。他的生活一直陷于严重的问题和毁灭性的危机之中。他不断试着恢复斗志，但迄今为止都没有做到”。

布鲁金的职责是评估罗恩的病情，而不是为他治疗。直到1983年夏末，罗恩的精神状况一直在恶化，也始终没有得到他所需要的帮助。罗恩需要接受长期、系统的心理治疗，但家里无力承担，州政府也不提供，当然他本人也不会同意。

罗恩提交给东中央大学的申请包括一项经济援助请求。申请获得了批准，他得到通知说，可以到学校财务办公室领取支票。他取支票时，和平常一样衣冠不整，长发长须。两个形迹可疑的人跟着他，似乎对罗恩拿钱之事非常在意。支票必须由罗恩和学校的一名行政人员一同支取。罗恩很心急，但学校告诉他要等很长时间。他感觉钱是自己理所应得的，他不想等，两个兄弟也很急于得到钱，于是罗恩伪造了这名行政人员的签名。

他带着三百美元离开了。

伪造之事被南茜·卡森发现，南茜是里克·卡森的妻子，而里克是罗恩的发小，现在在埃达当警察。卡森女士在财务办公室工作，很多年前就认识罗恩。她对亲眼所见之事深感震惊，随即打电话给自己的丈夫。

东中央大学的一个行政人员认识威廉森一家，他直接开车去了朱厄妮塔的发廊，告诉她罗恩伪造签名的事。还说，如果她把三百美元还给学校，就不追究罗恩的刑事责任。朱厄妮塔赶紧写了支票，然后去寻找自己的儿子。

次日，罗恩因伪造支票而被捕，他面临重罪指控和最高八年的刑期。他被关押在庞托托克县看守所，不能保释，家人帮不了他。

谋杀案调查进展缓慢。州调查局实验室那边还没有反馈最初提交的那些指纹、头发和唾液样本的消息。埃达三十一位男性提供的样本正在接受检测，其中包括罗恩·威廉森和丹尼斯·弗里茨的。至今还没有人要求格伦·戈尔提供毛发和唾液。

迟至 1983 年 9 月，所有毛发样本才放在了州调查局毛发分析师梅尔文·海特那张堆满文件的办公桌上。

11 月 9 日，罗恩在狱中又接受了一次测谎，仍由州调查局的鲁斯蒂·费瑟斯通主持。测谎持续了两个小时，在连接测谎仪之前，警察问了罗恩许多问题。他不停地坚决否认知道或参与了那次谋杀。结果又一次是“不确定”，全程有录像记录。

罗恩适应了牢狱生活。他戒掉了酒和毒品，因为别无选择，但延续了一天睡二十个小时的习惯。他没有服药，也没有接受其他类型的治疗，精神状况在持续而缓慢地变差。

11 月下旬，囚犯维基·米歇尔·欧文斯·史密斯告诉丹尼斯·史密斯警探一个关于罗恩的奇怪故事。丹尼斯·史密斯写下了这样一份报告：

> 星期六凌晨三四点，罗恩·威廉森向窗外张望，看到了维基。威廉森大喊，她是个巫婆，还说，是维基把他带到了黛比·卡特的家里，现在她把黛比的灵魂带到了他的囚室，黛比的灵魂正在缠着他。威廉森尖叫着，请求母亲原谅自己。

1983 年 12 月，谋杀案已经过去一年，格伦·戈尔终于被叫到警察局录口供。他否认自己与黛比·卡特之死有关。他说，他在她死前几个小时在马车灯酒吧见过她，并且补充了一个新情节，她邀请他跳舞，因为罗恩·威廉森让她很不舒服。事实上，马车灯酒吧里的其他所有人都说没见过罗恩，但这显然已经不重要了。

尽管警察急于给罗恩定案，但证据还是太少。从卡特公寓里找到的指纹没有一个与罗恩或丹尼斯·弗里茨的相符。说他们进行了长时间的暴力袭击，这一点就是大漏洞。没有目击证人，那晚没有人听到什么响动。毛发分析依旧卡在州调查局的梅尔文·海特的办公室里，就算有结果也难称可靠。

本案中对罗恩不利的证据包括：两次“不确定”的测谎结果、声誉不佳、住所离受害人不远，还有格伦·戈尔迟到的、靠不住的目击者证词。

对丹尼斯·弗里茨不利的证据就更少了，这一年，案件调查导致的唯一实质性后果就是这名教九年级生物课的教师被解雇。

1984 年 1 月，面对伪造支票的指控，罗恩认了罪，被判处三年监禁。他被押送到了塔尔萨附近的惩教中心，到那里后不久，他的奇怪举止就引起了工作人员的注意。狱方把他转送到了过渡性质的精神健康囚室观察。罗伯特·布赖奥迪医生在2月13日上午和罗恩见了面，记录道："他很克制，看上去能控制自己的行为。"但是，到下午见面的时候，布赖奥迪医生看到的完全是另外一个人。罗恩"轻度躁狂，嗓门很大，易怒，容易激动，逻辑不强，思维跳跃，思想不合理，想法偏执"。医生建议做进一步评估。

过渡囚室的安保不严。罗恩在附近找到了一个棒球场，享受着晚上单独偷偷溜出去的乐趣。一名警察有一次发现他在球场上打盹，就把他带回了囚室。工作人员打了他的手腕，还让他写检讨。检讨书内容如下：

> 那天晚上，我感到自己需要一点时间想想清楚。我在球场上可以找到平静，一直是这样。我散步到球场的东南角，很想像布鲁特克浣熊犬一样蜷曲在树荫下。几分钟后，一位警官让我回惩教中心大楼。我在球场半路遇到了布伦特，我们一起走进前门。他说，照他看，我没做什么坏事，他会把这事忘掉。但这份检讨表明，我被告发了。

随着头号嫌犯被关进监狱，黛比·卡特谋杀案的调查实际上停止了。几个星期过去了，警察不再有什么举动。丹尼斯·弗里茨在一家疗养院工作了很短的时间，然后去了一间工厂。埃达警方偶尔还会为难他，但最终对他失去了兴趣。格伦·戈尔还待在镇上，但警察并不关注他。

警方受挫，局势紧张，而他们的压力即将剧增。

1984年4月，另一名年轻女性在埃达被谋杀，虽然这与黛比·卡特之死没有什么关系，却最终对罗恩·威廉森和丹尼斯·弗里茨的人生产生了根本性的影响。

丹尼斯·哈拉维是东中央大学的学生，二十四岁，在埃达东郊的麦卡纳利便利店兼职。她和史蒂夫·哈拉维结婚刚八个月，史蒂夫也是东中央大学的学生，他父亲是镇上著名的牙医。这对新婚夫妇居住在哈拉维医生名下的一个小公寓里，正努力完成大学学业。

4 月 28 日星期六，晚上八点半左右，一个顾客走到麦卡纳利便利店门口。在那里，他碰到了正要走出商店的一个迷人的年轻女子。她身边还有一个年轻男人。男人搂着她的腰，他们看上去就是一对普通情侣。他们走向一辆皮卡，女人先上了车，坐上了副驾驶位。随后，年轻男人上了车，关上了车门，几秒钟后，发动机启动了。他们离开小镇，向东驶去。皮卡是一辆旧雪佛兰，车身露出星星点点的灰色底漆。

这位顾客进了商店，四顾无人。收银机抽屉敞开着，已被人清空。一截香烟还在烟灰缸里冒着烟，烟灰缸边上有一罐打开的啤酒，柜台后面有一个棕色的钱包和一本打开的课本。客人想找到店员，但店里一个人也没有。他判断这里也许发生了抢劫，就报了警。

警察在棕色钱包里发现了一张驾照，它属于丹尼斯·哈拉维。客人看了驾照上的照片，确认了主人的身份。这正是半个小时前他在来商店的路上遇到的那位年轻女士。是的，他确定那就是丹尼斯·哈拉维，因为他经常在麦卡纳利便利店买东西，知道她的长相。

报警电话响起的时候，丹尼斯·史密斯警探已经在床上了。“把那儿作为犯罪现场封锁起来。”他说，然后就去睡觉了。但是，他的命令没有得到执行。商店经理就住在附近，他迅速赶到了现场。

他检查了保险箱，发现没被动过。他在柜台下找到了没来得及收进保险箱的四百美元现金，在另一个收银机里找到一百五十美元。在等待警探到来的时候，经理清理了商店，他倒掉了烟灰缸里的唯一一个香烟嘴，丢掉了啤酒罐，警察没有阻止他。就算这些物品上留有指纹，也不可能找到了。

史蒂夫·哈拉维正在学习，等着妻子在麦卡纳利便利店晚上十一点打烊之后回家。警察打来的电话让他震惊，他马上赶到店里。他在那里确认了妻子的车、课本和钱包，向警察描述了妻子的相貌，并试着回忆妻子的穿着——蓝色牛仔裤、网球鞋和一件他记不清样子的宽松衬衫。

星期天一早，埃达三十三名警察全部上岗。州警从附近的地区赶来。几十个当地团体的人，包括史蒂夫学校里的兄弟，都志愿帮助搜寻。州探员加里·罗杰斯负责带领州级调查队，而丹尼斯·史密斯则指挥埃达警方。他们将全镇划分成几个区域，并分配人手搜索每条街道、高速公路、道路、河流、沟渠以及每块田地。

JP 是距麦卡纳利半英里远的另一家便利店，JP 的店员找到警察并告诉他们，两个奇怪的年轻男子在丹尼斯失踪前出现过，让她很恐惧。两人都二十多岁的样子，头发很长，举止怪异。他们打了一局桌球，然后开一辆旧皮卡离开。

麦卡纳利的顾客只看到一个人和丹尼斯一起离开，而且她看上去并不害怕那个人。他对嫌疑人的描述与 JP 售货员对两个奇怪大男孩的总体描述有些相似，警察由此获得了第一条线索，他们要找的是两名白人男子，二十二至二十四岁，一个人身高在一米七三到一米七八之间，金发，发长过耳，白色皮肤，另一个浅褐色头发，发长及肩，身材高挑。

星期天的集中追捕热火朝天，却一无所得，没有发现任何线索。丹尼斯·史密斯和加里·罗杰斯在天黑后叫停了行动，计划第二天一早再集合。

星期一，他们拿到了丹尼斯在大学里拍的照片，印制了有她漂亮面容和一般介绍的传单——身高约一米六五，体重一百一十磅，褐色眼睛，深金色头发，白色皮肤。传单上还有被目击在 JP 出现过的两个年轻人的介绍，以及旧皮卡的照片。警察和志愿者把传单贴满了埃达镇上和郊区每一家商店的窗户。

警察请来了画像专家，他和 JP 的售货员合作绘制了两张素描。他们把两张图拿给麦卡纳利的那名顾客看，他说，其中一人“很像”。警方把两张图发给了当地电视台，当小镇上的人看到两幅画像后，警察局的电话就被打爆了。

当时，埃达只有四名警探——丹尼斯·史密斯、迈克·巴斯金、D. W. 巴雷特和詹姆斯·福克斯。来电马上让他们不堪重负。超过一百次来电，提供了约二十五个嫌疑人的名字。

其中两个名字引起了警探的注意。约有三十个来电提到了比利·查理，于是，他被传唤至警察局接受询问。他在父母的陪同下来到警察局，他父母说整个星期六晚上他都在家里和他们待在一起。

另外一个被三十来个热心市民提及的名字是汤米·沃德，警方早已熟知的一个当地男孩。汤米多次因轻罪——在公共场合醉酒、轻微盗窃——被捕，但没有暴力犯罪的记录。汤米的亲戚遍布埃达，家族里大都是体面人，他们努力工作，以事业为重。汤米二十四岁，在八个孩子中排行老七，高中时辍学。

他自愿来警察局接受询问。史密斯和巴斯金警官询问了他上个星期六的情况。他那天和朋友卡尔·方特诺特一起钓鱼，然后结伴去参加了一个聚会，到凌晨四点才走回家。汤米没有车。警官注意到沃德是金发，但被胡乱剪短了。头发剪得不平整，显然剪头发的人不怎么专业。他们给他的头背面拍了一张宝丽来照片，标注上5月1日。

画像上的两位嫌疑人都是浅色长发。

巴斯金警探找到了卡尔·方特诺特，他以前并不认识卡尔。巴斯金以让卡尔到警察局协助调查。卡尔同意了，但并未现身，巴斯金也没有继续追查，因为卡尔的长发是黑色的。

当侦查工作在庞托托克县如火如荼进行的时候，丹尼斯·哈拉维的名字和案情被传送到了全国的警察那里。四面八方的电话涌入，但没有什么有用的信息。丹尼斯凭空消失，无影无踪。

史蒂夫·哈拉维出门发传单，在偏僻的道路上开车寻找妻子的踪迹，不出门的时候，他就和几个朋友待在公寓里接电话。电话铃响个不停，每个电话都意味着一丝希望。

史蒂夫没有理由不全力以赴。他们结婚还不满一年，仍旧相依相恋。两人都在东中央大学读大四，马上就要毕业离开埃达，到另外一个地方开始新生活。她是被违背意愿带走的，他对此十分肯定。

每过一天，丹尼斯活着的可能性就减少一分。如果她被色魔抓走，会在遭强暴之后被释放。如果她被绑架，一定会有人来索要赎金。有流言说，她在得克萨斯有一个老情人，但这种话很快就为人遗忘。还有流言说，她是被毒贩抓走的，诸如此类。这样离奇的犯罪在当时很少见。

埃达又一次被罪行震惊。黛比·卡特在十七个月前被谋杀，整个小镇刚刚从梦魇中醒来。现在，人们再一次将大门紧闭，锁上加锁，小孩子们晚上又被关在家里。当地典当行的枪支生意也红火起来。在这每个街角都修有两座教堂的、安宁的大学城，到底发生了什么？

一个又一个星期过去了，埃达人的生活逐渐恢复正常。不久就到了夏天，孩子们也放了假。流言渐渐平息，但并未完全消失。得克萨斯州的一名嫌疑人吹嘘说自己杀了十名女性，于是埃达警察急不可待地冲到那里讯问了他。在密苏里州发现了一名女性的尸体，腿上有文身，而丹尼斯并没有文身。

夏去秋来，在找寻丹尼斯·哈拉维尸体这件事上，警察没有取得任何突破，也没有找到任何证据。

卡特案的调查没有取得任何进展。两起耸人听闻的谋杀案不能破案，警察局的气氛沉重而紧张。警察夜以继日地工作，但徒劳无功。以前的线索被拿来复查、追踪，也没有结果。丹尼斯·史密斯和加里·罗杰斯的光阴在两起谋杀中空耗。

对罗杰斯来说，压力更大。丹尼斯·哈拉维失踪前一年，在埃达以北三十英里的塞米诺尔发生了一起相似的案件。十八岁女孩帕蒂·汉密尔顿在二十四小时便利店上班期间消失了。一名顾客走进店里，发现空无一人，收银机是空的，柜台上留着两个打开的软饮饮料罐，没有打斗的痕迹。帕蒂的车停在商店外，好好地锁着。她就此人间蒸发，一年后，警察只能推定她被绑架并遇害了。

州调查局负责帕蒂·汉密尔顿案的探员正是加里·罗杰斯。黛比·卡特、丹尼斯·哈拉维、帕蒂·汉密尔顿，罗杰斯探员的案头摆着三起尚未告破的年轻女士被谋杀的案件。

在俄克拉荷马还是领地的时候，埃达是枪手和逃犯的公开避难所。埃达的这个名声被传得神乎其神，却也名副其实。左轮手枪定纷止争，拔枪快的一方可以就此离开，不用害怕政府的追究。银行劫匪和盗牛贼纷纷逃到埃达，因为这里当时还是印第安领地，不是美国的一部分。警长，即使你能找到，也绝非盘踞在埃达镇内外的职业罪犯的对手。

埃达无法无天的状态在 1909 年发生了巨变，当地人终于厌倦了生活在恐惧中的日子。受人尊敬的牧场主古斯·博比特被有竞争关系的地主雇用职业杀手枪杀。凶手和三个共谋犯被捕，一场压抑已久的怒火燃烧了整个小镇。1909 年 4 月 19 日一大早，在正直的共济会成员的领导下，一群私刑暴徒聚集起来。四十人从埃达镇中心第十二大道的共济会大厅出发，神情严肃，几分钟后抵达看守所。他们控制了警长，把四名暴徒从牢房里拽出来，拖到街对面的马厩，这是精心挑选的行刑地点。四个人的手脚都被人用打包绳结实地捆住，然后被处以仪式般的绞刑。

第二天一早，一名摄影师在谷仓里架设了相机，拍摄了一组照片。其中一张流传了下来，现已褪色的黑白照片清楚地显示，四个人被绳索吊着，一动不动，甚至可以用平静一词来形容，尸体已经僵硬。多年后，这张照片被印制在明信片上，并在商会办公室分发。

几十年来，此次私刑一直令埃达引以为傲。

第五章

关于卡特案，丹尼斯·史密斯和加里·罗杰斯不仅握有尸检报告、毛发样本和“可疑的”测谎结果，也十分确信凶手的身份。罗恩·威廉森虽然蹲在监狱里，但他会出来的。他们迟早会抓到他。

但是，关于哈拉维案，他们却一无所获——没有尸体，没有证人，没有一丝切实的线索。实际上，画像专家的素描看起来和埃达一半的年轻男子都有几分相像。他们必须要有点突破了。

1984 年 10 月初，忽然冒出一个名叫杰夫·米勒的人，他走进埃达警察局，要求见丹尼斯·史密斯，他说他有哈拉维案的消息。

米勒是一个没有前科的当地男孩，但警察对他有些模糊的印象。他是镇上夜不归家的不安分青年，通常在工厂里上班，但工作一换再换。米勒拉了把椅子坐下，开始讲述他的故事。

丹尼斯·哈拉维失踪的那天晚上，在埃达以南二十五英里的蓝河边有一个派对。杰夫·米勒没去，但他认识参加派对的两个女人。米勒告诉了史密斯她们的名字，说她们后来告诉他，汤米·沃德也在那儿，还说，派对开始后不久，酒就不够用了。沃德没有车，却自愿去买啤酒。他向珍妮特·罗伯茨借了辆皮卡，独自离开。几个小时后，他两手空空地回来，心烦意乱，满脸是泪。别人问他为什么哭，他回答说，自己做了可怕的事情。做了什么事？派对上的每个人都想知道。好吧，不知为何，他经过了路上无数的啤酒店，开车回到了埃达，来到了镇东的麦卡纳利便利店。在那里，他抢了一个女店员的东西，强奸了她，然后把她杀死，处理掉了她的尸体，他现在感觉很糟糕。

犯下谋杀案之后，凶手又把这一切随便告诉了一群酒鬼和吸毒者，这听起来挺有逻辑的。

米勒所没有说明的是，两个女人为什么选择跟他说，而不告诉警察，也没有解释她们为什么等了五个月才来告诉他。

这个故事荒唐无稽，但丹尼斯·史密斯还是马上着手追查。他去寻找那两个女人，但她们已经从埃达搬走了。（一个月后，他找到了她们。但两人矢口否认参加过什么聚会，否认见过汤米·沃德，在别的派对上也没见过，否认听到过女店员或其他什么女人被绑架杀害的故事，总之，否认了杰夫·米勒说的所有事。）

丹尼斯·史密斯找到了珍妮特·罗伯茨的地址。她和丈夫迈克·罗伯茨住在七十英里外的诺曼。10月12日，史密斯和迈克·巴斯金警官开车前往诺曼，出其不意地造访了珍妮特。他们请她回警局回答几个问题，她很不情愿地去了。

在询问中，珍妮特承认她、迈克、汤米·沃德、卡尔·方特诺特以及其他一些人经常在蓝河边聚会，但她几乎可以确定，在哈拉维失踪的那个星期六晚上，他们并未聚会。她也常把皮卡借给汤米·沃德，但他不曾从河边聚会或其他聚会的地方开走过那辆车。她没见过他哭泣或伤心的样子，也没听他说过强奸或谋杀年轻女子的事。“没有这事，警官，从来没有。”她十分肯定。

警官们惊喜地发现，汤米·沃德和罗伯茨一家住在一起，和迈克共事。两个人都受雇于一个墙板承包商，工作时间很长，早出晚归。史密斯和巴斯金决定留在诺曼，等沃德干完活回家，问他几个问题。

汤米和迈克在回家的路上停下来，去喝了六瓶啤酒，喝酒是为了不去见那些警察。更重要的是，汤米不喜欢警察。他不想再去诺曼的警察局。在埃达，警察几个月前就谋杀案询问过他，他本以为事情已经结束。他离开埃达的一个原因就是，很多人在背后指指点点，说他和警方画的嫌疑人有多像，他受够了。他多次看过那画像，一点也不认为和自己相似。那只是一个没见过、也不可能见过嫌疑人的警方画像专家弄的一张素描罢了，传播到了社区中，人们迫切想把在埃达生活的什么人和图上的面孔联系起来。每个人都想帮警方破案。这是一个小镇，失踪案是个大新闻。汤米认识的每个人都曾在某个时刻猜测过嫌疑人到底是谁。

几年来，汤米与埃达警方打过几次交道，没有什么大事，也不涉及暴力，但警察认识他，他也认识警察。如果有可能的话，汤米根本不想见史密斯和罗杰斯。

在珍妮特看来，如果汤米心里没鬼，就应该去警察局，和丹尼斯·史密斯、迈克·巴斯金谈谈。汤米与哈拉维失踪没什么关系，但也不相信警方。在纠结了一个小时之后，汤米还是让迈克开车送他去诺曼警察局。

史密斯和巴斯金带他去了楼下一个房间。房间里有录像设备，他们解释说，是想保存询问的影像。汤米内心十分紧张，但还是同意了。设备开启，他们向他宣读了米兰达权利，他在告知书上签了字。

两位警探一开始很客气，看起来这只是又一次的例行询问，没什么大不了的。他们问汤米是不是还记得五个月前的询问。他当然记得。他上次说的是不是实情？是的。他现在是不是会说真话？是的。

在几分钟之内，史密斯和巴斯金把几个问题反复问了一遍又一遍，把汤米弄得晕头转向，搞不清4月的那个星期到底哪天是哪天。在哈拉维失踪的那天，汤米先是在母亲家里修水管，然后冲了个澡，到埃达的罗伯茨家参加派对。他凌晨四点离开，步行回家。五个月前，他告诉警察这一切发生在失踪的前一天。“我只是搞不清日期了。”他试图解释，但警察并不相信。

警探的回应是这样的：“你什么时候意识到，你没有告诉我们真相？”“你这次说的是真话吗？”“你正在让自己陷入更大的麻烦。”

话语越来越严厉，听上去像是指控。史密斯和巴斯金开始诈他，说已经有证人证明汤米星期六晚上参加了蓝河派对，还借了皮卡离开。

不是那天，汤米坚持自己的说法。他星期五去钓鱼，星期六在罗伯茨家里，星期天才去河边参加派对。

警察为什么要撒谎？汤米问自己。他知道自己做过什么。

谎言在继续。“难道不是你去抢了麦卡纳利便利店？我们有人证。”

汤米摇头否认，态度坚决，却陷入了深深的忧虑。如果警察能如此轻易地撒谎，那么他们还会做出什么过分的事？

丹尼斯·史密斯拿出了一张丹尼斯·哈拉维的大幅照片，紧贴着汤米的脸。“你认识这个女孩吗？”

“我不认识她，只是见过她。”

“是你杀了她吗？”

“不是，不是我。我不会杀任何人。”

“是谁杀了她？”

“我不知道。”

史密斯继续拿着照片，问他，丹尼斯是不是一个漂亮的姑娘。“她的家人想要安葬她。他们要知道她究竟在哪里，才能找到她，安葬她。”

“我不知道她在哪里。”汤米说。他盯着照片，想知道警察为什么要指控他。

“你能告诉我她在哪里吗？她的家人要安葬她。”

“我不知道。”

“你可以想象一下，”史密斯说，“两个人抓住了她，把她丢进一辆皮卡，把她带走。你认为他们会怎么处理尸体？”

“无话可说。”

“展开你的想象。你怎么认为？”

“我所知道的是，她有可能还活着，正如你知道的、所有人知道的那样。”

史密斯在提问时仍然举着照片。汤米的所有回答都立刻被无视，仿佛他回答的是假话，或者他们根本没有听到。他们反复问，她是不是一个漂亮的女孩？汤米是不是认为她在受到攻击时会尖叫？他是不是认为她的家人有权安葬她？

“汤米，你为此祷告过吗？”史密斯问。

史密斯终于把照片放到了一边，问了汤米的精神状况，问了素描，问了他的教育背景。接下来，史密斯再次拿起照片，把它贴近汤米的脸，又开始问是谁杀了这个女孩，可不可以安葬尸体，她是不是一个漂亮的姑娘。

迈克·巴斯金则谈起丹尼斯家人的苦痛，开始煽情：“只要有人告诉我们她在哪儿，就可以结束他们的痛苦。”

汤米表示同情，但他真的不知道这个女孩在哪里。

录像设备终于被关掉。询问持续了一小时四十五分钟。汤米·沃德从未改口——他对丹尼斯·哈拉维的失踪一无所知。在这次询问中，他表现得惊慌失措，警察让他几天后再来接受一次测谎，他同意了。

罗伯茨家与诺曼警察局只隔了几条街，汤米决定步行回去。那天，空气清新怡人，但汤米受到了警察的粗暴对待，十分愤怒。警察指控他杀死了女孩，他们一遍又一遍地撒谎，想要诈他。

在回埃达的路上，史密斯和巴斯金相信已找到他们要找的人。汤米·沃德与星期六出现在 JP 便利店的奇怪男孩的素描相像。他对丹尼斯失踪当晚的描述前后不一。在他们刚刚进行的询问中，他看起来十分紧张。

起初，警方安排测谎之举让汤米感到解脱。他会说真话，测谎会证明他说的是真话，警察终于不再来找他麻烦。然后，他开始做噩梦，关于谋杀，关于警察的指控，关于他和画像的相似，关于丹尼斯·哈拉维美丽的脸庞和她家人承受的痛苦。为什么这一切会指向他？

警方相信他就是凶手。他们希望他有罪！他又为什么相信他们做的测谎？他是不是应该找个律师谈谈？

他打电话给母亲，说他害怕警察，害怕测谎。“我害怕他们让我说我不该说的话。”“实话实说，”她说，“不会有什么事的。”

10 月 18 日星期四上午，迈克·罗伯茨开车送汤米去俄克拉荷马市的州调查局办公室。车程二十分钟，测试大约会持续一个小时。迈克在停车场等汤米，准备在结束后和他一起开车去上班。老板给了他们几个小时的假。

在迈克·罗伯茨看着汤米走进那栋大楼的时候，他不可能会想到，这是汤米在自由世界的最后脚步。汤米余下的人生将在监狱的高墙中度过。

丹尼斯·史密斯见到汤米后笑容满面，热情地与他握手，然后让他在一间办公室里独自等了半个小时——这是令嫌疑人不安的把戏，警察很喜欢使用。十点半，汤米被带到另一个房间，鲁斯蒂·费瑟斯通警官和他可靠的测谎仪等在那里。

史密斯不见了。费瑟斯通为汤米缠上带子，接上电极，同时解释了测谎仪的工作原理，或者说理论上的工作原理。在提问开始时，汤米已经冒汗。开头的问题很简单——家庭、教育、工作——所有人都知道答案，仪器运作正常。一点都不难，汤米想。

十一点五分，费瑟斯通向汤米宣读了米兰达权利，开始询问与哈拉维案相关的事情。在两个半小时备受折磨的质询中，汤米据实回答——他对丹尼斯·哈拉维案一无所知。

测试一刻未停地进行到了下午一点半，费瑟斯通解开带子，拔下电极，离开了房间。汤米放松下来，甚至感到开心，因为折磨终于结束了。他通过了测试，警察终于要放他走了。

费瑟斯通五分钟后返回，仔细观看图表，研究上面的结果。他问汤米有什么想法。汤米说，他知道他通过了测试，此事与他再无关系，他真的要回去工作了。

“不要急，”费瑟斯通说，“你没有通过。”

汤米不敢相信自己的耳朵，但费瑟斯通说，他显然说谎了，他肯定参与了哈拉维绑架案。想不想谈谈这件事？

“谈什么？”

测谎仪不会说谎，费瑟斯通手指着纸上的结果说。你知道谋杀案的一些情况，他反复说。又说，对汤米来说，全盘坦白能让事情更容易些，说清发生了什么，说实话。唱红脸的警察费瑟斯通表现得很希望帮助汤米，如果汤米拒绝他的善意，那他就只好把汤米交给唱白脸的警察史密斯和罗杰斯。他们正等着发动一次猛击。

“让我们谈谈。”费瑟斯通逼迫道。

“没什么好谈的。”汤米坚称。他一遍又一遍地重复，测谎仪被人动过手脚或者出了别的问题，因为他说的确实是真话，但费瑟斯通根本不买账。

汤米承认在测试前很紧张，在测试中又因上班要迟到而焦虑。他还承认，史密斯和罗杰斯六天前进行的询问困扰着他，让他晚上做噩梦。

“做了什么样的梦？”费瑟斯通想知道。

汤米讲述了自己做的梦：他参加了一个桶装啤酒派对，又和两个男人、一个女孩坐在皮卡里，去了埃达附近的一家老电厂。老电厂他很熟悉，他在那里长大。其中一个男人想强吻那个女孩，她拒绝了，汤米让那个男的放手。然后，他说，他想回家。“你已经在家里了。”一个男人说。汤米向窗外看去，突然就回到家里了。在他醒来前，他站在洗手台前，徒劳地想要洗去手上的黑色液体。他不知道那个女孩是谁，也不认识那两个男人。

“这个梦毫无意义。”费瑟斯通说。

“多数梦都是这样。”汤米反驳道。

费瑟斯通很镇定，但继续逼迫汤米坦白罪行，让他说出他知道的关于案件的全部情况，特别是尸体在哪儿。费瑟斯通又一次威胁要把汤米交给“等在隔壁的那两个警察”，似乎无尽的刑讯就在前面等着他。

汤米惊异，困惑，极为恐惧。如果他拒绝向费瑟斯通坦白，这位好警察就会把他交给史密斯和罗杰斯，他们已怒火中烧，眼看就要拳脚相向。费瑟斯通待在房间里还好，他一走开，史密斯就对着汤米大喊："你、卡尔·方特诺特和奥德尔·蒂茨沃思抓住了那个女孩，把她带到电厂，强奸了她，然后杀了她，是不是？"

"不是这样。"汤米说。他想理清思路，尽力不慌乱。

"开口说吧，你这个满嘴谎话的、小婊子养的家伙，"史密斯咆哮着，"测谎你没有通过，我们也知道你在说谎，我们知道是你杀了那个女孩！"

汤米努力回想奥德尔·蒂茨沃思这个名字，他听说过这个人，但从未见过面。汤米想起来，奥德尔住在埃达附近，名声不佳，但不记得曾见过他。也许见过一两次，但现在想不起来了。当然，想不起来的部分原因是，史密斯正在向他大喊大叫、指手画脚，并且准备大打出手。

史密斯的推测是，三个人抓走了女孩，他不停地重申这种假想，但汤米予以否认。"不，我与此事毫无关系。我根本不认识奥德尔·蒂茨沃思。"

"不，你认识他，"史密斯纠正说，"不要再说谎了。"

警察假定卡尔·方特诺特参与了行凶，这一点相对容易理解，因为他和汤米在近几年时有交往。汤米对从天而降的指控感到困惑，史密斯和罗杰斯自信满满地认定他就是凶手，这让他恐慌。他们来来回回，把威胁和脏话肆意地抛向汤米。话越来越难听，词汇表里所有侮辱和淫秽的字眼旋即都加入进来。

汤米浑身冒汗，头晕目眩，竭力保持理智。他尽力用简短的话来作答。“没有，我没有做。”“不，我没有参与。”有几次，他想讽刺挖苦几句，但都因害怕而没敢说出口。史密斯和罗杰斯怒气冲天，手中有枪，汤米和他们还有费瑟斯通共处一室。对他的审讯没有表现出快要结束的迹象。

汤米和费瑟斯通一起待了三个小时，汗流浃背，史密斯和罗杰斯又折磨了他一个小时。汤米真的需要休息一会儿。他需要去趟厕所，抽根烟，清醒一下。他需要帮助，需要找个人谈谈，让人告诉他这一切是怎么回事。

“我能休息一下吗？”他问。

“再过几分钟。”他们说。

汤米发现，在旁边那张桌子上有一台录像机，但并未插电，警察对正在实施的言语虐待压根未做记录。他想到，这一定不是警方的正常程序。

史密斯和罗杰斯反复提醒汤米，俄克拉荷马州对杀人犯处以注射死刑。他面临被判处死刑的命运，这一点确定无疑，但还有一个挽救的办法。坦白罪行，告诉他们所发生的一切，带他们去找到尸体，他们会利用自己的影响力为他争取。

“我什么也没做。”汤米不停地说。

“他做过一个梦。”费瑟斯通告诉他的两个同事。

汤米复述了那个梦。警察们对此不以为然。三个警察都认为那个梦毫无意义，汤米和上次一样回答：“多数梦都是这样。”

但这个梦给了警察灵感，他们开始对梦里的情节添油加醋。“卡车里的另外两个人是奥德尔·蒂茨沃思和卡尔·方特诺特，对吗？”

“不是。”汤米坚持说。他不知道梦里那两个人是谁。无名无姓。

“胡扯。那个女孩是丹尼斯·哈拉维，是吗？”

“不是。”他不知道梦里那个女孩是谁。

“胡扯。”

又过了一个小时，警察把一些必要的细节添加到了汤米的梦里，虽然他否认了所有的新“事实”。那只是一个梦，他说了一遍，一遍，又一遍。

“那只是一个梦。”

“胡扯。”警察说。

忍受了两个小时不间断的猛烈攻击，汤米终于崩溃了。压力源于恐惧，史密斯和罗杰斯怒气冲冲，看上去完全有能力而且非常乐意虐待他，甚至枪毙他，压力还来自被执行死刑前在死囚区虚度人生的那种恐怖。

汤米清楚地知道，在向警察提供有用信息之前，自己是走不了了。在这个房间里待了五个小时之后，他已筋疲力尽、头脑昏沉，因恐惧而几乎瘫软在地。

他犯了一个错误。这个错误将把他送进死囚区，让他最终老死狱中。

汤米决定配合警察。他是完全无辜的，也认为卡尔·方特诺特和奥德尔·蒂茨沃思是无辜的，但他向警察提供了他们需要的东西，顺从他们的假想。真相很快就会浮出水面。明天，或者后天，警察会发现他编的故事与事实不符。他们会找卡尔谈，卡尔会告诉他们实情。他们会找到奥德尔·蒂茨沃思，他会嘲笑他们。

配合他们。随着侦查的进展，他们终究会发现真相。

如果他的梦境口供足够荒诞，怎么会有人相信？

“是奥德尔首先进入便利店的吗？”

“是的，为什么不是。”汤米说。那只是一个梦。

现在警察正向目标迈进。这个男孩最终被他们的优秀战术打败。

“动机是抢劫，是吗？”

“是的，你怎么说都行，那只是一个梦。”

整个下午，史密斯和罗杰斯为这个梦增添了越来越多的细节，汤米乖乖地配合着。

那只是一个梦。

就在荒诞不经的“供述”进行时，警方应该已意识到存在严重问题。迈克·巴斯金警官在埃达的警察局里等待，等着电话响起，无比希望自己也在州调查局里参与审讯。大约在下午三点，加里·罗杰斯打电话来，告诉他一个大新闻——汤米·沃德开口了！巴斯金跳上车，奔向镇西的电厂，开始寻找尸体。他风风火火，但搜寻注定迅速告终。

他一无所获，却认为只是因为人手不够，没能进行全面搜索。他开车回到警察局，电话再次响起，说法变了。在去往电厂的路上，右手边有一栋老旧的、起过火的房子。尸体就在那房子里！

巴斯金再次出发，找到了那栋房子，检查了每一片瓦砾，依旧一无所获，只好又返回到镇上。

捕风捉影的事仍在继续，罗杰斯打来了第三个电话。说法再次改变。在电厂和起过火的房子之间的某个地方，有一个混凝土的地下防御工事，汤米把尸体放在那里了。

巴斯金找了两个警察做帮手，配备了探照灯，又一次出发。他们找到了那个地下防御工事，在里面搜寻到天黑也未放弃。

什么也没找到。

每次巴斯金回电，史密斯和罗杰斯都会修改汤米的梦。一个又一个小时过去，嫌疑人撑不下去了。他们分工协作，你来我往，好警察，坏警察，先是温柔到近乎同情的声音，接下来爆发呵斥、诅咒和威胁。“你这个满嘴谎话的婊子养的！”这是他们的口头禅。汤米被这样吼了上千遍。

“你应该很庆幸迈克·巴斯金不在这儿，”史密斯说，“否则他会打爆你的头。”

就算子弹穿过脑袋，汤米也不会意外。

天黑之后，警察意识到当天是找不到尸体了，史密斯和罗杰斯决定把精力集中在口供上。录像机一直没有插电，他们和汤米一起理顺他们编的故事：一开始，三名凶手驾着奥德尔·蒂茨沃思的皮卡游荡，计划进行抢劫，发现丹尼斯会指认他们，就抓住了她，然后，他们决定奸杀了她。抛尸处的细节还不清楚，但两名警探确信尸体就藏在电厂附近的某个地方。

汤米大脑僵滞，几乎不能说话。他努力背诵警察编的故事，却总把事实混淆在一起。这时，史密斯和罗杰斯会打断他，复述他们编的故事，让他从头再背。最后，在历经四次毫无进展的排练后，演员的状态越来越差，警察决定打开录像机。

“开始吧，”警察对汤米说，“别搞错，别说那是做梦之类的胡话。”

“但那故事不是真的。”汤米说。

“叫你说，你就说，”警察坚称，“我们会帮你证明它不是真的。”

“记住，别说那是做梦之类的胡话。”

下午六点五十八分，汤米·沃德对着镜头说出自己的名字。他被审讯了八个半小时，早已筋疲力尽。

他抽着烟，他在那天下午第一次抽到了烟，面前还摆着一个空的软饮饮料罐，仿佛他和警察刚刚结束了一次友好的交谈，一切都美好而文明。

他讲了他的故事。他、卡尔·方特诺特和奥德尔·蒂茨沃思在商店绑架了丹尼斯·哈拉维，接下来开车去了镇西的电厂，奸杀了她，最后，把尸体丢在了桑迪克里克附近一个混凝土地下防御工事里的某个地方。凶器是蒂茨沃思的弹簧刀。

那完全是一个梦。他说，或者打算说，又或认为自己已经说了。

有几次他使用了“蒂茨德尔”这个名字。警察打断了他，善意地提醒他，那人的名字是“蒂茨沃思”。汤米在被纠正之后勉强继续说下去。他不停地想，瞎子警察也能看出我在说谎。

三十一分钟后，录像机关闭。汤米被戴上手铐，被警车押回埃达，关进看守所。迈克·罗伯茨仍然在州调查局大楼外的停车场等候。他已在那里等了九个半小时。

第二天早上，史密斯和罗杰斯召开了新闻发布会，宣布哈拉维案告破。汤米·沃德，二十四岁，埃达人，对罪行供认不讳，并供出了另外两个人，他们还未被拘留。警方请求媒体对这件事保密几天，以便他们有时间抓捕另外两名嫌犯。报社的人这样做了，但电视台的人没有。这条新闻迅速在俄克拉荷马州东南部播出。

几个小时后，卡尔·方特诺特在塔尔萨附近被捕，并被用警车押回埃达。史密斯和罗杰斯刚刚成功地搞定了汤米·沃德，这次又承担了审讯卡尔的工作。虽然他们有条件录像，但并未留下录像带。

卡尔时年二十岁，从十六岁起就独自生活。他在埃达长大，一贫如洗，父亲是个酒鬼，他亲眼目睹母亲死于一次车祸。他是个易受别人影响的孩子，朋友不多，几乎没有亲人。

他坚称自己是无辜的，对哈拉维的失踪一无所知。

但事实证明，卡尔远不及汤米坚定，不到两个小时，史密斯和罗杰斯就录下了他的口供。令人生疑的是，这份口供与汤米的高度相似。

卡尔在被关进看守所之后立即翻供，他后来这样说："我这辈子从未进过监狱，也没有前科，没有人当着我的面告诉过我，我曾杀过一个漂亮女人，还说我会被判死刑，所以，我讲了这个故事，只是为了让他们放过我。他们在我讲故事的时候录了像。他们说我可以写下来，或录像。在他们让我坦白时，我根本就不知道书面供述或口供意味着什么。这就是我提供假口供的原因，我希望他们放我走。"

警察迫不及待地把新闻透露给媒体。沃德和方特诺特对犯罪供认不讳。哈拉维失踪之谜解开了，至少是大部分已解开。他们开始追捕蒂茨沃思，并且打算以谋杀罪起诉三人。三人全部归案只是迟早的事。

警察找到了烧毁的房子的现场，也找到了尸体残骸，一块下颌骨。不久后，这则新闻就上了《埃达晚报》。

尽管经过精心辅导，但卡尔的口供还是一塌糊涂。他对罪行的描述与汤米的相去甚远。两人口供的一些细节直接冲突，比如强奸丹尼斯的顺序，在强奸中她是否被刺伤，刺伤的位置和数量，她是否逃脱，跑出几步后被抓住，以及她是什么时候死的。最明显的差异是，他们如何杀死了她，他们怎样处理了尸体。

汤米·沃德说，丹尼斯是在奥德尔的皮卡车斗里被轮奸的，轮奸时受了多处刀伤。她就死在那里，他们把她的尸体丢在了一个混凝土地下防御工事附近的水沟里。方特诺特的回忆却不是这样。在他的描述中，他们把她带进了一个废弃的房屋，奥德尔·蒂茨沃思用刀捅了她，把她塞在地板下，然后浇上汽油，烧毁了房子。

但是，这两个人对奥德尔·蒂茨沃思的说法却几乎完全一致。他是组织者、策划人，他召集沃德和方特诺特坐上他的皮卡，去喝啤酒，抽大麻，然后抢劫了麦卡纳利便利店。这群人决定好去抢哪个商店之后，奥德尔闯了进去，偷了钱，抓住了那个女孩，告诉他的同伙，他们应该杀了她灭口。是奥德尔把车开到了电厂。他首先强奸了女孩，还指挥另外两人也这样做。他提供了武器，一把六英寸长的弹簧刀。是他捅了她，杀死了她，焚尸灭迹（或者没有）。

虽然他们承认参与行凶，但都将真正的责任推到了奥德尔·蒂茨沃思或蒂茨德尔，或不管叫什么名字的别人身上。

10 月 19 日星期五下午四五点时，警察逮捕了蒂茨沃思，并审讯了他。他曾四次被判重罪，对警察的态度很差，对警察的审讯手段也更为熟悉。他寸步不让。他对哈拉维案一无所知，至于沃德和方特诺特说了什么，他根本不感兴趣，管它是录下来的还是没录下来的。这两位“绅士”他一个也没见过。

审讯蒂茨沃思时也没录像。蒂茨沃思被丢进了看守所。不久后，他回想起来，4 月 26 日，他在与警察的搏斗中打断了胳膊。两天后，丹尼斯失踪，他那时正在女朋友家，打着厚厚的石膏，痛得要死。

在另外两人的口供中，蒂茨沃思穿着 T 恤，双臂满是文身。事实上，他的左臂打着石膏，当时根本就不在麦卡纳利便利店附近。丹尼斯·史密斯在调查中发现，医院和警方的记录都清楚地证明了奥德尔说的是真的。史密斯找到了主治医生，医生的描述是，肘肩之间扭折，非常痛苦。蒂茨沃思根本就没有可能在骨折两天后扛尸体或进行暴力袭击。他的手臂打着石膏，石膏绑着吊带。不可能。

口供的真相逐渐显露。警察在那栋被烧过的房子的瓦砾间搜索时，房主出现了，询问警察在做什么。警察告诉他，他们在搜索一个名叫哈拉维的女孩的尸体，一个嫌疑人承认曾在这栋房子中焚尸。房主说，那不可能。是他本人在 1983 年 6 月将房子烧掉的，那是哈拉维失踪十个月之前的事。

州验尸官完成了对下颌骨的分析，并得出结论，它来自一只负鼠。这个消息发给了媒体。

但是，他们没有告诉媒体关于焚毁房屋和奥德尔・蒂茨沃思骨折的事，当然也没说沃德和方特诺特在录像之后立即翻供。

在看守所，沃德和方特诺特坚称自己是清白的，告诉所有愿意听他们说话的人，口供是威逼利诱得来的。沃德的家人凑钱请了位很好的律师，沃德向律师详细描述了史密斯和罗杰斯在审讯中使用的手段。那只不过是一个梦，他千百次地重复。

卡尔・方特诺特举目无亲。

警方仍在努力寻找丹尼斯・哈拉维的尸体。显然，很多人会问："那两个人都坦白了，为什么警察还不知道尸体埋在哪里？"

美国宪法第五修正案规定了免于自证其罪的权利，因为最简单的破案方法莫过于拿到一份口供。关于警察审讯行为规范的法律汗牛充栋，其中大部分在 1984 年以前就已颁布实施。

一百年前，在霍普特诉犹他州案（*Hopt v. Utah*）中，联邦最高法院判决，如果警察以威逼利诱被告人的方式获得口供，并且在此期间剥夺了其意志自由或自我控制，使其不能作出自愿的供述，那么口供不会被采纳。

1897年，最高法院又在布拉姆诉美国案（*Bram v. United States*）中认为，供述必须自由、自愿，不能通过威胁、暴力、利诱的方式获得，不管程度强弱。威逼利诱获得的口供不能得到法庭的认可。

1960年，在布莱克本诉阿拉巴马州案（*Blackburn v. Alabama*）中，最高法院认为，“胁迫可以是精神上的，也可以是身体上的”。在判断警察是不是通过心理胁迫手段获得口供时，有以下几个重要因素：审讯时间的长短；事实上是否被延迟；审讯是在日间还是夜间进行，如果是夜间的口供则非常可疑；被告人的心理构成，包括智力、阅历、教育背景等。

米兰达诉亚利桑那州案（*Miranda v. Arizona*）是最著名的免于自证其罪判例，在此案中，联邦最高法院为保护被告人权利提供了程序保障。不做强迫供述，是嫌疑人的宪法权利，警察和检察官应当证明，嫌疑人明确理解以下事项：他有权保持沉默；他所说的一切都有可能被用作起诉他的呈堂证供；他有权在受审时聘请律师。如果他付不起律师费，政府会为其聘请。如果不能证明嫌疑人已知晓以上事项，他在审讯中所做的口供不能在法庭上使用。在审讯中，如果嫌疑人请求聘请律师，审讯应当立即停止。

米兰达案的判决是在1966年作出的，立即广为传播。许多警察局不以为意，直到很多罪犯因未被准确宣示权利而获释，他们才重视起来。米兰达案被很多法律秩序主义者严厉批评，他们指责最高法院放纵坏人。但它最终还是融入了我们的文化，电视上的每个警察都会在逮捕嫌疑人时愤怒地说，“你有权保持沉默”。

罗杰斯、史密斯和费瑟斯通了解米兰达警告的重要性，因为他们确保汤米的米兰达程序被准确录制了下来。而录像上看不到的是，长达五个半小时的持续威胁和言语虐待。

汤米·沃德和卡尔·方特诺特所做的口供是宪法意义上的灾难，但在当时，在1984年10月，警方仍然相信他们会找到尸体，会找到一些可信的证据。几个月后才会进行审判。他们有充裕的时间把沃德和方特诺特的案子办成铁案，至少他们是这么想的。

但仍然找不到丹尼斯。汤米和卡尔不知道她在哪里，他们也反复告诉警方这一点。一个又一个月过去，没有证据，没有线索。口供越来越重要；事实上，口供是州政府在庭审中掌握的唯一证据。

第六章

罗恩·威廉森对哈拉维案非常了解。他在场内占据了最好的位置——庞托托克县看守所的一个床位。罗恩被判三年监禁，在关了十个月之后，他获得假释，回到了埃达，接受监视居住。监视居住虽然严格限制他的行动，却是相对松散的机制。毫不令人意外的是，这不起什么作用。罗恩没有得到医治，无法记住时间、日期或其他任何事情。

1984 年 11 月，在家期间，罗恩被指控“因伪造支票罪，受惩教局监禁，在监视居住期间，故意和不正当地在未经惩教局同意的时间逃出居所”。

罗恩的说法是，他去街上买包烟，比预想的时间晚回来了三十分钟。他被逮捕，收监，四天后，被诉越狱重罪。他提交了贫困者誓证[1]，请求法庭指定律师。

---

1 贫困者誓证（pauper's oath），请求给予公共帮助、指定义务律师、免交诉讼费用或其他免费服务时提供的宣誓书、声明或誓言，说明自己确因贫困无力缴纳此项费用。薛波主编、潘汉典总审订，《元照英美法词典》（缩印版），北京大学出版社 2013 年，第 1036 页。

看守所里的每个人都在讨论哈拉维的事。汤米·沃德和卡尔·方特诺特也已经被关了进来。犯人们无事可做，就不停地说啊说。沃德和方特诺特占据了舞台中心，因为他们的“罪行”最新鲜，当然也最敏感。汤米复述了梦境口供和史密斯、罗杰斯和费瑟斯通所使用的手段。这三位警探是听众们的老熟人。

汤米一遍又一遍地坚称，他与丹尼斯·哈拉维没有任何关系，真正的凶手正逍遥法外，嘲笑着这两个认罪的傻蛋，还有陷害他们的警察。

鉴于找不到丹尼斯·哈拉维的尸体，比尔·彼得森面临巨大的法律挑战。他的案子有两份录制好的口供，却没有任何物证支撑。事实上，真相与录像上所说的完全背离，口供也显然相互冲突。彼得森有两名嫌疑人的素描，但就连素描也存在问题。勉强可以说，其中一张与汤米·沃德有些相像，但没有人会认为另外一张与卡尔·方特诺特哪怕有任何一点相似。

感恩节来了又去，尸体还是没找到，然后到了圣诞节。1985 年 1 月，比尔·彼得森说服了一名法官，有充分证据证明丹尼斯·哈拉维已经死亡。在预审中，法庭里坐满了人，口供播放出来。人们深感震惊，之后，很多人发现沃德和方特诺特的说法明显不一致。尽管如此，审判的时间已到，不管尸体有没有找到。

法律争议从未止息。两名法官申请回避。搜寻人员泄了气，最终在丹尼斯失踪一年后停止了寻找。埃达大部分人都相信沃德和方特诺特有罪——如果没犯罪，他们为什么要认罪？——但也有人因为缺乏证据而对此表示怀疑。为什么审判要拖延如此之久？

1985 年 4 月，在丹尼斯·哈拉维失踪一年以后，《埃达晚报》

发表了多萝西·霍格的报道《未破的暴力犯罪案困扰埃达》，表达了人们对调查进程如此缓慢的失望，霍格总结了两个案件的情况。关于哈拉维案，"虽然在沃德和方特诺特被捕前后，政府搜寻了当地很多地方，但没找到哈拉维的任何踪迹。但是，丹尼斯·史密斯警探说他认为案件已经告破"。报道没有提及所谓的口供。

关于卡特案，霍格写道："犯罪现场发现的证据和与嫌疑人有关的证据送到俄克拉荷马州调查局的实验室快两年了，警方说，还在等结果。"报道也注意到了州调查局积压的案件。丹尼斯·史密斯说："警方已经将范围缩小到了一名嫌疑人，但关于这起犯罪，还没有逮捕任何人。"

1985 年 2 月，罗恩坐在法庭上，接受越狱罪的庭审。法庭指定戴维·莫里斯担任他的律师。戴维与威廉森一家相熟。他为罗恩作了有罪辩护，最终罗恩被判处两年监禁。刑期大部分都可以缓期执行，如果罗恩可以：接受一些心理咨询，不惹麻烦，不离开庞托托克县，不再喝酒。

几个月后，罗恩因为在公开场合醉酒在波特瓦特米县被捕。比尔·彼得森提出动议，要求撤销缓刑，对罗恩收监执行剩余刑期。法庭再次指定戴维·莫里斯代理罗恩。撤销缓刑的庭审安排在 7 月 26 日，主审法官是地区法院临时法官约翰·戴维·米勒。或者说，米勒法官只是试图进行这次审判。罗恩因为没有接受良好的治疗，病情发作，在庭上不能闭嘴。他与莫里斯、米勒法官和警察争吵。秩序无法维持，法官只好宣布庭审延期。

三天后，法庭再次尝试进行审判。米勒法官让狱警和警察警告罗恩注意自己的行为，但他走进法庭时还是大喊大叫，咒骂不止。

法官不停地警告他，他也不停地顶撞法官。他要求撤换律师，但当法官询问理由时，他又说不出。

罗恩的行为让人无法忍受，但即使是在这场混乱中，人们也很容易可以看出他需要帮助。有时他看似听懂了正在发生的一切，下一刻，他的咆哮又与此无关。他只是对这个世界表达他的愤怒、厌恶和斥责。

多次警告无效之后，米勒法官下令把罗恩送回看守所，庭审再次延期。第二天，戴维·莫里斯提出动议，要求审查罗恩的意识能力[1]。他也提出了终止代理的动议。

在罗恩扭曲的世界里，他认为自己完全正常。律师质疑他的心理稳定性，这让他备受侮辱，他决定不再和莫里斯说话。莫里斯也受够了。

法庭接受了审查意识能力的动议，却驳回了终止代理的动议。

两个星期后，庭审再次启动，但又很快结束。罗恩比先前更加疯狂。米勒法官下令对罗恩做精神鉴定。

1985 年初，朱厄妮塔·威廉森被确诊患有卵巢癌，癌症快速扩散。两年半以来，她始终生活在自己的儿子杀死了黛比·卡特的流言之中，她希望在离开人世前解决这件事情。

朱厄妮塔对书面记录有近乎痴狂的执着。她几十年来坚持记日记。她的商业资料完美无瑕。给她几分钟，她就可以告诉顾客最近

1 意识能力（mental competency），行为人对自身行为的性质及后果的认知程度，是衡量一个人智力、理解能力、记忆力和判断能力的标准，是行为人对自己行为的后果承担刑事和民事责任的条件。薛波主编、潘汉典总审订，《元照英美法词典》（缩印版），北京大学出版社 2013 年，第 908 页。

五次预约的日期。她从不丢弃任何文字资料——账单、注销的支票、收据、子女的学校成绩单，还有其他纪念物。

她上百次地查看自己的日记，清楚地知道在 1982 年 12 月 7 日晚上，罗恩在家，和她待在一起。她也多次给警察看这些材料。他们的说法是，罗恩可以轻易地溜出去，跑过后巷，行凶，然后回家。动机并不重要。格伦·戈尔说那晚罗恩待在马车灯酒吧并骚扰黛比·卡特，这完全是撒谎，也不重要。那些都是小问题，警察找到了他们要找的人。

但警察也知道朱厄妮塔·威廉森德高望重。她是个虔诚的基督徒，整个五旬节教会的人都认识她。她的发廊有几百名顾客，她对待她们如同好友。如果朱厄妮塔作证说，凶案当晚罗恩在家，陪审团会相信她。也许她的儿子有问题，但那显然不是她的错。

现在朱厄妮塔又想起了别的事情。1982 年，录像带租赁越来越流行，街上一家商店发现了商机。12 月 7 日，朱厄妮塔租了一台录像机和她最喜欢的五部电影，与罗恩一直看到第二天凌晨。他那天晚上在家，在家里的小客厅，与母亲一起观看老电影，享受美好时光。而且，朱厄妮塔手里还保留着租赁单据。

戴维·莫里斯一直帮朱厄妮塔处理一些微小的法律事务。莫里斯非常钦佩她，并偶尔会在罗恩胡作非为之后，出于好意做他的代理人，尽管他并不是一个理想的客户。莫里斯听朱厄妮塔说了她的故事，查看了单据，相信她说的是真话。他也很宽慰，因为和镇上大多数人一样，他不断地听到罗恩卷入卡特谋杀案的风言风语。

莫里斯的主要业务是刑事辩护，他对埃达警方没什么好感。但是，他认识他们，还安排了丹尼斯·史密斯和朱厄妮塔见面。他甚至还开车送她去警察局，陪她向丹尼斯·史密斯解释这些事。史密斯认真地听了她的讲述，查看了租赁记录，问她是否愿意制作口供录像。当然愿意。

朱厄妮塔在房间里，坐在椅子上，面对镜头，回答史密斯的问题。戴维·莫里斯在窗外看着她，结束后，开车送她回家。朱厄妮塔确信此事已经结束，可以安心了。

无人知晓录像机里是不是真的装了录像带，反正没有人看到过这份录像。没人知道史密斯警探是不是报告了这次询问，在此后的法律程序中，它从未被提交。

罗恩坐在囚室里，打发一天又一天，熬过一周又一周，担心着母亲的身体。1985 年 8 月，朱厄妮塔在医院病危，但狱方还是不允许罗恩去看她。

同月，法庭命令查尔斯·阿莫斯医生再次对罗恩做精神鉴定，医生准备了一些测试。在第一个测试中，阿莫斯发现罗恩对所有的问题都径直选择“是”。当阿莫斯让他进行简答时，他回答说：“测试和我的母亲，哪个更重要？”鉴定结束后，阿莫斯记录道：“应当指出，在与威廉森先生的见面中，鉴定人发现与 1982 年上次见面相比，他的情感功能显著下降。”

罗恩请求警方，在母亲去世前，让他去见她一面。安妮特也这样请求。罗恩入狱这些年，她与狱警日渐熟悉。每次她给罗恩送去曲奇和布朗尼时，也会给所有囚犯和狱警带上一份。她甚至曾在监狱的厨房里为他们做过一餐饭。

她摆事实讲道理，医院并不远，这是个小镇，每个人都认识罗恩和他的家人。他不可能会拿起武器伤人。最后，双方达成协议，罗恩于午夜过后被带往医院。他戴着手铐脚镣，被一群全副武装的警察押解，坐车过去。到了医院，他被放在轮椅上，推过走廊，推到病房。

朱厄妮塔事先明确说过，她不想见到儿子戴着手铐的样子。安妮特乞求警察打开手铐，他们很不情愿地同意了，但把这件事给忘记了。手铐脚镣都没打开。罗恩请求警察，在见母亲最后一面的那几分钟，只把手铐打开。不行。他们让他老老实实地坐在轮椅里。

罗恩想要用一条毛毯遮住镣铐。警察犹豫了一下——因为可能会有安全风险——然后松了口。他们推着罗恩进了朱厄妮塔的房间，坚持让安妮特和勒妮离开。她们请求留下，这样一家人可以最后团聚一次。“太危险了，”警察说，“到大堂里去等着。”

罗恩告诉母亲，他多么爱她，他把自己的生活搞得一团糟，让母亲失望，他多么抱歉。他哭着乞求母亲的原谅，母亲当然会原谅他。他引用了《圣经》。罗恩当时难以表达亲密的感情，因为警察还在房间里，徘徊在他身后，确保他不会跳窗或伤人。

告别仪式很短暂。几分钟后，警察就打断了他们，说是要回监狱了。安妮特和勒妮听到了弟弟坐在轮椅上被推走时的哭声。

朱厄妮塔于 1985 年 8 月 31 日去世。家人请求警察允许罗恩参加葬礼，他们一开始不同意。后来，安妮特的丈夫提出付费给他曾当过警察的两个表兄弟，让他们在整个葬礼过程中协助看管罗恩。警察这才松了口。

戏剧性的一幕上演了，警察将罗恩参加母亲葬礼之事当作了安保大事件。他们坚持要求，每个人都落座后，罪犯才能进入。当然，他们也不同意解开他的镣铐。

对一个伪造了三百美元票据的重罪犯来说，这些安保措施“显然是必要的”。

教堂里坐满了人。灵柩敞开，置于圣坛前，每个人都能看到朱厄妮塔憔悴的面容。后门打开，她的儿子在看守的押解下通过走廊。他的手脚都被铐着，镣铐连着腰间的锁链。他只能小步前行，金属摩擦和碰撞的声音惊吓着每一个人的神经。当罗恩看到躺在棺椁里的母亲，他开始抽泣，说："对不起，妈，我对不起你。"当他走近时，抽泣转为放声大哭。

看守们把他按在座位上，然后站在两边。他每动一下，锁链都会发出刺耳的响声。他紧张，不安，狂躁，不能稳坐，不能保持安静。

罗恩坐在第一五旬节圣洁会的教堂里，这是他儿时做礼拜的地方，是安妮特依然在每个礼拜天早上去弹管风琴的地方，是他的母亲每次聚会几乎都要参加的地方，他凝视着她枯槁的面容，哭了起来。

葬礼结束后，教堂团契厅有午餐供应。罗恩拖着脚步去往那里，看守就在一臂远的地方。他吃牢饭吃了几乎一年，面前教友带来的百家菜对他来说就是一场盛宴。安妮特请求负责看管的警察摘去罗恩的手铐，让他可以吃饭。警察拒绝了他。她小声地乞求。不行，警察回答。

家人和朋友怜悯地看着罗恩的姐姐安妮特和勒妮，她们轮流喂罗恩吃完了东西。

在墓地，在读过一段《圣经》和祈祷文之后，前来悼念的人们轮流向安妮特、勒妮和罗恩表达了哀悼之情和善意。人们友好而温暖地相互拥抱，但罗恩做不到。他无法抬起胳臂，只能尴尬地回吻女人们的脸，笨拙地、带着叮当响声地与男人们握手。那是 9 月，天气依旧炎热，汗水从他的前额流下，流到脸颊。他没办法自己擦，只能让安妮特和勒妮帮忙。

查尔斯·阿莫斯医生向法庭提交了一份报告，报告称，根据俄克拉荷马州法的界定，罗恩·威廉森是精神病人，不能理解指控的性质，不能协助己方律师进行辩护，除非接受治疗，他不能再获得意识能力。医生还说，如果罗恩不经治疗就释放，他还会对自己和他人造成威胁。

米勒法官采纳了阿莫斯医生的结论，签发法庭指令，宣布罗恩无意识能力。他被送到维尼塔的东部州立医院，接受进一步的评估和治疗。在那里，他的主治医生是R. D. 加西亚，加西亚医生给他开了以下药物：盐酸氟胺安定和替马西泮治疗失眠，盐酸硫利达嗪治疗幻觉和妄想，氯丙嗪治疗精神分裂症、多动、好斗和躁狂抑郁症的躁狂期。每隔几天，医生会对药物进行调整，罗恩安静了下来，有所好转。

几个星期后，加西亚医生总结道："他是个反社会的人，有酗酒史。他必须继续服用氯丙嗪，每次一百毫克，一天四次。他没有逃跑的风险。"

这有些讽刺，缓刑被撤销就是因为逃跑。

在回应法庭的书面问询时，加西亚医生说："他现在可以接受其所被指控的罪名，……也可以向律师咨询，理智地协助律师准备辩护，……精神疾病已经治愈，……即使他不再接受药物和心理治疗或训练而直接释放，也不会对自己或他人的生命和安全造成重大威胁，除非他的反社会倾向加剧，或者在酗酒后具有潜在的危险性。"

罗恩被送回了埃达，撤销缓刑的程序再次启动。但是，米勒法官在鉴定后没有再次审查罗恩的意识能力，他直接接受了加西亚医生浮于表面的结论。罗恩被法庭指令宣告无意识能力后，其实再也没有恢复，但法庭再未就这一点作出裁判。

基于加西亚医生的结论，缓刑被撤销，罗恩被收监，继续执行剩余的两年监禁。当他离开东部州立医院时，医生给他开了两个星期的氯丙嗪。

1985 年 9 月，汤米·沃德和卡尔·方特诺特在埃达受审。他们的律师极力主张将他们的案件分开审理，更重要的是，让他们离开庞托托克县。丹尼斯·哈拉维依然踪迹全无，依然是个话题，数以百计的当地人曾参与寻找她的行动。她的公公是当地的牙医，受人尊敬。沃德和方特诺特已经在看守所里待了十一个月。自从 1984 年 10 月第一次见报之后，他们的口供一度成为咖啡馆和美容院里的热点话题。

被告人如何能期望成立一个公正的陪审团？每天有许多臭名昭著的案件被移送到其他辖区。

改变审判地的动议被驳回。

另外一场预审之战针对的是口供。沃德和方特诺特的律师攻击这两份口供证据，特别是史密斯和罗杰斯为获得它们所使用的手段。两个男孩讲的故事显然不是真的，没有任何一丝物证支持他们的说法。

彼得森进行了报复性的反击。没有录像，他无论如何也定不了案。经过长时间的激烈辩论，法官裁定，口供问题可以交由陪审团审查。

州检察官传唤了五十一名证人，但没有几个人说了什么实质性内容。很多人是丹尼斯·哈拉维的朋友，被传作证只是为了证明她确实失踪，推定死亡。庭审过程中只发生了一个意外。一个名叫特莉·霍兰德的职业罪犯被传作证。她告诉陪审团，1984 年 10 月她在县看守所的时候，卡尔·方特诺特也被关了进来。他们两人有时会聊聊天，卡尔向她承认，他、汤米·沃德和奥德尔·蒂茨沃思绑架、强奸并杀死了那个女孩。

方特诺特否认曾见过这个女人。

特莉·霍兰德不是唯一作证的监狱告密者。一个名叫伦纳德·马丁的轻罪罪犯也关在监狱里。检察官传唤了他，在庭上，他告诉陪审团，有一次他听到卡尔自言自语："我知道我们会被抓。我知道我们会被抓。"

这就是州检察官所提供证据的水平，要用它们来说服陪审团，被告人的罪行已经达到排除合理怀疑的标准。

没有物证，口供录像就成了重中之重，但这两份录像却充斥着矛盾和显而易见的谎言。检察官处在尴尬的境地：一方面要承认沃德和方特诺特在说谎，另一方面又要请求陪审员相信他们。

请忽略关于蒂茨沃思的所有内容，因为他没有真的参与行凶。

请略过抛尸的房屋烧毁这些小问题，因为这幢房子十个月前就被烧毁了。

显示器搬进了法庭。灯光被调暗。录像开始播放。可怕的细节呈现出来，沃德和方特诺特正被推向死囚区。

助理地区检察官克里斯·罗斯做了结案陈词，这是他在谋杀案中第一次承担这样的任务。为了达到极具戏剧性的效果，他形象地描述和复述了录像里所提及的血腥细节——刀伤，鲜血，肠子，对如此美丽的姑娘实施的强暴和戕害，惨无人道的焚尸灭迹。

陪审员们怒不可遏。经过短暂的讨论之后，他们返回法庭，作出了有罪判决，判处二人死刑。

然而，不管沃德和方特诺特在他们虚假的口供中编造了什么，也不管比尔·彼得森和克里斯·罗斯告诉了陪审团什么，事实上，尸体既没有被刀捅过，也没被焚烧。

丹尼斯·哈拉维死于头部的单一枪击伤。1986 年 1 月，她的尸体在休斯县的格蒂居民区附近的树林里被一个猎人发现。那是一个距埃达二十七英里的地方，远离当初的全部搜寻范围。

真正的死因本应让所有参与案件的人清醒过来，沃德和方特诺特荒唐可笑的故事其实就是个梦，他们是被强迫录口供的。然而，并没有。

真正的死因本应推动政府承认自己的错误，然后去找寻真正的凶手。然而，并没有。

在庭审之后、尸体被发现之前，汤米·沃德正等着被送往麦卡莱斯特的死囚区。那是一所位于埃达以东五十五英里的监狱。那些导致他现在面临注射死刑的事件让他震惊，至今尚未清醒过来。他恐惧，困惑，消沉。一年前，他还是埃达镇上一个普通的二十几岁的小伙子，向往着好工作、欢乐的派对和漂亮的姑娘。

他不停地想，真凶正逍遥法外，嘲笑我们，嘲笑那些警察。他想知道，他们，那些凶手，是不是会疯狂到现身庭审现场，观看对他的审判。为什么不呢？他们现在安全了。

一天，监狱里来了两名访客，那是两名埃达警察。他们现在已经成了汤米的朋友和伙计，他被送去麦卡莱斯特之后，他们很关心他的近况。他们周到、安静，说话非常克制——没有威胁、喊叫、辱骂，没有说他一定会被判注射死刑。他们只是真的想找到丹尼斯·哈拉维的尸体，因此，他们想做一笔交易。如果汤米告诉他们尸体埋在哪里，他们会去彼得森的办公室努力游说，让他把死刑减为终身监禁。他们信誓旦旦地说自己有这能力，而事实上并没有。这个案件已经远远脱离了他们的控制。

汤米不知道尸体在哪儿。他不断重复着重复了一年的话——他与凶案毫无关系。即使面临死刑，汤米·沃德也给不了警察他们想要的答案。

在沃德和方特诺特被捕后不久，他们的事引起了一位受人尊敬的纽约记者的注意。这位记者名叫罗伯特·迈耶。他当时正住在西南部，从一个与他约会的女士那儿听到了这个故事，她的兄弟娶了汤米·沃德的姐妹。

迈耶对梦境口供及其造成的可怕后果非常感兴趣。他想知道，为什么会有人承认如此严重的罪行，还在口供中编造了那么多谎言？他去了埃达，着手调查这件事。在冗长的预审程序和审判过程中，迈耶尽职尽责地研究了这个小镇、镇上的人、这起凶案、警察、检察官，特别是沃德和方特诺特。

埃达人用警惕的眼神严密观察着他。一位真正的作家出现在他们身边，实属罕见，迈耶窥探，观察，写些鬼知道的什么玩意儿。然而，过了一段时间，迈耶就取得了与案件有关的大多数人的信任。他对比尔·彼得森做了长时间的专访。他旁听过辩护律师的会议。他与警察相处，交谈。在一次会面中，丹尼斯·史密斯谈到了在一个小镇上有两桩谋杀悬案的压力，抽出一张黛比·卡特的照片给迈耶看。“我们知道是罗恩·威廉森杀了她，”史密斯说，“只不过我们还没找到足够的证据。”

在迈耶着手调查时，他认为这两个男孩有罪无罪的可能性各占一半。但不久后，他就对史密斯和罗杰斯的行为以及针对沃德和方特诺特的法律程序感到震惊。除了口供，什么证据都没有，更令人震惊的是，它们前后不一，根本不足为信。

尽管如此，迈耶还是力图客观呈现这起凶案和相关审判。他的书《埃达之梦》1987 年 4 月由维京出版社出版。整个小镇对此书期待已久。

读者的反应既迅速，又在预料之中。有人批评这本书对沃德一家过于友好。另一些人坚信两个男孩有罪，因为他们认了罪，没有什么可以改变这些人的想法。

当然也有很多人认为，警察和检察官操纵了案件，抓错了人，真凶仍然逍遥法外。

批评之声激怒了比尔·彼得森。对一个小镇检察官来说，自己经手的案子被写进书里是一件很不寻常的事，更何况作者秉笔直书。于是，他咆哮着开始了针对黛比·卡特案的行动。他要做点事证明自己。

调查手段还是老一套——可怜的姑娘已经死了四年多——然而，是时候锁定一个凶手了。

彼得森和警方多年来都认定凶手就是罗恩·威廉森。丹尼斯·弗里茨也许参与了，也许没有，但他们知道，威廉森那天夜里在卡特的公寓里。他们手里没有证据，仅凭直觉。

罗恩出狱后回到了埃达。他母亲于 1985 年 8 月去世，那时他正在等待意识能力听证和随后两年的牢狱生活。安妮特和勒妮不情愿地出售了她们从小住的小房子。1986 年 10 月罗恩获得保释，却已无家可归。他搬到了安妮特家，和姐夫、外甥住在一起，一开始那几天，他努力适应大家的生活节奏。但老习惯不久就卷土重来——他半夜做饭，在厨房里发出巨大的噪声，天天通宵看电视，开到最大音量，抽烟喝酒，白天躺沙发上睡觉。过了一个月左右，安妮特的神经不堪重负，家庭关系也很紧张，她不得不让罗恩离开。

待在监狱的两年里，罗恩的精神状况没有任何改善。他进出于各家州立医院，遇到了不同的医生，尝试了不同的药物组合。甚至，医生往往根本不给他开什么药。他在普通囚犯中间待不了多久，就会有人发现他行为古怪，于是他就被送进另一个精神疾病囚室。

罗恩获释以后，惩教局为他预约了埃达精神健康服务中心的社会工作者。10 月 15 日，他见到了诺玛·沃克。沃克注意到他正在服用锂盐、氨砜噻吨和安坦，她看到罗恩和蔼可亲，举止有度，只是有点奇怪，“有时沉默地盯着什么东西，一盯就是一分钟”。他准备去一个《圣经》学院学习，这样以后或许可以去做一名神父。或者自己开一家建筑公司。目标远大，有点不切实际，沃克心想。

两个星期后，罗恩继续接受治疗，他按时看医生，状态看上去不错。然后，他连续两次没去，12 月 9 日再次出现，并要求见玛丽·斯诺医生。他停止用药，因为他遇到了一个女孩，她不相信药物有用。斯诺医生试图说服他继续服药，但他说，上帝告诉他，让他放弃酒、毒品和药物。

1986 年 12 月 18 日和 1987 年 1 月 14 日，罗恩也没有在预约的时间出现。1987 年 2 月 16 日，安妮特打电话给诺玛·沃克，告诉她罗恩的行为已经不受控制。安妮特用“精神病”这个词来形容他，还说，他声称要找手枪自杀。第二天，他来看沃克医生，很紧张，但不失理性。他要求换药。三天后，沃克接到了麦考尔教堂的电话。罗恩大闹教堂，叫嚷着要一份工作。她建议他们对他小心一些，必要时报警。当天下午，安妮特和她的丈夫带罗恩去见了沃克。他们忧心如焚，急需帮助。

沃克观察罗恩，发现他不再用药，迷茫，没有目标，充满妄想，脱离现实，完全没有能力照料自己的饮食起居。她怀疑，即使正常服药，他是否可以独自生活。解决方案是“长期、系统地治疗他的症状，即意识能力降低和行为不受控制”。

三人离开了，没有拿到治疗方案或治病的药。罗恩在埃达游荡，最后失踪了。一天晚上，加里·西蒙斯在奇克谢镇的家里正和两个朋友聊天，门铃突然响了起来。他开了门，他的内弟扑了进来，倒在客厅的地板上。“我需要帮助，”罗恩一遍又一遍地重复，“我疯了，我需要帮助。”他胡子拉碴，污秽满身，头发蓬乱，没有判断力，也不知身处何地。“我受不了了。”他说。

加里的客人不认识罗恩，被他的外表和表现出的绝望吓到了。一个人直接告辞，另一个留了下来。罗恩慢慢安静下来，然后开始昏睡。加里答应罗恩会想办法寻求帮助，他们最后把他架到了车上。第一站是距离最近的医院，他们被介绍到一家当地的精神健康中心。然后，罗恩被转到诺曼的州中心医院。在途中，罗恩紧张得快要昏厥过去。但他还是说明白了，自己很饿。加里知道一家著名的肋排店，饭菜分量很大，但当他们在停车场停下来的时候，罗恩问道：“我们在哪里？”

“我们去找点吃的。”加里回答说。罗恩发誓说他根本不饿，于是他们继续前往诺曼。

“我们为什么要在那里停车？”罗恩问道。

“因为你说你饿了。”

“我没说过。”罗恩被加里的回答激怒了。

在离诺曼还有几英里的时候，罗恩又说自己饿了。加里看到一家麦当劳，停了下来。

“我们在这里干什么？”罗恩问。

“我们去找点吃的。”加里回答说。

“为什么？”

“因为你说你饿了。”

“我不饿。我们可不可以快点去医院？”他们离开了麦当劳，终于到达诺曼。罗恩又说自己饿了。加里耐心地找到另一家麦当劳，不出所料，罗恩又问为什么要停车。

到达医院前最后一次停车，是为了在镇中心街上的维克斯加油站加油。加里回到车上时带了两大块糖。罗恩抓过来，几秒钟就吞了下去。加里和他的朋友看到他如此迅速地把糖吃掉，非常吃惊。

在州中心医院，罗恩目光呆滞，来回踱步。第一位医生因为他不配合而放弃了。医生一离开诊室，加里就责备了他的内弟。

罗恩的回应是面壁而立，像傻瓜一样把双臂弄成健美运动员的姿势，好几分钟僵立不动。加里试着和他说话，但他在神游。十分钟过去了，罗恩仍未让步。他盯着天花板，不发一言，纹丝不动。二十分钟过去，加里受不了了。三十分钟过去，罗恩又振作起来，但还是不与加里说话。

幸运的是，工作人员马上赶到了，把罗恩带到他的房间。罗恩告诉一个医生：“我只是想来这里，因为我现在要有个去处。”医生给他开了锂盐治疗抑郁症，还有抗精神病药物氨砜噻吨，用以治疗精神分裂症。病情一稳定下来，他又自作主张，不听医嘱，没几天就返回了埃达。

加里与他的内弟下一次同行是去达拉斯，参加一个针对刑满释放和原吸毒人员的基督教宣教项目。加里的牧师见到了罗恩，并愿意伸以援手。牧师私下里对加里说："他外形虽然毁坏，但内心仍在。"

他们住进了教会提供的住处。加里安顿好罗恩，就回去了。走的时候，他偷偷塞给罗恩五十美元。这违反了规定，但他俩都没意识到这一点。加里返回俄克拉荷马，罗恩也回去了。在入住几个小时之后，罗恩用加里给的钱买了汽车票，回到埃达，不比加里晚多久。

罗恩下一次住进州中心医院并非出于自愿。3 月 21 日，在出院后的第九天，罗恩吞下了二十颗氨砜噻吨，试图自杀。他告诉护士的理由是，他因为找不到工作，十分压抑。经过适当的药物治疗，他的状态稳定下来，但从第三天开始他就不再服药。他的医生断定，他对自己和他人都十分危险，建议在州中心医院进行为期二十八天的治疗。到了 3 月 24 日，他却获准出院。

回到埃达后，罗恩在镇西的十二街找到了一间小房子，没有厨房，也没有水管。需要淋浴的时候，只能从房后的水龙头取水。安妮特给他送饭，照顾他，她有次去看他，发现他的手腕在流血。罗恩说，是自己用刀片割的，这样他就可以和为了他受苦的人一样受苦。罗恩想死，去陪伴父母，那两个被自己深深伤害过的人。安妮特求他去看医生，但他拒绝了。他也拒绝寻求精神健康服务中心的帮助，那里他已经去过太多次了。

他彻底不再服药了。

租房子给罗恩的老头对罗恩十分友善。租金很便宜，经常免收。在车库里，有一台很旧的割草机，一个轮子已经消失不见。罗恩把它拽出来，拖到埃达的大街上，为别人打理一次草坪收五美元，用来支付租金。

4 月 4 日，埃达警方接到了一个住在十街西区的居民来电。房主告诉巡警，他不得不离开镇子了，他担心家人的安全，因为罗恩·威廉森在这个居民区彻夜游荡。显然，房主认识罗恩，并且密切监视着他。他告诉警察，罗恩一晚去了四次 OK 便利店，两三次爱之便利店。

这个警察很同情房主——每个人都知道罗恩举止怪异——但没有哪条法律禁止人们后半夜在街上行走。他答应加强这一区域的巡查。

4 月 10 日凌晨三点，警察接到 OK 便利店店员打来的电话。罗恩·威廉森那天来了很多次，行为特别奇怪。杰夫·史密斯警官正在写此事的报告，嫌疑人再次出现。史密斯让“罗尼”离开，他照做了。

一个小时后，罗恩步行去了看守所，按下门铃，声称他要坦白过去犯下的几桩罪行。警察给了他一张自首表，他开始填写起来。他承认自己四年前在马车灯酒吧偷过一个钱包，从一家人那里偷过一把枪，摸过两个女孩的私处，在阿舍打过一个女孩，还差点强奸了她。但他中途放弃了自首，离开了看守所。里克·卡森警官跟着他走到了几条街外，抓住了他。罗恩试图解释他正在做的事情，但看上去很困惑。他最后说，自己正在外面找割草的活。卡森建议罗恩回家，到了白天，割草的活也许会更好找一些。

1987 年 4 月 13 日，罗恩去了精神健康服务中心，吓到了里面的工作人员。其中一个人说他“在流口水”。他要求见斯诺医生，并沿着走廊走向她的办公室。得知她不在办公室后，罗恩又一声不响地离开了。

三天后,《埃达之梦》出版了。

尽管警方十分希望把卡特案的凶手锁定为罗恩·威廉森，但他们还是缺乏充分的证据。到了1987年暮春，他们掌握的证据不比1983年夏天时多多少。州调查局的毛发分析在凶案发生两年后终告完成。罗恩和丹尼斯提供的样本与谋杀案现场找到的一些毛发“在显微镜下观察是一致的”，但这种比较是极不可靠的。

公诉方面临一个重大障碍——黛比·卡特卧室的一小块墙砖上的血掌印。早在1983年，州调查局的杰里·彼得斯就认真对比了掌印，得出结论，它不属于丹尼斯·弗里茨或罗恩·威廉森，也不属于黛比·卡特。这是凶手留下的掌印。

但如果杰里·彼得斯搞错了呢，或许他检查得太仓促，或许他正好忽略了什么地方？如果掌印事实上是黛比·卡特的，那么弗里茨和威廉森就不能被排除在嫌疑人之外。

挖出黛比的尸体，再次检查掌印，这个想法在彼得森的脑中挥之不去。如果幸运的话，她的双手还没有过度腐烂，他们就可以找到新的掌印，从新的角度进行检查，也许可以揭示新的信息，从而对公诉提供莫大帮助，最终将凶手绳之以法。

佩姬·史迪威接到了丹尼斯·史密斯的电话。他让她来警察局一趟，但没说原因。她想，和以前一样，是因为案件有了进展。当她赶到时，比尔·彼得森坐在办公桌后，面前放着一张纸。他解释说，他们打算挖出黛比的尸体，需要她签字同意。查理·卡特已经来过，签好了字。

佩姬感到恐惧。打扰已长眠的女儿，想想都让她发抖。她说不行，但彼得森早有准备。他步步紧逼，追问佩姬，还想不想破案。当然想，但没有其他办法了吗？没有。如果她希望找出杀死黛比的凶手并将他绳之以法，就必须同意验尸。几分钟后，佩姬潦草地签了名，冲出了警察局，开车去了格伦娜·卢卡斯的家里。

她告诉了格伦娜和比尔·彼得森见面的事，也说了他们准备挖出黛比的尸体。她那时事实上已经非常激动，急切地想要再见到自己的女儿。“我马上就可以再摸摸她，再抱抱她了。”她不停地说。

这样的热情感染不了格伦娜，她也不相信这种团聚是有益的。她本来就对侦办案件的人抱有怀疑态度。在谋杀案发生后的四年半里，她被迫与比尔·彼得森谈过好几次。

佩姬的情绪很不稳定。她始终不接受黛比已经死去的事实。格伦娜不止一次要求彼得森和警方把有关调查的新消息先告诉她或其他家庭成员。佩姬承受不了突如其来的进展，她需要家人的保护。

格伦娜立即打电话给比尔·彼得森，要求了解他的计划。他解释说，如果家人希望把罗恩·威廉森和丹尼斯·弗里茨推上谋杀案的审判庭，开棺验尸是必不可少的步骤。血掌印的问题是个障碍，如果掌印真的属于黛比，那么他和警方就可以将抓捕弗里茨和威廉森当作紧急要务来处理。

格伦娜陷入迷茫。彼得森怎么知道开棺验尸后再次提取的掌印会是什么结果？他为什么对开棺验尸可以给弗里茨和威廉森定罪那么确定？

佩姬整天想着又要见到女儿了。有一次，她对格伦娜说：“我都记不起她说话的声音了。”比尔·彼得森答应格伦娜，开棺验尸尽快完成，不让任何人知道。

佩姬在布罗克韦玻璃厂上班，一个同事路过，问她，黛比墓地附近的罗斯代尔公墓那里发生了什么。她走出工厂，穿过小镇，到达那儿时只看到一座空坟。她女儿被搬走了。

第一组掌纹是州调查局的杰里·彼得斯在1982年12月9日的尸检中提取的。那个时候，黛比的手是完好的，彼得斯确信自己完整地提取了掌纹。三个月后，他确信，墙砖上的血掌印不是弗里茨、威廉森或受害人留下的。

现在，四年过去了，谋杀案悬而未决，政府急需取得突破，他忽然之间对先前的工作产生了怀疑。开棺三天后，他提交了一份相反的报告，断定血掌印与黛比·卡特的掌印相符。在二十四年的职业生涯中，杰里·彼得斯第一次也是唯一一次改变了自己的结论。

这份报告正是比尔·彼得森所需要的。血掌印不是某个未知的凶手所留，而是黛比在拼命挣扎时留下的。有了这个证据，他又可以放手追查头号嫌犯。而更为重要的是，提醒民众关注这一点，而他们正是潜在的陪审员。

一方面，政府宣称开棺验尸的细节是保密的，另一方面，彼得森却向《埃达晚报》发声。“我们的发现确认了我们对嫌疑人的猜测。我们正在审核一些证据。”晚报引用了他的话。

确切地说，到底发现了什么？彼得森并未透露细节，但一个“知情人”却乐于奉告。知情人说：“尸体被挖了出来，这样那位女士的掌印就可以与在她公寓墙上找到的血掌印进行对比。”

知情人还说：“血掌印属于受害人，并且排除了属于其他人的可能，这对侦查极为关键。”

“对本案，我更有信心了。”彼得森说。

他取得了对罗恩·威廉森和丹尼斯·弗里茨的批捕令。

1987年5月8日星期五上午，里克·卡森看到罗恩在镇西沿街推着仅有三只轮子的割草机，两个人聊了一会儿。罗恩披头散发，没穿上衣，牛仔裤和运动鞋都破旧不堪，和以往一样。他想在市政府找个工作，里克答应顺便为他取一份申请书。罗恩说，晚上他会在家里等着。

里克告诉警队队长，他知道他们的嫌疑人在傍晚时分会待在西十二街自己的公寓附近。逮捕计划确定下来后，里克申请加入行动。如果罗恩暴力反抗，里克希望确保没人受伤。但是，警察局派遣了其他四位警察，其中包括迈克·巴斯金。

罗恩在被捕过程中表现得很平静。他穿着和上午同样的牛仔裤和运动鞋，上身赤裸。在看守所，迈克·巴斯金宣读了米兰达权利，并询问他是否愿意谈谈。当然，为什么不呢。詹姆斯·福克斯警探也参加了审讯。

罗恩不停地说，他那天没有碰到黛比·卡特，从未去过她的公寓，印象中也从未见过她。尽管警察大喊大叫、侮辱、咒骂，一遍又一遍地说他们知道罗恩有罪，但他并未屈服。

罗恩被关在了县看守所。他上一次服药是在至少一个月之前。

丹尼斯·弗里茨与母亲和姨妈一起住在堪萨斯市，从事粉刷房屋的工作。他于数月前离开了埃达，与罗恩·威廉森的友谊已成遥远的记忆。他有四年没和警探说过什么话了，黛比谋杀案也几乎被他遗忘了。

5月8日傍晚，他在家独自看电视。他工作了一整天，仍穿着肮脏的白色工作服。天气还很暖和，窗户敞开着。这时电话铃声响起，一个不熟悉的女声传出，“丹尼斯·弗里茨在家吗？”

“我就是丹尼斯·弗里茨。”他回答说，那个女人挂断了电话。也许只是打错了，也许是他的前妻想起了什么事。[1] 他回到了电视机前。母亲和姨妈已经在后面的房间睡下。那时将近十一点半了。

十五分钟后，他听到附近传来一连串的关车门的声音。他站起身来，赤脚走到前门，看到荷枪实弹的一小队人，身着黑衣，全副武装，正在穿过草坪。搞什么鬼？他在想。他的第一个念头就是打电话报警。

门铃响了，他打开了门，两个便衣警察抓住他，把他拉到外面，用命令的口吻说：“你就是丹尼斯·弗里茨？”

“是的，我就是。”

“你因犯一级谋杀罪被捕了。”一个人大声说道，另一个人给他戴上了手铐。

“谋杀？你说什么？”丹尼斯问。然后，他的头脑飞快地运转：堪萨斯市有多少叫丹尼斯·弗里茨的人？他们肯定是抓错人了。

他的姨妈也出现在门口，看到特警冲向丹尼斯，用冲锋枪指着他，子弹已上膛，她的情绪失控了。他的母亲走出卧室的时候，警察正在进入房屋，确保“安全”。但在被问起的时候，他们也不知道是在保护谁的安全。丹尼斯没有枪，在这个房子里也没有已知的或可能存在的其他凶手，但年轻的特警要遵循规定好的程序。

正当丹尼斯确信自己就要在家门口被枪毙的时候，他瞥见了一顶白色斯泰森牛仔帽。两个昨日梦魇正从车道走向他。丹尼斯·史

---

1 此处有可能是作者搞错了，丹尼斯从妻子不幸去世后到 1987 年之间似乎并未再结婚。

密斯和加里·罗杰斯兴高采烈地加入了这场闹剧，脸上挂着恶心的笑，嘴角咧到了耳根。

哦，原来是那起谋杀案，丹尼斯想到。在最合适的时机，两个小镇牛仔指挥着堪萨斯市追逃组进行了一场富有戏剧性但毫无意义的逮捕行动。

“我能穿上鞋吗？”丹尼斯问道，警察很不情愿地同意了。

警察让弗里茨坐在警车后座，旁边就是喜色满面的丹尼斯·史密斯。一个堪萨斯警探负责开车。在离开时，弗里茨看着全副武装的年轻特警，想到，多么愚蠢啊，任何一个兼职警官在任何时候都可以在当地的杂货店逮捕他。被捕固然让他震惊不已，而看到堪萨斯警察失落的样子也让他不禁觉得好笑。

他最后看了一眼母亲，她站在门前，双手捂着嘴。

他们把他带到了堪萨斯市警察局里的一间狭小审讯室。史密斯和罗杰斯机械地读了一遍米兰达警告，然后说他们事实上想让他自己坦白。丹尼斯想到了沃德和方特诺特，决定缄口不言。史密斯扮起了红脸，成了真诚愿意提供帮助的朋友。而罗杰斯则肆意妄为——咒骂、威胁、不断推搡丹尼斯。

他们上一次会面，已经是四年前了。1983 年 6 月，在弗里茨第二次测谎“远远没有通过”之后，史密斯、罗杰斯和费瑟斯通把他关在埃达警察局地下室里三个小时，在他耳边喋喋不休。他们那时什么也没得到，现在也注定一无所获。

罗杰斯愤怒异常。几年来，警察始终认为是弗里茨和威廉森奸杀了黛比·卡特，现在案件终于告破，他们所需要的只是一份认罪书。“我没什么好坦白的，”弗里茨一遍又一遍地重复，“你们有什么证据？拿给我看看。”

罗杰斯最喜欢的一句台词是，“你在侮辱我的智商”。每一次弗里茨都很想回一句：“你还有智商？”但他不想被打耳光。

在忍受了两个小时的污言秽语后，弗里茨最后说：“好吧，我坦白。”警察们松了一口气，因为他们没有什么证据，只能在嫌疑人的供述中寻求突破。史密斯跑出房间找来了录音机。罗杰斯迅速准备好了本子和笔。我们开始吧。

一切都准备好了，弗里茨对准录音机说：“以下所说的是事实，我没有杀黛比·卡特，对她的死一无所知。”

史密斯和罗杰斯大发雷霆——更多的威胁，更多的恶语相加。弗里茨惊慌、恐惧，却坚定不移。他坚称自己是无辜的，警察最后停止了审讯。他拒绝被移送回俄克拉荷马州，在看守所里等待程序往下进行。

星期六那天晚些时候，罗恩被从看守所提到警察局，再一次接受审讯。逮捕弗里茨的余兴未消，史密斯和罗杰斯等在那里，这次他们要让他交代。

审讯在逮捕的前一天就计划好了。《埃达之梦》刚刚出版，人们对史密斯和罗杰斯的行事方式颇有微词。他们二人决定由住在俄克拉荷马市的鲁斯蒂·费瑟斯通来替代住在埃达的史密斯。他们还决定不进行录像。

丹尼斯·史密斯在警察局，但没有进审讯室。四年多来，他主导侦查，也在绝大多数时间相信威廉森有罪，却并未参加这次关键的审讯。

埃达警察局备有充足的录音录像设备，这些设备也经常有人使用。审讯，特别是认罪口供，几乎都会被录制下来。警方很清楚，口供录像对陪审团有强大的影响力。想想沃德和方特诺特。罗恩四年前的第二次测谎过程就由费瑟斯通在埃达警察局录制了下来。

即使认罪口供没有录像，也经常会被录音。警察局也备有很多录音设备。

既没有录音也没有录像，嫌疑人通常会将自己那个版本的事实真相书写出来，只要他有读写能力。如果嫌疑人正巧不识字，警察可以代书，然后向被告宣读，让他签字。

1987 年 5 月 9 日，以上任何一种方法都没有使用。威廉森识字，他的词汇量甚至比两名审讯者要大得多。但他却看着费瑟斯通做笔记。他说，自己清楚米兰达权利，同意交代。

警方笔录如下：

威廉森说："好吧，1982 年 12 月 8 日，那时我经常在马车灯酒吧消遣。一天晚上，我留意到一个女孩，一个漂亮的女孩，我想，我应该跟着她回家。"

威廉森停顿了一下，好像要说什么以"F"开头的话，但又停顿下来。然后，他接着说："我想万一那天晚上在这个女孩回家的路上发生什么不好的事情，为了保护她，我跟着她到了她家。"

威廉森又停顿下来，说起他何时偷了一台立体声录放机。又说："我和丹尼斯在一起，我们去了假日旅店，告诉一个女孩，我们的车上有个酒柜，我们抓住了她，她跳出去了。"

威廉森断断续续说了些词句，罗杰斯警官让威廉森集中注意力，回到黛比·卡特案的话题上来。

威廉森说："好吧，我梦到过自己杀死了黛比，趴在她身上，用一根电线勒住她的脖子，捅了她好多下，拽来一根绳子，死死勒住她的脖子。”

威廉森说：“我担心这会影响我的家人。”然后又说：“我母亲现在已经死了。”

罗杰斯警官问威廉森，丹尼斯那天晚上是不是也在场。威廉森回答：“是的。”费瑟斯通警官问威廉森：“你去那里是不是就是想杀了她？”威廉森回答：“有可能吧。”

费瑟斯通警官问：“为什么？”

威廉森回答：“她让我发疯。”

费瑟斯通警官问：“这是什么意思？你的意思是？她诱惑了你？”

威廉森回答：“不是这样。”

威廉森短暂地停顿了一下，然后说：“我的天啊，你别指望我会认罪，我有家人，我要保护我的外甥。我的姐姐，这件事会让她崩溃。我的妈妈已经死了，这伤害不到她了。那件事发生之后，我总是忘不掉。”

七点三十八分左右，威廉森说：“如果你们再这样逼我，我要见塔尔萨的坦纳律师。不，我要见戴维·莫里斯。”

提到律师，警察害怕了，他们不再让罗恩供述。他们打电话给戴维·莫里斯，莫里斯让他们立即停止审讯。

罗恩未在口供上签字，也没有人把口供给他看过。

又弄到了一份梦境口供，案子很快就在警察和检察官那里定型

了。他们从沃德和方特诺特那个案子中了解到，没有物证也不会成为这宗要案公诉的阻力。黛比·卡特身上没有刀伤，这个事实也没什么大不了。只要能够让陪审团震惊，他们就会被定罪。

如果一个梦境口供可以锁定罗恩，那么另一个就可以给他定罪。几天后，一个名叫约翰·克里斯蒂安的狱警在罗恩囚室门口驻足停留。他和罗恩在同一个街区长大。克里斯蒂安家有很多孩子，他和罗恩同岁，罗恩经常在他家吃饭。他们在街头和球队一起打棒球，一起就读宾尼高中。

罗恩没有接受治疗，也没有服药，他表现得远不像一个模范囚犯。庞托托克县看守所是一个无窗的混凝土地下防御工事。不知为何，它建在法院草坪的西侧。屋顶低矮，空间局促，幽闭恐怖，只要有人尖叫，所有人都可以听到。罗恩就是经常尖叫的人之一。不尖叫的时候，他会唱歌，大哭，啜泣，抱怨，或抗议说自己是蒙冤被关，或大谈特谈黛比·卡特案。看守所有两间独立囚室，他被关在其中一间。那里远离拥挤的"候审室"，但看守所如此狭小，把罗恩放在任何一个位置，都会打扰整个人群。

只有约翰·克里斯蒂安可以让罗恩安静下来，其他囚犯翘首以待狱警换班。克里斯蒂安一到看守所，就直接去罗恩的囚室，安慰他。他们谈论过去，谈论成长经历，谈论棒球和从前的朋友。他们谈论卡特案，以及公诉对罗恩多么不公。罗恩在这八个小时里是安静的。他的独立囚室像个老鼠洞，但他还是设法在其中睡觉和阅读。克里斯蒂安在打招呼之前，都会观察一下罗恩。罗恩一般都在来回踱步，抽烟，让自己振作起来，等待他的到来。

5 月 22 日晚上，罗恩还没有睡，他知道克里斯蒂安就在办公室。罗恩叫他过来，想谈谈谋杀案。罗恩手上有一本《埃达之梦》，他说自己也可能会做一个梦境供述。据克里斯蒂安回忆，罗恩说："现在想象一下，我梦到它是这样发生的。这样想象，我住在塔尔萨，喝了一天酒，还吃了安眠酮，开车去了嗡嗡酒吧（马车灯酒吧），想象一下，我又喝了些酒，有点醉了。假设我正巧到了黛比·卡特的门口，敲了门，她说，等一下，我在打电话。想象一下，我闯了进去，强奸了她，最后把她给杀了。"

然后，威廉森说："你不觉得，如果我是那个杀了她的凶手，我会从我的朋友那里弄些钱，逃出小镇吗？"

克里斯蒂安对这次谈话没有多想，却把它复述给了一个同事听。这个故事口口相传，最后传到了加里·罗杰斯耳中。罗杰斯把它视为天赐良机，终于又找到对付这个凶手的新证据了。两个月后，他让克里斯蒂安复述罗恩说过的话。罗杰斯打出一份报告，在他认为合适的地方加上引号，于是警方和公诉人手上有了第二份梦境口供。他们对罗恩否认参与犯罪的无数次辩白只字不提。

一如既往，事实并不重要。在凶案发生时，罗恩并不住在塔尔萨。他既没有车，也没有驾照。

第七章

对于安妮特·赫德森和勒妮·西蒙斯来说，弟弟被逮捕并被控谋杀的消息犹如晴天霹雳。自从罗恩 1986 年 10 月获释起，她们就忧心他日益糟糕的精神和身体状态，却没料到谋杀指控正悄然逼近。谣言传了几年，但那都是过去的事情了，罗恩的家人想，警察在忙于追查其他嫌疑人、其他案件。两年前，朱厄妮塔在去世前相信自己已经向丹尼斯·史密斯清楚地证明了罗恩与此事无关。安妮特和勒妮也确信这一点。

她们生活俭朴，悉心照顾家人，偶尔出去工作补贴家用，钱能省则省。她们没有余钱请刑事辩护律师。安妮特去找过戴维·莫里斯，但他对这个案子毫无兴趣。约翰·坦纳在塔尔萨，太远了，也太贵了。

虽然罗恩把他们拖进法院系统很多次了，但他们还是对突如其来的逮捕和谋杀指控猝不及防。朋友们避之不迭。人们指指点点，流言蜚语蔓延开来。一个熟人对安妮特说："这不是你的错。你弟弟做也做了，你也无能为力。"

"我弟弟没犯罪。"安妮特反击道。她和勒妮一直这么说，但没什么人愿意听。忘记无罪推定吧。警察抓住了他们想抓的人。如果罗恩无罪，警察为什么要抓他？

安妮特的儿子迈克尔·赫德森，那时十五岁，读高二。有次班上的学生在讨论当地时事，主要话题之一是罗恩·威廉森和丹尼斯·弗里茨因谋杀黛比被捕。这让他非常不自在，但因为他姓赫德森，同学中没人知道他的舅舅就是被指控的凶手。学生都对这两个人进行了强烈的指责。安妮特第二天早上来学校解决这个问题。老师连声道歉，还答应引导班上的言论。

勒妮和加里·西蒙斯住在九十英里外的奇克谢镇，距离给了他们一些缓冲。安妮特不曾离开埃达，虽然她现在非常想逃走，但不得不留下来帮助弟弟。

1987 年 5 月 10 日星期日，《埃达晚报》头版头条刊登了凶手被捕的消息，并附上了黛比·卡特的照片。绝大多数细节是比尔·彼得森提供的。他承认开棺验尸，确认那个神秘的掌印事实上属于受害人。据他称，弗里茨和威廉森早在一年多以前就已是嫌疑人，但并未解释原因。关于侦查本身，他说："我们的侦查在六个月前走进了死胡同，然后就开始考虑怎样处理手头的东西。"

新闻中特别引人注目的一点是，联邦调查局也插手了案件。两年前，埃达警察局向他们请求援助。联邦调查局研究了证据，并且向其提供了凶手的心理侧写，但彼得森对此只字未提。

第二天，头版新闻又刊登了对本案的报道，这一次配上了罗恩和丹尼斯的入案照片。即使按照入案照片的标准，这两张照片上的狰狞面孔，也足以让陪审团倾向于判定他们有罪。

上述报道复述了前一天的细节，特别是两人被捕，被控一级强奸、器械强奸和一级谋杀罪的细节。奇怪的是，对于两人是否供述过犯罪事实这个问题，“官方”拒绝评论。显然，埃达的记者认为所有刑事侦查中都会有认罪口供，他们对此已习以为常。

虽然当局没有公开罗恩的第一次梦境口供，但还是公布了逮捕令中的说辞。报道引用逮捕令的内容说：“从卡特尸体和床上收集到的阴毛和头发与罗纳德·基思·威廉森和丹尼斯·弗里茨的在显微镜下观察是一致的。”

并且，两人都有多项犯罪记录。罗恩身犯轻罪十五宗（酒驾等），还有导致他入狱的伪造支票罪这项重罪。弗里茨有两次酒驾和其他一些违法驾驶问题，以前还种过大麻。

比尔·彼得森再次证实，警方开棺验尸，再次提取了掌纹。掌纹经检验属于受害人。他补充说，两人“在一年多以前就已经是本案的嫌疑人了”。

报道在结尾处这样提醒各位读者：“卡特在被强奸时，凶手用毛巾深深塞进她的喉咙，最终导致她窒息死亡。”

5 月 11 日，罗恩从看守所出来，走了约五十步穿过法院的草坪，第一次出现在约翰·戴维·米勒法官的面前。米勒是治安法官，负责预审。罗恩说，他没有律师，也不确定自己是不是请得起律师。他被送回了看守所。

几个小时后，一个名叫米奇·韦恩·哈勒尔的囚犯声称自己听到罗恩哭着说：“对不起，黛比。”这件事立即被报告给了狱警。据哈勒尔说，罗恩后来还问他是不是可以帮自己在胳臂上弄一个“罗恩爱黛比”的文身。

备审案件日录表中新加了一个案子，外面传得沸沸扬扬，看守所里八卦满天飞。告密游戏隆重上演了，它始终是看守所生活的一部分，警察也乐意配合。重获自由，至少获得减刑的最佳捷径就是，听到或声称听到重大嫌疑人全部或部分认罪的口供，然后，在辩诉交易中以此和检察官讨价还价。在大多数看守所里，告密并不多见，因为告密者担心其他囚犯以其人之道还治其人之身。而在埃达，告密却极为盛行，因为这套规则运行得很好。

两天后，罗恩被带回法庭，讨论代理律师的问题。他再次出现在约翰·戴维·米勒法官面前，但表现得非常糟糕。罗恩还是没有吃药，他大吵大嚷，激动好斗，一开始就大喊："我没杀人！现在，我受够了你们这些人说话。我同情她的家人，但是……"

米勒法官想要阻止他，但罗恩还没说完。"我没杀她。我不知道是谁杀了她。我妈妈那个时候还活着，她知道我在哪。"

米勒试图向罗恩解释，这次庭审不是为了听取被告辩护，但罗恩不管不顾。"我要你们撤诉，"他一遍又一遍地说，"这很荒唐。"

米勒问他，是否理解对他的指控。罗恩的回答是："我无罪，我从没和她在一起，从没和她坐过一辆车。"

在法庭宣读罗恩的权利时，他依然在咆哮。"我进过三次监狱，每次他们都想把我牵扯进这起谋杀案。"

当念到丹尼斯·弗里茨的名字时，罗恩打断说："这个人与这件事没关系。我那个时候认识他。他没在马车灯酒吧。"

法官最终认定罗恩为自己做了无罪辩护。罗恩被带走，一路上大骂不止。安妮特静静地看着这一切，静静地流泪。

安妮特每天都去看守所，只要狱警同意，她有时会一天去两次。大多数人她都认识，他们也认识罗尼，所以，他们会稍作变通，允许她多看他一次。

罗恩焦躁不安，依旧没有获得治疗，急需专业帮助。他因蒙冤被捕而深感愤怒和痛苦。他也受到了羞辱。四年半的时间，他生活在一场不可言说的凶案阴影之下，背负着嫌犯的恶名。这是他不可承受之重。埃达是他的家乡，埃达人是他的乡亲，这里有他现在和过去的朋友，有在教堂里看着他长大的人，有记得他是伟大运动员的球迷。低语与侧目令他痛苦，他忍受了多年。他是无辜的，事实上，如果警察可以查明真相，会为他洗雪冤屈。

忽然遭到逮捕和关押，入案照片出现在报纸头版，真是无妄之灾。

他甚至都不确定，自己是不是曾见过黛比·卡特。

当丹尼斯·弗里茨坐在堪萨斯看守所的囚室等待移送埃达的程序完成时，他听说了自己被捕的原因。谋杀？太讽刺了。多年来，他忍受着丧妻之痛，许多次，他感到自己是个受害者。

谋杀？他从未伤害过任何人的身体。他身材瘦小，不喜拳脚暴力。当然，他也去过很多酒吧和一些危险之地，但总是会在有人打架时偷偷溜走。换作罗恩，即便不是他挑事打架，他也一定会留在现场，把热闹看完，丹尼斯却不是这样的人，他成为嫌疑人的唯一原因是与罗恩交了朋友。

弗里茨写了一封长信给《埃达晚报》，解释了他反对移送的原因。他说，他不同意和史密斯、罗杰斯一起回来的原因是，他无法相信自己受到了谋杀指控。他无罪，与凶案毫无关系，他需要点时间整理一下思路。他正在寻找一位好的辩护律师，家人正在凑钱。

弗里茨在信中总结了他在调查中的表现。他没什么可隐瞒的，也希望配合警方工作，警方让他做什么，他就做什么：提供唾液、指纹、笔迹和毛发（甚至有一根是从他的八字胡上拔下的）样本；参加两次测谎，据丹尼斯·史密斯说，他“远远没有通过”。弗里茨说，他后来才得知，自己其实通过了测谎。

关于调查，弗里茨写道：“三年半以前，他们就拿到了我的指纹、笔迹和毛发样本，就可以与他们在犯罪现场取得的证据进行比对。如果有什么发现，早就应该把我抓起来了。但是，如贵报所言，六个月前，他们还无计可施，才决定处理‘手头的东西’。我知道没有哪个刑事实验室需要花三年半时间来比对我自愿提供的证据，我又不是傻瓜。”

作为一个前生物老师，丹尼斯在几年前提供样本时就研究过毛发证据的问题。他的信中有这样一段：“他们怎么能指控一个人犯强奸罪和谋杀罪，手头却只有像毛发这样薄弱的证据？毛发证据只能区分种族，而不是某个种族中的个人。这一领域的任何一位专家证人都知道世界上有超过五十万人拥有相同特征的毛发。”

信末，为了迫切表达自己真的无罪，他提出了这样一个问题：“如果不能证明我无罪，我就有罪，还是如果不能证明我有罪，我就无罪？”

庞托托克县没有全职的公设辩护人。那些遭指控又请不起律师的人，必须签署贫困者誓证，然后，法官可以为他指定一个当地律师作为贫困者辩护律师。

因为很少有富人让自己陷入重罪指控，所以大多数重罪庭审中都可以见到贫困被告的身影。抢劫、毒品和人身伤害罪都是下层阶级常犯的，大多数被告都真的有罪，他们的指定律师只需调查、会见、进行辩诉交易、写文书、结案，最后领取很少的费用。

事实上，律师费太少了，大多数律师对这样的案件避之唯恐不及。不规范的贫困者援助辩护系统充斥着问题。法官经常把案件指定给刑事诉讼经验不足或毫无经验的律师。根本没有多余的费用请专家证人或支持其他开销。

一起谋杀案可以让小镇上的所有律师四散而逃，没什么比它更有效。案情令人发指，也备受瞩目，律师为底层被告辩护的一举一动都受到严密监视。工作量巨大，小律所直接就要关门。比起工作量来，律师费不值一提。并且，上诉永无休止。

律师们忧心忡忡，没有人会同意代理被告，法官将直接分派案件。开庭期，多数法庭都会挤满了律师，但当一个谋杀案被告签署了贫困者誓证后，那里就会空空如也。律师逃回自己的办公室，锁上门，拔掉电话线。

埃达法院最富传奇色彩的常客也许要数巴尼·沃德。他是一名盲人律师，人人都认识他，他衣着时髦，艰难谋生，言语荒诞，热衷于“卷进”埃达的各色法律八卦之中。他对法院里发生的事几乎了如指掌。

巴尼十几岁的时候就失明了，是高中的一次化学实验事故造成的。悲剧被他视为暂时的挫折，之后，他顺利完成高中学业，并考入埃达的东中央大学。读大学期间，他的母亲读书给他听，帮助他学习。毕业后，他去了诺曼，在俄克拉荷马大学学习法律，母亲仍旧陪在他身边。他在毕业后通过了律师考试，回到埃达，参加了县政府律师的竞选，赢得了选举，并在其后几年任县政府首席检察官。在 20 世纪 50 年代中期，他成立了专门从事刑事辩护的私人律师事务所，不久就声名鹊起，成为客户强有力的辩护人。巴尼思维敏捷，可以在公诉书中敏锐地发现薄弱环节，并且在询问对方证人时发起突袭。他在交叉询问中表现得粗暴无情，激情好辩。

在一次传奇的遭遇中，巴尼真的挥拳打了一名律师。他和戴维·莫里斯正在庭上就证据事项进行辩论。气氛紧张，两个人都很沮丧，此时，莫里斯犯了一个错误，说："你看，法官，即使是瞎子也能看出这一点。"巴尼冲向莫里斯，或者说是向大致的方向冲去，一记右勾拳，险些击中。恢复平静之后，莫里斯道了歉，但小心翼翼地与巴尼保持一定的距离。

每个人都认识巴尼，他和他忠诚的助手琳达经常出现在法院附近。琳达会把所有材料读给巴尼听，然后记下他的意见。巴尼有时会用导盲犬，但他更喜欢由年轻女士领路。他对每个人都很友善，可以记住所有人的声音。其他律师选他出任律师协会主席，绝对不是出于同情。巴尼人缘极好，甚至有人请他加入一个扑克俱乐部。他制作了一副布莱叶盲文扑克，声称只有他可以发牌，然后迅速扫荡了所有筹码。其他玩家最后发现，玩牌的时候最好不要让巴尼负责发牌。他的胜率下降了一些。

每年，其他律师都会邀请巴尼参加猎鹿营。猎鹿营为期一周，仅限男士，那里满是波旁威士忌、扑克牌、下流玩笑和大鱼大肉，如果时间允许，还有打猎。巴尼的梦想是猎杀一只鹿。在树林里，他的朋友发现了一只漂亮的雄鹿，于是悄悄把巴尼带到射击位置，给了他一把步枪，仔细调整好方向，瞄准，然后低声说："开枪。"巴尼扣动了扳机，虽然他压根没有击中，但他的朋友还是声称，那只鹿险中逃生。这个故事，巴尼讲了几十年。

和许多嗜酒者一样，巴尼最终必须戒酒。在用导盲犬的时候，如果它改不掉把巴尼带到酒馆的习惯，就必须被换掉。显然，他去酒馆的频率太高了，坊间传言，如果巴尼戒了酒，威士忌店就得关张。

巴尼爱钱，对没钱的客户没什么耐心。他的座右铭是“破产前，你是无罪的”。但是，时至 20 世纪 80 年代中期，巴尼过了他的巅峰期。人们知道，他有时会因为睡着而错过庭审中的一些信息。他戴着大框的深色眼镜，把脸遮住了大半，法官和对方律师看不出他是在听还是在打盹。他的对手抓住机会，研究出一种战术，就是把庭审拖过午餐时间，拖到下午，那时巴尼一般会睡觉。这种战术只能低声传递，因为巴尼可以听到所有声音。如果你能坚持到下午三点，你战胜巴尼的机会就会大大增加。

两年前，汤米·沃德的家人找过他。不是熟人介绍的，而是同行把案子转来的。巴尼相信沃德和方特诺特是无辜的，但他不太想去碰死刑案。案头工作繁重，也不是他所擅长的。

这次，又有人来找他。约翰·戴维·米勒法官让巴尼代理罗恩·威廉森。巴尼是县里最有经验的刑事辩护律师，他的专业能力正是法庭所需要的。在短暂的迟疑之后，巴尼同意了。身为一名职业律师，他对宪法倒背如流，并坚定地相信，每个被告，不管多么可恶，都有权获得强有力的辩护。

1987 年 6 月 1 日，法庭指定巴尼·沃德担任罗恩的代理人。罗恩是巴尼的第一个死刑案当事人。安妮特和勒妮很高兴。她们认识巴尼，也知道他是镇上最好的刑事辩护律师之一，享有盛名。

这对律师和客户一开始就磕磕碰碰。罗恩受够了看守所，看守所也受够了罗恩。第一次会见安排在前门旁边一个狭小的探视室。巴尼发现，他这位任性的当事人在那儿无比放松。他打了一个电话，为罗恩约了医生做精神状况检查。医生开了氯丙嗪，药很快起了作用，这让巴尼和整个看守所安心了一些。事实上，正因为这种药有效，看守为了让罗恩保持安静，剂量用得过大，罗恩像个婴儿一样进入了甜美的梦乡。

然而，在一次会见时，罗恩几乎不能说话。巴尼找到了看守，调整了剂量，罗恩清醒了过来。

总的来说，罗恩对律师抱着不合作的态度。他除了不停地否认自己犯罪之外，什么也没说。他和沃德、方特诺特一样被强迫认罪。巴尼从被指定那天起就深感沮丧，但还是努力推进。

格伦·戈尔也待在看守所，被控罪名是绑架和人身伤害。他的指定律师是格雷格·桑德斯，这个年轻人正在埃达开拓民事诉讼业务。在看守所第一次会面，他和戈尔就几乎动起手来。桑德斯走到了隔壁的法院，请求米勒法官撤回指定。米勒法官没有同意，于是，桑德斯说，如果让他摆脱戈尔，他可以接手下一起死刑谋杀案。“成交，”米勒法官说，“你现在就是卡特案的被告丹尼斯·弗里茨的代理律师了。”

虽然格雷格·桑德斯担心能不能处理好这个死刑案，但也因为能够和巴尼·沃德一同工作而感到兴奋。在东中央大学读本科的时候，他梦想成为一名出庭律师，经常逃课去听巴尼的辩论。他曾亲眼看到巴尼击溃紧张的证人，逼得检察官妥协。巴尼尊重法官，却不害怕他们，他与陪审团交流时就像是在聊家常。他从不倚仗自己的身体残疾，却会在关键时刻利用这一点激起同情。在格雷格·桑德斯眼中，巴尼是一位才华横溢的出庭律师。

桑德斯和巴尼独立工作，却又默契合作，他们提交了一卡车的动议，不久后就让地区政府律师不堪其扰。6月11日，米勒法官召集了庭审，解决州政府律师和辩护方提出的问题。巴尼要求检方提供将要在案件中使用的所有证人的名单。这种披露是俄克拉荷马州法的要求，但这一立法在比尔·彼得森看来却有些问题。巴尼向他作了解释。检察官只希望披露预审中所要使用的证人名单。这不行，米勒法官说。他命令彼得森，在适当时间将新证人的名单告知辩护律师。

巴尼态度积极，在大多数动议中占据主导地位。同时，他也掩饰不住内心的些许沮丧。一方面，他对被法庭指定颇有微词，不想在这个案子上花太多时间。另一方面，他宣誓尽职工作，只是担心自己在第一起死刑谋杀案上花费太多精力。

第二天，巴尼提交了一项动议，请求为罗恩增加指定律师。州政府律师没有反对，6 月 16 日，米勒法官指定弗兰克·巴伯尔帮助巴尼。在双方准备预审期间，法律问题的争执、文件的往复斗争无休无止。

丹尼斯·弗里茨的囚室离罗恩·威廉森的不远。丹尼斯看不到罗恩，但显然可以听到他的声音。当罗恩没有过量服药的时候，他就一直大喊。他会站在囚室栅门后，一遍又一遍地吼叫："我无罪。我无罪。"他深沉而嘶哑的声音回荡在这座拥挤的建筑里。他是受伤的野兽，困在笼中，需要帮助。囚犯们本来就精神紧张，罗恩尖锐的声音更增加了一层浓重的不安。

其他的囚犯有时也会回应罗恩，嘲笑他杀死了黛比·卡特。他们争吵，咒骂，互不相让，有时可以说这是看守所的娱乐，但总体而言是对精神的折磨。看守们把罗恩从独立囚室转移到了十几个人的候审室，这个安排导致了灾难性的结果。囚犯之间没有隐私，几乎是肩并肩地待着。罗恩从不尊重别人的空间，马上就引来了抗议的声音。其他囚犯联名签署了抗议书，请求把罗恩弄回独立囚室。为了防止暴动或杀戮，看守们同意了。

然后，看守所里安静了很长一段时间，每个囚犯和看守都松了一口气。很快，整个看守所就知道了，这种安静要么是因为约翰·克里斯蒂安当班，要么是因为看守给他服用了过量的氯丙嗪。

氯丙嗪让罗恩安静，但有时也会产生副作用。药物让腿发痒，罗恩在囚室栅门后，拖着脚来回踱步，一走就是几个小时——“氯丙嗪徘徊”成了看守所日常生活的一部分。

丹尼斯会跟他交谈，安慰他，但无济于事。罗恩无罪的呐喊撕心裂肺，特别是对于丹尼斯这个最能体会他痛苦的人来说。显然，罗恩需要的不仅仅是一瓶药片。

神经安定药物与镇静剂、抗精神病药物是同义词，主要用于治疗精神分裂症。氯丙嗪是一种安定药物，它有一段曲折的历史。20世纪50年代，氯丙嗪在各州的精神病院里泛滥。它药性很强，严重减弱人的意识和兴趣。支持这种药的精神科医生，声称它实际上是通过改变或修复受损的脑化学成分来达到治疗目的的。

但是，批评者更多，他们引用了大量的研究成果表明，这种药会产生很多可怕的副作用：镇静、嗜睡、呆滞、精力不集中、噩梦、情感障碍、抑郁、绝望、对外界环境缺乏自发兴趣、病人意识迟钝、缺乏行为控制力。氯丙嗪对大脑的大多数功能有害，对几乎所有功能都有干扰。

最严厉的批评者称氯丙嗪“约等于前脑叶白质化学切除术”。他们说，使用氯丙嗪的唯一目的是让精神健康机构和监狱节省开支，更好地管理病人和囚犯。

罗恩的氯丙嗪来自看守。剂量有时有律师的指示，但通常没有什么监督。他只要大吵大闹，就得吃上一片。

虽然丹尼斯·弗里茨在谋杀案发生后又在埃达住了四年，他还是被认为有逃脱的危险。和罗恩一样，丹尼斯的保释金高得匪夷所思，不能保释也理所应当。和所有被告一样，他们被推定无罪，但还是被关在看守所，以保证不会逃跑，或者在街上再杀人。

推定无罪，但他们还要等近一年才会受审。

丹尼斯来到埃达看守所几天后，一个名叫迈克·坦尼的人突然出现在囚室外。虽然光头坦尼身体肥胖，说话也不得体，但他脸上总是挂着灿烂的微笑，行为举止非常友善，他对待丹尼斯就像一个老友。他急切想要讨论的话题是卡特谋杀案。

丹尼斯在埃达待了很久，他知道看守所就是一个充满告密者、骗子和杀人凶手的污水池，他知道，在这里，和任何人的谈话都有可能被篡改得面目全非，成为对被告非常不利的证据。每一个囚犯、看守、警察、受托囚犯、门房和厨师，所有人都有可能是告密者，都迫切想要听到些什么细节，然后去告诉警察。

坦尼说他是新来的，还说自己是个看守，而事实上，他还没从县里领过工资。坦尼不请自来，没什么内部信息或经验，但他给丹尼斯提了很多建议。他认为，丹尼斯遇到了大麻烦，眼看就要被判死刑，想要活命的话，最好还是认罪、坦白，在地区检察官办公室和彼得森达成交易，把污水泼到罗恩·威廉森身上。

彼得森不会亏待他的。

丹尼斯只是听听。

坦尼阴魂不散。他每天都来，对丹尼斯的困境大摇其头，胡乱评论着司法制度，大谈特谈他认为司法制度是怎样运行的，分文不取地抛出无数睿智的建议。

丹尼斯也只是听听。

预审安排在 1987 年 7 月 20 日，主审法官仍是约翰 · 戴维 · 米勒。和其他司法管辖区一样，在俄克拉荷马州，预审非常重要，因为州政府必须尽最大努力，向法庭和所有人表明证人都有谁，他们会说些什么。

在预审中，检察官面临的最大挑战是，既要提供足够的证据，说服法官被告有罪是具有合理依据的，又不能披露过多信息给辩方。这要打擦边球，有些风险。

在一般情况下，检察官并不用太担心。地方法官如果驳回刑事公诉，那就很难再度当选。

但是，证明弗里茨和威廉森有罪的证据过于薄弱，比尔 · 彼得森在预审阶段就要全力以赴。他能拿得出的东西太少，更不可能有什么保留。当地纸媒也会来旁听，对庭上的每个字都翘首以盼。《埃达之梦》出版已有三个月，依然是镇上热议的焦点。本书出版之后，此次预审是彼得森第一次在重要庭审中现身。

法庭上人头攒动。丹尼斯 · 弗里茨的母亲来了，安妮特 · 赫德森和勒妮 · 西蒙斯也来了。佩姬 · 史迪威、查理 · 卡特和他们的两个女儿早早就到了。法庭里的常客——无聊的律师、当地的好事者、空闲的文员、没事可做的退休老人——等待着第一次亲眼看到两个凶手。庭审将在几个月后举行，但他们马上就可以在现场听到证人的证词。

在开庭前，只是为了好玩，埃达警方告诉罗恩，丹尼斯·弗里茨最终彻底交代了，将他们俩都牵连进了强奸和谋杀中。这个惊人的消息，让罗恩如坠深渊。

丹尼斯和律师格雷格·桑德斯安静地坐在辩护席，浏览着一些文件，等待庭审开始。罗恩坐在他们边上，依旧戴着手铐和脚镣，瞪着弗里茨，似乎打算掐死他。罗恩毫无预兆地从椅子上弹了起来，向近在咫尺的弗里茨大声尖叫。桌子飞了起来，落在了巴尼的助手琳达身上。丹尼斯立即跳了起来，躲到证人席旁边，而看守则按住了罗恩。

“丹尼斯！你这个大嘴巴的婊子养的！”罗恩尖叫着，“我们现在就把这事了结！”他深沉而沙哑的声音在法庭里回响。巴尼被击中，从椅子上跌落。看守抓住了罗恩，按住他，试图制服他。他又踢又捶，像个疯子，看守一阵手忙脚乱。丹尼斯、格雷格·桑德斯和法庭工作人员迅速退避一旁，呆呆地注视着法庭中的混乱场面，不敢相信眼前发生的一切。

罗恩身材高大，远胜看守，他们花了好几分钟才制服他。在被拖走的时候，罗恩向弗里茨喷出了一连串的粗话狠话。

当骚乱平息，桌椅排好，每个人都长舒了一口气。巴尼看不见这喧闹的场面，却深知自己置身其中。他站起身来说：

> 请记录在案，我申请退出本案。这个男孩根本不与我合作。如果是他花钱请我来的，我一定不会出现在这里。我不能再继续代理他了，法官，确实不行。我不知道，谁会接手，但我做不到。我——如果我不能在这里得到准许——我会看看从刑事上诉法院那里是否有可能。我不会再忍受下去。我太老

了，法官。我不想再与他有任何关系，在任何情况下。我不知道他是不是有罪——退出与此无关——我只是不想再忍受下去。罗恩今天能在法庭上打人，那么，过不了多久，诸位可能就会听说他打了我，如果他真这么干，他就麻烦大了，但我这老身子骨的麻烦可能更大。

米勒法官迅速给出回复："驳回律师的动议。"

对于安妮特和勒妮来说，看着自己的弟弟像个疯子一样，戴着锁链被拖来拖去，没有什么比这更能戳痛她们的心。他生病了，他需要帮助。好一些的医生，好一些的医疗机构，长久一些的治疗，会让他好起来。他明显生了病，为什么俄克拉荷马州政府还要对他进行审判?

在过道对面，佩姬·史迪威看着这个疯子，想到自己的女儿曾遭受的暴力，瑟瑟发抖。

在花了几分钟维持秩序之后，米勒法官命令看守把罗恩再次带进来。在拘留室，看守向罗恩解释说，他在法庭上的行为是不恰当的，如果他再意气用事，将会受到严肃处理。但被带入法庭后，他一看到丹尼斯·弗里茨，就又开始大骂。法官下令将他送回看守所，驱散了法庭里所有围观的人，等了一个小时。

罗恩回到看守所，看守更加严厉地警告了他，但他不在乎。伪造口供在庞托托克县再平常不过，但他不认为是警察逼迫丹尼斯·弗里茨做的口供。罗恩是一个无辜的人，不希望像沃德和方特诺特一样被迫害。如果他能掐住丹尼斯的脖子，他相信自己一定能让弗里茨把真相倒出来。

罗恩第三次进来，和前两次一样。他一踏进法庭，就开始大叫："弗里茨，我们来把这件事了结——你我做个了断。"

米勒法官打断了他，但罗恩毫不迟疑。"我和你要了结这件事，"他冲丹尼斯大喊，"我没杀过任何人。"

"把他按在那里，"米勒法官对看守说，"威廉森先生，你再这样发脾气，庭审将缺席进行。"

"我没意见。"罗恩反击。

"好的，你要明白……"

"我根本不想待在这里。如果你不介意，我想回我的囚室去。"

"你希望放弃出席预审的权利？"

"是的。"

"没有人威胁或强迫你这样做，这是你的个人……"

"我在威胁。"罗恩打断了法官，瞪着丹尼斯。

"有人威胁过你吗——放弃权利是你个人的决定……"

"我说，我在威胁。"

"好的。你不希望出席此次庭审，是这样吗？"

"是的。"

"好的。你们可以把他带回县看守所了。庭审记录会显示，被告罗纳德·基思·威廉森因怒不可遏及干扰庭审秩序，放弃了出席本次庭审的权利。本庭认为，如有他在场，庭审则无法进行——基于其现有陈述和暴躁的行为。"

罗恩回到了自己的囚室，预审继续进行。

1956 年，联邦最高法院在毕肖普诉美国案（*Bishop v. United States*）

中，判定对无意识能力者定罪有违正当程序原则。如果被告人的意识能力存在疑问，法庭应当进行适当的询问，如果没有做到这一点，则构成对被告宪法权利的剥夺。

罗恩·威廉森已经在看守所里蹲了两个月，控辩双方无人对他的意识能力提出过质疑。证据是明摆着的。罗恩的医疗记录非常多，法庭可以随时调阅。他在看守所里咆哮不止，靠他的律师和看守给的药物，病情有所控制，但还是有明显的征兆。他在埃达名声在外，警方深知这一点。

罗恩庭审时的这种表现以前就出现过。两年前，州政府曾指控罗恩在未经惩教局同意的时间逃出居所，希望撤销他的缓刑，庭审时他闹得天翻地覆，最后法官只能把他送到精神病院进行精神鉴定。那次的主审法官是约翰·戴维·米勒，现在主持预审的也是他。正是这位米勒法官，在那时曾判决罗恩无意识能力。

两年后的今天，到了裁判死刑问题的时候，米勒法官却显然认为没必要再检查罗恩的精神状态。

俄克拉荷马州有一部法律规定，法官，包括主持预审的法官，如果发现被告的意识能力存在问题，则有权中止程序。该法并不要求辩护方主动提出动议。大多数刑辩律师会尽力主张，被告有精神病史，应当进行鉴定，但是，即使律师并未提出这种主张，法官也有义务保护被告的宪法权利。

巴尼·沃德本应打破米勒法官的沉默。作为辩护律师，他本可以要求对自己的当事人进行全面的精神鉴定。下一步是就意识能力问题举行听证会，戴维·莫里斯两年前走过这个常规程序。最后一步则应当是精神失常抗辩。

把罗恩送出法庭后，预审平静有序地进行。预审持续了数日，罗恩从未走出过他的囚室。他是否有能力协助自己的辩护这件事实际上并不重要。

弗雷德·乔丹医生首先作证。他重新陈述了尸体解剖结果和死亡原因——皮带勒住脖子，或毛巾塞进喉咙，又或两者共同导致窒息。

谎言始于第二个证人格伦·戈尔。他作证说，1982 年 12 月 7 日晚上，他与一些朋友在马车灯酒吧聚会，其中一人就是黛比·卡特。他说，黛比是他的同学，他们小时候就认识。那天晚上，她曾求戈尔"救她"或"去接她走"，因为罗恩·威廉森在那里，正骚扰她。

12 月 7 日，他并没有在马车灯酒吧看到丹尼斯·弗里茨。

在交叉询问中，戈尔说，他在 12 月 8 日就把这一情况告诉了警察，但警方的报告中并没有提到罗恩·威廉森。报告也没有提交给辩护方，而交换证据是程序规则所要求的。

由此，格伦·戈尔的口供成了对罗恩·威廉森不利的唯一直接证据。他把罗恩和黛比·卡特在谋杀前几个小时联系起来，还表明了两人曾接触并发生冲突。在法律意义上，他建立了凶手与受害人之间的联系。其他所有证据都是间接证据。

只有像比尔·彼得森这样意志坚定的检察官，才会"勇敢"地让格伦·戈尔这样的罪犯靠近他的案子。戈尔参加预审时戴着手铐脚镣。他正在服刑，刑期四十年，罪名是强行入侵他人住宅、绑架和谋杀警察未遂。五个月前，戈尔闯入前妻格温的家，并把妻子和小女儿劫为人质。他喝了酒，用枪指着人质长达五个小时。警察里克·卡森从窗户向室内窥视。戈尔向他瞄准开了枪，击中了卡森的面部。幸运的是，卡森伤得并不严重。在酒醒并投降前，戈尔还枪击了另一名警察。

这不是戈尔与格温之间第一次发生暴力冲突。1986 年，在他们磕磕绊绊的婚姻关系结束之前，戈尔被控私闯格温住宅，用屠刀致格温多处刀伤。她活了下来，提出了控诉，戈尔面临两项一级入室盗窃罪和一项持危险武器实施人身伤害罪的指控。

两个月前，他被指控伤害格温，因为他用手掐她的脖子。

1981 年，他被指控强行进入另一个女人的家。戈尔当兵时曾被指控人身攻击，之后又有一长串的轻罪指控。

在自己的名字列入罗恩·威廉森案检方新增证人名单一周后，戈尔就与检方达成了辩诉交易。与此同时，检方还撤销了一项绑架罪和一项持危险武器实施人身伤害罪的指控。判决结果一出，他前妻的父母就向法院提交了一封信，请求对戈尔判处更长的刑期。其中一段内容如下：

> 我们希望法院知道，我们感觉这个人多么危险。他想要杀死我们的女儿、孙女和我们。他这样对我们说过。我们曾花很大功夫为女儿家进行防盗改造，但都没有用。他攻击我们女儿的细节在信中难以尽述。但请在他被放出来之前，在恐怖重新袭来之前，让我们的女儿有足够的时间把孩子抚养长大，请让孩子不要再经历一遍这黑暗的时光。

几年来，巴尼·沃德一直都怀疑格伦·戈尔与卡特谋杀案有牵连。戈尔是职业罪犯，有袭击女性的暴力犯罪前科，也是人们所看到的与受害人有接触的最后一个人。令人难以理解的是，警察为什么对他毫无兴趣。

戈尔的指纹从未提交给州调查局检验。四十四个人的指纹都提交了，唯独戈尔的没有。有一次，戈尔同意接受测谎，但最终没有进行。埃达警方弄丢了戈尔提交的第一份毛发样本，那是谋杀案发生约两年后。他又提交过一次，也许不止一次。没人确切地记得。

巴尼凭借他对法院流言不可思议的听力和记忆力，坚信戈尔应当接受警方调查。

而且，他也知道他的当事人——罗恩·威廉森——无罪。

2001 年，在预审过去十四年后，戈尔身上的谜团才得以部分解开。那时他仍在服刑，他签署了一份宣誓口供，其中供认，20 世纪 80 年代初，他在埃达贩毒，主要是甲基苯丙胺。一些交易涉及埃达警方，特别是一个名叫丹尼斯·科温的人。戈尔说他是“初级供应商”，经常出入戈尔打工的哈罗德酒吧。

戈尔欠警方钱的时候，他们会编个理由逮捕他，但在多数情况下，警方不怎么管他。他在宣誓后供认：“但是，在 20 世纪 80 年代初的绝大多数时间，我明白埃达的执法机构对我极为优待，因为我参与了他们的毒品交易。”

“当我不再参与后，这种优待就结束了。”

他认为，他之所以被判处四十年刑期，是因为他“不再卖毒品给埃达警方了”。

至于威廉森，2001 年时戈尔说，他不知道罗恩谋杀当晚是不是在马车灯酒吧。警方让他看了一系列照片，指出了罗恩，并解释说，罗恩就是他们感兴趣的人。“然后，他们很直接地表示，我应当指认威廉森先生。”

“直到今天，我也不知道罗恩·威廉森在黛比·卡特失踪那天晚上是不是在酒吧。我指认他，是因为我知道警方希望我这样做。”

戈尔的宣誓口供是一个检察官制作的，在他签名前，他自己的律师也审核过。

州政府的下一个证人是汤米·格洛弗。他是马车灯酒吧的常客，也是最后见到黛比·卡特的几个人之一。他的最初记忆是，黛比在停车场与格伦·戈尔说话，她把他推开后驾车离开。

但四年七个月后，他的回忆却发生了变化。格洛弗在预审作证说，他看到戈尔与黛比说话，然后，她上了自己的车走了。这就是他看到的全部事实。

查理·卡特接下来作证，他讲述了在1982年12月8日上午发现自己女儿的经过。

州调查局探员、“犯罪现场专家”杰里·彼得斯被传作证。不久前，他陷入了一场麻烦。巴尼感觉其中有鬼，反复询问彼得斯关于墙砖上的掌纹意见前后矛盾的问题。1983年3月的意见很明确，然后，在1987年5月惊现一百八十度大反转。彼得斯的最初意见是，掌纹不属于黛比·卡特、罗恩·威廉森或丹尼斯·弗里茨，是什么促使他重新考虑这个意见？是不是因为它对公诉不利？

彼得斯承认，出具意见后的四年中没有发生任何事，到了1987年初，比尔·彼得森给他打了一个电话，希望他重新思考一下早先的判断。在开棺验尸和重新提取掌纹之后，他突然改变了自己的想法，出具了一份恰好符合检察官需求的报告。

格雷格·桑德斯代表丹尼斯·弗里茨加入了攻击。显而易见，证据被篡改了。但这只是预审，并不像庭审那样需要达到排除合理怀疑标准的证据。

彼得斯还证实，在公寓里和汽车上共发现了二十一枚指纹，其中十九枚属于黛比·卡特，一枚属于迈克·卡彭特，一枚属于丹尼斯·史密斯，没有任何一枚属于弗里茨或威廉森。

检方的明星证人是“神奇”的特莉·霍兰德。从 1984 年 10 月到 1985 年 1 月，霍兰德因虚开支票一直被关在庞托托克县看守所。对于俄克拉荷马州当时正调查的两起悬而未决的谋杀案（即卡特案和哈拉维案）的探案进展来说，这四个月的关押帮了大忙。

首先，她声称她听到卡尔·方特诺特对绑架和谋杀丹尼斯·哈拉维的整个过程供认不讳。1985 年 9 月，她在沃德和方特诺特的第一次庭审中作证，向陪审团提供了史密斯和罗杰斯警探梦寐以求的细节，这些细节补充了汤米·沃德的梦境口供。出庭作证后，她的虚开支票罪得到了轻判，尽管此前她已有两项重罪记录。沃德和方特诺特被送进了死囚区，而特莉·霍兰德逃出了庞托托克县。

霍兰德还有一些法庭罚金和费用未付，在一般情况下，政府并不会在意。可是，他们这次找到了她，把她抓了回来。面对更多的指控，她突然有一些惊人的消息要告诉调查人员。当她在看守所里听到方特诺特的故事的时候，也听到罗恩·威廉森完全认了罪。

这对警察来说，是多么神奇的运气！他们不但发明了梦境口供——他们最喜欢的侦查工具，而且现在还找到了另外一名告密者——他们第二喜欢的武器。

至于究竟为什么直到 1987 年春天，才把罗恩认罪的事说出来，霍兰德含糊其辞。两年多过去了，只字未提。也没有人问她，为什么急于向史密斯和罗杰斯告发方特诺特认罪的事。

在预审的证人席上，霍兰德有充足的时间编故事。罗恩缺席，她想说什么就说什么。她的故事里有这样一个情节，罗恩在电话里对他母亲大喊："我要杀了你，就像杀掉黛比·卡特那样。"

看守所里唯一的一部电话安装在办公室前面的墙上。囚犯很少有机会打电话，即便有机会，他们也必须越过前台，伸长了脖子，才够得着听筒。打电话时，在前台值班的警察会在场。打电话的内容被别的囚犯偷听到，这种事就算不能说是完全没机会，但至少也是不太可能的。

特莉·霍兰德作证说，罗恩曾经打电话给一个教堂，问那里的某人要烟，还威胁说如果不把烟送来，就把教堂给烧了。

同样，没人可以证实这件事。没有人问及看守所的布局，也没人问及一个女囚到底是如何这样接近男囚的。

彼得森引导她："你是否听到他说起，他对黛比·卡特做过什么？"

"听到过，他在候审室里说过，"她回答说，"那是在汤米·沃德和卡尔·方特诺特刚刚被带进来的时候。"

"在候审室里，关于自己对黛比·卡特做了什么，他都是怎么说的？"

"他只是说——我不知道如何表达。他说，她认为自己比他强，他要让那个贱人知道，她没什么好的。"

"还有什么别的吗？"

"他说，他让她和他做爱，虽然他没有直接这样讲。我不记得他怎么说的了。他说，他把一个可乐或番茄调味汁瓶的盖子塞进了她的屁眼里，把她的内裤塞进她的喉咙，给了她一个教训。"

比尔·彼得森继续推进，提出了最重要的问题。“他有没有说过，黛比应当从了他，或者类似的话？”

“是的，他本来想和她一起走，但她不想和他有任何瓜葛，他说，她应当从了他，跟他上床。”

“如果她从了，他就不必非得做什么？”彼得森问道，迫切地提示着这个不可靠的证人。

“就不必非得杀了她。”

令人吃惊的是，比尔·彼得森身为法庭上的官员，承担着追寻真相的责任，却诱导出这种垃圾证言。

告密的关键在于获得报酬。特莉·霍兰德通过辩诉交易让自己摆脱了麻烦，离开了看守所。她还参加了一项有月薪可领的回归社会计划，但不久后就不再去尽义务了。

当时，没有几个人知道，特莉·霍兰德与罗恩·威廉森其实有交集。几年前，罗恩在埃达附近销售罗利家居产品的时候，曾有一段意外的露水情缘。他像往常一样敲响了一扇门，一个女士发声让他进去。当他进去后，一个名叫马琳·科伊特尔的女人全裸出现在他面前。看上去家里也没有别人，事情很快就发生了。

马琳·科伊特尔精神状态并不稳定，这一幕发生一个星期后，她就自杀了。罗恩后来去过她家好几次，为的是销售更多的产品，但再也没找到她。他并不知道她已经死了。

特莉·霍兰德是马琳·科伊特尔的姐妹。在他们发生性关系后不久，马琳就把这件事告诉了特莉，还称罗恩强奸了她。没人因此而提出指控，也没人试图这样做。虽然特莉知道她的姐妹很疯狂，她还是认为罗恩应当对马琳的死负责。罗恩早已忘记这段往事，更不知道特莉·霍兰德是何许人。

预审第一天，庭审在丹尼斯·史密斯的烦冗证词中拖延着。他详述了犯罪现场和侦查过程。唯一与此前不同的是，史密斯讨论了凶手留下的几处笔迹——用红色指甲油在墙上涂抹的信息，厨房桌子上用番茄酱写的“不要找我们，否则……”，在黛比肚子和背上留下的模糊字迹。史密斯和罗杰斯警探认为这些笔迹可以提供一些线索，于是，早在四年前，他们就让丹尼斯·弗里茨和罗恩·威廉森分别在白色硬纸片上写了一些字。

两名警探在笔迹鉴定方面几乎没有任何经验，但不出意料的是，他们强烈地认为两者相符。弗里茨和威廉森提供的笔迹样本，即用笔书写在硬纸片上的字，与墙上留下的红色指甲油信息、厨房里用番茄酱涂抹的字相似，这非常可疑。

他们把这些疑问告诉了州调查局的一个身份不明的探员，根据史密斯的说法，这位探员同意接受询问，并且“口头”确认了他们的想法。

在格雷格·桑德斯接受交叉询问时，史密斯作证说：“嗯，这个笔迹，据我们询问的人说，与我们在公寓墙上找到的笔迹相似。”

“桌子上的呢？”

“两者相似。”

几分钟后，巴尼就笔迹鉴定问题向史密斯展开盘问。他问史密斯是否从州调查局获取了关于罗恩笔迹的鉴定报告。

“我们没有提交笔迹。”史密斯承认。

巴尼不解，为什么不提交给州调查局？他们有专家。他们或许可以排除罗恩和丹尼斯的嫌疑。

史密斯进行防守。“笔迹之间存在相似性，但是，你知道的，这是基于我们的观察，而非科学的判断。我的意思是，我们，你知道的，看到了其中的相似性，但是，你知道，对两种不同类型的笔迹进行比较几乎是不可能的。你用刷子写和用铅笔写，那是两种不同类型的笔迹。”

巴尼回答说：“好吧，那么，我们现在是不是在试图告诉法庭有这种可能性，这两个男孩，丹尼斯·弗里茨和罗尼·威廉森，轮流拿着指甲刷或指甲油刷，书写了一份涉及吉姆·史密斯和其他人的声明？你知道，要得出你的结论，好像必须一个人写一个字母，然后换另一个人再写一个，或者以类似的方式书写，是不是这样？”

“并非如此，但我想，我们的看法是，这两个人都参与了书写，不一定是两个人共同写了什么，但是，你知道，公寓里有好几处笔迹。”

尽管他们在预审中提交了关于笔迹的证言来协助推进案件，但它过于脆弱，连比尔·彼得森都不会在庭审中使用它。

在第一天结束时，米勒法官担心起罗恩缺席的问题。在法庭会议[1]中，他向律师表达了心中的忧虑。“我对被告缺席进行了宣示。我要在明早八点四十五分让威廉森回到法庭，再次询问他是否愿意出席。如果他同意，他将会再次出席。”

巴尼此时善意地补充了一句：“你是否希望我给他服用一百毫

1 法庭会议（bench conference），指法官和律师在陪审团听审之外就诉讼的有关问题所进行的会商，可以记入庭审笔录，也可以不记入。

克……”

“我没有让你做什么。”米勒法官打断了他。

第二天早上八点四十五分，罗恩被带到了法庭。法官对他说：“威廉森先生，昨天你明确表示，你不希望出席预审。”

“我根本不希望站在这里，”罗恩说，“我与这起谋杀毫无关系。我没有……我不知道是谁杀了她。我根本不知道这件事。”

“好的。你的行为和干扰行为——如果你愿意，你可以重获出席的权利，但你要保证并且做到不干扰和破坏法庭秩序。你必须保持平静，才可以重获此项权利。你是否愿意出席？”

“不，我不想待在这里。”

“你是否理解，你有权在这里听取所有证人的证言？”

“我不想待在这里。你们在这里所做的一切，都与我无关。我受够了，不想再为这些事发狂。这让我痛苦死了，我就是不想待在这里了。”

“好的，这是你的决定。你不希望出席？”

“是的。”

“你同时也放弃了宪法赋予你的与证人对质的权利？”

“是的。你们每个人都可以无中生有地指控我。你们每个人都可以为所欲为。”这时，罗恩望向加里·罗杰斯，“你恐吓我，加里。你可以在骚扰了我四年半之后再来指控我，先生，你们所有人可以想干什么就干什么，因为你们都是掌权者，而我不是。”

罗恩被送回了看守所，庭审继续进行。接下来是丹尼斯·史密斯出庭作证。加里·罗杰斯随后出庭，乏味地讲述了侦查过程，然后是州调查局探员梅尔文·海特和玛丽·朗就案件中的法医问题作证——指纹、毛发分析以及血液和唾液中的成分。

州政府一方结束后，巴尼传唤了十名证人——都是看守或前受托囚犯。没有一个人记得听到过与特莉·霍兰德所述有任何相似的话。

作证结束后，巴尼和格雷格·桑德斯请求法庭撤销强奸指控，因其超过了俄克拉荷马州法律规定的三年追诉时效。谋杀罪没有追诉时效，其他所有犯罪都有。米勒法官说，他会择期就这一动议作出裁决。

在这一轮，丹尼斯·弗里茨几乎消失不见。彼得森的公诉焦点显然是罗恩·威廉森。他的明星证人——戈尔、特莉·霍兰德、加里·罗杰斯（持有梦境口供）——都是针对罗恩的。弗里茨与谋杀有微弱关系的唯一证据是梅尔文·海特的毛发分析证词。

格雷格·桑德斯花了很长时间，也很努力地论证，州政府没有尽到应有的举证责任，表明丹尼斯·弗里茨与谋杀有关的合理根据。米勒法官丝毫不予重视。

巴尼也加入了格雷格，吵着要求撤销所有指控，因为检方的证据太过薄弱，格雷格附和了动议。米勒法官没有立即进行裁决，但实际上显然也在考虑辩护方动议的合理性，警方和检察官们意识到，他们需要更多的证据。

陪审团非常重视科学专家，特别是在小镇上。如果一个专家是州政府的雇员，被检察官传唤出庭证明被告有罪，他们的观点会被认为是不可动摇的。

巴尼和格雷格·桑德斯知道州调查局那帮人关于毛发和指纹的证言不太可信，但他们要想提出质疑，还需要一些帮助。他们可以盘问州政府的专家，也可以降低其证言的可信度，但他们也明白，律师难得能在这种辩论中胜出。专家很难被驳倒，而陪审员很容易就会陷入困惑。辩护律师需要的是一两个自己这一方的专家。

两个律师提出申请协助的动议。这种动议很常见，却极难获准。请专家很昂贵，包括法官在内的许多地方官员都会退缩，因为他们知道，强迫纳税人为贫困的被告人付这么高的价钱太过分了。

关于动议，法庭展开了辩论。没有人提及，巴尼看不见东西这个事实。如果有人需要别人帮助分析毛发和指纹，那一定是巴尼·沃德。

第八章

法律文书往来纷飞，地区检察官办公室修改了公诉意见，撤销了强奸指控。辩护律师对新的起诉书又发起了攻击。还需再次进行庭审。

地区法院的法官是庞托托克县的罗纳德·琼斯，庞托托克与塞米诺尔、休斯三县组成了第二十二司法区。琼斯法官于 1982 年当选，不足为奇的是，他对检察官和蔼，对辩护律师严厉，众所周知。他强烈支持死刑。他是一名虔诚的基督徒，还是浸信会执事。他的昵称是浸信会的罗恩、虔信《圣经》的琼斯。他也确实会照顾在监狱里皈依上帝的人，有些辩护律师悄悄地告诉他们的当事人，忽然在上帝那里找到力量，可能会非常有利。

1987 年 8 月 20 日，琼斯法官传讯了罗恩，但没有通知律师。这是两人第一次见面。法官问罗恩最近过得如何，他得到了一个令人吃惊的回答。

“我有件事要说，先生，”罗恩大声地开始说，“这……我对卡特一家非常同情，和他们的亲戚一样。”

琼斯法官要求他安静些。

罗恩继续说道："先生，我知道你不想听……我，这件事不是我做的，先生。"

看守抓紧了罗恩，他闭上了嘴。琼斯推迟了传讯，他要先审查一下预审的笔录。

两个星期后，罗恩带回了律师的更多动议。看守精细地调整着氯丙嗪的剂量。当罗恩在囚室里，他们想让他安静的时候，就把他喂足，所有人都很开心。但如果罗恩计划出庭，他们则减少剂量，这样他就会在登场时声音更大，态度更激烈、好斗。精神卫生服务中心的诺玛·沃克怀疑看守给罗恩的药物过量，并记录了此事。

与琼斯法官的第二次见面进行得也不顺利。罗恩率性直言。他宣称自己无罪，人们说的都是谎话，还说："妈妈知道那天晚上我在家。"

他最终回到了看守所，预审继续推进。巴尼·沃德和格雷格·桑德斯申请分别审理，他们努力推动此动议通过。特别是，桑德斯希望陪审团不用面对罗恩·威廉森这样的共同被告，他只会是包袱。

琼斯法官同意并裁决两案分别审理。同时，他也把罗恩的意识能力问题提上了议程。他在庭上告诉巴尼，这个问题要在庭审前解决。罗恩最后被传讯，正式提出了无罪抗辩，然后回到了看守所。

弗里茨的案子现在进入了另一个不同的轨道。琼斯法官裁定启动一个新的预审程序，因为在第一次预审中，州政府拿出的指控丹尼斯的证据太少了。

检方找不到足够多的证人。

———

通常，检方没有坚实证据一事会让警方担心，但在埃达不会。

无人因此慌乱。庞托托克县看守所里满是想做告密者的人。他们为丹尼斯·弗里茨找到的第一个告密者名叫辛迪·麦金托什，是个多次犯下轻罪的家伙。

警察有计划地将丹尼斯安排到罗恩旁边，便于两人交谈。这时两人已停战，丹尼斯让罗恩相信了他没有认罪。

辛迪·麦金托什称自己亲耳听到了两人的交谈，然后告诉警方，她有他们想要的料。据辛迪·麦金托什说，弗里茨和威廉森在讨论第一次预审中提交的一些照片。当然，罗恩没有参加预审，所以好奇于丹尼斯看见了什么。照片拍的是犯罪现场，罗恩问丹尼斯："她（黛比·卡特）在床上，还是在地上？"

在地上，丹尼斯回答。

在警方看来，这确切地证明，两人都在公寓里，并且实施了强奸和谋杀。

比尔·彼得森也迅速被说服了。9 月 22 日，他提出了一项动议，请求增加辛迪·麦金托什为州政府证人。

下一个告密者是詹姆斯·里金斯，尽管他的告密生涯非常短暂。里金斯被从监狱移送到庞托托克县看守所，面临多项指控。一天晚上，他被送回囚室时，路过另外一间囚室。他听到里面有人，也许是罗恩，承认自己杀死了黛比·卡特，承认自己在塔尔萨还有两项强奸罪指控，还说自己会像在前两起强奸案中一样在这次谋杀指控中脱罪。里金斯不知道罗恩是在向谁说这些话，但在告密者的世界里，这种细节并不重要。

一个月后，里金斯改变了想法。在警方的一次询问中，他说，他在罗恩·威廉森的事情上搞错了，事实上，他听到的那些话是格伦·戈尔说的。

认罪在埃达流行开来。9 月 23 日，年轻的吸毒者瑞奇·乔·西蒙斯走进了警察局，宣称是自己杀了黛比·卡特，并希望向警方如实交代。丹尼斯·史密斯和加里·罗杰斯很快就布置好了录像设备，西蒙斯开始讲述他的故事。他承认自己吸毒多年，最爱的是一种自制毒品，即冰毒。这种毒品含多种成分，其中之一是蓄电池酸液。他说，他最终戒掉了毒品，找到了上帝。1982 年 12 月的一个晚上，他正在读《圣经》，印象中那是 1982 年，但不能确定。出于某种难以言说的原因，他出门在埃达街头徒步游荡。他遇到了一个女孩，他猜是黛比·卡特，但也不能确定。至于他和这个女孩是如何碰到的，他给出了几个相互矛盾的版本。他也许强奸了她，也许没有，但他认为自己是用双手掐死了她。之后，他在她公寓里走来走去，祈祷，呕吐。

有一些奇怪的声音告诉他该怎么做。细节模糊，但西蒙斯的确说过，“像是做梦”。

奇怪的是，在这个时候，有望得到另一个梦境口供，却并没有让史密斯和罗杰斯兴奋起来。

当西蒙斯被问到为什么要等近五年的时间才来自首，他终于能够解释清楚镇上近来的流言是怎样让他想起了 1982 年或 1981 年那个罪夜。但他却回忆不起来自己是如何进入黛比的公寓的，也记不起公寓里有几个房间，他又是在哪个房间把她杀死的。然后，忽然之间，他记起了番茄酱瓶和墙上潦草的字。后来，他说，一个关系要好的同事曾和他聊过本案的这些细节。

西蒙斯声称在供述期间并未吸毒，完全清醒，但史密斯和罗杰斯一眼就看出，冰毒已经控制了他。他们立即否定了他的故事。这个故事和汤米·沃德的一样有很多不确切的地方，两位警探不感兴趣。史密斯再也不想继续听下去了，最后明确告诉他："我认为，你没有杀黛比·卡特。"他提出为西蒙斯找个医生。

西蒙斯越来越困惑，坚持说自己杀了黛比。而两位警探却坚持说，他并没有杀人。

他们感谢他花时间协助破案，然后，把他打发走了。

庞托托克县看守所难得有什么好消息，但在11月初，罗恩意外地接到了一封信。一位行政法法官根据《社会保障法案》赋予了他无意识能力者的权益。

一年前，安妮特代表罗恩提出过申请，声称他自从1979年以来就一直无工作能力。霍华德·奥布赖恩法官审查了大量病历，判令在1987年10月26日举行一次全面的听证会。警察开车从看守所接走了罗恩。

在判决书中，奥布赖恩法官认为："显然，申请人有足够的医疗文件证明，他有酗酒史，需要通过服用锂盐控制抑郁，他被归类为伴有非典型人格障碍的非典型双相情感障碍，可能表现为边缘型、偏执型和反社会型人格障碍。显然，如果不做治疗，他会好战，喜欢辱骂，举止暴力，具有宗教妄想，思维混乱。"

并且，"他还患有反复发作的时间感障碍，注意力受损，以及抽象思维和层级意识受损"。

奥布赖恩法官很容易就得出了结论，罗恩患有"严重的双相情感障碍、人格障碍和药物滥用障碍"。此外，他的情况过于严重，甚至到了无法从事任何有意义的工作的地步。

罗恩无意识能力的期限从 1985 年 3 月 31 日算起，并将延续。

行政法法官的主要工作就是评估申请人是否有身心障碍，他们是否可以获得按月发放的保障金。他处理的是非常重要的案件，但并不关乎生死。相形之下，米勒和琼斯法官肩负更重大的职责，他们应保证每一个被告，特别是面临死刑的被告，获得公正的审判。既具有讽刺意味又令人遗憾的是，奥布赖恩法官能一眼看出罗恩的问题，米勒和琼斯法官却视而不见。

巴尼尽职尽责，让罗恩去做了精神鉴定。巴尼安排罗恩在庞托托克县卫生局接受测试。临床科主任克劳德特·雷进行了一系列心理测试，给巴尼签发了一份报告。报告的结论是："罗恩，因情境压力而导致有意识的焦虑。他在试图改变环境或改善自我时感到无助。他可能会因恐惧或思维混乱而行为失当，比如不出席预审，即使出席对他本人有利。毕竟大多数正常人会想要去听听影响自己生死的信息和意见。"

报告被压在巴尼的文件堆中，留在了那里。申请举行意识能力听证只是一项常规工作，巴尼以前也处理过。他的当事人在看守所里待着，那儿离法院只有一百英尺远，巴尼几乎每天都要去。

这个案件急需有人提出意识能力的问题。

丹尼斯·弗里茨的公诉取得了重大进展，凭借的是一个名叫詹姆斯·C. 哈乔的、可称半文盲的印第安人的证词。哈乔二十二岁时就因盗窃进了看守所，他因两次进入同一个房子偷东西而被捕。1987 年 9 月至 10 月，在等待移送至州监狱的这段时间，他的室友正是丹尼斯·弗里茨。

两人日渐熟悉。丹尼斯同情哈乔，他帮这个孩子写信，大多数都是写给哈乔的妻子的。丹尼斯心里非常清楚，警察打的是什么主意。他们每隔一天就把哈乔带出去，没有什么明显的理由，他的庭审已结束，而他一回来就询问卡特谋杀案的事情。在一个遍布告密老手的看守所里，哈乔的表现显然太拙劣了。

阴谋如此明显，丹尼斯甚至起草了一份声明，让哈乔在每次被警察带出去的时候签上名。里面有一句是："丹尼斯·弗里茨始终说他是无罪的。"

丹尼斯断然拒绝与他讨论这个案子。

但这并不能阻止哈乔。11 月 19 日，彼得森将詹姆斯·C. 哈乔列为州政府的证人。同一天，丹尼斯的预审在约翰·戴维·米勒法官的主持下重启。

当彼得森宣布他的下一个证人是哈乔时，丹尼斯害怕了。这个蠢孩子会说些什么梦话？

哈乔向一脸严肃的比尔·彼得森解释说，他曾与弗里茨共处一间囚室，一开始的时候，两人关系融洽，但万圣节那晚在一次对话后不欢而散。哈乔询问丹尼斯谋杀的细节，丹尼斯在这时出了状况，哈乔巧妙地在他的故事中找到了漏洞。他确信丹尼斯有罪，并与之对质。丹尼斯极为紧张。他在候审室里踱来踱去，显然那桩罪行让他内心挣扎。回到他们的囚室后，他看着哈乔，眼含泪水说："我们本不想伤害她。"

在法庭上，在这些蹩脚的证言面前，丹尼斯没有坐以待毙。他向证人大喊："你在撒谎！你在撒谎！"

米勒法官制止了争吵。哈乔和彼得森继续编造他们的故事。据哈乔说，丹尼斯表达了对年幼的女儿的牵挂，"如果她的父亲是个杀人犯，她会怎么想？”接下来是一些着实令人难以置信的证言。丹尼斯向哈乔承认，他和罗恩带了一些啤酒去黛比的公寓。在强奸杀人之后，他们拾起了空罐子，打扫了公寓，抹去了指纹，然后离开。

在交叉询问时，格雷格·桑德斯问哈乔，丹尼斯有没有解释他和罗恩如何擦去了属于他们自己的、那些肉眼不可见的指纹，并留下了几十枚他人的指纹。哈乔回答不出。他承认，丹尼斯在万圣节那晚认罪的时候，附近至少有另外六名囚犯，但他们都没听到。格雷格提交了丹尼斯起草的声明，上面有哈乔的签名。

哈乔在宣誓时是不诚实的，但在桑德斯交叉询问之后，他的表现便只能用愚蠢来形容。但这并不重要，米勒法官别无选择，只能让丹尼斯具结受审。根据俄克拉荷马州法，不允许预审法官判断证人的可信度。

开庭日期确定下来，又被推迟。1987 至 1988 年的那个冬天很漫长，罗恩和丹尼斯在看守所里苦挨时日，盼望开庭的日子快点到来。在被关的几个月里，他们仍然相信公正有可能会实现，真相有可能会大白。

在预审的对抗中，辩护方取得的唯一重大胜利就是，琼斯法官裁决两人分别受审。虽然比尔·彼得森反对分别审理，但先审判一个案件，对他来说大有好处。让弗里茨先受审，让报纸向这个紧张而好奇的小镇报道所有细节。

从谋杀案发生那一天起，警方就坚持说是两个凶手作案，他们怀疑的第一对（也是唯一一对）凶手就是弗里茨和威廉森。在每一个阶段——怀疑、侦查、指控、逮捕、起诉、预审——两人都被捆绑在一起。他们的入案照片在当地报纸上并排刊出。新闻标题一次又一次地重复，“威廉森和弗里茨……”

如果比尔·彼得森可以在第一个审判中给弗里茨定罪，那么威廉森案的陪审员会在坐下的那一刻就开始寻找绞索。

在埃达，人们认为，先审弗里茨，然后立即审罗恩·威廉森——同一个审判庭，同一位法官，同样的证人，同一份报纸报道两个案件，这就是所谓公正。

1988年4月1日，距罗恩的庭审还有三周时，法庭为他指定的协理律师弗兰克·巴伯尔提交了一项动议，申请退出此案。巴伯尔将出任另一个地区的检察官。

琼斯法官批准了这项动议，巴伯尔离开了，巴尼失去了助手——失去了帮他从文件、证据、图片和图表中筛查出对自己当事人不利信息的法律之眼。

1988年4月6日，在黛比·卡特被谋杀五年半后，丹尼斯·弗里茨被押送到了庞托托克县法院二楼那间拥挤的法庭。他剃净了胡须，理了发，穿着唯一的一身西装，那是母亲为他专门购置的出庭行头。万达·弗里茨坐在前排，尽可能地靠近儿子，坐在旁边的是她的姐妹威尔玛·福斯，她们不会错过审判中的任何一个字。

手铐取下后，丹尼斯注视了一下这群人，他想知道在这可能会成为陪审员的约一百人中，哪些人最终会成为决定他命运的十二个人。在座的登记选民中有哪些人会来审判他？

漫长的等待结束了。在忍受了十一个月的牢狱之苦后，他终于站在了法庭上。他有个好律师，并认为法官会保证审判的公正，与他社会地位相当的十二个人会谨慎地掂量证据，且马上意识到彼得森手中根本就没有什么证据。

审判的启动是一种解脱，却也让人恐惧。这里毕竟是庞托托克县，丹尼斯很清楚，无辜的人也可能会被构陷。他曾短暂地与卡尔·方特诺特住在同一间囚室。方特诺特拥有单纯而迷茫的灵魂，现在却因一起与他毫无关系的谋杀案被关在死囚区。

琼斯法官进入法庭，问候了各位潜在的陪审员。首先是初步问题，然后进行陪审员选择。选陪审员是一个缓慢而无趣的程序。在筛除过老、耳聋、有病的候选人的过程中，一个又一个小时过去了。然后是提问，有些问题由律师提出，多数还是来自琼斯法官。格雷格·桑德斯和比尔·彼得森为了陪审员人选的取舍而争吵不休。

在冗长的过程中，琼斯向一个名叫塞西尔·史密斯的候选陪审员提出了这样几个问题："你以前在哪里工作？"

塞西尔·史密斯："俄克拉荷马州公司委员会。"

接下来，法官和律师都没有问问题。塞西尔·史密斯在简短的回答中隐瞒了一个事实，他曾在执法部门工作多年。

几分钟后，琼斯法官问塞西尔·史密斯，他是否认识丹尼斯·史密斯警探，或者他们俩有没有什么关系。

塞西尔·史密斯："我们没有亲属关系。"

琼斯法官："那你是怎么认识他的？"

塞西尔·史密斯："哦，我只是听说过他，和他谈过几次话，可能和他打过几次交道。"

数小时后，陪审团宣誓履职。弗里茨尤为关注的塞西尔·史密斯也在其中。当史密斯在陪审席落座，他狠狠地瞪了丹尼斯一眼，未来他还会抛来很多个这样的眼神。

正式的审理在第二天开始。地区助理检察官南希·休向陪审团概述了证据情况。格雷格·桑德斯在开庭陈述中反驳道，检方事实上根本就没有什么证据。

第一个证人是格伦·戈尔，他是从监狱里被带来的。戈尔在彼得森的直接审问下，提供了一份非常奇怪的证词：他在谋杀当晚并未看到丹尼斯·弗里茨和黛比·卡特待在一起。

大多数检察官倾向于在一开始选择一个强有力的证人，他或她可以在谋杀发生的时间，将凶手置于受害人的附近。彼得森另辟蹊径。戈尔说，他以前有可能在马车灯酒吧见过丹尼斯，又或根本就没在那里见过他。

州政府的策略在第一个证人出现时就显露无遗。戈尔谈罗恩·威廉森比谈丹尼斯·弗里茨还多。彼得森问的问题也多是和罗恩有关的。把他们打造成共犯的计划正在实施。

在格雷格·桑德斯有机会质疑戈尔的繁多犯罪记录之前，彼得森决定首先质疑自己的证人，他询问了戈尔的犯罪生涯。罪名很多，如绑架、加重伤害、枪击警察。

州政府的主要证人没能把丹尼斯牵连进谋杀案，反而证明了自己是一个正在服四十年刑期的、顽固不化的重罪犯。

在一个不可靠的证人之后，彼得森让一个完全不知情的证人出场。汤米·格洛弗向陪审团描述了他目睹黛比·卡特在从马车灯酒吧回家前与格伦·戈尔谈话的情形。格洛弗在证人席上短暂露面后，就退了庭，甚至没有提到丹尼斯·弗里茨的名字。

吉娜·维埃塔讲述了她的故事。1982 年 12 月 8 日凌晨，她接到了黛比打来的离奇电话。她还作证说，在马车灯酒吧看到过弗里茨几次，但谋杀发生当晚并未见到他。

接下来，查理·卡特讲述了发现自己女儿尸体的心碎经历，然后，丹尼斯·史密斯警探被传到证人席。史密斯先是描述了谋杀现场，还展示了许多照片作为证据，过程冗长。他还谈了自己主导的侦查，收集唾液和毛发样本，等等。南希·休提出的关于嫌疑人的第一个问题，毫不令人意外，与丹尼斯·弗里茨无关。

“在你的侦查中，你是否询问过一个名叫罗纳德·基思·威廉森的人？”她问道。

“是的，我们询问过。”史密斯滔滔不绝地讲述了警方对罗恩·威廉森所做的调查，并解释了他为什么和怎么样成了嫌疑人，中间没有人打断或反对。最后，南希·休想起来了是谁在接受审判，终于询问了丹尼斯·弗里茨唾液样本的事。

史密斯说明了他收集唾液并把它交给俄克拉荷马市的州调查局实验室的过程。休结束了本次直接询问，让证人接受交叉询问。她坐下的时候，州政府尚未说明，丹尼斯·弗里茨是为什么和怎么样成为嫌疑人的。他与受害人过往没有任何交集。在谋杀发生时，没有任何人证明他在被害人的附近，虽然史密斯的确作证说，弗里茨的住处离黛比的公寓“很近”。无人提及动机。

最终，弗里茨在下一个证人加里·罗杰斯出庭时，被关联到了谋杀案中。他说：“在我们调查罗恩·威廉森的过程中，被告人丹尼斯·弗里茨作为罗恩·威廉森的共犯，进入了我们的视野。”

罗杰斯向陪审团解释，他和丹尼斯·史密斯如何巧妙地得出结论，这样的犯罪必定是两名凶手所为。犯罪的残暴程度超出一个人的能力范围，并且，凶手们还用番茄酱留下了线索，“不要找我们，否则……”“我们”这个词暗示着凶手不止一个，史密斯和罗杰斯迅速领悟到了这一点。

通过扎实的侦查工作，他们了解到，威廉森和弗里茨事实上曾是朋友。按他们的说法，这将两个凶手联系起来。

格雷格·桑德斯劝丹尼斯不要去管陪审团，但丹尼斯发现根本做不到这一点。这十二个人掌握着他的命运，他的生死也许就掌握在他们手中。他时常忍不住向陪审团那边看一眼。只要他看过去，坐在前排的史密斯就会瞪他一眼。

“他怎么了？”丹尼斯心想。他马上就会知道。

休庭期间，格雷格·桑德斯正要走入法庭。这时，一个在埃达执业多年的老律师问格雷格：“是哪个聪明的混蛋让塞西尔·史密斯坐上陪审席的？”

格雷格说：“哦，我想是我吧。塞西尔·史密斯是谁？”

“他曾任埃达的警察局长，就这样。”

格雷格深感震惊。他立即跑到琼斯法官的办公室，要求宣布审判无效，理由是陪审员在选择程序中没有披露应披露事项，有一名陪审员显然倾向于警方和检方。

动议被驳回。

弗雷德·乔丹医生作证说明了尸检情况，陪审团听到了恐怖的细节。尸体的照片被提交，并被交给陪审员传阅，激起了所有谋杀审判中都会出现的震惊与愤怒。几个陪审员向弗里茨投去了憎恶的眼神。

乔丹医生掷地有声、无可置疑的证言还回荡在耳边，检察官决定插进几个另类的证人。一个名叫加里·艾伦的男人在宣誓后开始作证。艾伦与案件的关联度很低。他告诉陪审团，他住在丹尼斯·弗里茨家附近，1982 年 12 月初，约凌晨三点半，他听到两个男人在他的公寓外大吵大闹。他不能确定到底是哪一天，但不知为何却可以确定是在 12 月 10 日之前。两人他都看不太清，无法辨认是谁。他们在院子里大笑，大骂，用软管互相喷水。气温很低，两人上身赤裸。他认识丹尼斯·弗里茨一段时间了，他想他听出了丹尼斯的声音，但不能确定。他听这两人吵闹听了十分钟，就回去睡觉了。

当艾伦退庭，法庭里的一些人十分困惑。他作证的目的到底是什么？而下一个证人托尼·维克的出现则更令人费解。

维克住在加里·艾伦楼下的小公寓里，他认识丹尼斯·弗里茨，也认识罗恩·威廉森。他作证说，他曾在丹尼斯家的门廊碰到过罗恩，还说，他确切地知道两个人曾在 1982 年夏天一起去得克萨斯州旅行。

陪审团简直不可能听到更好的证言了。

"足以定罪的"证据一个接着一个。唐纳·沃克，一个便利店的店员，她在庭上指认丹尼斯，说曾与他相熟。1982 年，丹尼斯经常去她的商店，他喜欢在早晨喝咖啡时和她聊天。罗恩也是那里的顾客。她确切地知道这两人是朋友。然后，在谋杀案发生后，两人突然不再来她的便利店喝咖啡。她心想，他们消失了。在躲藏了几个星期之后，他们再度现身，好像什么也没发生过。但他们变了！哪些方面？

"他们的性格，他们的衣着。他们以前总是穿得很体面，胡子刮得很干净，后来，他们就彻底颓废了，衣服很脏，胡子拉碴，头发蓬乱，他们的性格也变了。他们看上去紧张而偏执，我猜。"

在格雷格·桑德斯的逼问下，沃克无法解释，她为什么过了五年才把这么关键的证据告诉警察。她也的确承认，去年 8 月警察找过她，那时丹尼斯和罗恩已经被捕。

闹剧仍在继续，接下来作证的是莱萨·考德威尔，一位离异女士。她和罗恩在宾尼是初中同学。她告诉陪审团，丹尼斯·弗里茨和罗恩·威廉森经常在夜里到她家去。这不是通常的访客时间，而且他们不醉不休。有几次，她很害怕，让他们离开。他们不走，她就买了一把枪并亮给他们看，他们这才知道她是认真的。

她的证言与黛比·卡特案毫无关系，在许多法庭上会遭到律师反对，因为这与本案问题完全无关。

在州调查局探员鲁斯蒂·费瑟斯通作证时，反对声终于响起。彼得森愚蠢地试图证明罗恩和丹尼斯在谋杀案发生四个月前在诺曼大醉，让费瑟斯通出庭作证。费瑟斯通 1983 年对丹尼斯进行过两次测谎，出于诸多绝妙理由，结果都是不通过。在询问中，丹尼斯已详细叙述了诺曼那天晚上的事，包括在酒吧喝醉的过程。当彼得森正要从费瑟斯通口中引出这个故事时，格雷格·桑德斯大声提出反对。琼斯法官支持了反对意见，理由是与本案无关。

在法庭会议的争论中，彼得森说："他（费瑟斯通）通过 1982 年 8 月发生的事把罗恩·威廉森和丹尼斯·弗里茨相互联系在一起。"

"告诉我这与本案的相关性。"琼斯法官要求。

彼得森回答不出，费瑟斯通立即离开了法庭。又是一个对黛比·卡特谋杀案一无所知的证人。

下一个证人对案件也没什么帮助，但他的证言有点意思。威廉·马丁是诺布尔镇初中的校长，丹尼斯 1982 年在那里教过书。他作证说，12 月 8 日星期三上午，丹尼斯打电话请病假，别的老师替他上了课。根据马丁提交给法庭的出勤表，丹尼斯在一个学年九个月中总计缺勤七天。

十二个证人出庭之后，州政府未能证明丹尼斯·弗里茨犯了什么罪。检方排除合理怀疑的努力不过是如下这些：他喝酒，与名声不好的人（罗恩·威廉森）交往，与自己的母亲和女儿住在同一个公寓，而这个公寓与黛比·卡特的在同一街区，在谋杀案发第二天缺了课。

彼得森的风格是步步为营。他认为，有必要慢慢打好一个案件的根基，一砖一瓦，一个证人接一个证人，不要什么花招也不走捷径，逐步累积证据，消除陪审员心中的怀疑。但弗里茨案确实是一个挑战，因为根本没有什么坚实的证据。

他需要找几个告密者。

第一个出场的是詹姆斯·哈乔，他和戈尔一样是被从监狱中提出来的。哈乔是个笨贼，他不仅盗窃了同一户人家，还使用了同一种进入方法，瞅准同一间卧室，爬进同一扇窗户。抓到他后，警察讯问了他。警察给了哈乔纸笔，通过图示的方法引导他交代犯罪事实。在哈乔眼中，这些文具很陌生，这种破案方式显然让他印象深刻。当他与丹尼斯待在同一看守所时，在警察的催促下，他决定通过在纸上乱写乱画来突破卡特谋杀案。

哈乔向陪审团解释了这个巧妙的计划。在看守所拥挤的候审室里，他问丹尼斯谋杀案的事。当攻防达到高潮的时候，他对丹尼斯说："好吧，你看起来像是有罪的。"

丹尼斯被哈乔精巧的逻辑压垮，含泪说："我们本不想伤害她。"

哈乔在预审中胡编这一堆奇谈怪论时，丹尼斯勃然大怒，大喊："你在撒谎！你在撒谎！"但这次有陪审团在旁边密切关注，他不得不再忍受一遍，还不能表现出任何情绪。这很难做到，所幸他看到有几个陪审员在听哈乔编造的愚蠢故事时忍不住笑出声来，这给了他些许鼓舞。

在交叉询问时，格雷格·桑德斯说明了情况，丹尼斯和哈乔被关在看守所的两个候审室中的其中之一——这个候审室是一块不大的空地，通往四个囚室，每个囚室里有两个铺位。每个候审室设计容纳八人，但实际关押人数通常会超过这个数字。即便在候审室，囚犯事实上也得挤在一起。奇怪的是，在庞托托克县看守所，并没有其他人听到丹尼斯那不可思议的认罪。

哈乔作证说，他喜欢在罗恩面前说丹尼斯的谎，也喜欢在丹尼斯面前说罗恩的谎。格雷格·桑德斯问他："你为什么要折磨丹尼斯和罗恩·威廉森？你为什么来来回回对他们说对方的谎话？"

"就想看他们会说什么。如果你在旁边观看，他们就会斗个你死我活。"

"你向罗恩说丹尼斯的谎，或者向丹尼斯说罗恩的谎，是这样吗，就是为了让他们自相残杀？"

"是，就是看看他们会说什么。"

哈乔后来承认，他并不理解"伪证"这个词的意思。

下一个告密者是迈克·坦尼。他是一个实习看守，警方利用他来收集丹尼斯的污点。坦尼没有经验，也没有接受过执法训练，他就这样开始了自己在看守所的职业生涯，找的第一个靶子就是丹尼斯·弗里茨。坦尼希望给上司留下个好印象，获得永久性职位，他在丹尼斯的囚室门口待了不少时间，聊所有事，特别是卡特案。他给出了许多建议。根据他的"专业"意见，丹尼斯的处境看起来很糟糕，所以，最好做个交换，达成辩诉交易，明哲保身，指证罗恩·威廉森。彼得森不会亏待他的。

丹尼斯假装在听，谨慎地缄口不言，因为任何回应都有可能成为呈堂证供。

作为一个菜鸟，坦尼没作过几次证，也没能背熟自己的台词。他一开始想讲丹尼斯和罗恩在俄克拉荷马市混酒吧的事，但这件事与卡特谋杀案一点关系也没有，桑德斯提出反对意见，得到了琼斯法官的支持。

接下来，坦尼踏进了危险领域，他作证说，他和丹尼斯讨论了辩诉交易。他两次提到辩诉交易，而这是一份对丹尼斯极其不利的证词，因为它强烈地暗示了丹尼斯考虑做有罪辩护。

格雷格·桑德斯高声反对，并动议宣布审判无效，琼斯法官驳回了动议。

坦尼终于得以安然作证，律师已无能为力。坦尼向陪审团解释说，他经常与丹尼斯说话，在每次交谈之后，他就赶回看守所的前台，记下所有对话。根据他的主管加里·罗杰斯的指示，事情就应该这样做。这就是良好的侦查手段。据坦尼称，在某次短叙中，丹尼斯说："让我们假设事情是这样发生的。也许罗恩去了卡特家，破门而入。然后，假设他走了进去，有点醉。罗恩有些失去自控力，决定给她个教训。她死了。让我们假设事情是这样发生的。但我没有看到罗恩杀了她，我又怎么能告诉地区检察官我没有亲眼看见的事呢。"

坦尼作证后，休庭一天，丹尼斯被带回了看守所。他小心翼翼地脱下崭新的西服，放在衣架上，看守把衣服拿到前台。丹尼斯在床铺上伸了个懒腰，闭上眼睛，想着这场噩梦将怎样结束。他知道证人在说谎，但陪审团明白这一点吗？

第二天早上，比尔·彼得森传唤辛迪·麦金托什作证。她承认自己因伪造支票而被关进看守所，之后见到了丹尼斯·弗里茨和罗恩·威廉森。她作证说，她听到了两人之间的谈话，罗恩询问丹尼斯关于黛比·卡特谋杀案现场照片的事。

"她在床上，还是在地上？"罗恩问丹尼斯。

"在地上。"丹尼斯说。

麦金托什承认，她并未因伪造支票而被定罪。"我偿还了支票款项，他们就让我出来了。"她说。

随着告密者越扯越远，彼得森回归了更可信的证据，尽管也只是更可信一点点。他接连传唤了四名在州刑事实验室工作的证人。一如既往，他们的证言会深刻地影响陪审团。他们受过良好的教育和训练，有证书、有经验，为俄克拉荷马州政府工作。他们是专家！他们站在这里为检方作证，证明被告有罪。

第一位是指纹专家杰里·彼得斯。他向陪审团解释说，他检查了从黛比的公寓和车上提取的二十一枚指纹，其中十九枚属于黛比。一枚与丹尼斯·史密斯警探的吻合，一枚与迈克·卡彭特的吻合，没有任何一枚属于丹尼斯·弗里茨或罗恩·威廉森。

太奇怪了，指纹专家竟然在证明，没有一枚指纹是被告留下的。

拉里·穆林斯描述了他在 1987 年 5 月验尸时是如何重新提取黛比的掌纹的。他把新掌纹交给了杰里·彼得斯，而杰里忽然发现了四年半前没有发现的东西。

检方的理论是，在长时间和高强度的暴力侵害下，黛比受了伤，她的血液以某种方式留在了她的左掌上，而她用这只手触碰到了她卧室地板上方的墙砖。掌纹不属于罗恩或丹尼斯，当然也不可能属于真凶，因此一定是黛比留下的。这与他们用来对付罗恩·威廉森的说法一样。

玛丽·朗是一位专门研究体液的犯罪学家。她向陪审团解释说，约 20% 的人不会在体液（如唾液、精液和汗液）中显示他们的血型。这部分人在行内被称为“非分泌型”。根据她对罗恩和丹尼斯的血液和唾液样本所做的分析，她确定他们属于非分泌型。

在犯罪现场留下精液的人可能也属于非分泌型，但朗不能确定，因为证据不足。

因此，80% 的人被排除在嫌疑人之外，或者说是“约”80%，上下几个百分比的样子。无论如何，弗里茨和威廉森现在被贴上了“非分泌型”的不祥标签。

朗的统计数据在交叉询问时被格雷格·桑德斯推翻，他迫使她承认，她在黛比·卡特案中分析的大多数血液和唾液样本来自非分泌型。在她检查的二十个样本中，十二个来自非分泌型，其中包括弗里茨和威廉森。

在她的嫌疑人人群中，有 60% 的人是非分泌型，这与全国范围内平均 20% 的水平相悖。

这无关紧要。她的证言排除了许多人的嫌疑，有助于增加悬在丹尼斯·弗里茨头顶上的嫌疑。

州政府的最后一个证人是迄今为止最有效的一位。彼得森把撒手锏留在了最后一轮，当梅尔文·海特结束作证时，陪审团信服了。

海特是州调查局的毛发专家，作证高手，曾帮检察官把许多人投进监狱。

对人体毛发的法医学检查早在1882年就开始了，发展并不顺利。那年，在威斯康星州的一个案件中，州政府的一位专家对一份“已知”毛发样本与一份在犯罪现场找到的样本进行了比对，并作证说，两份样本来自同一人。毛发来源人被定罪，但在上诉中，威斯康星州最高法院推翻了原判，掷地有声地指出，“这样的证据具有最危险的性质”。

如果这一判例被遵循，那么数以千计的无辜被告就有可能会得以幸免。然而，警察、调查员、刑事实验室和检察官却对毛发分析乐此不疲，因为毛发往往是犯罪现场留下的唯一证据。毛发分析越来越普及，却也饱受争议，在整个20世纪，人们对它进行了一轮又一轮的研究。

诸多研究表明，毛发分析的错误率很高。为了回应争议，司法部法律实施协助管理局1978年发起了刑事实验室效用项目。全国二百四十家最好的刑事实验室参加了这个项目。该项目比较了实验室对不同类型证据的分析结论，其中包括毛发。

它们对毛发的评价是糟糕透顶。大多数实验室五次中有四次是错误的。

其他研究助推了关于毛发证据的争议。一项研究表明，当检测者对比犯罪现场毛发和五个不同人的毛发，并不知道哪一个是警察最想要的嫌疑犯时，准确率会上升，这样做排除了无意识偏见。在同一研究中，当检测者被告知谁是真正的“嫌疑人”时，准确率会大幅下降，可能会产生先入为主的结论，并导致对嫌疑人的调查结论发生倾斜。

毛发专家踩在法律的薄冰上，而他们的意见却在附加说明中重若泰山：“已知的毛发和存疑的毛发在显微镜下观察是一致的，可能是来自同一人。”

也有极大的可能，它们**不是**来自同一人，但很少有人自愿提供这样的证言，至少在直接询问中是这样。

丹尼斯·史密斯在犯罪现场收集的数百根头发，让法庭质询变得冗长而千头万绪。至少有三位州调查局的分析师处理过这些毛发，还有史密斯和罗杰斯在谋杀发生后不久做常规嫌疑人筛查时收集到的几十份已知毛发样本。

首先，玛丽·朗在刑事实验室收集并整理了所有毛发样本，但马上就把它们打包交给了苏珊·兰德。在苏珊·兰德 1983 年 3 月接手这些毛发时，丹尼斯·史密斯和加里·罗杰斯已确信凶手就是弗里茨和威廉森。然而，让调查员们失望的是，她的报告结论是，那些毛发仅与黛比·卡特的在显微镜下观察一致。

弗里茨和威廉森曾短暂地脱离了危险，虽然他们当时无从知晓。几年后，也不会有人把苏珊·兰德的结论告诉他们的律师。

州政府另外需要一份鉴定意见。

1983 年 9 月，基于兰德工作压力过大的理由，她的上司命令她将本案“移交”给梅尔文·海特。这种“移交”很不寻常，特别是考虑到兰德和海特并不在同一个刑事实验室，也不在俄克拉荷马州的同一个地区。兰德在俄克拉荷马市的中央刑事实验室工作，海特在伊尼德镇的一个分支实验室工作，他的辖区包括十八个县，庞托托克并不在其中。

海特的风格被证明是有条不紊的。他花了二十七个月的时间来分析毛发样本，这是一段相当长的时间，如果考虑到他只分析了弗里茨、威廉森和黛比·卡特的样本，就更是如此。其他二十一份样本没那么重要，可以等。

因为警察知道是谁杀了黛比·卡特，他们“出于好意”告诉了梅尔文·海特。当他从苏珊·兰德手中拿到样本的时候，“嫌疑人”一栏就写的是弗里茨和威廉森。

格伦·戈尔还没有向埃达警方提供样本。

1985年12月13日，在谋杀案发生三年后，梅尔文·海特完成了他的第一份报告，认为十七份存疑的毛发样本与弗里茨和威廉森的已知样本在显微镜下观察一致。

在历时两年多、花了两百多个小时分析好第一批样本后，海特加快了步伐，在一个月内就排除了另外二十一人。1986年1月9日，他完成了第二份报告，认为从埃达那些年轻男子身上收集的其他样本无一与在卡特公寓找到的一致。

依然没有人要求格伦·戈尔提供样本。

毛发分析的工作很是乏味，还伴有不确定性。海特凭借显微镜努力工作时，多次改变过结论。他曾确定一根毛发属于黛比·卡特，但之后又改变了想法，认定它来自弗里茨。

这就是所谓的毛发分析。海特的结论有的与苏珊·兰德的直接相反，有的甚至成功地推翻了自己的工作。他一开始认为，十三根阴毛来自弗里茨，只有两根来自威廉森。后来，他却改变了数字——十二根来自弗里茨，两根来自威廉森。然后又判定十一根来自弗里茨，外加两根头发。

不知为何，戈尔的毛发终于在1986年7月进入了人们的视野。埃达警察局里的某个人一天早上醒来，忽然意识到戈尔被忽视了。丹尼斯·史密斯从戈尔和自首的瑞奇·乔·西蒙斯那里收集了头发和阴毛样本，并把样本邮寄给了梅尔文·海特。海特显然很忙，因为在长达一年的时间里他都没什么消息。1987 年 7 月，警方再次要求戈尔提供样本。为什么？他问。因为警方找不到之前的样本了。

又是几个月过去了，海特还是没写好报告。1988 年春，审判临近，海特依旧没有提交关于戈尔和西蒙斯样本的报告。

1988 年 4 月 7 日，弗里茨的庭审已经启动，梅尔文·海特最终提交了他的第三份也是最后一份报告。戈尔的毛发与嫌疑毛发不一致。海特花了近两年时间得出这一结论，却没人可以质疑。这一点明确表明，检察官极其确信弗里茨和威廉森有罪，认为根本没有必要等所有毛发分析完成。

尽管毛发分析具有风险和不确定性，但梅尔文·海特是这项技术的坚定信徒。海特和彼得森成了好友，在审判弗里茨前，海特分发了宣传证据可靠性的学术论文，虽说它的不可靠是出了名的。有无数论文批评毛发分析和证据，他却没有向检察官提供其中任何一份。

在距弗里茨的庭审启动还有两个月时，海特开车去芝加哥，将他的研究结果送到一家名为麦克龙的私人实验室。海特与该实验室的理查德·比斯宾相熟，他复核了海特的工作。比斯宾曾受雇于万达·弗里茨，负责审查毛发证据，在庭审中作证。为了支付他的费用，万达不得不变卖了丹尼斯的车。

比斯宾远比海特更有效率，他的结论和海特的大相径庭。

在不到六个小时的时间里，比斯宾否定了海特得出的几乎所有结论。比斯宾只审查了海特所确认的在显微镜下观察与弗里茨一致的十一份阴毛样本，就认为仅有三份是准确的。仅有三份“可能”来自丹尼斯·弗里茨。海特对其他八份样本下的结论都是错误的。

别的专家对海特的工作所做的否定性评价并不能让他退缩，他驾车回到俄克拉荷马州，准备坚持自己的观点，出庭作证。

海特在1988年4月8日星期五下午出庭。一开口，他就把作证变成了充斥科学术语和词汇的演讲，夸夸其谈，他显然是想“镇住”陪审员们，而不是提供信息。丹尼斯拥有大学学历，并有教学经验，都理解不了海特所说的内容，他确信陪审员也听不懂。他瞥了陪审员几次，他们极度迷惘，但显然被这位专家镇住了。他真是博学！

海特抛出了“形态学”“皮质”“鳞片突起”“浅间隙”“皮层梭”“卵形体”这样的词，推定法庭里的每个人都能准确理解他在说些什么。他很少减慢语速，去解释自己的话。

海特是明星专家，头上有值得信任的光环，而且他还有丰富的经验、专业的词汇、满满的自信以及铿锵有力的结论——丹尼斯·弗里茨的一些已知毛发与在犯罪现场找到的一些是一致的。在直接作证中，他六次陈述，丹尼斯的毛发和嫌疑毛发在显微镜下观察是一致的，可能来自同一人。但他一次也没有向陪审团说明，这些毛发也同样**可能**来自其他人。

在海特作证的整个过程中，比尔·彼得森不断地提到“被告罗恩·威廉森和被告丹尼斯·弗里茨”。当时，罗恩被单独监禁，弹着吉他，根本就意识不到自己正在被缺席审判，并且情况对他很不利。

海特向陪审团做了总结，结束了证言。他认为，十一份阴毛和两份头发样本可能来自丹尼斯。这里指的就是他送到芝加哥麦克龙实验室，请理查德·比斯宾复审的那十一份样本。

格雷格·桑德斯的交叉询问收获不大。海特被迫承认，在毛发分析中，推测的成分很大，不能用于精确鉴定。但正如大多数专家一样，海特可以通过使用无数的模糊科学术语，来回避困难问题。

海特退庭后，州政府一方结束了举证。

辩护方传唤的第一个证人是丹尼斯·弗里茨。他作证谈论了自己过去的经历，与罗恩的交往，以及其他事情。他承认在 1973 年因种植大麻被定罪，并且在七年后向诺布尔镇学校申请教职时隐瞒了这一点。这样做的原因非常简单，他需要一份工作。他多次否认认识黛比·卡特，当然对她被谋杀的情况也一无所知。

然后，他被交给比尔·彼得森进行交叉询问。

关于糟糕的诉讼律师，有一句古老的谚语：如果你没有事实，你就大喊大叫。彼得森走上讲台，手持嫌疑毛发样本，盯着凶手，开始大喊大叫。

没多久，琼斯法官就把他叫到法官席前，稍事训诫。“你可能不喜欢这个被告，”法官低声说，“但你也不能在我的法庭上乱发脾气。”

“我没发脾气。”彼得森愤怒地回应。

“你是在发脾气。这是你第一次这么大声地对本席说话。”

“好吧。”

彼得森很愤怒，丹尼斯在申请工作时撒了谎，因此，他根本就不值得信任。而彼得森自己却出人意料地制造了另一个谎言——丹尼斯在杜兰特的典当行当一把手枪时填了张表，他当时再次隐瞒了自己犯有种植大麻的重罪。

丹尼斯有两次明显的直接欺骗行为，当然，没有一次与卡特谋杀案有关。彼得森长篇大论，尽可能地利用丹尼斯自己承认的谎言。

这有些讽刺。如果场面不那么紧张，可能还有些滑稽。一个“说了假话”的证人激起了彼得森这么大的愤怒，而他自己却把公诉建立在罪犯和告密者证言的基础上。

当彼得森终于决定继续推进时，他发现自己已无路可走。他在各个控方证人的证言之间闪挪腾移，但丹尼斯牢牢守住了自己的阵地。经过一个小时激烈的交叉询问之后，彼得森坐了下来。

格雷格·桑德斯传唤的唯一的另外一名证人是理查德·比斯宾。比斯宾向陪审团解释说，他不同意梅尔文·海特所得出的大多数结论。

那时已是星期五下午四五点钟，琼斯法官宣布周末休庭。丹尼斯走了一段不长的路就回到了看守所，换了衣服，在又闷又热的狗窝里努力让自己放松。他认为州政府没能证明他有罪，却一点也不自信。在检察官拿出可怕的犯罪现场照片时，丹尼斯看到了陪审员厌恶的表情。他看得出，他们在认真听梅尔文·海特发言，并且信服他的结论。

对丹尼斯来说，这是一个极其漫长的周末。

星期一上午进行结案陈词。南希·休首先代表州政府，尽职地梳理了控方每一个证人的证言。

格雷格·桑德斯反驳说，州政府没能证明什么；州政府并没有完成证明丹尼斯有罪、足以排除合理怀疑的举证责任；这只不过是连坐；陪审团应判决他的当事人无罪。

比尔·彼得森想要完成最后一击。他用了近一个小时说个不停，从一个证人的要点转到另一个证人的要点，急切地想要说服陪审团，他手下的骗子和告密者都是可信的。

陪审员们中午退庭讨论，六个小时后返回宣布，意见存在分歧，十一比一。琼斯法官让他们继续讨论，承诺提供晚饭。晚上八点左右，他们返回法庭，判决丹尼斯有罪。

丹尼斯听到了判决，如冰封般沉默。他震惊是因为自己无罪，是因为证据如此薄弱，却将他定了罪。他想痛斥陪审员、法官、警察、司法制度，但审判还未结束。

但他也并不全然吃惊。他在庭上观察着陪审员，看到了他们厌恶的表情，他们代表了埃达人，整个小镇需要一个有罪判决。如果警察和彼得森确信丹尼斯就是凶手，那他就必须是。

他闭上眼睛，想起了自己的女儿伊丽莎白。她今年十四岁了，肯定已经可以理解有罪无罪的含义。现在他被判有罪，如何让女儿相信自己是无辜的？

人们从法院一拥而出，而佩姬·史迪威却晕倒在法院的草坪上。她筋疲力尽，激动和悲伤之情将她击倒。她被紧急送往最近的医院，不久后就出院了。

罪与非罪的问题解决了，审判马上就进入了量刑阶段。理论上，陪审团会根据州政府提出的加重情节判处死刑，或者考虑被告提出的有望给自己留一条命的从轻情节不判死刑。

针对丹尼斯的量刑用时很短。彼得森传唤了鲁斯蒂·费瑟斯通作证，他终于有机会告诉陪审团，丹尼斯曾向他承认，自己和罗恩在谋杀案发生四个月前在诺曼混酒吧，这就是他的证言的全部内容。两个嫌疑人确实驱车七十英里到诺曼，并在夜店和酒吧里度过了漫长的一夜。

下一个也是最后一个证人补充了这个意味深长的故事。她的名字是拉维塔·布鲁尔。她在诺曼假日旅店喝东西时，遇到了弗里茨和威廉森，三人喝了几杯酒后一起离开，布鲁尔坐在后座，丹尼斯开车，罗恩坐在他边上。那是个雨天，丹尼斯开得很快，又是闯红灯，又是违反交规。在这段冒险刚刚开始的时候，布鲁尔变得歇斯底里。虽然这两个人并没有触碰或威胁她，但她还是确信自己非常想下车，丹尼斯却不愿停车，这样的状态持续了十五到二十分钟，然后，车速逐渐放慢，她找到机会打开车门，跳了下去。她一路奔跑，找了个付费电话，打电话报了警。

没有人受伤。没有人被起诉。没有人被定罪。

而在比尔・彼得森看来，这件事清楚地表明丹尼斯・弗里茨始终对社会构成威胁，为了保护其他年轻女士，应当将他执行死刑。拉维塔・布鲁尔是彼得森所能提供的最好的、也是唯一一个证人。

彼得森在向陪审团声情并茂地请求判处死刑时，看着丹尼斯，用手指着他："丹尼斯・弗里茨，鉴于你和罗恩・威廉森的所作所为，你死有余辜。"

丹尼斯打断了他，对陪审团说："我没有杀黛比・卡特。"

两个小时后，陪审团返回法庭，宣布对他处以终身监禁。当判决宣布时，丹尼斯站起身来，面向陪审团说道："陪审团的女士们，先生们，我只想说……"

"不要说了……"琼斯法官说。

"丹尼斯，你不能说下去了。"格雷格・桑德斯说。

但丹尼斯不听劝阻，继续说道："我的主，耶稣在上，他知道我没有做这件事。我只是想让你们知道，我会原谅你们。我会为你们祷告。"

丹尼斯回到囚室，回到那地狱般狭小肮脏的黑暗角落中，他发现，逃脱了死刑的事实并不能让自己释怀。他已经三十八岁，一个前半生不曾有暴力倾向的无辜者，却要在监狱里度过余生，这样的命运实在让人无法承受。

第九章

安妮特·赫德森每天都在关注《埃达晚报》对弗里茨庭审的报道。4 月 12 日星期二，头版头条的标题为“弗里茨在卡特谋杀案中被判有罪”。

一如既往，报道提到了她的弟弟。“罗恩·威廉森在卡特谋杀案中也被指控犯有一级谋杀罪。庭审被安排在同一法院，日期是 4 月 21 日。”事实上，全部六篇关于弗里茨庭审的文章都提到了罗恩以及将要启动的审判。

如何能指望组成一个不具偏见的陪审团？安妮特不停地问自己。如果共犯已经被判有罪，另一个人在同一小镇如何能够获得公正的审判？

她为罗恩买了一身崭新的灰色套装、一条海军长裤、两件白色衬衫、两条领带和一双新鞋。

4 月 20 日，开庭日的前一天，罗恩被带到法庭与琼斯法官交谈。法官担心被告可能会破坏法庭秩序，鉴于他过去的表现，这种顾虑是合情合理的。当罗恩站在法官席前，法官说：“我想和你就明天的出庭表现交换一下意见，希望当你明天出现在这里的时候，不会捣乱。你明白我的意思吗？”

罗恩：“只要他们不在一开始就告诉我，我杀了什么人。”

琼斯法官：“嗯，你明白他们明天要那样做吗？”

罗恩：“我明白，但那是不对的。”

琼斯法官知道罗恩曾是一名优秀的运动员，于是用体育比赛打了个比方，“这就像是体育比赛中的对抗。每一方都有机会进攻，也有机会防守，当对方得到这些机会时，你不能提出质疑。那是程序的一部分”。

罗恩：“是的，但我其实是那个被踢来踢去的球。”

对检方来说，弗里茨的庭审是为此次主要审判所做的一次很好的热身。实际上，检方会使用同样的证人，并让他们以几乎相同的顺序出场。但是，在接下来的审判中，州政府拥有另外两个优势。第一，被告无意识能力，喜欢掀桌子，用污言秽语大骂。包括陪审员在内的大多数人看到这些行为都会皱眉。他会让人莫名地感到恐惧、害怕。第二，他的律师巴尼看不见，并且独自一人代理本案，因为法庭指派的律师巴伯尔已在 4 月 1 日退出了这个案子，没有人接替他。巴尼反应敏捷，是一个出色的交叉询问律师，但无法在指纹、照片和毛发鉴定问题上进行有效的辩护。

对辩护方来说，审判越早开始越好。巴尼受够了罗恩·威廉森，本案占用了他本可以用来服务其他付费客户的大量时间，他感到无可奈何。而且，他怕罗恩，那是一种身体上的恐惧。他安排他的儿子，一个并非律师的普通人，坐在罗恩身后的辩护席。巴尼希望离罗恩越远越好，但其实远不到哪里去，如果罗恩突然攻击巴尼，儿子可以从后面跳起来按住罗恩。

律师和当事人之间的信任度到了如此地步。

但是，在 4 月 21 日挤满法庭的人群中，没有人意识到，律师的儿子坐在那里是为了保护父亲。大多数人是潜在的陪审员，在这种场合下，他们都是陌生人，不清楚谁是谁。在场的还有记者、好奇的律师和小镇上常见的那种闲人。谋杀审判特别能吸引他们。

安妮特 · 赫德森和勒妮 · 西蒙斯坐在前排，尽可能地靠近罗尼。安妮特的几个密友自愿要求坐在她身边，在审判中全程支持她。她拒绝了。她的弟弟生病了，行为不可预知，她不希望朋友们看到他戴着手铐脚镣的样子。她也不希望他们听到证人嘴里那可怕的证词。她和勒妮在预审中承受得够多了，知道将要到来的审判会是什么情形。

法庭中没有罗恩的朋友。

在过道对面，卡特一家坐在前排，坐在与弗里茨庭审时相同的地方。对立的两方尽力不让目光交会。

那是一个星期四，距开棺验尸、罗恩和丹尼斯被捕差不多正好过去了一整年。罗恩上一次接受正规治疗是在州中心医院，那已经是十三个月之前的事情了。在巴尼的请求下，罗恩曾在埃达接受过诺玛 · 沃克医生的治疗，但看病的过程非常短，开始和结束就像他以往在当地诊所遭遇的情况一样。一年以来，在他难得能服用一些药物的时候，剂量也被看守错误地分配。在如老鼠洞般的囚室里独自待着，也无助于改善他的精神状况。

然而，除了家人，无人关心他的精神健康。检察官、辩护律师和法官都没有提出这个问题。

开庭日马上就到了。

开庭日那天，人们的兴奋之情在选择陪审员的烦琐中迅速消散。律师提出疑问，琼斯法官巧妙地排除一个又一个候选人，一个又一个小时过去了。

至于罗恩，他表现得很规矩。他看上去很不错——理了新发型，剃了胡须，穿上了新衣服。他记了很多页笔记，全程都处于巴尼的儿子的监视下。巴尼的儿子也和其他人一样感到无聊，却始终牢记任务，紧盯着这位当事人。罗恩并不知道，此人为什么这样紧盯着他。

下午四五点时，十二个人终于选定——五女七男，都是白人。琼斯法官给了他们指示，让他们回了家。他们未被隔离。

安妮特和勒妮内心重新燃起了希望。其中一个陪审员是安妮特街对面邻居的女婿。另一个和五旬节教会的牧师是亲戚，而这位牧师必定了解朱厄妮塔·威廉森和她对教会的奉献。还有一个人因婚姻成为威廉森族人的远房表亲。

大多数陪审员看上去都很面熟。安妮特和勒妮在埃达都与他们打过照面。这的确是一个小镇。

陪审员第二天早上九点回到法庭。南希·休代表州政府做了开庭陈述，内容几乎就是弗里茨案的翻版。巴尼把他的开庭陈述推迟到主诉检察官结束发言后。

检方的第一个证人还是格伦·戈尔，但一切并未按计划进行。在说出姓名之后，戈尔沉默了下来，拒绝作证。他这样做相当于是在邀请琼斯法官判他藐视法庭，但又有什么关系呢？反正他也要坐四十年牢。没人清楚其中的原因，也许与他在州监狱里服刑有关。在那里，与告密猖獗的庞托托克县看守所不同，告密会为人不齿。

在经过了几分钟的混乱之后，琼斯法官决定向陪审团宣读戈尔去年7月在预审中的证词。虽然效果减弱了许多，但陪审团终究听到了戈尔关于谋杀当晚在马车灯酒吧见到罗恩的谎言。

巴尼被剥夺了质问戈尔的机会，也失去了揭露他无数重罪和暴力行为的机会。辩护律师也没机会质问证人在谋杀当晚去了哪里，做了什么。

虽然戈尔出了状况，但州政府的公诉迅速步入正轨。汤米·格洛弗、吉娜·维埃塔和查理·卡特第三次给出了同样的证词。

加里·艾伦重述了那个奇怪的故事，1982年12月初，他听到两个男人在凌晨三点半用水管相互喷水。他却强调说，自己无法确认是不是罗恩·威廉森。另一个人有可能是弗里茨，但也有可能不是。

事实是，加里·艾伦无法确认任何人，也不知道谋杀是什么时候发生的。他是个瘾君子，警察对他很了解。艾伦认识丹尼斯·史密斯，是因为他们曾在社区大学一起听过课。

史密斯在谋杀案发生后不久去找过他，问他在12月8日凌晨是否看到或听到过什么可疑的情况。他说他看见两个人在隔壁的房后用水管喷水，但不记得具体日期。丹尼斯·史密斯和加里·罗杰斯立即跳到了一个结论：弗里茨和威廉森在冲洗黛比·卡特的血迹。他们逼艾伦说出细节，甚至给他看了一张谋杀现场的照片。他们暗示，这两个凶手就是弗里茨和威廉森，但是艾伦没法指认，也不愿指认。

在开庭日前夕，加里·罗杰斯到艾伦家里拜访，再次暗示所需口供的细节。真的不是弗里茨和威廉森吗？他难道不是在12月8日左右看到他们大清早的待在外面吗？

不，艾伦不能肯定。罗杰斯把外套从屁股上撩了起来，让艾伦看他的警用左轮手枪。罗杰斯说，如果艾伦的记忆力没有改善，就可能会吃枪子儿。这话奏效了，但艾伦也只是勉强能作证。

丹尼斯·史密斯带领陪审团“参观”了犯罪现场、照片、指纹和收集的证据。照片在陪审员们中间传递，可想而知，他们看到受害人时的反应与上一场审判中的情形是一样的。警方的摄影师站在消防车云梯上拍了黛比公寓的俯视图。彼得森拿出了一张，让史密斯告诉陪审团威廉森的房子在哪儿。仅隔几个街区。

巴尼说，“让我看看那些照片”，于是照片传到了他手上。按照埃达不成文的规则，巴尼拿着照片，和助手琳达一起走了出来。她为他讲述了每张照片的细节。

直接询问仅涉及事实问题，但巴尼在交叉询问中颇有底气。他一直认为，两个被指控的凶手犯下如此可怕的强奸谋杀罪，居然没留下一枚指纹，非常奇怪。他要求史密斯解释，一个调查员可提取指纹的最佳表面是什么样的。光滑坚硬的表面——玻璃、镜子、硬塑料、上过漆的木料等。巴尼指引史密斯环视了这个不大的公寓，迫使他承认，他忽视了一些明显的地方——厨房用具、打开的卧室窗户的玻璃、卫具、门的表面、镜子。名单不断增长，给人很明显的印象，史密斯没有做好提取指纹的工作。

证人接踵而至，巴尼努力应对，当他过于激进时，比尔·彼得森或南希·休会对他的战术提出反对，而他们的反对通常也会招来他的犀利反击。

接下来，加里·罗杰斯出庭，详细总结了侦查过程。但他对州政府公诉的最重要贡献是向陪审团细述了罗恩在被捕一天后所做的梦境口供。在直接询问中，这听上去没什么问题，但巴尼对它有些疑问。

巴尼非常想知道，为什么这份口供没有录音录像。在巴尼的逼迫下，罗杰斯承认，警察配备并经常使用录像机，但有时警察如果不确定证人会说什么，就不录像。何必去承担录下对检方有害、对辩方有利的东西的风险呢？

罗杰斯承认，警察局配备了一台录音机，他也知道如何操作。在询问罗恩时，却没有使用，是因为这并不是他们正常程序的要求。巴尼并不认同这样的说法。

罗杰斯还承认，警察局配备了充足的铅笔和纸张，但在试图解释他和鲁斯蒂·费瑟斯通为什么没让罗恩自己书写口供时，他吞吞吐吐起来。在书面口供制作完成之后，也拒绝让罗恩看，巴尼抛出的问题让陪审员的内心疑窦丛生。巴尼诘问罗杰斯，他为何不按常规程序行事，罗杰斯犯了一个巨大的错误。他提到了罗恩 1983 年接受的询问，一次被录制下来的询问。在录像里，罗恩坚决否认与谋杀有任何关系。

巴尼非常不解。为什么没有人告诉他这个录像带的存在？审前证据开示要求检方移交所有免责证据。巴尼几个月前就及时提出了合法动议。去年 9 月，法院就命令检方向辩护律师提供罗恩在谋杀调查中的全部口供。

警察和检察官怎么能掌握这个录像四年半，却不让辩护人知道？

巴尼可以用的证人很少，因为罗恩的诉讼基本上是个“自认”案件。州政府会用大量证人——尽管他们只能粗略地说明案件——来证明，罗恩在不同时间以不同方式承认自己就是谋杀凶手。对抗这种证词的唯一有效的方法就是否认，而唯一可以否认自己说过这些话的人就是罗恩。巴尼打算让罗恩出庭为自己辩护，却担心效果不好。

1983 年的录像带会是一个强有力的证据，它可以向陪审团展示，四年半以前，在检方拟就一群可疑证人的名册很久之前，在罗恩背负需要解释的一长串犯罪记录之前，他曾坐在录像机前一遍又一遍地否认自己参与过谋杀。

在 1963 年的著名判例布雷迪诉马里兰州案（*Brady v. Maryland*）中，美国联邦最高法院认为："如果检方应请求隐藏了对被告有利的证据，并且证据对定罪和量刑具有实质作用，则检方违反了正当程序，不管他们是出于善意还是恶意。"

调查员拥有一切资源。他们经常可以发现有利于嫌疑人或被告人的证人或其他证据。数十年来，他们可以径行忽略这些免责证据，继续进行公诉。布雷迪案创造了公平竞争的环境，它被迅速纳入刑事诉讼程序。"布雷迪请求"成为刑事辩护律师在接手案件之初的常规动议。布雷迪动议，布雷迪审判，布雷迪证据材料，"我用布雷迪案打败他"，这个判例进入了刑事法律业务的行话。

录像带之事显然违反了布雷迪案确立的原则。巴尼站在琼斯法官面前，罗杰斯仍然坐在证人席上，彼得森则无聊到细细研究自己的鞋子。巴尼申请驳回诉讼，但申请被驳回。琼斯法官答应就此问题进行听证，时间安排在庭审之后！

那是个星期五，时间已经不早了，每个人都很累。琼斯法官宣布休庭到星期一上午八点半。罗恩被戴上手铐，在警察的包围下，急忙从法庭走了出去。到目前为止，他都循规蹈矩，这 点也被注意到了。

星期天的《埃达晚报》头版头条的标题就是“威廉森在庭审首日表现得很克制”。

星期一出场的第一个证人是弗雷德·乔丹医生，这是他在同一席位上第三次作证，他详细描述了验尸过程和死因。佩姬·史迪威第三次忍受这样的痛苦，而这一次显然并不会比以前更好过。幸运的是，她看不到在陪审员中间传递的照片。但她可以看到他们的反应，那已经让她不堪承受了。

乔丹医生之后依次是弗里茨的邻居托尼·维克，便利店售货员唐纳·沃克，威廉森的深夜熟人莱萨·考德威尔——这三个人和在弗里茨案中一样，起不到什么作用。

精彩情节始于下一个被传唤上来的特莉·霍兰德。在预审中，她可以随心编造，不用担心被人揭穿。而现在，有罗恩盯着她，罗恩知道真相，情况会有所不同。

故事马上开始了，霍兰德描述着罗恩在看守所里关于黛比·卡特的供述，显然，罗恩的怒火即将爆发。他摇着头，咬着牙，盯着霍兰德，似乎想要杀了她。最后，她说：“他说，如果黛比从了他，他就不必杀死她。”

罗恩很大声地说：“哦。”

南希·休问：“你有没有听到他关于黛比·卡特的电话交谈？”

霍兰德说：“我在洗衣服，我是受托囚犯。罗恩在和他母亲通电话，他告诉母亲——让她带点烟或别的东西，我不确定是什么，但他们——他开始向她大吼。他告诉她，如果她不给他送，他就把她杀掉，跟杀死黛比·卡特一样。”

听到这些，罗恩大喊：“她在说谎！”

南希·休继续问："霍兰德女士，你有没有听到他描述或谈到黛比·卡特死亡的什么细节？"

霍兰德："他在跟那些人——我猜是候审室里面的那些家伙——他——他说他把可乐瓶盖塞进了她的屁眼，把她的内裤塞进了她的喉咙。"

罗恩跳了起来，指着她，大喊："你在撒谎！我这一辈子也没说过那样的话！我没有杀这个女孩，要我说，你就是个骗子。"

巴尼说："冷静点，罗恩。"

罗恩说："我不知道你在干什么——我的意思是，你会遭报应的。"

法庭安静了下来，每个人都屏住了呼吸，巴尼缓缓站起身来。他清楚地知道接下来要做什么——修补。检察官的明星证人弄错了几个关键事实——内裤和可乐瓶——这是编造证词中常见的问题。

迫于法庭的压力，一个说谎的证人暴露了，巴尼已经准备好进攻，南希·休试图挽回局面。

> 南希·休："霍兰德女士，让我问你你刚才提到的几个细节。根据你的印象，你确定他用的是那个东西吗？你说是可乐瓶。"
>
> 巴尼："请法庭注意，请法庭注意——我听到了她说的话，我不希望地区检察官让她改变证词，我反对。"
>
> 霍兰德："他说可乐瓶或番茄酱瓶或瓶子——"
>
> 巴尼："被我说中了吧。请法庭注意。"
>
> 霍兰德："已经过去四年了。"
>
> 罗恩："是啊，并且你是个——"
>
> 巴尼："嘘！"
>
> 休："霍兰德女士，你能——我知道你听到了许多不同的

内容——”

巴尼：“请法庭注意——”

休：“你能再想想——”

巴尼：“我反对地区检察官正在进行的这种诱导性和暗示性提问。”

法官：“提一个没有预设的问题。”

休：“他有没有说为什么——你说，他说他杀死了——”

霍兰德：“他想睡黛比·卡特。”

罗恩：“你这个骗子！”

巴尼：“闭嘴。”

罗恩（站了起来）：“她是个骗子。我不能坐这儿听她乱讲。我没有杀黛比·卡特，你在说谎。”

巴尼：“罗尼，好了，坐下。”

彼得森：“法官，是否可以休庭。巴尼——我反对律师进行旁厅[1]评论，法官大人。”

巴尼：“这些话不是旁厅评论，请法庭注意。”

法官：“等一下。”

巴尼：“我正在和被告说话。”

法官：“等一下。提出你的下一个问题。威廉森先生，我必须告诫你，你不能在你现在所在的地方说话。”

休：“霍兰德女士，你能不能回忆起，他有没有说过他为

1 旁厅（side-bar），在美国，指法官席旁边的位置，律师可在此与法官交谈而不会让陪审团听到。该词也可以指法官与律师在此场所进行的交谈。薛波主编、潘汉典总审订，《元照英美法词典》（缩印版），北京大学出版社 2013 年，第 1258 页。

什么做这些事？”

霍兰德：“因为她不愿和他上床。”

罗恩：“你在说谎，妈的，告诉他们真相。我这辈子没杀过人。”

巴尼：“法官，我想问，现在是否可以休庭几分钟？”

法官：“好的。记住我给你的指示。陪审团可以退席。”

罗恩：“我能和她说话吗？让我和她说几句吧。她在说什么鬼话？”

短暂的休庭让事态平息了下来。陪审团不在场的时候，琼斯法官和罗恩好好聊了聊，罗恩向法官大人保证，自己会守规矩。当陪审团返回后，法官解释道，案件应当仅仅依据证据进行判决，不应考虑其他因素。不能考虑律师的评论，当然也不能考虑被告的评论和行为。

但罗恩那句“你会遭报应的”的威胁让人不寒而栗。陪审员们清楚地听到了那句话，他们也怕他。

在混乱中，南希·休没能完全恢复她的证人的可信度。她用尽了诱导性和暗示性的提问，终于把可乐瓶变成了番茄酱瓶，但嘴里塞内裤的小细节仍然不对。至于浸透血渍的毛巾，特莉·霍兰德只字未提。

州政府传唤上庭来协助发现真相的下一个证人是空头支票艺术家辛迪·麦金托什。这个可怜的女孩不知所措，根本记不起检察官希望她讲的是哪一个故事。她交了白卷，最后没有尽到证人的义务就退了庭。

边克·坦尼和约翰·克里斯蒂安叙述了他们与罗恩在他囚室里

进行的深夜谈话，他说过的一些奇怪的事情。而他们谁也没提到罗恩反复否认参与谋杀，经常一连几个小时不停地叫喊自己无辜。

在简单吃完午饭之后，彼得森列出了州调查局的证人，顺序与在弗里茨案中的一样。杰里·彼得斯首先出庭，讲述了他重新开棺验尸提取黛比掌纹的事，而开棺的原因是他对黛比左手掌纹的一小部分还不能确定。巴尼逼问他，在验尸四年半后，这一点为何忽然成了个问题，但彼得斯的回答模棱两可。是因为他在如此长的时间段内始终担心自己最初的结论不准确？还是因为比尔·彼得森在 1987 年初的一天打电话给他，给了他一些建议？彼得斯没有给出明确答案。

拉里·穆林斯提供了与彼得斯相同的意见——墙砖上的血掌印属于黛比·卡特，而不是什么神秘凶手。

玛丽·朗作证说，罗恩·威廉森属于非分泌型，而非分泌型仅占总人口的 20%。强奸黛比的人也可能是非分泌型。经过一番努力，巴尼逼迫她说出她检测的具体人数，得知，包括受害人在内，总共二十人。在这些人中，十二人属于非分泌型，占检测人数的 60%。巴尼对这一统计数据非常感兴趣。

苏珊·兰德只进行了简短的作证。卡特案的毛发鉴定一开始是她做的，然后被转交给了梅尔文·海特。当巴尼逼问理由时，她说："在那个时候，我正在处理无数杀人案，承受过大的压力，我感觉自己无法做到客观公正，我不希望在什么事情上犯错。"

接下来，梅尔文·海特宣誓作证，发表了一场和几天前在弗里茨审判中一样的学术演讲。他描述了将已知毛发与嫌疑毛发在显微镜下进行比较的烦琐过程。他出色地履行了职责，留给陪审员们以下印象：毛发分析完全可以信赖，它必定是可信的，在刑事审判中它一直被使用。海特告诉陪审团，他已经做过"数以千计"的毛发检测。他制作并展示了毛发的分类图，还解释说，毛发具有二十五到三十种可识别的特征。

最后，他适时地把矛头指向了罗恩，他作证说，在床上发现的两根阴毛在显微镜下比较一致，可能是来自同一人——罗恩·威廉森。另外，在浸满血渍的毛巾上发现的两根头发在显微镜下比较一致，可能是来自同一人——罗恩·威廉森。

这四根毛发同样有可能**不是**来自罗恩，但海特没有提到这一点。

但海特说漏了嘴，讲了不该讲的话。在谈到两根头发的时候，他说，“这是仅有的两根与罗恩·威廉森相符或相一致的头发”。

“相符”一词在毛发鉴定中是禁止使用的，因为它极具误导性。陪审团中的法律外行人可能会难以理解“毛发在显微镜下比较一致”的含义，却可以很容易地理解“相符”。这个概念可以迅速、清楚和轻易地为人把握。人们会想到指纹，如果相符的话，就排除了所有怀疑。

海特在第二次使用“相符”这个词之后，巴尼提出了反对。琼斯法官宣布反对无效，说他可以在交叉询问阶段再提出。

海特最令人震惊的是他作证的方式。他不再教育陪审员，而只是把自己的观点丢给他们。

为了帮助陪审团评估证据，出庭的大多数毛发分析师会展示争议毛发的放大照片——已知毛发与嫌疑毛发并列的照片。专家会具体解释相似点与差异点。正如海特所说，毛发有二十五个特征，一个好的分析师会告诉陪审团他或她究竟在说些什么。

海特完全没有做这类工作。他在卡特谋杀案上花费了近五年、几百个小时，制作了三份不同的报告，却没有向陪审团展示任何一张他所做工作的放大照片。他并未将罗恩·威廉森的任何一根毛发与黛比公寓里的任何一根毛发进行比较。

实际上，海特只是告诉陪审团，相信他就行了。不要要求证据，只需相信他的观点。

海特的证词明确暗示，在黛比公寓发现的毛发中，有四根来自罗恩・威廉森。实际上，这也的确是检方将海特推上证人席的唯一目的。

海特的出庭和作证清晰地表明：指望一名贫困的被告获得公正的审判，又不让他得到法医专家的帮助，这是不公平的。巴尼几个月前就请求专家援助，但遭到了琼斯法官的拒绝。

琼斯法官本应对此做更好的处理。三年前，一起来自俄克拉荷马州的重大案件诉至联邦最高法院，它的结果震动了全国的刑事法庭。在阿克诉俄克拉荷马州案（*Ake v. Oklahoma*）中，最高法院认为："当州政府在刑事诉讼中对一名贫困的被告行使司法权时，它必须采取措施保证被告拥有公平的辩护机会……仅仅因为贫穷，被告被剥夺有效参与关乎他自由的司法程序的机会，在这种情况下，法律面前人人平等就无从谈起了。"

阿克案要求州政府向贫困被告人提供基本的保障，使他们享有充分的辩护。而这一点在弗里茨和威廉森的审判中都被琼斯法官无视了。

法医证据是公诉的关键。杰里・彼得斯、拉里・穆林斯、玛丽・朗、苏珊・兰德和梅尔文・海特都是专家。罗恩一方却只有巴尼，他是一个称职的出庭律师，可惜的是，他不能亲自看见证据。

州政府在梅尔文・海特发言后结束了举证。在审判开始时，巴尼放弃了开庭陈述，保留到辩护阶段进行。这是一个冒险的策略。

大多数辩护律师会迫不及待地向陪审员表明州政府的证据充满疑点。在审判中，开庭陈述和结案陈词是律师直接向陪审团表明立场的仅有的舞台，机会难得，很少有人会错过它们。

在州政府一方结束举证后，巴尼令人吃惊地再次放弃了开庭陈述的机会。他没有说明理由，程序也不要求他说明，但这的确是一种不寻常的策略。

巴尼连续传唤了七名看守。所有人都否认曾听到罗恩·威廉森以任何形式承认自己参与了对卡特的谋杀。

韦恩·乔普林是庞托托克县法院的书记员。巴尼传唤他作证，审查特莉·霍兰德的违法记录。她曾于1984年10月在新墨西哥州被捕，并被移送回埃达，关在看守所。在那里，她高效地协助检察官解决了两宗耸人听闻的谋杀案，却等了整整两年才告诉警察罗恩出人意料地向她承认行凶。她在伪造支票诉讼中做了有罪辩护，被判处五年监禁，缓期三年执行。此外，法庭命令其支付七十美元法庭费用、五百二十七美元零九美分赔偿金、二百二十五美元律师费，这样她每月需要支付五十美元，另外，她每个月还要向惩教局支付十美元，向犯罪受害者赔偿基金支付五十美元。

她仅在1986年5月支付了五十美元，此后显然没有人再去追究。

巴尼准备传唤他的最后一个证人，被告人自己。让罗恩作证是有风险的。他情绪不稳，当天早些时候他还曾大骂特莉·霍兰德，陪审员们已经很怕他了。罗恩有刑事犯罪记录，彼得森也会着重攻击这一点，并攻击他的可信度。没有人确定他是不是吃过药，吃了多少药。他怒气冲冲，他不可预测，而最糟糕的是，他的律师没有给他做过应诉准备。

巴尼请求举行法庭会议，他对琼斯法官说："现在好戏上演了。

我希望可以休庭，这样我可以尽力安抚罗恩。他看上去——嗯，他还没有跳起来。不管怎么说，我准备好休庭了。”

“你接下来只有一个可用的证人了？”琼斯法官问。

“我接下来只有一个证人了，是的，我认为你用的词很准确，法官。”

于是，现在午间休庭，罗恩被带到楼下，向看守所走去。当他看到受害人的父亲时，大喊：“查理·卡特，我没有杀你的女儿！”法警拉着他走得更快了。

下午一点，罗恩宣誓作证。在回答了几个初步问题之后，他否认与特莉·霍兰德谈过话，也否认见过黛比·卡特。

“你是什么时候得知卡特死了？”巴尼问。“12月8日，我的姐姐安妮特·赫德森打电话来，妈妈接了电话。我听到妈妈说：‘哦，我知道不是罗尼干的，因为那时他在家。’我问妈妈发生了什么事。她说，安妮特刚才在电话中说附近有一个女孩被杀了。”

几分钟后，当巴尼询问罗恩第一次与加里·罗杰斯见面的情况时，可以更明显地看出，巴尼没有做过准备。

罗恩说：“在那之后不久，我就去警察局接受了测谎。”

巴尼差点噎住：“罗尼，不要——你不应该说这个。”

在陪审团面前提及测谎是被禁止的。如果州政府提及了测谎，公诉可能就会被驳回。没有人费心告诉罗恩这一点。几秒钟后，他在叙述与丹尼斯·弗里茨有关的事的时候，又犯规了。“我和丹尼斯·弗里茨在一起，我们在路上走，我告诉他，丹尼斯·史密斯打电话给我，告诉我测谎的结果是‘不明确’。”

巴尼改变了话题，继续推进。他们简单谈论了罗恩被判伪造支票罪的事。下一个问题是，谋杀当晚，罗恩在什么地方。巴尼最后乏力地问了一句：“是你杀了黛比·卡特吗？”

“不是，先生，不是我。”

“我问完了。”

为了尽量减少自己的当事人在出入证人席时造成损害的可能，巴尼对州政府一方的大多数证人的证词没有进行反驳。罗恩本来可以解释在被捕后的那天晚上他向罗杰斯和费瑟斯通所做的“梦境口供”。他本来可以解释他与约翰·克里斯蒂安及迈克·坦尼在看守所里的谈话。他本来可以展示看守所的示意图，并向陪审团解释，如果特莉·霍兰德听到他说了什么，别人根本不可能听不到。他本来可以直接否认格伦·戈尔、加里·艾伦、托尼·维克、唐纳·沃克和莱萨·考德威尔说的话。

和所有检察官一样，彼得森迫切希望在交叉询问中对被告予以重重一击，而他没有预料到的是，被告根本不受恐吓。他从罗恩与丹尼斯·弗里茨（这个已被定罪的谋杀犯）的友谊着手进行攻击。

“你和丹尼斯·弗里茨是彼此唯一的朋友，这是不是事实，威廉森先生？”

“嗯，让我们换个说法，”罗恩冷静地回答，“你诬陷了他，现在又想来诬陷我。”一字一句铿锵有力，在法庭中回荡，彼得森一时没回过神来。

彼得森换了话题，问罗恩是否记得见过黛比·卡特。这一点他否认过不止一次了。问题再次提出，罗恩脱口而出：“彼得森，让我再一次明确地告诉你这一点。”

琼斯法官打断了他，指示证人直接回答问题，罗恩再一次否认曾见过黛比·卡特。

彼得森很是生气，他趾高气扬地来回踱步，对着空气挥了几下拳。当他回到自编的故事时，又遇到了麻烦。“12 月 7 日晚上十点以后，你记得自己在哪里吗？”

罗恩：“在家。”

彼得森：“在家做什么？”

罗恩：“五年前的十点以后，我有可能在看电视或睡觉。”

彼得森：“难道不是你走出了家门，沿着巷子——”

罗恩：“哈哈，伙计。不可能。”

彼得森：“……沿着那条巷子。”

罗恩：“不可能，伙计。”

彼得森：“你和丹尼斯·弗里茨。”

罗恩：“你在……不可能，不可能。”

彼得森：“走到那个公寓前。”

罗恩：“不可能。”

彼得森：“你知道丹尼斯·弗里茨那天晚上在哪里吗？”

罗恩：“我知道他不在黛比·卡特家。我只能这么说。”

彼得森：“你怎么知道他不在黛比·卡特家？”

罗恩：“因为你诬陷了他。”

彼得森：“你怎么知道他不在黛比·卡特家？”

罗恩：“我用性命担保。我只能这么说。”

彼得森：“告诉我们，你是怎么知道的。”

罗恩：“我就是不……不要再问我什么问题了。我要下去，你可以在陪审团面前想说什么就说什么，我告诉你，你诬陷了他，现在又想来诬陷我。”

巴尼：“罗尼。”

罗恩：“我母亲知道我在家。你骚扰了我五年。现在，你想对我做什么就做什么吧。我不在乎。”

彼得森放过了证人，坐了下来。

在结案陈词中，巴尼尽力抹黑警察和他们的工作——拖延侦查，丢失了戈尔的毛发样本，无视戈尔这个嫌疑人，丹尼斯·史密斯遗漏了犯罪现场的指纹，无数次要求罗恩提供样本，提取梦境口供时使用的策略有问题，没有向辩护方提供罗恩早先的口供，州调查局那帮人的意见摇摆不定。失误可谓罄竹难书，巴尼不止一次地把警察称为“基斯东警察”[1]。

和所有的优秀律师一样，巴尼认为，本案存在很多合理的疑点，并请求陪审员运用他们的常识来进行判断。

彼得森则认为毫无疑点，警察自然都是专业人士，侦查也无懈可击，彼得森和他的团队向陪审团提供了确凿的有罪证据。

也许是受到了梅尔文·海特的影响，彼得森在用词上有些不注意。当谈论毛发分析时，他说：“所以，在很长一段时间里，海特先生检测并排除毛发，检测并排除，还要进行其他案件的工作。直到1985年，终于有了匹配的毛发。”

巴尼时刻准备着发起反击，他立即提出反对意见：“请法庭注意，从本州成立以来还没有一例‘匹配样本’。我们反对他使用这一术语。”

反对有效。

彼得森艰难地往前推进，他开始总结每个证人的证词，当他提到特莉·霍兰德，罗恩变得紧张起来。

彼得森：“特莉·霍兰德向你们讲述的是两年前的事情，她的证言是，她听到这位被告告诉他的母亲，如果她不给他带来——”

---

1 “基斯东警察”（Keystone Kops），是20世纪默片中虚构的无能警察形象。

罗恩跳了起来，说：“等一等！”

彼得森：“……他会杀了她，就像杀死黛比·卡特一样。”

罗恩：“闭上你的嘴，伙计，我从没说过这话！”

巴尼：“坐下。现在安静点。”

法官：“威廉森先生。”

罗恩：“我没对我妈说过这话。”

巴尼：“罗尼。”

法官：“听你的律师的话。”

罗恩坐了下来，满腔怒火。彼得森竭力把州政府证人的证词说得天花乱坠，巴尼只能不停地提出反对，要求琼斯法官提醒检察官围绕事实陈词。

陪审团在星期三上午十点一刻退庭。安妮特和勒妮在法庭里待了一会，然后出去吃午饭，虽然她们什么也吃不下。在听了全部证词后，她们更加相信弟弟无罪，但那是彼得森的法庭，大多数的判决是他说了算。他在弗里茨案庭审时找的也是这些证人，证据也是如此匮乏，他还是让弗里茨被判有罪了。

她们鄙视那个人，他嗓门大，傲慢，目中无人。她们憎恶他对罗恩的所作所为。

时间一分一秒地过去。表针指向四点半，有人通知说，陪审团已经有了判决，法庭迅速又挤满了人。琼斯法官走上法官席，指示旁听者遵守秩序。安妮特和勒妮手挽着手，一同祈祷。

在过道对面，卡特一家也手挽着手，也在祈祷。他们的苦难马上就要结束了。

四点四十分，陪审团主席将判决交给了书记员，书记员快速看了一眼，就交给了琼斯法官。他宣布了判决——所有罪名均成立。卡特一家默默地将手向空中高举，以示庆祝。安妮特和勒妮的眼泪一下子就流了出来，佩姬·史迪威也是一样。

罗恩耷拉着头，摇了几下，但并不完全是因为吃惊。在庞托托克县看守所度过了十一个月，他已经洞悉了这腐朽的制度。他知道，丹尼斯·弗里茨无罪，而他也被同一群警察，同一群检察官，在同一个法庭里定了罪。

琼斯法官急于结束审判，停也没停，就命令州政府启动量刑。南希·休向陪审团解释说，鉴于谋杀手段令人发指、极端残忍，而且罗恩是为逃避追捕而实施犯罪，同时他极有可能继续杀人，继续对社会造成威胁，应当对其处以死刑。

为了证明以上观点，州政府传唤了四名证人，罗恩曾遇到过的四名女性。她们不曾费心去提起过对罗恩的刑事诉讼。第一个证人是贝弗利·塞特利夫，她作证说，1981 年 6 月 14 日，也就是七年前，半夜三更，她正准备睡觉，曾看到罗恩·威廉森在她的房子外站着。他大喊“嘿”，还说“我知道你在里面，我会抓到你的”。她以前从未见过他。她锁上了门，然后，他就消失了。

她没有打电话报警，甚至想也没想过，真的，如果不是她第二天在便利店看到一个警察，跟他说了这件事，她根本不会考虑起诉。就算警方正式备案了，她也不知道。

三个星期后，她又看到了罗恩，他的名字是一个朋友告诉她的。六年过去了，当罗恩被捕时，她打电话给警察，讲述了这个夜行者的故事。

第二个证人是拉维塔·布鲁尔，她也指证了丹尼斯·弗里茨。她把那个故事复述了一遍——她在诺曼的一家酒吧遇见了罗恩和丹尼斯，和他们上了车，受到了惊吓，跳下了车，报了警。据她说，罗恩没有碰她，也没以任何形式威胁过她。她之所以在丹尼斯的车后座上变得歇斯底里起来，是因为他没有停车让她下去。罗恩在整个事件中最过分的举动就是让她闭嘴。

她最终从车里跳下来，逃走了，报了警，但没有起诉。

莱萨·考德威尔再次作证。她从在宾尼上初中的时候就认识罗恩，并且一直和他要好。在20世纪80年代初，罗恩和丹尼斯·弗里茨曾在她的房子周围徘徊至深夜，还总是喝得醉醺醺的。有一天，她在花园里干活，罗恩出现了。他们说了一会话，她就继续干活，这惹恼了他。他抓住了她的手腕，她挣脱了，往屋子里走，然后意识到不能进屋，她的孩子在那儿。他跟着她，但没再碰她，不久就离开了。她并未报警。

最后一个证人是迄今为止最具杀伤力的。离异女士安德莉亚·哈德卡斯尔讲述了一段持续了四个多小时的痛苦往事。1981年，罗恩和一个朋友在她家，试图哄骗她和他们一起出去。他们要去马车灯酒吧。安德莉亚有五个孩子，三个亲生的，两个其他人的，她不能出门。两个男人离开了，但罗恩不久后独自回来取一包香烟。他不请自入，开始调戏安德莉亚。那时是晚上十点多，孩子们都已入睡，她很害怕，根本没有兴趣做爱。他发火了，不停打她的脸和头，要求她给他口交。她拒绝了，与此同时，她也意识到，她说的话越多，他就越少动手。

于是，他们开始聊天。罗恩谈起了他的棒球生涯、失败的婚姻、对吉他的爱好、上帝和宗教、他的母亲。他和她前夫是高中同学，那人是马车灯酒吧的兼职保镖。有时，他表现得安静，平和，甚至忧伤，而另一些时候，则暴躁，喧闹，愤怒。安德莉亚牵挂着五个孩子，在他说话的时候，她一直在想脱身的办法。他又勃然大怒了，残暴地用拳头打她，还试图扯下她的衣服，但他醉得太厉害，下面不能保持勃起。

期间，据她说，罗恩自称他必须杀了她。安德莉亚在心中热切地祈祷。她决定先顺着他，于是邀请他第二天天下午再来，那时孩子们不在家，他们可以想怎么做就怎么做。这个提议让他很满意，他就离开了。

她打电话给前夫和父亲，他们两人沿街寻找罗恩。他们全副武装，绝不惮于来一次街头正义。

安德莉亚的脸上满是伤痕——擦伤、瘀痕和眼睛上的水肿。罗恩戴着一枚刻有马头的戒指，这给她眼睛周围造成了多处小擦伤。第二天她报了警，但坚决不愿起诉。罗恩就住在附近，她极度怕他。

巴尼对安德莉亚的证言没做准备，心不在焉地草草结束了交叉询问。

当安德莉亚走下证人席时，法庭里一片寂静。陪审员们盯着被告。这是生死攸关的时刻。

令人难以理解的是，巴尼没有传唤任何证人来减少上述证言造成的损害，以挽救罗恩的生命。安妮特和勒妮就坐在法庭里，随时准备作证。在整个审判过程中，关于罗恩无意识能力这一点，无人提及，也没人提交任何相关记录。

安德莉亚·哈德卡斯尔所述就是陪审员从证人席上听到的最后的证言。

比尔·彼得森在结案陈词中请求对罗恩处以死刑。他有些新证据，以及在审判中没被证明的一两个新事实。在安德莉亚·哈德卡斯尔作证前，没人提到过罗恩的马头戒指。彼得森夸大证据，跳转到了几个新结论，认为罗恩正是戴着这枚戒指殴打了黛比·卡特；所以，她面部的伤痕肯定和 1981 年 1 月安德莉亚·哈德卡斯尔受的伤相似。这是疯狂的猜想，当然也没有证据，可那时也不需要什么证据了。

彼得森夸张地告诉陪审团："他在安德莉亚·哈德卡斯尔那里留下了印记，对黛比·卡特所做的一切更令人发指。"他用下面这句话结束了自己的陈词："当你们回到这里，女士们，先生们，我要请你们说：罗恩·威廉森，你应当为你对黛比拉·苏·卡特所做的一切而付出生命的代价。"

就在这时，罗恩脱口而出："我没有杀黛比·卡特。"

陪审团退庭，迅速进行量刑讨论。不到两个小时，他们返回宣布，对罗恩处以死刑。

在这个事后审查的奇异案件中，判决作出后，琼斯法官在第二天召开听证会，审查州政府是否违反了布雷迪规则。虽然巴尼已筋疲力尽，也受够了这个案子，但他还是愤愤不平地表示，警察和彼得森故意隐瞒了 1983 年罗恩接受测谎讯问的录像带。

但现在还费这个力气干什么呢？审判已经结束了。在事实已确定之后，录像带又有什么意义？

不出所有人意料，琼斯法官裁定，政府隐藏录像带的做法并未违反布雷迪规则。录像带不是真的被隐藏起来了，它是在审判后提交的，仅构成延迟提交。

罗恩·威廉森被送往位于麦克莱斯特的 F 囚区，即俄克拉荷马州监狱臭名昭著的死囚区。

第十章

俄克拉荷马州非常重视死刑。在 1976 年联邦最高法院批准恢复死刑后，俄克拉荷马州议会立即召开了特别会议，其唯一目的就是制订死刑法规。第二年，议员们又开始讨论注射死刑这一创新性构想，以及与之相对的“老火花”，那是俄克拉荷马州的死刑用电椅，非常可靠。理论上，药物更为仁慈，招致宪法层面上“残酷而不人道的刑罚”之批评的可能性会更小，所以，更有可能加快死刑执行。一时间，群情振奋，媒体密切关注，选民大力支持。议员们热议如何用各种方式剥夺一个人的生命。一些强硬派主张使用绞刑和枪毙等手段，但最后还是注射死刑得到了广泛赞同，俄克拉荷马州是第一个采纳注射死刑的州。

但俄克拉荷马州并不是第一个使用注射死刑的州。令议员、警察、检察官和绝大多数公众沮丧的是，俄克拉荷马州很快就落在了积极实施死刑的那些州后面。在长达十三年的时间里，没有一例死刑执行。最终，在 1990 年，等待结束，死刑室再次启用。

大坝一旦决堤，洪水随之到来。从 1990 年开始，俄克拉荷马州执行死刑数占人口的比例比其他任何州都高。没有任何一个州，哪怕是得克萨斯州，能与它相比。

麦克莱斯特是俄克拉荷马州执行死刑的地方，它是位于俄克拉荷马市东南一百二十英里外的一个最高安保级别的监狱。死囚区就在那里，即臭名昭著的 H 区。

技艺在实践中日臻完美，麦克莱斯特的死刑执行堪称精确。那些大限将至的囚犯在最后一天可以接待来访者——家人、朋友，通常还有律师。见面无疑是痛苦的，更令人痛苦的是不能有身体接触。交谈、痛哭，只能隔着厚厚的玻璃墙，通过电话进行。没有家人的吻别与拥抱，只有从黑色话筒里传来的痛彻心扉的“我爱你”。一般犯人和来访者都会把嘴唇贴在玻璃上，象征性地亲吻。他们也会象征性地触摸双手。

法律并不禁止死囚在被执行死刑前与亲人有身体接触。每个州都有自己的规则，让仪式尽可能严厉是俄克拉荷马州的偏好。

碰到监狱长心情好的时候，他会允许囚犯打几个电话。探访结束后，就到了最后的晚餐的时间。晚餐菜单金额限制在十五美元以内，监狱长可以否决菜单上的任何东西。芝士汉堡、炸鸡、鲇鱼和冰淇淋是最受欢迎的。

死刑前一个小时，犯人开始准备。他要换衣服，穿上酷似手术服的浅蓝色外套，然后，被用宽的束缚带绑在轮床上。当最后的旅程开始时，他的同道们会举行某种欢送仪式。他们摇晃踢打着囚室门，敲击金属栅栏，大喊大叫，大声喧闹，直到执刑的那一刻，一切又戛然而止。

在犯人做准备期间，死刑执行室也在等待。那里安排得井然有序，见证者们肃穆地分别走进两个观刑室——一个是为受害者家属准备的，一个是为犯人家属准备的。为受害者家属准备的房间里有二十四把折叠椅，但通常有四五个座位是留给媒体的，几个座位是留给律师的，还有几个是留给监狱长和狱警的。当地的警长和检察官很少会错过这种大事。

在这个房间后面，在单向玻璃之后，是凶手家属观刑室。那里只有十二把折叠椅，但经常还会空着一些。有些犯人不希望家人来看，有些犯人根本就没有家属。

有些受害人也没有家属，有时，他们的观刑室也会空一半。

两个房间是分开的，两群人被小心地保持着一定距离。见证人坐下后，什么也看不到——百叶窗遮住了死刑执行室。

轮床被推了进来，安放到位。技术人员准备好了静脉注射器，一只胳膊上放一个。当所有东西都插放、调整好后，百叶窗升起，见证者可以看到犯人。因为安装的是单向玻璃，犯人看不到受害人家属，但能看到自己的家人，通常，他会和他们打招呼。有一个麦克风装在距他头顶上方两英尺的墙上。

医生给犯人贴上心脏监测器。副监狱长站在角落里的一个白色小讲台上，把所有情况都记录在笔记本上，他旁边的墙上安装有一部电话，以防法律部门发来最新的重大消息，或州长办公室的想法有变。多年来，一直有一位牧师站在另一边的角落，在整个执刑过程中诵读《圣经》，但他退休了。

监狱长上前来询问，犯人有无临终遗言。他们通常无话可说，有时有人会请求原谅，或宣称自己无辜，或祈祷，或恶毒咒骂。有人会唱一首赞美诗。有人会握着监狱长的手，感谢他和他的下属还有整个监狱里的人在延长的探访期间对自己的照顾。

临终遗言有两分钟的时间限制，但没人会超时。

死刑犯通常都很放松和低调。他们接受了自己的命运，已对这一刻准备了很多年。很多人甚至欢迎这一刻的到来。比起再心怀恐惧在H区生活二三十年，他们更希望早点死去。

在轮床后面的一个小房间里，藏着三个执刑人。他们不会被人看到。即使在监狱里，他们的身份也没有人知晓。他们不是州政府雇员，而是老监狱长在多年前秘密聘用的某种自由职业者。他们如何来去麦卡莱斯特是个秘密。只有监狱长才知道他们是谁，从哪里来，从哪里获得药物。每次执行注射，他们每人可以获得三百美元现金。

药剂管从犯人的手臂，穿过墙上的两个两英寸直径的孔洞，延伸向执刑人工作的房间。

当手续齐备，监狱长也确定不再会有“最后一分钟的电话”打来，就点头示意，注射开始。

首先，注入生理盐水，扩张静脉。第一种药物是硫喷妥钠，它使犯人迅速昏迷。再次注入生理盐水。然后注入第二种药物维库溴铵，让犯人停止呼吸。再次快速注入生理盐水。最后是第三种药物氯化钾，让心脏停止跳动。

然后，医生现身，迅速检查一下犯人的状态，宣布死亡。接着，百叶窗快速关闭，见证人也迅速、平静地离开。当然，他们中的许多人非常激动。轮床被推出。尸体被送上救护车。犯人的家属必须经过一定程序才能取回尸体，否则尸体便会被安葬在监狱墓地。

在监狱门外，有两群怀着不同信念的人在守望。谋杀幸存者组织的成员坐在几辆休旅车前面，等待执刑结束的胜利消息。旁边是一个大型的三面展板，用来纪念受害者。孩子和面带微笑的学生的彩色照片；致死难者的诗；放大的恐怖双重谋杀案的新闻头条；死囚区犯人杀死的许许多多人的照片。纪念活动的名称是“缅怀死难者”。

不远处，一位天主教神父带领另一群人，围成一圈祷告，唱赞美诗。一些死刑反对者会参加每次执刑，他们不仅为被执刑的犯人祈祷，也为受害人祷告。

两群人彼此相识，也互相尊重，但在观念上却势不两立。

当执刑完毕的消息从监狱里传出，祈祷声四起。人们熄灭蜡烛，收起赞美诗集。

大家相互拥抱，道别。下一次执刑时见。

当罗恩·威廉森于 1988 年 4 月 29 日到达麦卡莱斯特时，H 区正在筹备，尚未建成。监狱主管们希望建一个新的死囚区来容纳日益增多的死刑犯，但议会却不拨预算。

所以，罗恩被送到了 F 囚区，那里还住着另外八十一名死刑犯。F 囚区常被称为“死囚区”，是旧监狱楼侧厅的最下方两层。旧监狱又称“大房子”，是建于 1935 年的一幢庞大的四层建筑，五十年后终告废弃。几十年来，那里拥挤不堪，暴力、诉讼和骚乱层出不穷，这导致它不可避免地被抛弃。

在巨大、空旷和破败的大房子里，只有 F 囚区还在被使用。它的唯一目的就是把死刑犯控制在禁闭的环境里。

罗恩就被关在 F 囚区。监狱发给他两条卡其裤、两件蓝色短袖衬衫、两件白色 T 恤、两双白色袜子和两条白色短裤。所有衣服都已被用过多次，它们很整洁，但上面有一些去除不掉的污渍，特别是短裤。鞋子是黑色皮革工作鞋，也是用过的。监狱还发了一个枕头、一条毯子、卫生纸、牙刷和牙膏。在简短的培训期间，教员解释说，他可以在监狱小卖部购买洗浴用品、食品、软饮和其他一些东西。人们一般把小卖部称为“餐厅”，那是一个不允许他去的地方。外面的人给他的所有钱都会被记在一个账户上，账户里的钱可以用来购买“餐厅物品”。所谓餐厅物品就是犯人的私人物品，他在囚室里要奋力保卫它们。

罗恩换上了囚服，走完了程序，他被带去了侧厅，或者说走廊，在那里，接下来，他将用几年的时间等待州政府处死他。他被戴上了手铐脚镣。他抱紧他的枕头、毯子、额外的衣服和其他东西，看守打开了一扇巨大的栅门，穿越一间又一间囚室，游行开始。

在他的头顶上，大写的黑色字母写着他的地址：死囚区。

走廊长一百英尺，宽仅十二英尺，两边都是囚室，天花板高八英尺。

罗恩跟随两个看守穿过死囚区，走得很慢。这是一个简短的欢迎仪式。邻居们知道他来了，发出尖叫：“死囚区来新人了！”“鲜肉！”“嘿，宝贝！”

一只只胳膊从囚室门的栅栏伸出来，几乎可以碰到罗恩。白色、黑色、棕色的胳膊。胳膊上刺满了文身。坚强点，罗恩对自己说，不要被人发现你很害怕。他们踢门，大叫，咒骂，发出性威胁。一定要坚强。

他以前坐过牢，并刚刚在庞托托克县看守所熬过了十一个月。一切不会更糟了，他想。

三人停在了十六号囚室前，喧嚣停止了。欢迎来到死刑区。一个看守打开了囚室门，罗恩进入了他的新家。

在俄克拉荷马州流传着一句老话，专指一个人被关在麦卡莱斯特监狱——“他在大麦卡过活。”罗恩在狭窄的床上伸了个懒腰，闭上了眼睛，不敢相信自己此刻正被关在大麦卡。

囚室里配有一张金属框架的床、一张金属桌、一个金属凳（被固定在水泥地上）、不锈钢马桶和水槽、一面镜子、一个金属书架和一盏台灯。这是一个长十六英尺，宽七英尺，高八英尺的房间。地面上铺着黑白相间的贴面地砖。墙砖是白色的，被粉刷了一遍又一遍，非常光滑。

感谢上帝，这个房间有扇窗，他想，虽然透过它什么也看不见，但的确可以照进光亮。埃达看守所里没有窗户。

他走到门前，那里只有铁栅和一个被称为“豆洞”的开口，那是用来送食物托盘和小包裹的。他向外看去，可以看到三个人，他们住在正对着他的九号及九号两边。罗恩没有主动说话，他们也没主动开口。

大多数新囚犯在头几天通常不太说话。来到这个地方，在这里等上几年，然后被处死，这样的惊骇占据了他们的内心。恐惧无处不在：对未来的恐惧，对失不复得的恐惧，对离世的恐惧，你可以听到冷血杀手就在几英尺外呼吸，不由得产生那种有可能被他捅死或强奸的恐惧。

罗恩铺了床，收拾了东西。他喜欢这个私密的空间——死囚区的大多数犯人都是单独关押，虽然他们可以选择一个室友。死囚区很少会安静下来——充斥着犯人之间的聊天，看守的大笑，电视机和收音机的声音，有人向远处的朋友大声打招呼的声音。罗恩尽力远离囚室门，远离那些噪声。他睡觉，读书，抽烟。死囚区的每个人都抽烟，新旧烟味如挥之不去的浓雾，弥漫在整个区域。这里也有通风系统，但已经太旧，不敷使用。窗户当然也不能打开，哪怕它们嵌有粗粗的铁栏。日子单调沉闷，压得人喘不过气。没有每天的日程。没有值得期待的活动。有时，连一小时的短暂放风也没有。

一切无聊得让人麻木。

对于那些每天被关押二十三个小时又无事可做的人来说，吃饭无疑是每天的高光时刻。有人用小车推来一天三餐，从豆洞中送进囚室。所有东西都要单独在囚室里吃。早餐安排在七点，通常是炒鸡蛋和沙拉，多数日子有些培根，还有两三片烤面包，咖啡又冷又淡，但也是非常宝贵的。午餐是三明治和豆子。晚餐是最糟糕的——一些极其廉价、来源不明的肉，配上做得半生不熟的蔬菜。每一餐的分量少得令人难以置信，并且总是冷的。做饭的地方在另一幢楼，推车过来的人走得特别慢。谁在乎呢？他们反正是要死的人了。虽然东西难吃，但吃饭的这段时间很重要。

安妮特和勒妮会送些钱，罗恩可以用来从餐厅购买食物、香烟、洗浴用品和软饮。他要填写一张订单，然后把它交给死囚区里最重要的人——跑腿工。订单上可选的东西少得可怜。跑腿工是巴结上看守的一个犯人，他大部分时间不在囚室里待着，而是为其他犯人跑腿。他传递八卦消息和字条，送取衣物和餐厅物品，提建议，有时还贩毒。

运动场则是神圣之地，那是 F 囚区旁边一块用围栏围起来的空地，有两个篮球场大小。一天一小时，每周五天，每个犯人可以到“院子”里去晒晒太阳，看看其他犯人，打打篮球、扑克或多米诺骨牌。每组的人数都不多，一般为五六人，由犯人自己严格控制。朋友，只有朋友，才相伴而行。新犯人只有受邀加入一个这样的小团伙，才能获得安全感。时不时会发生斗殴和殴打，看守密切地观察着院子里的情况。在第一个月，罗恩情愿独行。这里满是杀人犯，他本不属于这里。

除此以外，犯人们相互接触的唯一机会就是淋浴。他们每周可以淋浴三次，每次最多十五分钟，每次仅限两人。如果犯人不想和别人一起淋浴，或不信任淋浴同伴，那么他可以单独淋浴。罗恩就选择单独淋浴。冷热水供应充足，但无法混合，所以，不是太冷就是太热。

庞托托克县司法系统的另外两名受害者在罗恩到来时就已待在死囚区了，但他一开始并不知道。汤米·沃德和卡尔·方特诺特已在此度过了三年，而他们的上诉还在各个法院间艰难进行。

跑腿工交给罗恩一个字条，这种字条被称为“风筝”，是一种不经看守同意而传递的消息，他们一般也不过问。字条来自汤米·沃德，他向罗恩问好，祝他好运。罗恩回了一个字条，向他讨几支烟。虽然他为汤米和卡尔感到遗憾，但得知死囚区里的人不全是屠夫，他还是感到欣慰。他始终相信，那两个人是无辜的，在自己受苦时也经常会想到他们。

汤米曾在埃达看守所和罗恩一起待过一段时间，知道他情绪不稳定。那里的看守和其他囚犯曾嘲弄他们俩。几年前，一天夜里，从过道黑暗的尽头响起一个声音：“汤米，我是丹尼斯·哈拉维，请告诉他们我的尸体在哪里。”他听到警察窃窃私语，其他犯人则在强忍着笑。汤米对这种诱供游戏置之不理，他们最终放弃了。

而罗恩却做不到听而不闻。“罗恩，你为什么要杀黛比·卡特？”幽灵般的声音在埃达看守所里回荡。罗恩这时会从床上惊起，开始尖叫。

在死囚区，汤米每天都在和他的理智战斗。这个地方的恐怖气氛对于真正的杀人犯来说都够糟的了，而对于无辜的人来说，那简直令人发狂。自从罗恩来到这里，汤米就开始担心他的情况。

死囚区有一个看守比较了解卡特谋杀案的事情，在罗恩到来后不久，汤米就听到这名看守大喊大叫："罗恩，我是黛比·卡特。你为什么要杀我？"

罗恩本来还较为平静，现在立刻高声反击，捍卫自己的清白。看守们觉得他的反应很有趣，就不停地嘲笑。其他犯人也从中取乐，经常会加入他们。

在罗恩入狱几天后，几个高大又粗鲁的看守突然给汤米戴上手铐脚镣，把他从囚室里拽出来。这是很严重的事情，虽说汤米不知道自己会被带到哪里。他们不会告诉他。

他们把他押走了，一支足够保护总统的安保力量，包围着一个瘦弱的小男孩。"我们这是要去哪里？"他问，但答案却如天机，不可泄露。他拖着脚走出了走廊，走出了F囚区，穿越大房子穹顶结构的圆厅——那里除了鸽子什么也没有——走进行政大楼的一间会议室。

监狱长等在那里，他有一个坏消息要宣布。

他们并未解开手铐，汤米如坐针毡。他被安排在重要位置，那是一张长长的会议桌的尽头，桌边挤满了助手、文员、秘书，以及所有想参加这次可怕通告的人。看守们面无表情，像哨兵一样站在他身后，以防他听到这个消息后会一下子跳到什么地方去。坐在桌边的每个人都拿着笔，准备记录接下来要发生的事。

监狱长的声音很严肃。坏消息是，汤米没有获得暂缓执行令，所以，他的时间到了。是的，这听上去太早了——距他上诉还不到三年，但有时情况就是这样。

监狱长感到抱歉，但他说他只是在履行公务。大限就在两个星期后。

汤米喘着粗气，试着消化这个消息。他有律师帮他上诉，律师曾多次告诉他程序要花几年的时间，案件很有可能会被发回埃达重审。

那是1988年。俄克拉荷马州已有二十年没执行过死刑了。他们的技艺也许有些生疏，不清楚接下来要做些什么。

监狱长继续往下说，他们应该立即开始着手准备。一个重要事项就是尸体怎么处理。

“尸体，”汤米想，“我的尸体？”

文员、助手和秘书都皱眉对着笔记本，潦草地记录着同样的话。这些人在这里做什么？汤米问自己。

“就把我送到我母亲那儿去吧，我想。”汤米说，或者说是试图这样说。

他站起来的时候，腿有些发软。看守架住了他，把他押回F囚区。他爬上了自己的床，痛哭，不是为了自己，而是为了家人，特别是他的母亲。

两天后，有人通知他，搞错了，一些文件在某个环节处理不当。暂缓令已经获批，沃德夫人短期内用不着来领她儿子的尸体。

这种错误并不少见。在罗恩离开埃达数周后，安妮特收到了监狱长的信。她猜想这只是一封有关常规事务的信件。她的感觉有可能是对的，因为罗恩在麦卡莱斯特表现得非常好斗。

亲爱的赫德森女士：

我深感同情，但必须通知你，对你的弟弟，罗纳德·基思·威廉森，编号134846，定于1988年7月18日零时零二分，在俄克拉荷马州监狱执行死刑。

在执刑日前一天早晨，你的弟弟将被转移到另一间囚室，此后，他的探访时间变更为上午九点到中午十二点，下午一点到四点，晚上六点到八点。

在最后二十四小时，访客仅限于神职人员、注册律师和另外两名经监狱长批准的访客。你的弟弟执刑时可以有五名见证人出席。见证人应当得到监狱长的批准。

节哀顺变，但应当考虑葬礼安排，葬礼由家人负责。如果家人不承担这一责任，州政府将举办葬礼。如有决定，敬请通知。

如需进一步的信息，或请求其他帮助，请联系我。

真诚的，詹姆斯·L. 赛夫勒监狱长

这封信是在1988年6月21日签署的，罗尼到麦卡莱斯特还不满两个月。安妮特知道在死刑谋杀案中，上诉是自动程序，也许有人应当告知负责执刑的政府部门。

尽管这封信让人不安，但她还是可以把它放在一边。她的弟弟是无辜的，重审终将予以证明。她坚信这一点，不会放弃。她阅读《圣经》，坚持祈祷，也经常去牧师那里。

但她还是问自己，到底是一群什么样的人在管理着麦卡莱斯特监狱。

罗恩在死囚区待了约一周后，有一天走到门前，向九号囚室的人打了个招呼。九号囚室在罗恩对面，离他有十二英尺远。格雷格·威尔霍伊特回了声“你好”，两人说了几句话。他们都没急于多说什么。第二天，罗恩又主动打了招呼，他们简单聊了几句。第三天，格雷格提到自己来自塔尔萨。罗恩也曾在那里待过，和一个名叫斯坦·威尔金斯的人住在一起。

“他是个铁匠吗?”格雷格问。

是的，正是，格雷格认识他。这个有趣的巧合破除了坚冰，他们谈起了在塔尔萨曾交过的朋友，塔尔萨的一些地方。

格雷格也是三十四岁，也喜欢棒球，也有两个给予他支持的姐妹。

并且，他也是无辜的。

这是他们之间深厚友谊的开端，这份友谊支撑着两人在苦难中活下去。格雷格邀请罗恩参加礼拜，死囚区每周都会举办，很多死刑犯都会参加。犯人们戴着手铐脚镣，被押到一个小房间。在那里，善良的监狱牧师查尔斯·斯托里带领他们祷告。罗恩和格雷格几乎从不错过礼拜活动，参加时也总是坐在一起。

格雷格·威尔霍伊特已在麦卡莱斯特待了九个月。他是一个铁匠，工会成员，一个粗人，曾因持有大麻留下犯罪记录，但没有实施过暴力犯罪。

1985 年，格雷格和妻子凯西分居了。他们有两个小女儿，彼此的关系存在很多问题。格雷格帮凯西搬进了一间公寓，几乎每天晚上都去看女儿。他们希望可以修复破裂的婚姻，但两人都需要一点时间去独自生活。他们仍经常做爱，忠于对方，两人都没有在外面和别人上床。

6 月 1 日，在分居三周后，凯西住的公寓楼的一个邻居发现她的两个女儿在不停地哭。邻居敲了门，可没有人回应，于是，她报了警。警察进了屋，他们在楼下发现了凯西的尸体。在楼上，两个孩子躺在婴儿床里，又饿又怕。

凯西是被强奸后勒死的。死亡时间在凌晨一点到早晨六点之间。警察找到了格雷格，他说他当时独自在家睡觉，没有不在场证人。他坚决否认与妻子被谋杀有任何关系，并且对警察的询问表示极度反感。

在调查中，警察在地上发现了一部从墙上扯下的电话，在电话上发现了一枚指纹，这部电话就落在凯西尸体旁边的地板上。指纹既不属于格雷格也不属于他妻子。警察发现了阴毛，更重要的是，在凯西胸部发现了类似齿痕的印记。刑事实验室的一名专家确认，凶手在攻击时狠狠咬了她的胸部。

作为有嫌隙的配偶，格雷格立即成了头号嫌犯，虽然指纹并不吻合。州刑事实验室的梅尔文·海特总结说，阴毛与格雷格的样本在显微镜下比较不一致。警察让格雷格提供牙齿印模以便与现场的咬痕进行比较。

格雷格不喜欢嫌疑犯的身份。他完全是无辜的，也不信任警察。在父母帮助下，他花两万五千美元请了一名律师。

聘请律师之举令警方不悦。他们申请到了法庭指令，要求格雷格提供牙齿印模。他照做了，五个月平安无事。他抚养两个女儿，整日忙于做铁匠活，希望警察不再来找他。但在 1986 年 1 月的一天，他们到底还是来了，带着一级谋杀罪的逮捕令，一级谋杀罪是可以判死刑的。

他的第一位律师虽然收了不少钱，名气也很大，但在这个案子里过于喜欢辩诉交易。格雷格在庭审前一个月解雇了他，然后犯了一个巨大的错误——雇了乔治·布里格斯。布里格斯虽然拥有漫长而丰富多彩的执业生涯，但他已经老了，成功已离他远去。他的律师费是两千五百美元，很便宜，但这也是个危险的信号。

布里格斯是老派的县城律师。你有你的证人，我有我的。我们对阵法庭，好好打一仗。不做审前证据开示。如有疑点，相信直觉，跟着感觉走。

布里格斯还是个酒鬼，几年前发生的一次摩托车车祸让他大脑受损，此后他就开始依赖止痛药。好日子，他喝上几杯，还可以走完程序。坏日子，他会在法庭上打鼾，小便失禁，在法官办公室里呕吐。经常有人看到他在法院走廊上摇摇晃晃。有一次，布里格斯在午饭时一连喝了几瓶啤酒，格雷格和他的父母警觉起来。

布里格斯酗酒，依赖药物，初审法院的法官和俄克拉荷马州律师协会对此都很清楚，但他们没采取任何措施制止或帮助布里格斯，或者保护他的客户。

格雷格的家人在堪萨斯州找到了一个非常著名的咬痕专家，但布里格斯总是过于忙碌或者酩酊大醉，不能和这个人聊聊案情。布里格斯没询问过任何一个证人，在格雷格的印象中，他也没有做过任何准备。

那次庭审是一场噩梦。州政府传唤了两个咬痕专家，其中一个刚从口腔科学校毕业不到一年。布里格斯完全不能反驳他们的证词。陪审团讨论了两个小时，判定格雷格有罪。布里格斯没有传唤任何能减轻刑罚的证人，陪审团讨论了一个小时，决定判处死刑。

三十天后，格雷格被带回法庭，接受死刑宣判。

在九号囚室，格雷格把报纸悬挂在门的铁栅上，不让别人看到他。他要让自己相信，他并不是在死囚区，而是在别处，在自己的小窝里，他只能靠疯狂阅读和观看那台小电视打发时间。除了跑腿工，他不和其他人说话。跑腿工第一次和格雷格聊天就问他，要不要来点大麻。要，当然要。

起初，格雷格不知道，一些幸运的犯人最终活着离开了死囚区。上诉偶尔会有效果，好律师参与进来，法官觉醒，奇迹发生。但没人告诉他这些，他确信，他会被处死，坦率地说，他想早些了结。

有六个月的时间，他只在去淋浴时离开囚室，一个人，快去快回。尽管如此，渐渐地，他也有了一两个熟人，他们会邀请他去院子里运动一个小时，聊聊天。但他一张口，立即就招致别人的反感。格雷格在死囚区是异类，他强烈支持死刑。犯了极端的罪，就应该付出极端的代价，他高声辩论。这种观点在死囚区闻所未闻。

他还养成了观看《戴维·莱特曼深夜秀》的恼人习惯，并把声音调到最大。在死囚区，睡眠备受珍视，很多人每天有一半时间在另一个世界度过。当你睡着了，你就欺骗了体制。睡着的时候，你属于你自己，不属于州政府。

死刑犯不介意威胁再杀几个人，格雷格不久就听到了流言，说他被盯上了。每个死囚区都有一个老大或几个想成为老大的人，他们要争夺控制权，寻找弱者作为目标，经常要求对方支付代价，好在死囚区“活”下去。当格雷格听到传话，说他必须支付租金时，他笑了，并回了一条消息说，生活在这样一个狗窝里，他一毛钱也不会付。

这个死囚区的统治者是索莱达，他曾在加利福尼亚著名的索莱达监狱服过刑，所以得此绰号。索莱达不喜欢格雷格支持死刑的观点，而且非常不喜欢戴维·莱特曼的节目，每个老大想要获得尊重，就要随时准备杀人，格雷格成了他的目标。

在死囚区，每个人都有敌人。仇恨令人生厌，也会在所有东西上快速滋长。一包香烟就可以在院子里或在淋浴时引发冲突，两包就能杀人。

格雷格需要一个能保护他的朋友。

安妮特第一次去麦卡莱斯特时，内心既悲伤又恐惧，倒不是因为那里和她预想中的不一样。如果能不去，她真的不愿意去，但除了两个姐姐，罗尼再没有别的亲人了。

看守搜了她的身，检查了她的钱包。她在大房子里一层层走下去，好像堕入了野兽的黑暗之胃。铁门哐啷哐啷，锁匙叮当叮当，看守盯着她，好像她不该出现在这里。她麻木了，如梦游一般，胸中气结，心跳加速。

他们出身于好人家，住在林荫道上的漂亮房子里，星期天去教堂。罗尼还是个孩子的时候，就参加了上千场棒球比赛。现在，他们怎么会沦落到这般田地?

终究会习惯的，她自己承认。她在未来会无数次地听到这样的声音，见到这些看守。她问，是不是可以带些东西——曲奇、衣服、现金。“不行，”看守迅速答道，“只能给些零钱。”于是，她给看守递了十几枚二十五美分的硬币，希望他转交给罗尼。

探视室是个狭长的房间，中间用厚厚的有机玻璃墙隔开，墙又被分为小的隔断，在某种程度上可以保护一些隐私。所有谈话都要隔着窗户通过电话进行，不能有任何的身体接触。

罗尼终于出现了。在监狱里，所有人都行动拖沓。他看上去很健康，甚至还胖了点，但后来体重总是忽高忽低。

罗尼感谢她来探视，说自己过得还行，就是需要钱。吃的东西太糟，他希望在餐厅买点东西吃，还极度渴望得到一把吉他，一些书和杂志，一台小电视，这些东西也可以在餐厅买到。

“把我弄出去，安妮特，”他一遍又一遍地哀求，“我没有杀黛比·卡特，你知道的。”

她从来都没有怀疑过他的无辜，哪怕部分家庭成员现在颇为存疑。她和丈夫马龙都靠工作养家，辛苦地存一点钱。手头很紧。她还能做什么呢？州政府资助的贫困者援助辩护系统的律师已经准备好上诉了。

“卖掉你的房子，请一个大律师，”他说，“卖掉所有东西。能做什么就做什么。只要把我弄出去。”

对话的气氛变得紧张起来，有眼泪落下。另一个犯人来到探视室，坐在罗尼旁边。透过玻璃，安妮特几乎看不见他，但她很想知道，他是谁，他杀的人又是谁。

罗杰·戴尔·斯塔福德，罗尼告诉她，著名的牛排店凶杀案的凶手。他被判了九项死刑，是死囚区现在的纪录保持者。他在一次抢劫中，在俄克拉荷马市一家牛排店的后面杀死了六个人，包括五个十几岁的小孩。之后又杀死了一家三口。

“他们都是杀人凶手，”罗尼不停地重复，“他们谈的都是杀人。死囚区到处都是杀意。把我弄出去！”

“你感觉自己安全吗？”她问。

当然不安全，和一群杀人犯住在一起，怎么会感到安全。他一直支持死刑，现在更加坚定。但他在新邻居中间也只能隐藏自己的观点，不让人知晓。

探视没有时间限制。他们最终说了再见，还真诚地保证一定会写信和打电话。在离开麦卡莱斯特时，安妮特身心俱疲。

他们不久后就开始打电话了。在死囚区，狱方把电话放在一个小推车上，推到囚室去。看守拨好号码，再把听筒递到囚室里。所有通话都是对方付费的，看守并不在乎他们到底打多久。出于无聊和绝望，过了没多久，罗恩就比其他任何人都更频繁地打电话。

他通常一开口就要钱，二十或三十美元，用来买吃的或买香烟。安妮特和勒妮每人每月给他四十美元，但她们也有自己的开销，并没有什么余钱。她们给的钱不够用，罗尼一次次地提醒她们。他经常发火，说她们不爱他，否则就会把他弄出去。他是无辜的，每个人都知道这一点，外面没有人会救他，他只能指望姐姐。

电话交谈很少是愉快的，虽然两个姐姐尽力不和他争吵。罗恩经常会在谈话中的某个时刻透露出他多么爱她们。

安妮特的丈夫为罗恩订了《国家地理》《埃达晚报》，罗恩希望了解家乡的动态。

在到麦卡莱斯特后不久，他第一次听说了瑞奇·乔·西蒙斯的奇怪认罪口供。巴尼知道这份录制好的口供，但决定不在审判中使用，也没有告诉他的当事人。贫困者援助辩护系统的调查员拿着口供的录像带到麦卡莱斯特给罗恩看。他怒火中烧。有人承认杀死了黛比·卡特，陪审团竟然完全不知道这件事！

这个新闻自然会在埃达传开，他希望在当地的报纸上看到它。

瑞奇·乔·西蒙斯成了罗恩又一个关注点，可以说是最主要的一个，罗恩将在很多年里盯牢他。

罗恩试着打电话给所有人，他希望世界上所有人都知道瑞奇·乔·西蒙斯的存在。瑞奇的供词是罗恩出狱的门票，他希望有人挺身而出，把瑞奇送上法庭。罗恩打电话给巴尼、其他律师、县政府官员，甚至一些老朋友，但大多数人都拒绝接己方付费的电话。

接下来，规则改变了，打电话的权利受到限制，因为一些死囚区的犯人被发现给受害人家属打电话，纯粹出于好玩的目的。每个犯人平均每个星期可以打两个电话，每个电话号码都必须事先得到批准。

跑腿工每周一次推着一车图书馆淘汰的老旧平装书穿越F囚区。格雷格·威尔霍伊特读所有可以看到的书——传记、侦探小说、西部小说。他喜欢斯蒂芬·金，但他真正热爱的是约翰·斯坦贝克。

他鼓励罗恩用阅读来逃避现实，他们不久后就开始争论《愤怒的葡萄》与《伊甸之东》的优劣，这种对话在死囚区确属罕见。他们站在门口，倚着铁栅，一谈就是几个小时。书、棒球、女人、他们的案子。

两人惊讶地发现，死囚区里的大多数犯人并不坚称自己无罪。相反，他们在交谈时乐于渲染罪行。死亡是经久不衰的话题——谋杀、谋杀案审判、尚未实施的谋杀。

当罗恩继续坚称自己无辜时，格雷格相信了他。每个犯人手上都有自己的庭审记录，格雷格看了罗恩的，总计有两千多页。他对埃达的审判感到震惊，罗恩读了格雷格的，也同样惊骇于欧塞奇县的审判。

他们相信对方，无视邻居们怀疑的眼神。

在死囚区的最初几个星期，这份友谊对罗恩来说有疗伤作用。终于有人相信了他，终于有人和他聊上几个小时，终于有人怀着理智和同情倾听他说话。罗恩逃离了埃达洞穴般的囚室，又找到了朋友，他的行为稳定下来。他不再咆哮、徘徊，或尖声高呼自己无罪，情绪波动也不像以前那么剧烈。他睡眠时间很长，连续几个小时读书，一支接一支地抽烟，和格雷格聊天。他们一起去院子里锻炼，保护对方。安妮特送来了更多钱，罗恩从餐厅买了一台小电视。她知道吉他对罗尼来说是多么重要，所以坚持不懈地想为他弄一把。餐厅缺货。她打了一个又一个的电话，写了一封又一封的信，终于说服了监狱官员。他们允许麦卡莱斯特当地的一家乐器商店卖给罗恩一把吉他，并送到监狱里来。

吉他送达，麻烦开始。罗恩急切希望用才华打动别人，他大声地弹着吉他，高声歌唱。噪声招致了愤怒的投诉，但罗恩并不在乎。他爱他的吉他，爱唱歌，特别是汉克·威廉森的歌。《你不忠的心》在死囚区萦绕、回荡。其他人大叫着抛来污言秽语，罗恩则高声回击。

索莱达受够了罗恩的音乐，威胁说要杀了他。“谁在乎呢？”罗恩说，“反正我已经被判了死刑。”

没人会费心给F囚区装空调，当夏天到来后，在囚室里待着像蒸桑拿。犯人们脱得只剩短裤，挤在餐厅卖的小风扇前。早上起来时，经常是汗透衣衫。有几个人甚至整天都一丝不挂。

不知为何，监狱开发了死囚区游览项目。游客通常是中学生，他们的父母和导师希望以此教育他们远离犯罪。在热天，如果看守让犯人们穿上衣服，就意味着有游客要来了。有些人听话，其他人则依然光着。

一个绰号“赤裸巴克”的印第安人喜欢自然美，他一直光着身子。他拥有一种罕见的能力，可以想什么时候放屁就什么时候放。在游客走近的时候，他最喜欢玩的把戏就是把屁股对准门栅，放上一个大响屁。此举吓到了年轻的学生，干扰了他们的参观。

看守让他不要这样做，他不听。狱友们则怂恿他，不过仅限于观光期间。看守后来只能在游客来访时把他拖走。其他几个犯人也想学他，可没这本事。

罗恩不玩花招，他只是为游客弹奏、演唱。

1988 年 7 月 4 日，罗恩一醒来就心情不好，难以平静。那天是独立日，是庆祝、游行以及做类似事情的时间，他却因一桩与自己无关的罪行被关在这鬼地方。他的独立性去哪儿了？

他吼叫，诅咒，宣称自己无罪。当死囚区里嘘声一片时，他抓狂了。他开始乱扔所有能找到的东西——书、杂志、洗漱用品、他的小收音机、他的《圣经》、衣服。看守监视着他，让他安静点。他咒骂他们，行为更加疯狂，扔铅笔、纸张、从餐厅买来的食物。然后，他拿起电视机，砸在砖墙上，摔了个粉碎。最后，他拿起心爱的吉他，一遍一遍地砸在囚室门栅上。

大多数死囚区犯人每天都会服用一种名为多虑平的温和抗抑郁药。它可以镇静神经，有助睡眠。

看守最后说服罗恩吃了点药力更强的东西，他变得昏昏欲睡，平静下来。当天晚些时候，他开始打扫囚室。

然后，他打电话给安妮特，含泪告诉她这件事。她随后去看他，过程并不愉快。他对着电话吼叫，指责她不想救他，再次要求她卖掉全部家当，请一个大律师，还他公正。她让他平静一些，不要再大吵大闹。他不听，她则威胁说自己要走。

过了一段时间，她和勒妮为他买了新的电视机、收音机和吉他。

1988 年 9 月，一位名叫马克·巴雷特的诺曼律师驱车来到麦卡莱斯特会见他的新客户。马克是处理死刑案件中的贫困被告上诉的四名律师之一，威廉森案分派给了他。巴尼·沃德不再代理本案。

在死刑案中，上诉是自动程序。必要的通知提交之后，缓慢的程序就启动了。马克向罗恩·威廉森解释了这一点，并听取了他长篇大论的无罪宣告。听到罗恩的这些话，马克并不吃惊，他还没有研究庭审笔录。

为了协助这位新律师，罗恩交给他一份在庭审中说谎的证人的名单，然后，向马克细致入微地解释了他们说的是什么谎，说了多大谎。

马克发现罗恩聪明，理性，对自己的困境有清晰的认知。罗恩吐字清楚，能详尽、细致地谈论警察和检察官诬陷他的那些话。他有点敏感、紧张，这也是可以想见的。那时马克还不了解他的病史。

马克的父亲是基督教派的牧师，这一家庭背景让罗恩开始了关于宗教的长篇大论。他希望马克知道，他是一名虔诚的基督徒，在教堂里长大，父母都是敬畏上帝的人，他本人经常诵读《圣经》。他引用了许多经文，这让马克印象深刻。其中有一句让罗恩百思不得其解，他让马克解释给他听。他们深入地讨论了这句话。理解这句经文对罗恩来说十分重要，不能把握它的含义，显然曾让他很沮丧。律师探视没有时间限制，当事人也都不想回囚室，他们聊了超过一个小时。

马克·巴雷特的第一印象是，罗恩是一个基要主义者，一个爱说话的人，也许有点油腔滑调。一如既往，虽然马克的思想远非封闭，但在当事人宣称无罪时，他还是持怀疑态度。他同时也在处理格雷格·威尔霍伊特的上诉，已完全被格雷格说服，相信他并未杀死自己的妻子。

马克知道在死囚区有无辜的人，他对罗恩案了解得越多，就越相信他。

第十一章

尽管丹尼斯·弗里茨当时并没有意识到，但在县看守所地牢里度过的十二个月，让他得以应对监狱生活的严峻条件。

他在6月抵达康纳惩教中心。丹尼斯坐在载着新犯人的囚车的后座，他头晕目眩，满心恐惧，不愿接受现实。在这种情况下，言行举止显得自信非常重要，丹尼斯努力装出那副样子。康纳在中等安保级别的监狱中是出了名的“垃圾场”，那是一个恶劣的地方，比大多数监狱都恶劣。丹尼斯一遍遍地问自己，他是怎么被随机分配到这种地方来的，原因到底是什么？

他经过了一道道入狱程序，接受了关于规则和规范的常规讲座，然后被分配到一个两人间的囚室。囚室里有两张床，一扇窗，透过窗户可以看到外面。和罗恩一样，他庆幸能有扇窗户。关在埃达看守所的那些日子，他一直都见不到阳光。

他的室友是个墨西哥人，不太会说英语。这在丹尼斯看来没什么关系。他不会说西班牙语，也没心情学。第一个最大的问题是，如何在两个人抬手就能碰到的情况下，得到片刻的隐私。

丹尼斯发誓用好每分每秒，争取早日挣脱这个判决。放弃希望是很容易的事。体制沉重地压在犯人身上，但他决心战胜它。

康纳人满为患，以暴力闻名，充斥着黑帮、杀戮、斗殴、强奸、毒品，看守们则收受贿赂。丹尼斯不久后找到了相对安全的地方，远离了他认为难惹的人。他把恐惧当作财富。用不了几个月，大多数犯人就不明智地陷入监狱的常规生活，被同化了。他们放松了防备，心存侥幸，不再留神自己的安全。

这样很容易受伤，丹尼斯发誓绝不忘记恐惧。

犯人们早上七点起床，所有囚室门打开。他们在一个大餐厅吃饭，可以选择自己想坐的地方。白人坐一边，黑人坐另一边，印第安人和西班牙人坐中间，但更靠近黑人那边。早餐并不算差，有鸡蛋、玉米粥、培根。谈话生动有趣，人们在互动中获得放松。

大多数犯人愿意去工作，只要能离开囚室所在区域，干啥都行。丹尼斯当过老师，看守让他去给其他犯人教普通教育发展证书课程。吃完早餐之后，他去教室上课，直到中午。他的薪水是一个月七美元二十美分。

他的母亲和姨妈每月会送来五十美元，她们凑这些钱很不容易，却总是以丹尼斯为先。他用这些钱在餐厅买香烟、金枪鱼罐头、松饼和曲奇。实际上，每个犯人都抽烟，监狱里最重要的通货是香烟，一包万宝路相当于一口袋现金。

丹尼斯很快就发现了法律图书馆，并高兴地得知，他每天可以在那里从下午一点待到四点，无人打扰。他以前从未读过法律，但他决定掌握这门学问。两个“狱中书记员”，也就是自诩为监狱律师的犯人，他们十分懂行，和他交上了朋友，告诉他如何阅读厚厚的专著和摘要。不出意外，他们的建议是收费的，用香烟支付。

在开始学习法律后，丹尼斯阅读了俄克拉荷马州的几百个判例，在其中寻找与自己案子的相似点，思考自己的审判中可能存在的错误。上诉就要开始了，他希望自己和律师一样了解情况。他发现了联邦判例摘要，然后对全国数千个判例做了笔记。

囚室在下午四点到五点之间关闭，看守会查点人数，制作报告。晚饭在七点半结束，囚室下次关闭是在十点一刻。在这段时间里，犯人可以在区域内自由走动，可以做运动、打牌或玩多米诺骨牌，或者打篮球。很多犯人到处闲逛，或分组坐在一起聊天，在抽烟中打发时间。

丹尼斯则回到法律图书馆。

他的女儿伊丽莎白那年十五岁，他们保持书信往来。她由外婆抚养，家庭稳定，备受关爱。她相信父亲是无辜的，但丹尼斯一直怀疑她是心存疑虑的。他们每个星期都会写信通电话，但丹尼斯不让女儿来看他，不希望女儿接近监狱。他不想让她看到自己穿着囚服，生活在铁丝网里面。

丹尼斯到康纳后不久，母亲万达·弗里茨就来看他。探视时间是每周日上午十点到下午四点。探视室摆放着一排排的折叠桌椅。这里就是个动物园。一次允许约二十名犯人进入，他们的家人——妻子、孩子、母亲和父亲——在那儿等着。每个人都情绪高涨。孩子往往高声喧哗。犯人不戴手铐，身体接触也是允许的。

身体接触正是犯人想要的，但过分的亲吻和触摸受到禁止。技巧是让一个犯人“钓鱼”或打掩护，引开看守几秒钟，一次疯狂的做爱就结束了。经常可以看到一对夫妻挤在两台软饮机中间，以某种方式做爱。安静地坐在桌边的妻子们经常一眨眼就消失，钻到桌子底下完成一次快速口交。

幸运的是，在这样疯狂的背景中，丹尼斯也能让母亲不分神，然而，探视还是每周最让他紧张的时候。他言语中表示不太想让她再来。

罗恩不久后就开始在囚室里徘徊，大喊大叫。如果一个人刚到死囚区的时候没疯，那么他到那里之后用不了多久也会疯掉。罗恩站在门前，高喊："我无罪！我无罪！"一连几个小时，直到声音嘶哑。久而久之，他的嗓门更大，呐喊的时间更长。"我没有杀黛比·卡特！我没有杀黛比·卡特！"

他记住了瑞奇·乔·西蒙斯口供的全部内容，用最大的声音逐字逐句背给看守和邻居们听。他还会一连几个小时背诵他的庭审笔录，背诵那些把他送进死囚区的一页又一页证词。其他犯人真的很想掐死他，与此同时也惊奇于他的记忆力之好。

但在凌晨两点钟被吵醒的时候，他们可不会被罗恩折服。

勒妮接到了一个犯人的奇怪来信。部分内容如下：

亲爱的勒妮：

赞美主！我是杰伊·尼尔，编号141128。受你的兄弟罗恩所托，也代表他，写这封信给你。罗恩住在我斜对角的囚室。有时，罗恩一整天都过得很难。在我印象中，他在服用某种药，试着稳定情绪，改善行为。但是，他们在这里给他提供的这些药充其量只能起些最低限度的作用。罗恩最大的挫败是低自尊。我认为俄克拉荷马州立监狱的人跟他说过，他的智商低于常人。对他来说，最糟糕的时候是零点到四点。

有时，他每隔一段时间就会用最高的嗓门喊叫不同的事情。这打扰了住在附近的很多犯人。他们一开始试图和他讲理，后来，就只能忍受。但他周围很多人的忍耐力都在降低。

（肯定是因为整夜睡不着。）

我是一名基督徒，我每天为罗恩祷告。我跟他说话，听他诉说。他非常爱你和安妮特。我是他的朋友。在罗恩和被他的叫喊打扰的人之间，我起着缓冲作用，我会起来和他说话，直到他平静下来。

上帝保佑你和你的家人。

真诚的，杰伊·尼尔

尼尔与死囚区的任何人的友谊都值得怀疑，他经常谈论自己是如何皈依基督教的。他的“朋友”也很可疑。在入狱前，他和他男朋友想搬到旧金山，去享受更开放的生活。因为没有钱，他们决定去抢一家银行，关于抢劫，他们毫无经验。他们在杰罗尼莫镇选中了一家银行，明目张胆地闯进银行，表明来意，但此后情势急转直下，在混乱中，尼尔和他男朋友捅死了三名银行柜员，枪杀了一个银行客户，致其他三人重伤。在这场腥风血雨中，尼尔用光了子弹，他在把枪指向一个小孩子的头部，扣动扳机的时候才意识到这一点。枪没响——孩子没受伤，至少身体上安然无恙。两个凶手带着约两万美元逃走，迅速赶往旧金山。在那里，他们在商场狂欢，买长款貂皮大衣、漂亮围巾等。他们在同性恋酒吧里挥金如土，度过了稍稍超过二十四小时的颓废时间，然后，就被抓回了俄克拉荷马州，在那里，尼尔最终被判处死刑。

在死囚区，尼尔喜欢引用《圣经》，做小型布道，但听众寥寥无几。

在死囚区，医疗看护并没有优先级。每个犯人都说，你失去的第一样东西是你的健康，然后才是你的理智。罗恩去见了监狱医生，医生可以调阅他以前的监狱记录和精神健康病历。那些资料上写明，罗恩有长时间的吸毒史和酗酒史，对一个 F 囚区的犯人来说，这当然并不奇怪。抑郁症、双相情感障碍已困扰他至少十年，他还患有某种精神分裂症和人格障碍。

医生又给他开了盐酸硫利达嗪，让他安静下来。

大多数犯人都认为罗恩只是在“扮演刺头”，假装发疯，希望通过某种手段离开死囚区。

与格雷格·威尔霍伊特的囚室隔两扇门的地方住着一个死刑犯，名叫桑尼·海斯。没人确切地知道他在这里待了多久，但他比这里的任何人到得都早。他已年近七十，身体极差，不看别人，也不说话。他用报纸和毯子遮住囚室的门，关着灯，吃的东西仅够维持生命，从不淋浴，从不刮胡子，从不剪头发，没有访客，拒绝见律师。他从不写信，也不收信，不打电话，不在餐厅买东西，不洗衣服，没有电视或收音机。他从不离开他那黑暗狭小的地牢，一天又一天过去，他在囚室里不发出任何声响。

桑尼已完全丧失理智，因为对无意识能力者不能执行死刑，他只能在这儿自生自灭。现在，死囚区多了一个疯子，但别人不信。人们觉得罗恩只是在扮演刺头。

尽管如此，有一天，罗恩还是引起了大家的注意。他设法堵住了厕所，让自己的囚室里积了两英寸深的水。他脱光了衣服，从上铺向“水池”跳水，同时嘴里不知道在喊些什么。看守最终抓住了他，让他平静下来。

虽然 F 囚区没有空调，但有暖气系统，犯人本应在冬天享受到从老旧通风口送来的暖风。但并没有什么暖风，囚室如冰窖一般。夜间，窗户的内侧经常会结冰，犯人们裹得严严实实，尽可能地待在床上。

想要睡觉，唯一的办法就是把所有能找得到的衣服都穿上——两套袜子、短裤、T恤衫、卡其裤、工作衫，以及在餐厅买得起的所有东西。额外的毛毯是奢侈品，州政府并不提供。夏天供应的食物都是冰冷的，冬天的则几乎不能下咽。

汤米·沃德和卡尔·方特诺特的判决被俄克拉荷马州刑事上诉法院推翻，因为他们的口供在审判中被用作相互指证的证据，但由于两人都没有出庭作证，他们就被剥夺了与对方对质的权利。

如果两案分别审判，就可以避免违宪。

如果检方隐藏口供，有罪判决当然就不能成立。

他们被带离死囚区，送回埃达。汤米在波特瓦特米县的肖尼镇重新受审。检察官仍旧是比尔·彼得森和克里斯·罗斯，法官允许陪审团观看录制好的口供。汤米再次被判有罪，处以死刑，在重审期间，安妮特·赫德森每天都开车送他的母亲去法院。卡尔的案子在休斯县的霍尔登维尔镇重审。他也再次被判有罪，处以死刑。

罗恩对撤销原判欣喜若狂，后又因他们被再次定罪而沮丧。他自己的直接上诉正在体制中缓慢推进。他的案子被分派给了上诉公设辩护人办公室。随着死刑案件的增加，政府雇用了更多律师。马克·巴雷特已不堪重负，需要推掉一两个案子。他也正在等待刑事上诉法院对格雷格·威尔霍伊特案的判决。这个法院对被告强硬是出了名的，但马克认为应当重审。

罗恩的新律师是比尔·勒克，他在辩护状中激烈辩称，罗恩先前没有获得公正的审判。他批评了巴尼·沃德在代理中的表现，称罗恩没有得到“律师的有效帮助”。这也是死刑案中常用的开篇论点。巴尼诸罪中最大的一条是他没能提出罗恩无意识能力的问题。律师没有提交任何病历作为证据。勒克研究了巴尼的过失，列出了长长的清单。

勒克批评了警察和检察官的方法和策略，辩护状越写越长。他也挑战了琼斯法官的判决：让陪审团听取罗恩的梦境口供，不顾检方无数次违反布雷迪规则，总而言之，没能保护罗恩享有接受公正审判的权利。

比尔·勒克的绝大多数当事人显然是有罪的，他的工作只是保证他们在上诉中得到公正审理。但是，罗恩的案件不一样，他研究越深，越能发现更多问题，也更加确信可以赢得这次上诉。

罗恩非常配合，希望与律师分享自己强有力的观点。他经常打电话给勒克，还写了很多杂乱无章的信。他的评论和观察总的来说很有用。有时，他对自己病历细节的回忆令人吃惊。

罗恩仔细研究了瑞奇·乔·西蒙斯的口供，认为审判中没有使用它极为荒谬。他写信给勒克：

亲爱的比尔：

你知道，我认为瑞奇·乔·西蒙斯杀死了黛比。一定是他，不然他不会承认。现在，比尔，我的身体待在地狱里。我认为西蒙斯应当付出代价，而我应当获得自由，这样才公平。他们不想把口供交给你，因为他们知道你会把它写进辩护状，并且立即就能为我赢得重审。所以，看在上帝的份上，告诉这些婊子养的，你需要他的口供。

你的朋友，罗恩

罗恩有大把时间，他积极地写信，给两个姐姐写的信尤其多。她们知道这些信对他来说有多重要，所以，总是找时间回信。钱通常是个问题。他吃不下监狱里的饭，想从餐厅里买所有能买到的东西吃。他写信给勒妮：

勒妮：

我知道安妮特给了我一点钱。但我的痛苦与日俱增。我这里还有卡尔·方特诺特，没有人给他任何东西。请你多给点吧，哪怕十美元也好。

爱你的，罗恩

就在他来到死囚区后过的第一个圣诞节前夕，他写信给勒妮：

勒妮：

嘿，感谢你寄钱给我，我会好好使用，主要用来买吉他弦和咖啡。

今年我收到了五张圣诞贺卡，算上你的。圣诞节能让我感觉好一点。

勒妮，这二十美元很及时。我刚从一个朋友那里借钱买了些吉他弦，我本来准备用安妮特下个月给的五十美元还他。那样，我下个月就紧张了。我知道五十美元听上去很多，但我在帮助别人，有个人的母亲没能力给他寄任何东西。她确实给过他十美元，但那还是在我9月份搬到他附近后他第一次收到钱。我给了他咖啡、香烟等。可怜的家伙。

今天是星期五，所以你们明天会打开礼物。我希望每个人得到自己想要的。孩子们一定长大了。如果我还不能控制自己，我要哭了。

告诉所有人我爱他们，罗尼

很难想象，节日能让罗尼“感觉好一些”。死囚区的单调乏味足以令人心生恐惧，与家人隔绝给他带来无法承受的痛苦和绝望。早在 1989 年春天，他就开始每况愈下。压力，痛苦，因并未犯下的罪行而被送到地狱的沮丧，消磨着他，使他崩溃。他试图割腕自杀。他极度抑郁，希望早点死去。伤口虽然是皮外伤，但也留下了伤疤。这样的事发生了好几次，看守密切监视着他。割腕不成之后，他想办法点着了自己的床垫，然后引火烧身。烧伤被治好，伤口最终愈合。他不止一次上了自杀监视名单。

1989 年 7 月 12 日，他写信给勒妮：

亲爱的勒妮：

我经历了非常多的痛苦。我烧了几张纸巾，身体有数处二度或三度烧伤。这里压力巨大。痛苦难以忍受时，哪里也去不了，勒妮，我头痛，我用头撞墙，我趴在地上，用头撞水泥地。我用拳打自己的脸，第二天早上疼痛难忍。这里的每个人都像沙丁鱼一样被困住。我心里很明白，这是我经历过的最大的痛苦。解决这个问题的法术就是金钱。我曾说过没什么像样的东西可吃。在这里吃东西就像是在被上帝遗弃的孤岛上吃军用口粮。这里的人很穷，但我太饿了，我需要点什么来解馋。我瘦了。这里太苦了。请帮帮我。

罗恩

某次抑郁发作时间过长，之后罗恩不再和任何人交流，完全缩在囚室里，直到看守发现他像个胎儿一样蜷缩在自己的床上。他对外界没有任何反应。

9月29日，罗恩再次割腕。他偶尔服用药物，不停地谈论自杀，最终看守认为他对自己的生命安全构成了威胁。于是，他们把他移出F囚区，送到了维尼塔的东部州立医院。在入院时，他的主诉是，“我遭到了不公正的虐待”。

在东部州立医院，第一个对罗恩进行诊断的是主治医生利萨拉加。医生面前的这个人三十六岁，有吸毒和酗酒史，邋遢，头发和胡子呈灰白色，穿着破旧的囚服，腿上有烫伤，手臂上有伤疤。罗恩有意让医生注意到这些伤疤。他轻易地承认自己有很多不当行为，但坚决否认杀死黛比·卡特。他正在承受的冤屈是让他丧失希望、但求一死的原因。

在随后的三个月里，罗恩在东部州立医院接受治疗，疗效得以巩固。多位医生——一位神经科专家、一位心理专家、几位精神科医生——为他诊治。大家不止一次提到，罗恩情绪不稳，对挫折的承受力很低，以自我为中心，却又低自尊，有时精神不能集中，情绪很容易快速爆发。情绪波动明显而剧烈。

他对别人要求很高，过了一段时间之后，对工作人员和其他病人表现出攻击性。这种攻击性让人难以忍受，于是罗恩出了院，被送回死囚区。利萨拉加医生为他开了碳酸锂、氨砜噻吨，还有苄托品，这是一种主要用于治疗帕金森综合征的药物，有时用于减少由镇静剂引起的抖动和不安。

而在大麦卡，一个名叫萨维奇的看守被迈克尔·帕特里克·史密斯袭击，受了重伤。史密斯被大多数人认为是监狱里最危险的杀人犯。史密斯在扫帚柄的末端藏了一把刀，或者说是一把“无柄匕首”。在看守从豆洞里给他送午饭时，他用刀刺伤了对方。匕首刺进了萨维奇的胸膛，伤及心脏，但他奇迹般地活了下来。

两年前，史密斯曾刺伤过一名囚犯。

史密斯是在D囚区而非死囚区行凶的，他因违反纪律而被关在那里。尽管如此，监狱管理人员决定，要修建一个全新的、最先进的死囚关押场所。他们对这次袭击进行了广泛宣传，为新囚区的建设募集资金。

狱方制定出了修建H区的计划，它的设计初衷是“最大限度地保障安全和控制，为犯人和工作人员提供安全、现代的生活和工作环境”。它是正方形的，分为两层，有两百个房间。

从一开始，H区的设计就由监狱工作人员推动。在萨维奇警官遇袭的紧张气氛中，工作人员为创造一个“非接触”场所投入了巨大精力。在设计初期，三十五名工作人员会见了惩教局雇用的塔尔萨建筑师团队。

虽然从来没有哪位死刑犯从麦卡莱斯特逃走过，但H区的设计师还是制订了一个夸张的计划，将整个囚区建于地下。

在死囚区关押了两年后，罗恩的精神健康状况严重恶化。他制造噪声，日夜不停地呼喊，尖叫，咒骂，情况越来越严重。他的行为日趋极端。他会无端爆发，然后开始咒骂，乱丢东西。有时候，他会连续几个小时向大厅里吐口水，有一次把口水吐到了看守身上。后来，他把粪便从铁栅里向外丢，看守终于把他带走了。

“他又开始扔大便了！”一个看守喊道，所有人都躲了起来，以免被打中。情况再明显不过，他们冲到他的囚室里，把他拉走，送到维尼塔重新鉴定。

1990年7至8月，罗恩在东部州立医院住了一个月。他又见到了利萨拉加医生，医生得出的结论和以前一样。三个星期后，罗恩要求回死囚区。他忧心自己的上诉，感到待在麦卡莱斯特会更有用，至少那里有法律图书馆。用药经过了调整，他看上去稳定了下来，就又被送回了监狱。

第十二章

在历经十三年的挫败后，俄克拉荷马州政府终于设法走完了上诉流程，计划执行一次死刑。那个倒霉的犯人名为查尔斯·特洛伊·科勒曼。他是一个白人，杀死了三个人，在死囚区已经待了十一年。他是一个小派系的头儿，经常在死囚区惹是生非。查尔斯的邻居们一点都不为他终于要走上刑场而伤心，尽管大多数人知道死刑一旦最终启动，就再也没有回头路了。

科勒曼的死刑执行发酵成了媒体事件，大麦卡门外，记者云集。有人彻夜不眠，举行烛光祷告，记者忙着对受害人、检察官、牧师和所有路人进行采访。时间过去了一个又一个小时，气氛越来越热烈。

格雷格·威尔霍伊特和科勒曼曾是朋友，虽然他们在死刑问题上吵得不可开交。罗恩也支持死刑，但他的立场并不坚定。他不喜欢科勒曼，可想而知，科勒曼也讨厌制造噪声的罗恩。

在科勒曼被执行死刑的那天晚上，死囚区里非常安静，守卫森严。看热闹的人群守在监狱外面，媒体在倒计时，就像迎接新年。格雷格在他的囚室里，在电视上看着这一切。午夜刚过，消息传来——查尔斯·特洛伊·科勒曼死了。

少数囚犯为之鼓掌，欢呼，大多数人则安静地待在囚室里，有几个人在祈祷。

格雷格的反应却是完全让人意想不到的。他的内心忽然百感交集，对那些欢呼雀跃的人非常反感。他的朋友死了。世界并不会因此变得更安全。任何一个未来的杀人凶手都不会被吓退。他了解杀人者，还有他们的动机。如果受害者的家人因此而感到高兴，那他们还远远没有解脱。格雷格在一个卫理公会教堂里长大，现在每天都在研读《圣经》。耶稣没有教人宽恕吗？如果杀人是错误的，那么州政府为何允许死刑的存在？执行死刑是谁给的权力？他以前就多次思考过这些问题，现在它们从另一个角度又浮现出来。

查尔斯·科勒曼的死给了格雷格极大的启示，从那时起，他的态度有了一百八十度的转变，再也不认同以眼还眼的报复。

后来，他与罗恩分享了这些想法，罗恩表示同意其中的大多数。但是，第二天，罗恩又成了死刑的忠实支持者，他希望从埃达的大街上把瑞奇·乔·西蒙斯抓进来，当场击毙。

1991 年 5 月 15 日，俄克拉荷马州刑事上诉法院以一致意见确认了罗恩的定罪和死刑判决。加里·伦普金法官撰写了法律意见，认为审判中存在一些错误，但是“压倒性证据”证明被告有罪，这远远超过了巴尼、警察、彼得森和琼斯法官犯下的所有微不足道的错误。但这份法律意见并没有花费笔墨讨论什么证据是压倒性的。

比尔·勒克打电话给罗恩，告知这个坏消息，罗恩在心理上已经有所准备。罗恩研究过上诉意见，和比尔讨论了很多次，比尔也告诉过他不要太乐观。

就在同一天，丹尼斯·弗里茨从同一家法院收到同样的消息。法官同样认为他的审判中存在一些错误，但和不利于他的“压倒性证据”相比，这些错误并不重要。

丹尼斯不认为他的律师提交的上诉状写得好，对有罪判决得到维持也并不感到惊讶。在监狱图书馆里待了三年后，丹尼斯认为，他对制定法和判例的了解要胜过他的律师。

他很失望，但并未放弃。和罗恩一样，他还可以在其他法院提出其他论据。放弃不是他的选项。但和罗恩不同的是，丹尼斯现在只能依靠自己。他不在死囚区，没有贫困者援助辩护系统的律师帮他。

但刑事上诉法院并不总是检察官们的橡皮图章。让马克·巴雷特高兴的是，他于 1991 年 4 月 16 日得到消息，格雷格·威尔霍伊特获得了重审。法院认为，不能忽视乔治·布里格斯在为格雷格提供辩护时的糟糕表现，并认为格雷格未能接受充分的辩护。

在生死攸关的审判中，要么聘用镇上最好的律师，要么找最糟的。格雷格糊里糊涂地聘用了最糟的，现在他获得了重审。

当一个犯人出于某种原因被从囚室里叫出去，被从死囚区带走，不会有人给出任何解释。看守只是在门前出现，命令他快点把衣服穿好。

但格雷格知道他赢得了上诉，当看守出现在门口，大日子来了。“收拾好你的东西。”其中一人说，是时候离开了。几分钟后，他把所有财物都塞进了一个纸箱子，然后被看守带走。罗恩被转移到了走廊另一端的囚室，因此他们没有机会说再见。当格雷格离开麦卡莱斯特，他想的是留在那里的那位朋友。

格雷格到达奥色治的看守所后，马克·巴雷特迅速安排了保释听证。死刑谋杀指控仍未撤销，审判日期还没确定，格雷格还不能说是一个自由人。保释金一般都非常高，但法官这次只要求支付五万美元，格雷格的父母和姐姐很快就凑齐了。

在看守所待了五年，在死囚区待了四年之后，格雷格自由了，永远不需要再回到监狱里去了。

H 区的建设始于 1990 年。几乎所有东西——地板、墙壁、天花板、铺位、书架——都是混凝土构筑的。为了减少犯人制造利器的机会，设计中没有使用任何金属。的确有很多铁栅和一些玻璃，但都不在囚室里。囚室里的所有东西都是混凝土的。

主体结构完成时，H 区就已落满灰尘。自然光和通风系统都不复存在，官方给出的理由是节约能源。

1991 年 11 月，H 区启用，监狱举行了派对，庆祝这一崭新的、最先进的死囚区落成。狱方邀请了各大媒体，剪了彩，强迫监狱乐队演奏了几支曲子。人们前来参观，而 H 区未来的住客仍旧待在大房子，四分之一英里外的地方。客人们有机会付费在自己选的新水泥床铺上睡一晚。

派对过后，为了发现新设施的不足，一些中等安保区域的囚犯首先被移送到 H 区，并且予以密切监视，观察他们所能进行的不当行为。当 H 区被证明是一座坚固、有效、无法逃脱的监狱时，F 囚区的坏孩子们就被送进去了。

抱怨和牢骚立即出现了。没有窗户，没有机会看到外面的亮光，更别想有新鲜的空气。H 区采用的是双层房顶的设计，囚室对于两个人来说太小。混凝土的床太硬，而且两张床仅相距三十六英寸。不锈钢的厕所和脸盆嵌在中间，所以，大便是两个人的事情。

囚室的分布隔断了囚犯们的日常聊天，而这种聊天对囚犯们来说和生命一样重要。作为一个非接触设施，H区的设计不仅把看守和犯人隔离开来，同时也把犯人孤立起来。吃的东西比F囚区还要差。院子——原来的囚区中最宝贵的地方——现在只是一个比网球场小得多的混凝土箱。院墙有十八英尺高，整个区域覆盖着一个厚厚的盖子，它挡住了所有穿过穹顶的阳光。不可能看到青草。

新的混凝土建筑没有进行封涂或粉刷，到处都是灰尘。它们堆积在囚室的角落，沾在墙上，落在地上，飘在空中，当然也被犯人们吸到了肺里。前来会见的律师离开时经常会咳嗽，声音沙哑，就是这些灰尘造成的。

最先进的通风系统是“封闭的”，这意味着囚区根本就没有外部空气循环。如果不停电，还可以忍受，但在修复系统错误的时候，停电是经常的事。

莱斯利·德尔克是贫困者援助辩护系统的律师，他被分派给了罗恩·威廉森。他曾给一个起诉监狱的同事写了封信，讨论了监狱存在的一些问题：

> 食物的情况非常糟，我的所有当事人的体重几乎都下降了。一名当事人的体重在十个月里下降了九十磅。我曾向监狱方面反映了这件事，他们当然告诉我，他没问题，如此等等。最近一次去医务室，我发现，准备食物的地方在老监狱，禁止外人进入，食物从那里被送到H区。当到达H区后，有犯人——是被处以休克监禁[1]的犯人，我想——把它送到囚室。看

1 休克监禁（shock incarceration），又译“震慑性监禁”，是指为了威慑和阻止犯罪人实施新的违法行为而在缓刑或假释前后对其进行的短期监禁。

守告诉那些人可以把剩下的吃掉，所以，死囚区犯人现在获得的食物仅有其他犯人的一半。我认为，惩教局很少或根本没有进行监督，到底是什么样的食物被放在了死囚的餐盘里。我所有的当事人都在抱怨，现在食物总是冷的，东西做得非常难吃，人们已经受够了，而且分量很少，大多数人不得不从餐厅买食物才能吃饱。当然，监狱商店对他们提供的食物想卖多少钱就卖多少钱。(通常比杂货店的价格高多了。)我的当事人中也有很多人并没有可以支持他们的家人，所以只能有什么吃什么。

H 区的条件令犯人震惊。两年来，围绕这座耗资一千一百万美元的新设施，流言不断，当他们搬进这座地下监狱后，却惊异地发现这里的空间比 F 囚区还小，限制却更多。

罗恩讨厌 H 区。他的室友里克·罗耶姆从 1985 年起就住进了死囚区，他的存在让人平静。里克是一名佛教徒，会一连几个小时冥想，也喜欢弹吉他。在他们狭窄的囚室里，享有隐私是不可能的。他们在天花板上挂了条毯子，垂在两床之间，聊以表明退缩回各自世界的努力。

罗耶姆担心罗恩。罗恩对阅读失去了兴趣，他的注意力和谈话不能集中在一个主题上。他有时接受一些治疗，但那远远不够。他会不间断地睡上好几个小时，然后整晚在狭小的囚室里来回踱步，胡乱嘟囔些什么，或者谈论他的某个幻觉。接下来，他会站在门口，痛苦地尖叫。他们每天有二十三个小时在一起。罗耶姆眼睁睁地看着室友发疯，却无能为力。

罗恩在搬进 H 区后瘦了九十磅。他的头发变得灰白，整个人看上去就像一个鬼魂。安妮特有一天在探视室里等待，她看到看守把一个古怪的老头带进房间，他披散着干枯灰白的长发。这人是谁？她想。这是她的弟弟。

她说："当我看到他们带来的这个人，长长的头发，面容瘦削，可怕，憔悴。他们带来见我的这个人，如果在街上碰到，我可能认不出是谁。我回家后，写了封信给监狱长，让他检查罗恩是不是得了艾滋病，因为他看上去太瘦了。我们都听说过监狱里的那些事，所以我让他们检查他有无艾滋病。"

监狱长回信保证说罗恩没得艾滋病。她写了另一封信，投诉食物质量，投诉餐厅的东西价格过高，投诉餐厅的利润被用于给看守购买运动设备。

1992 年，监狱聘请了一个名叫肯·福斯特的精神科医生，他不久后就见到了罗恩·威廉森。他发现罗恩衣冠不整，迷茫，脱离现实，瘦弱，面色苍白，虚弱，憔悴，身体状况不佳。福斯特医生发现，正如其他监狱官员应该发现的一样，罗恩显然有些问题。

罗恩的精神状况甚至比他的身体状况更差。他发出的噪声远远超出了普通的监狱喧闹，而且他已经与现实脱节，这一点在看守和工作人员之间已经不是秘密。福斯特医生目睹了罗恩几次疯狂的尖叫，并注意到他叫喊的内容分为以下三个主题：自己是无辜的；瑞奇·乔·西蒙斯承认自己是凶手，应当被起诉；他的身体承受着剧痛，通常在胸口，他担心自己马上就要死了。

尽管罗恩的症状再明显不过，已发展到极端，但福斯特医生审核的记录显示，罗恩已经很久没有接受精神健康方面的治疗了。像罗恩病得如此严重的病人得不到治疗，只会有一个结果，那就是一系列精神病症状的不断发作。

福斯特医生写道：“当一个人处于多重压力之下，加之待在死囚区的环境中，并且知道死刑执行日期已经确定，精神病反应和附随的其他方面的恶化便会加剧。正如权威精神健康手册中所使用的功能大体评定量表所述，监禁是一种‘灾难性’的压力。”

对一个无辜的人来说，这种灾难会加剧多少，更加难以评测。

福斯特医生认为，罗恩需要在更好的环境里接受更好的治疗。罗恩的精神疾病不会消失，但症状能够减轻。即便他是一个死囚犯，也应该给他一些帮助。但是，福斯特医生没过多久就明白了，帮助被判处死刑的病人，有多么不受待见。

福斯特医生曾去找过惩教局的地区主管詹姆斯·赛夫勒和麦卡莱斯特的监狱长丹·雷诺兹。二人对罗恩·威廉森和他的问题都很了解，但他们都有更重要的事情要操心。

然而，事实证明，肯·福斯特是一个相当固执、独立的人，他不喜欢官僚机构的决策，发自内心地希望帮助病人。他不断地向赛夫勒和雷诺兹报告，确保他们对罗恩严重的身心问题的细节有所了解。他坚持至少每周见一次雷诺兹，去汇报病人们的情况，每次都提到罗恩。他每天都去找副监狱长，向他进行日常汇报，并确认汇报的摘要会被上报给监狱长。

福斯特一遍又一遍地向监狱的管理层解释，罗恩没有获得他所需的药物，而且因为未获充分治疗，他的身心状况都在恶化。另外，不能把罗恩移送到特别护理区——一栋在H区监控范围内的大楼，这让他尤为气愤。

表现出严重精神问题的囚犯通常会被移送到特别护理区，这也是麦卡莱斯特为此目的设计的唯一设施。但是，惩教局长期以来的政策都拒绝将死囚区的罪犯移送到特别护理区。官方给出的理由很模糊，但许多死刑辩护律师怀疑这个政策是为了帮助加速死刑执行。如果一个有严重精神障碍的死刑犯获得了适当的评估，他可能会被认定为无意识能力，这会阻碍他步入执行室的进程。

这个政策多次受到挑战，却岿然不动。

肯·福斯特再次向管理层发起挑战。他向赛夫勒和雷诺兹反复解释，如果不把罗恩·威廉森安排到特别护理区，他没办法对罗恩进行充分治疗，在那里，他才能监测罗恩的状况，并调整用药。他的解释往往是尖锐、热情和激烈的，但丹·雷诺兹仍顽固地反对转移罗恩的想法，认为没必要改善他的处境。“对死囚区罪犯，何必费那个劲，”雷诺兹说，“他们反正都要死了。”

福斯特医生为了罗恩的事情奔走呼吁，让监狱长雷诺兹感到非常厌烦，他不准福斯特再进入监狱。

当禁入令结束后，福斯特医生又开始继续努力说服管理层把罗恩移送到特别护理区。这件事花了他四年时间。

在直接上诉结束后，罗恩的案件进入了“定罪后救济”阶段。在这个阶段，他可以提交审判中没有提交的证据。

按照当时的一般做法，比尔·勒克把文件移交给了上诉公设辩护人办公室的莱斯利·德尔克。她的首要任务是为当事人争取更好的医疗条件。她有一次在 F 囚区看到罗恩，意识到他病得很严重。在被转到 H 囚区后，他状态越来越差，让她担心。

虽然德尔克不是精神科医生或心理专家，但她在诊断和分辨精神疾病方面接受过全面的培训。身为死刑辩护律师，她的一部分职责就是发现这些问题，并为当事人争取充分的治疗。她依赖精神健康专家的意见，但是，这对罗恩来说很难，因为不可能对他进行适当的鉴定。H 区非接触政策中的一条就是，不允许任何人与犯人坐在同一个房间里，就连律师也不可以。精神科医生如果要给罗恩做检查，就要透过一层玻璃，通过电话进行。

德尔克安排帕特·弗莱明医生对罗恩进行精神鉴定，这是定罪后救济程序所要求的。弗莱明医生尝试过三次，但都未能完成评估。她的病人情绪激动，不配合，头脑里充满妄想和幻觉。工作人员告诉弗莱明医生，对罗恩来说，这种表现根本没有什么稀奇的。显然，他的心理已经严重失常，根本不可能协助他的律师或从事有意义的社会活动。她在试图对罗恩进行评估时，受到了严格的限制，因为监狱不允许她进行保密会见，她不能与罗恩坐在同一个房间里，对他提问，观察，测试。

弗莱明医生去见了 H 区的监狱医生，并详细讲述了自己的担忧。后来，监狱向她保证，罗恩在监狱内接受了精神健康领域的专业人士的治疗，但她并未发现罗恩的情况有任何改善。她强烈建议监狱委托东部州立医院对罗恩进行更长时间的治疗，以使他的状态稳定下来，再进行适当的鉴定。

狱方拒绝了她的建议。

莱斯利·德尔克不屈不挠地去找监狱官员。她找过惩教人员、医务人员和几个监狱长，向他们投诉，要求给罗恩提供更好的治疗。官员们做了许诺，但转眼就忘。情况有所改善——罗恩的用药有些许改变——但没人对他进行有意义的治疗。她写了一系列信件给监狱官员，表达不满。她尽可能多地去会见罗恩，每次她觉得罗恩的情况不可能更糟的时候，情况都会变得更糟。莱斯利担心，他随时有可能死掉。

在医务人员努力治疗罗恩的同时，惩教人员却在拿他取乐。为了寻开心，一些监狱看守喜欢上了H区的新对讲机。每个囚室和控制室之间都有一个双向对讲设备。这是使看守尽可能远离犯人的一种高级玩具。

但他们之间的距离并不足够远。

“罗恩，我是上帝，”深夜，一个声音在罗恩的囚室内响起，萦绕在他耳畔，“你为什么要杀死黛比·卡特？”停顿一下之后，看守听到罗恩的尖叫穿透了房门，“我谁也没杀！我无罪！”他们偷笑起来。罗恩深沉、愤怒的声音穿透了西南角，打破了整个H区的安静。一次发作会持续一个小时左右，这让其他犯人心烦意乱，却让看守们乐在其中。

当罗恩平静下来，那个声音再度出现。“罗恩，我是黛比·卡特。你为什么要杀我？”

他会一直一直痛苦地尖叫。

“罗恩，我是查理·卡特。你为什么要杀我的女儿？”

其他犯人请求看守们不要再这样做，但他们乐此不疲。里克·罗耶姆认为，有很多看守是虐待狂，但其中有两个尤其嗜好虐待罗恩。这样的情况持续了好几个月。

“不要理他们，”里克恳求他的室友，“如果你不理他们，他们就会停下了。”

罗恩不同意这个看法。他决心让身边的所有人都相信他是无罪的，用最高的嗓门把这一点喊出来似乎就是一种恰当的方式。通常，当罗恩喊不动时，当他身体疲惫或声音太过嘶哑时，他就站到扬声器前，把脸凑近，不间断地小声说上几个小时。

莱斯利·德尔克终于听说了这种取乐和游戏的方式，并在1992年10月12日写了一封信给H区的主管。其中两段如下：

> 另外，我必须向你提及一件事。我从不同的人那里一直听说，几名看守通过对讲机骚扰罗恩。他们显然认为捉弄“疯子”，观其反应是件有意思的事。我一直都听说存在这个问题，最近听说，马丁警官走到罗恩囚室门前，骚扰他，捉弄他。（我相信，内容无非是关于“瑞奇·乔·西蒙斯”和“黛比拉·苏·卡特”。）据我所知，瑞丁警官插手干预，劝说马丁警官别再这样做，但瑞丁劝说了多次，让他不要再去骚扰罗恩，他才真正停止。
>
> 我从几个不同的人那里都听到了马丁警官的名字，他们说，他现在经常骚扰罗恩。所以，我想知道，你是否可以调查这件事，并采取适当措施。也许，你（最好）可以对你的看守进行一些培训，让他们了解如何对待患有精神疾病的犯人。

并不是所有看守都残忍无情。有一个女看守曾在某天晚上探望罗恩，和他聊天。他看上去很糟，还说自己饿得要死，已经好几天没吃东西了。她相信他，于是出去了几分钟，带回来一罐花生酱和一块过期面包。

在写给勒妮的信中，罗恩说他大快朵颐，畅享盛宴，一粒面包屑都没剩下。

金·马克斯是俄克拉荷马州贫困者援助辩护系统的调查员。她是在H区为罗恩花时间最多的人。在接手这个案件时，她审阅了庭审记录、报告和证据。她以前曾是新闻记者，好奇心驱使她怀疑罗恩是不是真的有罪。

她列出了一份潜在嫌疑人的名单，总计十二人，大多数人都有刑事犯罪背景。格伦·戈尔排第一，原因显而易见。他在黛比被谋杀的那天晚上，和她在一起。他们相识多年，他有可能不使用暴力就进入黛比的公寓。他有对妇女施暴的龌龊前科，并曾将嫌疑指向了罗恩。

为什么警察对戈尔如此不关注？金越深入地研究警方报告和审判本身，她就越相信罗恩的抗争是有道理的。

她多次到H区会见罗恩，和莱斯利·德尔克一样，她逐渐了解了他，直至完全理解。每次见面，她心中都混合着好奇与不安的复杂情绪。金从没见过任何一个犯人像罗恩那样快速地老去。每次见面，他的深褐色头发都会变得更灰白一些，而他还不到四十岁。他骨瘦如柴，形似幽灵，整日见不到阳光是一个不小的原因。他的衣服肮脏，不合身。他的眼神空洞，透着深深的忧虑。

金的主要职责就是判断当事人是否有精神问题，然后努力为他寻求充分的治疗，寻找专家证人。在她和任何一个外行人看来，罗恩显然患有精神疾病，并因此而承受了巨大的痛苦。一开始，她也受到了惩教局不准死囚犯移入特别护理区这一政策的阻碍。和福斯特医生一样，金也将为此斗争多年。

她找到并审查了1983年罗恩第二次接受测谎的录像。那个时候，他已被诊断患有抑郁症和双相情感障碍，或许还有精神分裂症，但他言语连贯，行为控制适当，能够表现得和常人无异。九年后，在他身上却再也找不出一点平常人的样子了。他脑子里充满幻想，脱离现实，沉迷于一些人和事——瑞奇·乔·西蒙斯，宗教，那些在庭审中撒谎的人，缺钱，黛比·卡特，法律，他的音乐，终有一天他会起诉州政府并造就一桩大案这件事，他的棒球生涯，他所遭受的虐待和冤屈。

金和工作人员谈过，听他们说，罗恩可以号叫一整天，后来，她也亲历了其中一幕。鉴于 H 区的特殊布局，女洗手间有一个通风口可以传来西南角的声音，罗恩就住在那里。有一次她去洗手间的时候，听到他像疯子一样吼叫。

这令她震惊，她和莱斯利一起，更努力地敦促监狱提供更好的医疗条件。她们希望可以破例将罗恩移送到特别护理区。她们尝试让他到东部州立医院进行鉴定。

这一切最终徒劳无功。

1992 年 6 月，作为定罪后救济程序的一部分，莱斯利·德尔克向庞托托克县法院提出了鉴定意识能力的申请。比尔·彼得森反对，法院驳回了申请。

莱斯利立即向刑事上诉法院提出上诉，在那里，她得到了支持。

7 月，她提交了关于定罪后救济的一份全面的申请书，主要依据的是罗恩大量的精神健康病历，她认为，罗恩缺乏意识能力的情况应当在审判中得到审查。两个月后，定罪后救济被驳回，莱斯利再次向俄克拉荷马州刑事上诉法院提出上诉。

不出意外，她又失败了。下一步就是到联邦最高法院进行一次例行而无望的上诉。一年后，联邦最高法院下发驳回裁决，敷衍了事。其他的常规申请一次次提起，一次次被驳回。1994 年 8 月 26

日，当州政府层面的所有救济穷尽后，刑事上诉法院将罗恩·威廉森的执刑日期安排在 1994 年 9 月 27 日。

那时，他已经在死囚区里关押了六年零四个月。

在度过两年的自由生活之后，格雷格·威尔霍伊特再次被拖进了法庭，面临谋杀妻子的指控。

离开麦卡莱斯特后，他在塔尔萨定居，试着重建接近普通人的生活。可这并不是一件容易的事，痛苦的经历给他留下了情感和心理上的伤疤。他的两个女儿现在一个八岁，一个九岁，由教会的朋友和两名学校老师抚养，她们的生活很稳定。父母和姐妹依然支持着他，一如既往。

格雷格的案子引发了一些关注。他的庭审代理律师乔治·布里格斯已安然离世，但在他生前，州政府吊销了他的律师执业证。几个著名的刑事律师联系了格雷格，希望可以代理他。镜头吸引律师，就像野餐吸引蚂蚁，看到有这么多人对自己的案子感兴趣，格雷格觉得很好笑。

但是，选择并不难作出。是他的朋友马克·巴雷特把他救了出来，他相信马克这次也会为他赢得自由。

在第一次庭审时，最不利的证据是州政府的两个咬痕专家的证言。两人都告诉陪审团，凯西·威尔霍伊特胸部的伤口就是与她分居的丈夫留下的。威尔霍伊特的家人找到了顶尖的咬痕专家——堪萨斯州的托马斯·克劳斯医生。托马斯惊异于格雷格的牙齿印模与实际伤口的差别：两者完全不同。

马克·巴雷特还将咬痕发送给了十一个国内知名专家，他们中的许多人经常为检方作证。他们中有联邦调查局的顶级咬痕顾问和指证泰德·邦迪[1]的专家。加上托马斯，十二位专家得出了一致结论：格雷格·威尔霍伊特应当被排除。甚至不能说两者近似。

在证据听证会上，辩护方专家指出了格雷格的牙齿和咬痕之间的二十个主要差异，并且作证说，任何一个都可以排除格雷格。

但检察官在庭上还是坚持原来的结论，要求进行审判，审判迅速演变为一场闹剧。马克·巴雷特成功地排除了州政府咬痕专家的证词，并一举摧毁了州政府传唤的 DNA 专家的可信性。

在检方举证结束后，马克·巴雷特提出了一个强有力的动议，请求法庭驳回州政府提交的证据，判决格雷格·威尔霍伊特无罪。随后，法官宣布休庭，他们去吃了午饭。当他们回来后，陪审团回到法庭，法庭安静下来，法官直接宣布动议获得支持，本案结束。法官这样做，是极罕见的。

"威尔霍伊特先生，"他说，"你现在自由了。"

在与家人和朋友彻夜庆祝之后，格雷格·威尔霍伊特第二天一早匆忙去了机场，飞往加利福尼亚州。除探望家人或抗议死刑之外，他再也没回来过。在凯西被谋杀八年后，他终于重获自由。

就因为找错了嫌疑人，警察和检察官们让追踪真凶的线索消失殆尽。凶手至今仍逍遥法外。

H 区的新死刑执行室运行良好。1992 年 3 月 10 日，罗宾·勒罗伊·帕克斯，黑人男性，四十三岁，被执行了死刑。他曾在 1978 年杀死了一名加油站服务员。他在死囚区里待了十三年。

---

1 泰德·邦迪，美国连环杀手、绑匪、强奸犯和恋尸癖，曾在 20 世纪 70 年代袭击和杀害了多名女性。

三天后，奥兰·兰德尔·罗比森，白人男性，四十六岁，被执行了死刑。他在1980年闯入一个农民的家，杀死了住在里面的一对夫妇。

罗恩·威廉森将是第三个被绑在H区的轮床上、有机会说几句临终遗言的人。

1994年8月30日，一队满脸严肃、令人望之胆寒的看守走到罗恩囚室门前，和他打了招呼，说要带他去某个地方。他们把他的手腕脚踝铐上，然后用他腰上的铁链把所有镣铐连在一起。显然有大事要发生。

和平日一样，罗恩憔悴，肮脏，满脸胡须，并且情绪不稳，看守尽可能离他远远的。马丁警官就是负责押送他的人员之一。

罗恩被带出了H区，上了一辆面包车。车开了一小段路程，到达监狱前方的行政大楼。罗恩在押送人员的包围下，来到了监狱长办公室。办公室里有一张长长的会议桌，桌前坐着一群等待大事发生的人。在手铐脚镣的叮当声中，在“卫兵”的严密看守下，罗恩坐在桌子的一头。监狱长坐在另一头，他向坐在桌边的众多工作人员介绍了罗恩。他们都阴沉着脸。

“真的很高兴见到你们。”

罗恩拿到了一份“告知”，监狱长开始宣读：

> 你因犯谋杀罪而被判处死刑，定于1994年9月27日星期二零时零一分执行。召开本次会议的目的是告知你接下来三十天要遵守的规则和程序，并讨论你享有的权利。

罗恩十分沮丧，他说他没有杀过任何人，他这辈子也许做过一些坏事，但谋杀绝非其中之一。

监狱长继续宣读，罗恩坚持说，黛比·卡特不是他杀的。

监狱长和囚区主管同他聊了几分钟，让他平静下来。他们不是在这里审判他，只是按照规则和程序办事。

但是罗恩手上有瑞奇·西蒙斯承认犯罪的录像，他希望播放给监狱长看。他再次否认自己是杀死黛比·卡特的凶手，接着胡言乱语说要在埃达电视台公开声明自己无罪。他还提到自己的姐姐曾在埃达上过大学。

监狱长继续宣读：

> 在执刑前一天的早上，你会被移送到一间特别囚室，你将在那里一直待到执刑时间。在这个囚室里，执刑前，你会始终处于惩教人员的监视下。

罗恩再次打断了他，大喊自己并没有杀黛比·卡特。

监狱长不为所动，宣读了关于探访、个人物品和葬礼安排的规则，长达数页。罗恩对监狱长的话置之不理，但也终于安静下来。

“我们应该怎样处理你的遗体？”监狱长问。

罗恩情绪激动，困惑不已，根本没想到要面对这样的问题。最后，他终于建议，他们可以把他的遗体交给安妮特。

当罗恩问不出什么问题并明了所有内容后，他被押送回囚室。倒计时开始。

罗恩忘了打电话告诉安妮特。两天后，安妮特收到了一封来自麦卡莱斯特惩教局的信，她快速浏览了一下。副监狱长写道：

赫德森女士：

我心怀同情，但必须通知你，你的弟弟罗纳德·基思·威廉森（编号134846）将于1994年9月27日星期二零时零一分在俄克拉荷马州监狱被执行死刑。

执刑日前一天的探视仅限于神职人员、注册律师和监狱长批准的另外两个人。

节哀顺变，但你应当考虑葬礼事宜，葬礼由家人负责。如果家人不承担此责任，州政府将承办葬礼。如有决定，敬请通知。

真诚的，肯·克林勒

安妮特打电话给勒妮，把这个可怕的消息告诉她。两人心烦意乱，她们努力说服对方，这不可能是真的。随后，她们讨论了别的问题，并决定不把罗恩的尸体送回埃达。她们不想把尸体放在克里斯韦尔殡仪馆，让整个小镇的人盯着看。她们希望在麦卡莱斯特举办一场私密的葬礼，仅有受邀的人才可参加。只有少数几位亲朋好友会出席。

狱方通知说，她们可以见证执刑。勒妮说她不去，安妮特最后决定还是要去。

这个新闻传遍了埃达。佩姬·史迪威正在看当地电视台的节目，突然吃惊地看到罗恩·威廉森的执刑日期已经确定。这是个好消息，但她很生气，因为没有人通知她。狱方答应她，可以去现场见证执刑，她当然也愿意去。最近几天或许就会有人打电话来。

安妮特把这事藏在心里，竭力否认它真的就要发生了。她去监狱的次数减少了，每次探访的时间也减少了。罗尼已经疯了，他不是冲她大喊大叫，就是假装她不在那里。有几次，她见他不满五分钟就转身离开了。

第十三章

罗恩的案子在俄克拉荷马州的法院宣告终结，执刑日期已确定。他的律师立即匆忙赶到联邦法院，开始下一阶段的上诉。这个程序被称为“人身保护令”（habeas corpus，拉丁语，意为“你应该拥有你的身体”）。人身保护令要求把犯人带到庭上，以判断对他的羁押是否合法。

罗恩的案子被分派给了珍妮特·切斯利，一位诺曼的贫困者援助辩护系统律师。珍妮特在申请人身保护令方面有丰富经验，已经习惯了在执刑倒计时的秒针滴答声中提交最后时刻动议和上诉的疯狂节奏。她会见了罗恩，解释了程序，保证他会获得暂缓执行。在她的工作中，这种交谈没什么不寻常之处，而她的当事人虽然总是紧张不安，但通常都会相信她。确定执刑日期是严肃的事情，但没人会在人身保护令穷尽之前被执刑。

但罗恩不同于别人。死刑日期正式宣布，这将他推向了疯狂的深渊。他数算着日子，不相信珍妮特的保证。时钟不停地往前走。执刑室在等待。

一个星期过去，然后又是一个星期。罗恩花很多时间祷告和研习《圣经》。他睡得很多，不再尖叫。至于药物，他要多少就能得到多少。死囚区在静静等待。其他囚犯把这一切看在眼里，非常想知道州政府是否真的会对一个像罗恩·威廉森这样的疯子执行死刑。

三个星期过去了。

俄克拉荷马州东区的联邦地方法院设在马斯科吉。1994 年，那里有两名法官，他们都不太喜欢人身保护令上诉或监狱诉讼。案卷汗牛充栋，每个犯人都有冤屈和抱怨，大多数人声称自己无罪和受到虐待。死囚区的男孩们都请了不错的律师，其中一些人来自大所，无偿代理。起诉书内容多，观点新，必须认真对待。普通的犯人一般只能自己代理自己，虽然他们也并不缺少把控法律图书馆，拿法律意见换香烟的聪明写手的建议。如果犯人没有提出人身保护令申请，他们也会以食物太差、洗澡水太凉、看守太坏、手铐太紧、阳光太少为由而起诉。名目可以列得很长。

大多数囚犯的诉讼缺乏法律依据，会被径直驳回，然后送到位于丹佛的第十巡回上诉法院。那里是包括俄克拉荷马州在内的广大联邦司法区的基地。

珍妮特·切斯利提交的人身保护令上诉被随机分配给了弗兰克·西伊法官。1979 年，他得到吉米·卡特总统的提名，宣誓就任。西伊法官来自塞米诺尔，在担任联邦法官前在第二十二区法院做了十一年初审法官。庞托托克县归第二十二区法院管辖，他对那里的法院、小镇和镇上的律师都很熟悉。

1971 年 5 月，西伊法官曾开车去过阿舍村，在一所高中的毕业典礼上发表演讲。罗恩就是当年的十七名毕业生之一。

西伊在法官席上坐了十五年，对提交到自己办公室的人身保护令申请已经没有什么耐心了。威廉森案1994年9月到了他手上，几天后就是执刑日。他怀疑——事实上很确定——死刑律师经常尽可能等到最后才提交申请，这样他和其他联邦法官就不得不同意暂缓执刑，这样才能有时间处理文书工作。他也经常想，那些可怜的罪犯在经历着什么，他们在死囚区汗流浃背，度日如年，而他的律师却在和联邦法官玩弄这些边缘政策。

对律师来说，这是很好的代理策略，西伊明白这一点，但他还是不喜欢这个程序。他批准过几个暂缓执行令，但绝不会在人身保护令申请问题上裁定重审。

和往常一样，威廉森的请求首先由吉姆·佩恩审阅。佩恩是联邦法院办公室的联邦治安法官。人们都知道佩恩有保守倾向，也不喜欢处理人身保护令的工作，但他秉持公正，得到了人们的高度评价。多年来，他的任务就是审查每一份人身保护申请，寻找其中有效的请求。虽然他难得真的找到这样的请求，但偶尔出现也足以让他保持阅读兴趣。

在吉姆·佩恩看来，这项工作至关重要。如果他在大量起诉书和庭审记录中错过了什么，也许一个无辜的人就会被执行死刑。

珍妮特·切斯利的申请书写得非常好，第一段就引起了佩恩的注意。读完全文后，他对罗恩审判的公正性产生了怀疑。珍妮特的论证围绕辩护律师辩护不充分、意识能力和毛发证据不可靠这些问题而展开。

吉姆·佩恩晚上在家里阅读了申请书，第二天早晨回到办公室后，他去见了西伊法官，建议暂缓执刑。西伊对这位治安法官非常尊重，在慎重地讨论了威廉森的申请之后，他同意停止执行。

罗恩眼盯时钟，热切祈祷了二十三天后，他得到通知，他的执行日期被无限期推迟。他与死神擦肩而过，通知送达时，距原定的注射死刑执行日期仅有五天了。

吉姆·佩恩把罗恩的人身保护令申请交给了他的助理盖尔·苏厄德。苏厄德读过之后，也认为本案需要深入审查。然后，他将案件交给了新手，一个名叫维基·希尔德布兰德的助理。因为资历浅，她被非正式地冠以“死刑秘书”的称号。西伊法官办公室的工作人员是温和偏保守的，而维基在读法学院之前是一名社会工作者，她不久后就默默成为悲悯之心的代表。

威廉森案是她处理的首个涉及死刑的人身保护令案件，在阅读申请书时，开头那段就抓住了她的心：

> 本案极为奇特，它把一个梦变成了罗纳德·基思·威廉森的梦魇。他在案发五年后才被捕，那时他的不在场证人已经去世，公诉几乎完全建立在“口供”的基础上。口供与一个梦有关，一个患有严重精神疾病的人——罗恩·威廉森——的梦。

维基接着往下读，马上就震惊于检方提供的可信证据之少，辩护策略之随意。当她读完后，她强烈怀疑罗恩是否有罪。

她立即反问自己，她是否有承担这个工作的能力。是不是每份人身保护令申请都这样有说服力？她是不是要去相信每个死刑犯？她信任吉姆·佩恩，而佩恩想了一个办法，他们写信给立场偏中立的盖尔·苏厄德，询问他的意见。维基在那个星期五花了一整天的时间，复印了冗长的庭审记录，一式三份，参与商讨者一人一份。每个人都花了整个周末的时间，把罗恩庭审材料的每一个词都读了一遍，当他们在星期一早上碰头的时候，判断是一致的。左中右三方都认为审判并不公正。他们不仅确信审判违宪，而且认为罗恩可能真的是无罪的。

申请书援引了《埃达之梦》，这引起了他们的兴趣。珍妮特·切斯利起草的申请书着重论述了罗恩所做的所谓梦境口供。罗恩在被捕后不久，就读到了这本书，在他把自己的看守所之梦告诉约翰·克里斯蒂安的时候，他的囚室里就放着一本。这本书在七年前出版，已经绝版，维基在旧书店和图书馆里找到了几本。三人没花多长时间就读完了，他们对埃达当局的怀疑更深了。

大家都知道西伊法官在处理人身保护令问题时立场摇摆不定，他们决定，由吉姆·佩恩到法官那里去为威廉森案破冰。法官认真听取了佩恩的意见，又听维基和盖尔讲述了细节。三个人都强烈认为，应当重审，在听他们说完之后，法官同意研究一下这份申请。

西伊法官认识比尔·彼得森、巴尼·沃德和埃达这帮人里的大多数。他把巴尼视为老伙计，但从不关心彼得森。坦白说，他对审判粗暴、证据脆弱毫不吃惊。埃达发生了一些怪事，西伊几年来一直听说那里的警察名声不佳。他对罗纳德·琼斯法官缺乏庭审控制能力尤感头痛。糟糕的侦查工作和有偏见的公诉并非不鲜见，但初审法官应当保证审判公正。

至于刑事上诉法院认为审判并无不妥，他也并不惊讶。

当西伊法官确信罗恩没有获得正义的审判之后，他和他的工作人员开始对案件进行彻底的审查。

丹尼斯·弗里茨与罗恩失去了联系，他曾写信给老友，但没有收到回音。

金·马克斯和莱斯利·德尔克驱车到康纳见丹尼斯，询问有关他们接受调查的事。他们带来了瑞奇·乔·西蒙斯的录像带，并播放了他的口供。丹尼斯和罗恩一样愤怒，他们竟然因为一桩其他人承认了的罪行而被判刑，而且没有人在审判中提供这个信息。他与金·马克斯开始书信往来，罗恩案有什么进展，金都会告知他。

丹尼斯是法律图书馆的常客，不会遗漏任何法律八卦，他了解全国各地最新的判决。他和他的看守所律师朋友们不会错过刑事诉讼领域的任何事。DNA 检测在 20 世纪 90 年代初首次被提及，他把这个主题下能找到的所有资料都读过了。

1993 年，多纳休[1]在节目中专门花时间讨论了因 DNA 检测而被免罪的四个人。该节目赢得了大量观众，特别是监狱里的罪犯，成为全国范围内洗冤运动的催化剂。

一个已经备受瞩目的组织是“无辜者计划”。无辜者计划由两名纽约律师——彼得·诺伊费尔德和巴里·谢克——于 1992 年创立。他们在本杰明·N. 卡多佐法学院设立了该组织，这是一个非营利性的法律诊所，在这里，学生可以在律师的指导下处理案件。诺伊费尔德长期在布鲁克林从事法律活动。谢克是 DNA 法医学专家，他以辛普森案代理律师之一的身份而闻名遐迩。

丹尼斯密切关注辛普森案的庭审，庭审结束后，他曾考虑与巴里·谢克取得联系。

在收到对 H 区的大量投诉后，国际特赦组织于 1994 年对这个囚

1 即菲利普·约翰·多纳休，美国作家、媒体人、电影制片人，是《菲尔·多纳休秀》的创始人和主持人。

区进行了全面的评估。它认定H区违反了多项国际标准，其中包括美国参加的国际条约、联合国规定的最低标准。违规之处包括囚室过小，设备不足，光线昏暗，缺乏通风，无窗，无法接触自然光。并不出人意料的是，它也认为运动场地的面积太小，限制太多。许多犯人放弃了每天一小时的运动时间，以便在囚室里独自享有隐私。除了一个高中学历课程，这里不设其他教育项目，不允许犯人参加劳动。宗教活动也被禁止。犯人之间的隔离过于严格。供应的食物需要接受全面检查。

总之，国际特赦组织认为，H区的条件残忍，不人道，有辱人格，违反国际标准。这里的条件，"在一段时间之后，会对犯人的身心健康造成不利影响"。

国际特赦组织公布了报告，但它对监狱没有约束力。不过这份报告对一些犯人已经提起的诉讼的确是有用的。

在停用了三年之后，执行室的机械又一次运转起来。1995年3月20日，托马斯·格拉索，白人男性，三十二岁，被执行死刑。他仅在死囚区关押了两年。虽然作出决定并不容易，但格拉索还是停止了上诉，一了百了。

接下来是臭名昭著的牛排店杀手罗杰·戴尔·斯塔福德。他的死刑执行广受关注。发生在大城市的多人谋杀案总是能吸引大量的媒体，斯塔福德在万众瞩目的荣耀感中离世。他在死囚区关押了十五年，他的案子被警察和检察官，尤其是政客，视为上诉程序有缺陷的主要案例。

1995年8月11日，执行了一次奇怪的死刑。罗伯特·布雷森，一个四十岁的白人男性，差点没有走进执刑室。在行刑前一天，他吞下了一把止痛药。没人知道他是怎么偷偷弄到并积攒下这些药的。自杀是他为“让州政府去见鬼”这一抱负所做的最后努力，但州政府还是赢了。看守发现布雷森晕倒，急忙把他送到医院，医生给他洗了胃。等他情况稳定后，他就被拖回 H 区，被以正确的方式杀死。

西伊法官指导工作人员对威廉森案的各个方面进行细致评估。他们翻阅了庭审记录，包括预审和每次出庭。他们对罗恩冗长的病历进行了编目整理，研究了警方记录和州调查局专家的报告。

所有工作由维基·希尔德布兰德、吉姆·佩恩和盖尔·苏厄德分担。这是一个团队项目，他们从不缺乏创意和热情。审判已被侵蚀，不公昭然若揭，他们希望可以纠正错误。

西伊法官从来都不相信毛发证据。他曾主审过一起联邦死刑案，案中的明星证人是联邦调查局的一位顶尖毛发专家。专家的资质毋庸怀疑，作证经验丰富，但西伊不为所动，专家并未出庭作证，直接被打发走了。

维基·希尔德布兰德自告奋勇去研究毛发证据。在几个月的时间里，她阅读了数十份案例和研究成果，逐渐相信，毛发证据完全是垃圾科学，极不可靠，根本就不应该在审判中使用。而西伊法官很早之前就已得出这个结论。

盖尔·苏厄德的工作聚焦于巴尼·沃德和他在初审中的失误。吉姆·佩恩要解决的是布雷迪规则问题。在好几个月的时间里，这个团队心无旁骛，他们把威廉森放在一边，先解决紧迫的问题。他们的工作没有时限，但西伊法官是个忍受不了悬案的监工，他们周末和晚上都在加班。他们互相审阅并校订团队中其他人的工作成果，当案件真相一层层被剥开，他们发现了更多的错误，审判中的错误不断被发掘出来，他们的热情也与日俱增。

吉姆·佩恩每天都会向西伊法官做简报，而法官也如他们预期的一样，从不吝惜点评。他审阅团队的初稿，进行编辑，然后为他们安排更多的工作。

本案应当重审的结论越来越清晰地显现出来，西伊法官却陷入了烦恼。巴尼是他的老友，一位已过巅峰期的“老战士”。他一定会因这些批评而深受伤害。还有，如果埃达人听说，他们的前任法官站到了罗恩·威廉森这个凶手一边，会有怎样的反应？

这个团队知道，他们的工作在下一步会受到丹佛第十巡回上诉法院的审查。如果结论被推翻了怎么办？他们对自己的工作是否有足够的信心？他们有没有能力说服第十巡回上诉法院？

在西伊法官的指导下，这个团队用了近一年的时间努力工作。最终，1995 年 9 月 19 日，在暂缓执刑一年后，西伊签发了人身保护令，批准重审。

人身保护令附带的意见详尽无遗，长达百页，是一份司法分析和推理的杰作。西伊法官用清晰而又学术的语言，严厉批评了巴尼·沃德、比尔·彼得森、埃达警察局和俄克拉荷马州调查局。虽然他对琼斯法官未能合理履行职务这一点留了情面，但琼斯的感受如何，不用猜也能知道。

罗恩案应当重审，有很多原因，其中最主要的一个就是缺乏有效的律师代理。巴尼的失误是多方面的，后果也很严重。他的失误包括：未能提出当事人意识能力的问题；未能彻底查明和提交指控格伦·戈尔的证据；未能充分强调特莉·霍兰德也提供过不利于卡尔·方特诺特和汤米·沃德的证据；未能告知陪审团，瑞奇·乔·西蒙斯曾承认自己是谋杀案凶手，这份口供已经被录制成录像带，事实上，巴尼也拥有一份；未能质疑罗恩的口供，并在庭审前就排除它；未能在定罪阶段传唤减罪证人。

比尔·彼得森和警察犯的错误是：隐藏罗恩1983年第二次测谎的录像；使用通过可疑手段获得的口供，其中包括罗恩的梦境口供；传唤监狱告密者出庭宣誓作证；在几乎没有物证的条件下提请检察官公诉；掌握免责证据，却不提交。

西伊法官分析了毛发证据的历史，并出人意料地指出它太不可靠，所有法庭都应禁止使用。他批评了俄克拉荷马州调查局专家对弗里茨和威廉森的样本处置不当。

比尔·彼得森、琼斯法官和约翰·戴维·米勒法官错在没有中止程序，审查罗恩的精神健康问题。

琼斯法官的错误是，**在审判结束后**才对免责证据进行布雷迪听证！巴尼请求让法医专家来反驳俄克拉荷马州调查局那一帮人的证据，而琼斯法官驳回了他的请求，这一决定本身就是应被推翻的错误。

西伊法官如外科医生一般精准地解剖了审判的各个方面，彻底显露出对罗恩有罪判决的嘲弄。俄克拉荷马州刑事上诉法院曾两度审查本案，和它不同的是，西伊法官看到了一个糟糕的判决，质疑了其中的每一个细节。

在法律意见书的结尾，西伊法官补充了一些不太寻常的言语，可以说是后记。他写道：

> 在考虑这个案件的判决时，我告诉一个外行朋友说，我认为事实和法律都要求我必须批准对一个已被判处死刑的人进行重审。
>
> 我的朋友问我："他是凶手吗？"
>
> 我的回答很简单："在他接受公正审判之前，我们还不能

确定。”

在这个伟大的国家里，如果未接受公正审判的人被处死，而我们视而不见，愿上帝帮助我们。在本案中，这种情形差一点发生。

出于礼貌，西伊法官把自己的法律意见书寄了一份给巴尼·沃德，他附了一张便条，说深感抱歉，但别无选择。巴尼再也不会理他了。

虽然维基·希尔德布兰德、盖尔·苏厄德和吉姆·佩恩对自己的工作很有信心，但在成果公之于众时，他们还是有些忐忑不安。在俄克拉荷马州，重审死刑犯的做法并不被大多数人赞同。罗恩的案子耗费了他们一年的光阴，虽然他们很自信，但真的不希望西伊法官和他的团队遭受批评。

———

“检察官誓为新的审判而战斗”，《埃达晚报》1995年9月27日的头条新闻标题这样写道。标题下方，一边是罗恩·威廉森上高中时的照片，另一边是比尔·彼得森的照片。报道开头这样写道：

愤怒的比尔·彼得森说，联邦法官最近判决庞托托克县杀人犯罗纳德·基思·威廉森获得重审。如有必要，他“非常乐意”到联邦最高法院出庭，来推翻这一判决。

至少对彼得森来说，幸运的是，他本人不会有机会去华盛顿参加这个案件的庭审辩论。他又说，州总检察长打包票，会让他亲自处理丹佛第十巡回法院的这 “直接”上诉。报道引用了他的言论：

> 我震惊，困惑，愤怒，不知所措，五味杂陈。本案经过了这么多次上诉，这么多次审查，从未有人对定罪提出疑问。现在下发了这样一份法律意见，根本不合情理。

他刻意没有明说，记者也没有指出的是，所有死刑判决都会走申请人身保护令这个程序，呈至联邦法院庭前，在那里，迟早会有某种法律意见下发。

彼得森意犹未尽，继续说道：

> 联邦最高法院已经审查过这个案件两次。最高法院两次都确认了有罪判决，驳回了重审的请求。

事实不完全是这样。联邦最高法院从未审查过罗恩案的合理性，实际上，它拒绝签发调卷令，也拒绝审理本案，只是把案件发回了俄克拉荷马州。这是常规做法。

彼得森把自认为最重要的话放在了最后。西伊法官在法律意见的脚注中援引了罗伯特·迈耶的《埃达之梦》，并提及了基于梦境口供而在同一法庭中被定罪的另外几个案件。法院的判决提到这本书，彼得森对此表示失望，他说话时显然一脸严肃：

> 威廉森、方特诺特和沃德这三个人基于梦境口供而被定罪，这绝非事实。

俄克拉荷马州政府针对西伊法官的判决向丹佛第十巡回上诉法院提起上诉。虽然罗恩对事件有了转机并获得重审感到非常高兴，但他仍在监狱里，在程序的拖延中，日复一日忍受煎熬。

然而，他并不是一个人在战斗。调查员金·马克斯、珍妮特·切斯利律师和福斯特医生都在不懈努力，为他争取适当的治疗。特别护理区可以提供更好的医疗设施和生活条件，在近四年的时间里，狱方却拒绝将罗恩转送到那里去。在H区能看到特别护理区，走过去也方便，但官方却禁止死囚进入。

金·马克斯这样描述罗恩：

> 我很害怕，不是害怕他，而是为他而感到害怕。我坚持认为，我们应该努力让司法体制内的高层人士知道他的处境，提供一些帮助，因为他的乱发已经过肩，头发里藏着黄色的污条，他一直在拽它；因为你可以看到烟渍染满了手指，不仅是指尖，还蔓延到手掌；因为他的牙齿已经腐烂，快龇出嘴外了，我想他一直在拔它们。他的皮肤灰白，显然已经有好几个星期没洗过澡了；他骨瘦如柴；他的衬衫看上去几个月没洗过了，更别提晾晒和熨烫了；他一直在踱步；他几乎不能说话，每次说话都唾沫四溅。他不能理解任何事情，我真的担心我们马上就要见不到他了，担心他因精神健康问题引发的身体健康问题而死在监狱里。

麦卡莱斯特换了一任任监狱长，珍妮特·切斯利、金·马克斯和肯·福斯特不断去找每任监狱长、各个副监狱长以及助理们。苏珊·奥托是联邦公设辩护人办公室主任，也是珍妮特的上司，她设法在惩教局找到了关系。1996年2月，惩教局的高层官员詹姆斯·赛大勒最终答应见一下金和珍妮特。会见一开始，赛夫勒就表示他已授权麦卡莱斯特现任监狱长罗恩·沃德将罗恩·威廉森作为特殊情况处理，立即转移到特别护理区。

罗恩·沃德曾签发备忘录给特别护理区主任，承认官方禁止将死囚区犯人转送到这里。其中写道：

> 我授权俄克拉荷马监狱特别护理区的标准操作程序规定有此例外："俄克拉荷马州立监狱的任何囚犯，除死囚区的之外，都有资格享受特别护理服务。"

是什么让他们改变了想法？两周前，监狱心理医生就罗恩·威廉森的情况向副监狱长发送了一份保密的备忘录。在医生给出的诸多意见中，有一条是把罗恩移送到特别护理区的实质原因：

> 我们团队进行了讨论，每个人都认为，威廉森先生患有精神疾病，如果调整治疗条件，他的状况很有可能得到改善。我们也注意到，他甚至坚决拒绝考虑或讨论任何此类调整。
>
> 如您所知，特别护理区在必要时有权进行强制治疗。

H区的工作人员已经受够了罗恩，他们需要休息一下。备忘录接着写道：

> 毫无疑问，威廉森先生的病情每周都在恶化。我也注意到，H区的工作人员经常谈到这一点。今天早些时候，迈克·穆伦斯再次强调了威廉森的病情，还说，他的精神疾病发作对西南区的犯人产生了负面影响。

但转移罗恩的最好理由是加快执刑进度。备忘录中的结论是：

我认为，根据威廉森先生现在的情况，他的精神疾病已经非常严重，很有可能被认定不具意识能力，不适合执行死刑。在特别护理区待一段时间，可以让他恢复适当水平的意识能力。

罗恩步行走到了特别护理区，被接收后，他住进了一个有窗的条件稍好的囚室。福斯特医生调整了用药，并监督他服用。虽然罗恩远不能算是健康，但至少平静了下来，不用一直忍受病痛的折磨。

罗恩依然极其虚弱，他的躁狂症还是很难控制。治疗取得了一些进展，然而，4 月 25 日，在特别护理区住了三个月之后，罗恩突然被送回 H 区，关了两个星期。此次转移没有得到任何医生的授权，福斯特医生根本不知道这件事，也没有人说明理由。当罗恩再次返回特别护理区时，情况明显变糟了。福斯特医生写了一份备忘录给监狱长，描述了突然转移对病人造成的伤害。

凑巧的是，这次转移刚好发生在另一次死刑执行的前一天。4 月 26 日，本杰明·布鲁尔被执刑，他 1978 年在塔尔萨刺伤了一个二十岁的女大学生。他已经在死囚区待了十七年以上了。

尽管罗恩住在特别护理区，但他仍是死刑犯，狱方肯定不会允许他错过 H 区又一次的杀戮大戏。

珍妮特·切斯利怀疑突然转移与法律策略有关。俄克拉荷马州就西伊法官的判决向丹佛第十巡回法院提起上诉，言词辩论已经排期。罗恩被送回 H 区就是为了避免切斯利以当事人被转送到特别护理区为由来论证他缺乏意识能力。她最初听到这个消息时，怒不可遏，严厉斥责了监狱官员和处理上诉的州政府律师。最终，她答应在言词辩论的时候，不提及罗恩被关在特别护理区的事实。

罗恩被送了回去，但令人心痛的是，伤害明显已然造成。

丹尼斯·弗里茨听说了罗恩在联邦法院胜诉并将获得重审的好消息，他自己却没有这么走运。因为他没有被判处死刑，所以法院不会给他指定律师，他只能自行提起人身保护令申请。1995 年，他在地区法院败诉，随后上诉到联邦第十巡回法院。

罗恩获重审的消息对丹尼斯来说苦乐参半。苦闷是因为使他定罪的证人和事实与罗恩案相同，但自己的人身保护令申请却被驳回。与此同时，他也为老友在法庭上得到另一次机会而高兴。

1996 年 3 月，丹尼斯最终致信无辜者计划，请求他们给予帮助。一个学生志愿者回了信，并发来了问卷。6 月，这名学生让他提供实验结果，即对他的毛发、血液和唾液的分析。丹尼斯一直将资料整齐地放在囚室里，他迅速把它寄往纽约。8 月，他寄去了上诉状，11 月寄去了全部庭审记录。11 月末，丹尼斯接到了无辜者计划正式接受他的案件的好消息。

在信件来往中，一个又一个星期，一个又一个月流逝。第十巡回法院驳回了他的上诉。在 1997 年 5 月联邦最高法院拒绝审理他的案件后，他也经历了抑郁症的折磨。他的上诉结束了。所有那些聪明的法官，穿着黑袍，坐在法官席上，翻阅他们厚厚的法律书，居然没看出他的案件有什么错误。没有一个人发现这么明显的问题——一个无辜的人蒙冤获罪。

他曾如此强烈地拒绝接受一个身陷囹圄的未来，现在却可能不得不面对。

5 月，他给无辜者计划写了四封信。

1979 年，在俄克拉荷马市北部的奥卡奇小镇，两个男人——史蒂文·哈奇和格伦·阿克——闯进理查德·道格拉斯牧师的家。备受折磨之后，道格拉斯和他的妻子被枪杀。他们的两个年幼的孩子也遭枪击，躺在地上等待死亡，但他们最终活了下来。杀人的是格伦·阿克，他被定罪，被判死刑。他获得了重审，因为法官拒绝传唤精神健康专家的帮助。他的上诉——阿克诉俄克拉荷马州案（*Ake v. Oklahoma*）——成了一个里程碑式的判例。重审后，他被判处终身监禁，至今还在服刑。

史蒂文·哈奇是否参与了谋杀这一点非常值得怀疑，饱受争议，但他还是被判处死刑。1996 年 8 月 9 日，哈奇被绑在轮床上推进了 H 区的执刑室。道格拉斯家的两个孩子在见证室里观刑，他们那时已长大成人。

阿克，明确无误的枪手，仅被判处终身监禁。史蒂文·哈奇，谁也没杀，被执行了死刑。

1994 年，二十岁的印第安人斯科特·达恩·卡彭特在尤福拉湖抢劫了一家商店，并杀害了商店老板。他在死囚区关了两年，上诉之路就终止了，他被执行注射死刑。

1997 年 4 月 10 日，丹佛第十巡回上诉法院维持了西伊法官的判决。法院对禁止使用毛发证据这一点持保留意见，但认为对罗恩·威廉森的定罪是错误的。

重审确定之后，罗恩的案子被移送到了贫困者援助辩护系统的死刑审判部。新上任的主任马克·巴雷特管理着由八名律师组成的团队。因为案件复杂，也因曾接触过罗恩，马克把这个案件分配给了自己，他最初接手的材料装满了十六个文件箱。

1997 年 5 月，马克和珍妮特·切斯利开车去麦卡莱斯特会见他们的当事人。珍妮特此行的目的是重新把马克介绍给罗恩。两人上一次见面是在 1988 年，在罗恩到达 F 囚区后不久，那时马克接手了他的第一次上诉。

虽然马克认识珍妮特、金·马克斯和贫困者援助辩护系统中的大多数上诉律师，也听到了关于罗恩及其在死囚区经历的诸多流言，但他还是被罗恩的情况震惊了。1988 年，罗恩三十五岁，体重两百二十磅，运动员身材，步伐矫健，深色头发，娃娃脸。九年后，他四十三岁[1]，但很容易被误认为六十五岁。在特别护理区待了一年后，他依旧骨瘦如柴，面色苍白，头发蓬乱，形容枯槁，显然病得不轻。

但他还是能够积极参与关于他案件的长时间谈话。他有时会岔开话题，自言自语地说一些毫无意义的内容，但在大多数时间，他知道正在发生什么，知道他的案件正在朝什么方向发展。马克解释说，DNA 检测会对罗恩的血液、毛发和唾液样本与在犯罪现场发现的毛发和精液进行比较，结论将会是确定，有保证，万无一失的。

罗恩毫不犹豫，事实上他渴望检测早日完成。

“我无罪，”他说了一遍又一遍，“我没什么好隐瞒的。”

马克·巴雷特和比尔·彼得森都认为应该对罗恩进行鉴定，以确定他的意识能力。他们也同意进行 DNA 检测。彼得森也积极推

1 此处为作者笔误，罗恩时年四十四岁。

进，因为他相信，检测结果最终会锁定罗恩。

然而，检测必须再等一些时日，因为马克·巴雷特的预算捉襟见肘，付不起相关费用。费用最初预计约为五千美元，但需要几个月的时间才能陆续到位。并且，最终的花费会比最初预计的多得多。

在此期间，马克把精力放在了准备意识能力听证上。他和他精干的团队整理好了罗恩的病历，找到了一位心理学家。马克请他审查了这些病历，会见了罗恩，并且他也愿意到埃达作证。

在经历了两次发往俄克拉荷马州刑事上诉法院，停留在西伊法官办公室一年，停留在丹佛第十巡回法院两年，无用但必经的两次转至华盛顿美国联邦最高法院，以及在这些不同法院间的成车的例行文件归档之后，俄克拉荷马州诉罗纳德·基思·威廉森一案现在又回到了家乡。

案件回到了埃达。十年前，正是在这里，罗恩上身赤裸，肮脏不堪，正笨手笨脚地操作着只剩下三个轮子的割草机时，四名警察围住他，以涉嫌谋杀为由逮捕了他。

第十四章

汤姆·兰德里斯是庞托托克县的第三代原住民。他上过埃达高中，在两个州冠军橄榄球队里打过比赛，然后去读了俄克拉荷马州大学的本科和法学院。在通过律师资格考试之后，他回到了家乡，加入了一家小型的律师事务所。1994 年，他竞选地区法院法官，轻易地打败了 G. C. 梅休。梅休正是 1990 年打败罗纳德·琼斯的人。

兰德里斯法官熟知罗恩·威廉森和卡特谋杀案。当第十巡回法院确认了西伊法官的判决时，他就知道，这个案子将返回埃达，到达他的法庭。正如小镇上典型的关系那样，20 世纪 80 年代初，兰德里斯曾在酒驾指控中代理过罗恩，他们还曾在同一个垒球队里打过一阵子球，兰德里斯和黛比的叔叔约翰尼·卡特高中时一起打过橄榄球，比尔·彼得森则是他的老友。在 1988 年罗恩的谋杀案审判期间，兰德里斯还好奇地溜进过法庭几次。当然，他和巴尼也很熟。

这就是埃达，人人都相互认识。

兰德里斯是一个受欢迎的法官，他和气，幽默，但在法庭上非常严格。虽然他从未完全相信罗恩有罪，但也不认为罗恩是无辜的。

和埃达的大多数人一样，他一直感觉罗恩有些疯疯癫癫。他急切地想见到罗恩，希望确保重审可以公正地进行。

谋杀案过去十五年了，仍旧悬而未决。兰德里斯法官非常同情卡特一家，深知他们承受着怎样的苦难。是时候让一切尘埃落定了。

1997 年 7 月 13 日星期日，罗恩·威廉森离开了麦卡莱斯特，再也不用回去。两名庞托托克县警察开车把他押送到维尼塔的东部州立医院。杰夫·格拉西警长对记者说，囚犯表现很好。

“他们没有报告他惹了麻烦，”格拉西说，“但如果你手戴镣铐，脚锁铁链，身穿拘束衣，事实上你也不具备多少招惹麻烦的可能。”

这是罗恩第四次入住东部州立医院。他进入了“预审程序”，接受评估和治疗，以便有一天可以接受审判。

兰德里斯法官把庭审安排在 7 月 28 日，然后又推迟了时间，等待东部州立医院的医生对罗恩的评估。虽然比尔·彼得森并不反对评估鉴定，但他坚信自己对罗恩意识能力的判断是正确的。在写给马克·巴雷特的信中，他说：“我个人认为，根据俄克拉荷马州的法律，他有能力接受审判，他在法庭上的干扰行为只是受审和被定罪时愤怒的表现。”并且，“他在狱中表现得相当正常”。

比尔·彼得森喜欢 DNA 检测的主意。他不曾动摇过罗恩就是凶手的信念，现在它可以被真正的科学证明。他和马克·巴雷特交换信件，纠缠于细节——选择哪一家鉴定中心，谁来付账，何时启动，但两人都同意进行检测。

罗恩稳定了下来，情况越来越好。任何地方，哪怕是精神病院，都比麦卡莱斯特要好。东部州立医院分为几个区，他被安置到守卫森严的那个区，所有窗户都装有铁栅栏，窗外还密布着铁丝网。

房间很小，老旧，条件不好，人满为患。罗恩有幸拥有一个单间，其他人则睡在走廊的床上。

罗恩立即接受了柯蒂斯·格兰迪医生的检查，医生对他下的结论是无意识能力。罗恩虽然可以理解指控的性质，但还是不能协助他的律师。格兰迪医生在写给兰德里斯的信中说，如果罗恩接受适当的治疗，有可能会恢复到有能力接受审判的状态。

两个月后，格兰迪医生再一次对罗恩进行了评估。在提交给兰德里斯法官的长达四页的详细报告中，格兰迪认为，罗恩有能力理解自己受到的指控的性质，有能力向他的律师咨询，理性地协助律师准备辩护，他患有精神疾病，需要接受进一步的治疗——“在参与审判期间，他应当继续接受精神治疗，以便维持接受审判的能力。”

此外，格兰迪医生认为罗恩不构成威胁，他说：“如果威廉森先生出院，不接受进一步的住院治疗，他似乎也不会立即对自己或他人造成重大的威胁。他现在否认自己有自杀或杀人的想法、意图。他在此次住院期间，没有对自己或他人表现出攻击行为。对他危险性的这份评估是基于其处于有组织的、安全的环境而作出的，在非组织性的环境中可能并不适用。”

———

兰德里斯法官将意识能力听证安排在 12 月 10 日，罗恩被送回了埃达。他入住庞托托克县看守所，和老友约翰·克里斯蒂安打了招呼，被关在他以前住过的囚室。安妮特马上就来探望他，带来了吃的东西。她发现他乐观向上，内心充满希望，很高兴可以“回家”。重审和证明自己无辜的前景让他兴奋。他喋喋不休地谈论瑞奇·乔·西蒙斯，虽然安妮特不断让他改变话题，他却做不到。

在听证的前一天，罗恩和萨利·丘奇医生在一起待了四个小时，丘奇是马克·巴雷特请来证明罗恩意识能力的医生。丘奇医生以前见过罗恩两次，并审查过他的大量病历。她毫不迟疑地认为，他没有接受审判的意识能力。

而罗恩却决心证明自己准备好了去受审。九年来，他一直梦想着得到一个再次直面比尔·彼得森、丹尼斯·史密斯、加里·罗杰斯以及所有骗子、告密者的机会。他没杀过任何人，他迫切希望能最终证明这一点。他喜欢马克·巴雷特，但让他气愤的是，他自己的律师试图证明自己疯了。

他就是希望得到一次审判。

兰德里斯法官把听证安排在大法庭旁边的一个小法庭，罗恩正是在那里被定罪的。12 月 10 日早晨，法庭座无虚席。安妮特和几名记者来了。珍妮特·切斯利和金·马克斯等待作证。巴尼·沃德没有来。

罗恩上一次从看守所到法院，戴着手铐走过这段不长的路，他被判了死刑。那时，他三十五岁，还是个深色头发的年轻人，身体健壮，衣着考究。九年后，他重走旧路，已变成了一个头发苍白、形容枯槁、穿着囚服、步伐不稳的老头。他走进了法庭，汤姆·兰德里斯看到他现在的样子，深感震惊。罗恩见到老友“汤米”穿着黑色法袍坐在法官席上，则非常高兴。

在罗恩点头微笑致意的时候，法官发现，他的大多数牙齿都已脱落，头发被手上的尼古丁染成了一缕缕黄色。

代表州政府对抗罗恩无意识能力主张的人是比尔·彼得森，他被这种观点激怒了，对程序也极度轻视。马克·巴雷特有一个助手，名叫萨拉·邦内尔，她来自珀塞尔，在罗恩的重审中担任“次席律师”。萨拉是位有经验的刑事律师，马克很依赖她。

他们没浪费时间，直奔主题。罗恩第一个出庭作证，几秒钟后，每个人都彻底糊涂了。马克问了他的名字，然后，和他进行了如下对话：

马克：“威廉森先生，你认为另一个人是这桩罪行的凶手？”

罗恩：“是的。他的名字是瑞奇·乔·西蒙斯，住在西三街323号。1987年9月24日，他向埃达警察局自首。他当时登记的住址就是这个。我查验过，现在还有西蒙斯家的人和瑞奇·乔·西蒙斯住在一起。住在那里的有科迪·西蒙斯和黛比·西蒙斯。”

马克：“那你和别人说过瑞奇·西蒙斯的事吗？”

罗恩：“我和很多人说过西蒙斯先生的事。我曾写信给乔·吉福德，我写信给殡仪馆的汤姆和杰里·克里斯韦尔，我知道如果他们在埃达要买块墓碑，他们就一定要从乔·吉福德那里买，因为他是唯一做墓碑的工匠。勿忘我鲜花店负责送花。我写信给他们。我写信给梭罗公司的一些人，那是他的、他的前雇主。我写信给玻璃厂，他的前雇主，写信给死者的前雇主。”

马克：“让我们澄清一下。你为什么认为写信给墓碑公司很重要？”

罗恩：“因为我认识乔·吉福德。我小时候给他的院子除过草，那时我还是个孩子，是和我隔壁邻居伯特·罗斯一起做的这件事。我知道，如果卡特先生和史迪威女士要在本地，也就是俄克拉荷马州埃达镇，买块墓碑，他们一定要从乔·吉福德那里买，因为他是这里唯一的墓碑匠人。我就是在吉福德墓碑厂边上长大的。”

马克：“那你为什么写信给勿忘我鲜花店？”

罗恩：“因为我知道，如果他们要在埃达这里买鲜花，他们可能会从勿忘我鲜花店买。”

马克：“那么殡仪馆呢？”

罗恩：“殡仪馆是，克里斯韦尔殡仪馆是受害者的殡仪馆。我看过比尔·勒克写的法律理由书，上面说，他们负责受害人葬礼和埋葬事宜。”

马克：“你认为让他们知道瑞奇的事很重要……”

罗恩：“是的，他是一个极其危险的人，为了逮捕他，我请求过帮助。”

马克：“因为是他为卡特女士安排了葬礼？”

罗恩：“是的。”

马克：“你也写信给佛罗里达马林鱼队的经理？”

罗恩：“我写信给奥克兰运动家队的三垒教练，是的，他后来成了佛罗里达马林鱼队的经理。”

马克：“你要求他把告诉你的某些信息保密吗？”

罗恩：“没有，我把关于德尔蒙特番茄酱瓶的整件事都告诉他了。西蒙斯说，丹尼斯·史密斯右手拿着一个德尔蒙特番茄酱瓶站在证人席上，瑞奇·乔·西蒙斯说他用番茄酱瓶强奸了被害人。我写信给勒内·拉赫曼，告诉他，我活了四十四年，这是我见过的最惊人的证据。”

马克：“但你知道，佛罗里达马林鱼队的经理告诉了其他一些人，是不是？”

罗恩："可能是吧，因为勒内·拉赫曼是我的一个好朋友。"

马克："那么，你是因为听到了什么才决定相信这些的？"

罗恩："哦，是的，因为我收听《周一橄榄球之夜》，我听世界职业棒球联赛，我一直在电视上看一些报道，通过媒体，德尔蒙特番茄酱瓶变得臭名昭著。"

马克："好吧，你听到他们说……"

罗恩："哦，是的，绝对是这样。"

马克："在《周一橄榄球之夜》中……"

罗恩："绝对。"

马克："在世界职业棒球联赛中……"

罗恩："这是我必须经历的苦难，一个如啦啦队表演般糟糕的苦难，但我不管如何，都要让西蒙斯承认，事实上，他1982年8月8日强奸，用器具强奸，暴力鸡奸并谋杀了黛比·苏·卡特，在她位于东八街1022 1/2号的家里。"

马克："在那个节目中，你听到黛比·卡特的名字了吗？"

罗恩："是的，我听到了。"

马克："在《周一橄榄球之夜》中也听到了？"

罗恩："我不断地听到黛比·苏·卡特的名字。"

马克："你的囚室里没有电视机吧？"

罗恩："我听到了其他人的电视机里传来的声音。我在维尼塔听到的。我在死囚区的囚室里曾经有一台电视机。我绝对听到电视里说我与这个可怕的罪行有关，我现在拼命来为自己洗冤，从这臭泥潭中挣脱出来。"

马克停了下来，这样每个人都可以喘口气。旁听者面面相觑。

其他人皱起了眉头，尽力不和任何人有眼光接触。兰德里斯法官在他的法律笔记上写着什么。律师们也在记录，但此时想记下有意义的内容并非易事。

从律师的角度看，盘问一个无意识能力的证人是极其困难的，因为没有人，包括证人自己，知道将会说出的是什么样的答案。但马克决定放手让罗恩随便说。

代表卡特一家来的是黛比的侄女克里斯蒂·谢泼德。她在距威廉森家不远的地方长大。她是一位执业健康顾问，曾在好几年的时间里接触一些患有严重精神疾病的成年人。在听罗恩作证几分钟后，她就有了自己的判断。那天晚些时候，她告诉自己的母亲和佩姬·史迪威，罗恩·威廉森病得很重。

观察着这一切的，还有比尔·彼得森的主要证人柯蒂斯·格兰迪医生，只不过他的动机是不同的。

盘问继续进行，虽然问题已经不再必要。罗恩要么无视问题，要么简单回答一下就回到瑞奇·乔·西蒙斯身上，喋喋不休，直到被下一个问题打断。在十分钟的作证时间里，马克·巴雷特已不堪重负。

安妮特在罗恩之后作证，证明弟弟的精神不稳定，痴迷于瑞奇·乔·西蒙斯的事。

珍妮特·切斯利详细说明了代理罗恩的情况，以及努力将他移送到麦卡莱斯特特别护理区的过程。她也描述了他如何不停地谈论瑞奇·乔·西蒙斯，还说，他没有协助辩护的能力，因为除了西蒙斯他什么也不说。但她认为，罗恩的状况在改善，她希望他有一天可以获得重审，但那一天还很遥远。

金·马克斯作证的内容也差不多。她有几个月没见到罗恩了，看到他有所好转，她非常高兴。她生动地讲述了罗恩在H区的情况，说经常觉得他很可能会死。他的精神在恢复，但除了瑞奇·乔·西蒙斯，他还是无法聚焦于任何事。他还不能接受审判。

萨利·丘奇医生是罗恩一方的最后一个证人。难以置信，在罗恩·威廉森漫长而丰富的法庭诉讼史上，她是第一个就他的精神健康问题作证的专家。

他患有双相情感障碍和精神分裂症，这是两种最难治疗的精神疾病，因为病人不总是能够明白药物在起什么作用。罗恩经常停止服药，这一点对患者来说也是普遍现象。丘奇医生描述了两种疾病的症状、治疗和潜在原因。

审判前一天，在看守所，萨利·丘奇正在对罗恩进行检查。罗恩问她是否听到了远处的电视传来的声音，她不能确定，罗恩当然能听到，他们在电视节目中正在谈论黛比·卡特和番茄酱瓶子。在他看来，事情是这样发展的：他写信给奥克兰队前球员和教练勒内·拉赫曼，告诉了他瑞奇·西蒙斯、黛比·卡特和番茄酱瓶的事。罗恩相信，勒内·拉赫曼出于某种原因向几个体育节目解说员提到了这件事，于是，他们开始在广播节目中谈论。消息传播开来——《周一橄榄球之夜》、世界职业棒球联赛等——现在所有电视节目都在说这事。

“你在那里听不到他们说什么吗？”罗恩向丘奇医生大喊，“他们在大喊番茄酱！番茄酱！番茄酱！”

她在证词的结语部分说，罗恩无法协助他的律师和准备审判。

在午餐休庭期间，格兰迪医生问马克·巴雷特，他是否可以单独见罗恩一面。马克相信格兰迪，没有反对。精神科医生和病人兼囚犯在看守所的证人室见了一面。

用罢午餐后，重新开庭，比尔·彼得森站起来，艰难地宣布：

> 是的，法官，我在休庭期间会见了我们的证人格兰迪，我想，俄克拉荷马州政府会愿意相信……威廉森可以获得意识能力，但在现在这个节点，他还不具有这种能力。

目睹了罗恩在法庭上的表现并在午餐时与他聊了十五分钟后，格兰迪医生的态度发生了彻底转变，改变了自己的观点。罗恩完全不具备接受审判的条件。

兰德里斯法官判决罗恩无意识能力，三十日以后再行审查。在听证马上就要结束时，罗恩说："我能问一个问题吗？"

兰德里斯法官："可以，先生。"

罗恩："汤米，我认识你，我也认识你爸爸保罗。我真心诚意地告诉你一个事实，我不知道这个杜克·格雷厄姆和这个吉姆·史密斯的事，如你所知，它如何与瑞奇·乔·西蒙斯相关，我真不知道。如果这和我的意识能力有关，让我们三十天后回到这里，让我们把西蒙斯抓起来，让他出庭作证，播放这个录像带，想办法让他招供，让他讲讲他究竟做了什么。"

兰德里斯法官："我明白你的意思。"

如果"汤米"真的明白，那他就是这个法庭上唯一能听明白的人。

罗恩被送回东部州立医院，接受进一步的观察与治疗，这违背了他的意愿。他情愿留在埃达，推进审判，他的律师让他在维尼塔等待，这让他非常愤怒。马克·巴雷特急切希望把罗恩弄出庞托托克县看守所，以免那里再出现告密者。

东部州立医院的牙医在罗恩的上牙床发现了一处溃疡，做了活检，发现了肿瘤。这是一个囊性肿瘤，很容易去除。手术很成功，医生告诉罗恩，如果不加治疗，比如说他仍然待在县看守所或麦卡莱斯特那样的环境，肿瘤有可能会扩散到他的大脑。

罗恩打电话给马克，感谢他安排自己留在东部州立医院，“你救了我的命”，他们重归于好。

1995年，俄克拉荷马州对每个囚犯采集了血液样本，并加以分析，将结果输入新的DNA数据库。

从卡特案调查中得到的证据仍然被锁在俄克拉荷马州调查局实验室。犯罪现场的血液、指纹、精液和头发样本，以及从证人和嫌疑人身上提取的许多指纹、血液、毛发和唾液样本也都存放在那里。

州政府保存着一切，这一事实并没有使丹尼斯·弗里茨安心。他不信任比尔·彼得森和埃达警方，当然也不信任他们在俄克拉荷马州调查局的同行。见鬼，加里·罗杰斯就是俄克拉荷马州调查局的探员。

弗里茨在等待。1998年全年，他与无辜者计划保持联系，尽力保持耐心，等待。十年的牢狱生活给了他耐心和毅力，他已体会过虚幻希望破灭的残酷。

罗恩寄来的一封信帮了他。信的内容漫无边际，在东部州立医院的信头下，罗恩给他写了七页纸的问候，丹尼斯在读的时候忍俊不禁。老友没有失去智慧，也没有放弃战斗。瑞奇·乔·西蒙斯仍逍遥法外，该死，罗恩打算抓住他。

为了保持理智，丹尼斯待在法律图书馆研习法律。他看到了希望——他的人身保护令上诉提交到了俄克拉荷马州西部地区的联邦地区法院，而庞托托克县属于东部地区。他比较了其他“狱中书记员”的笔记，得出的结论是，西部地区对他没有管辖权。他重写了他的申请书和上诉状，重新提交给适当的法院。这是一个漫长的过程，但也激励了他，让他重新投入战斗。

1999 年 1 月，丹尼斯打电话给巴里·谢克。巴里同时在几条战线上开战，无辜者计划正被错判的案件淹没。丹尼斯表示，他担心州政府控制着所有证据，巴里解释说通常都是这样。放松，他说，样本不会有事，他知道如何保护证据免受篡改。

谢克在意丹尼斯案的原因很简单：警察没有调查受害者最后见到的那个人。这是一个巨大的危险信号，也是谢克接手这个案件的充分理由。

1999 年 1 月 26 日和 27 日，在距北卡罗来纳州首府罗利不远的美国实验室控股公司，研究人员对从犯罪现场——撕裂的内裤、床单和阴道拭子——提取的精液样本与罗恩·威廉森和丹尼斯·弗里茨的 DNA 图谱进行了比对实验。罗恩和丹尼斯的律师聘请了加利福尼亚州的专家布赖恩·拉克索尔来监督这次检测。

两天后，兰德里斯法官宣布了马克·巴雷特和其他很多人梦寐以求的一个消息。实验室控股公司分析并确认了 DNA 检测的结果，犯罪现场提取的精液不属于罗恩·威廉森和丹尼斯·弗里茨。

和往常一样，安妮特与马克·巴雷特保持着密切联系，知道检测正在某处进行。电话铃响的时候，她正在家里。打电话来的是马克，他说的第一句话就是——“安妮特，罗恩无罪。”她的腿一下子软了，差点晕倒。“你确定吗，马克？”

“罗恩无罪，”他又说了一遍，“我们刚拿到检测结果。”

她哽咽到不能说话，允诺稍后再打给马克。她坐下来，长时间地流泪祈祷，一遍又一遍地感谢上帝的仁慈。基督信仰支持她熬过罗恩梦魇般的苦难，现在上帝回应了她的祈祷。她低声唱了几首赞美诗，又哭了几回，随后打电话给家人和朋友。勒妮的反应几乎和她一样。

第二天，她们开了四个小时车来到维尼塔，马克·巴雷特和萨拉·邦内尔在那里等着她们，一场小型庆祝活动已安排就绪。当罗恩被带进探视室时，柯蒂斯·格兰迪正好经过，大家邀请他一起分享这个好消息。罗恩是他的病人，他们建立了密切的关系。在维尼塔待了十八个月之后，罗恩情绪稳定，正在缓慢康复，体重也在增加。

“好消息，”马克告诉他的当事人，“实验室结果出来了。DNA证明你和丹尼斯是无辜的。”

罗恩当即百感交集，扑向两个姐姐。他们拥抱在一起，流着泪，然后本能地唱起了《我要飞走》——他们小时候就学会的一首广为流行的福音赞美诗。

马克·巴雷特立即提出动议，请求驳回指控，释放罗恩。而兰德里斯法官也希望尽快解决这个问题。比尔·彼得森提出反对，希望进一步检测毛发。听证安排在2月3日举行。

比尔·彼得森反对该项动议，但他的反对可不会悄无声息。在听证前，《埃达晚报》引用他的话说：“在1982年，无法进行毛发的DNA检测，但今天它会证明，他们要对卡特谋杀案负责。”

这个声明让马克·巴雷特和巴里·谢克不安。如果彼得森事到如今还自信地做这样的公开表态，是不是说明他知道一些他们不知道的事情？他是不是可以接触到从犯罪现场提取的毛发？样本会不会被调换？

2月3日，大法庭座无虚席。《埃达晚报》记者安·凯利极为关注这个案件，对庭审进行了全面报道，她的头版报道被广泛传阅。兰德里斯法官在法官席上就座的时候，法庭里挤满了警察、法庭雇员、家属和当地律师。

巴尼也在场，他看不见任何东西，但听到的比谁都多。他让自己变得钝感，让自己接受了西伊法官于1995年作出的判决，他不会同意它，但也无法改变局面。巴尼一直相信，他的当事人是被警察和彼得森诬陷的，现在这千疮百孔的案子暴露在聚光灯下，这不是很好吗?

律师们辩论了四十五分钟，然后，兰德里斯法官明智地决定，等完成毛发检测后再作最终判决。快点去做检测，他对律师们说。

比尔·彼得森以自己的声誉保证，如果犯罪现场毛发的DNA检测结果证明它们不属于威廉森和弗里茨，他将撤回指控。他的保证当庭宣布，并被记录在案。

1999年2月10日，马克·巴雷特和萨拉·邦内尔驱车前往列克星顿惩教中心会见格伦·戈尔。这本来应该是一场常规的会见。虽说罗恩的重审还没有排期，但他们还是在为审判做着准备。

戈尔说，他知道有人要来，这让他们很吃惊。他一直读报，关注事情的发展。他早在1995年就读到了西伊法官的判决，知道案件日后会在某个地方进行重审。他们谈论了一会儿重审的可能性，然后把话题转移到了比尔·彼得森。戈尔不喜欢他，因为是他导致自己要在狱中待四十年。

巴雷特问戈尔，他为什么指证威廉森和弗里茨。

都是因为彼得森。彼得森威胁戈尔，如果他不帮着定威廉森和弗里茨的罪，就饶不了他。

“你愿意为此接受测谎吗？”马克问。

戈尔说，没问题，还说他曾主动向警察提出要测谎，但没有下文。

两位律师问戈尔，他是否愿意提供唾液样本，以便进行 DNA 检测。他说，这没有必要。州政府已经有他的 DNA 了——所有囚犯都提供了样本。在谈论 DNA 的时候，马克·巴雷特告诉戈尔，弗里茨和威廉森已经接受了检测。戈尔知道这件事。

“黛比身上有可能会找到你的 DNA 吗？”巴雷特问。

有可能，戈尔说，因为那天晚上他和她跳了五支舞。马克说，只跳舞不会，随后解释了基本原理。血液、唾液、毛发、汗水、精液这些东西才会留下 DNA 痕迹。“他们有精液的 DNA。”马克说。

戈尔的脸一下子沉了下来，这个信息显然让他担心。他说时间到了，就起身离开，去找自己的法律顾问。他带来了鲁宾，一个监狱律师。在他离开时，萨拉·邦内尔向看守要了根棉签。

“格伦，你能提供一下唾液样本吗？”萨拉拿着棉签问道。戈尔接过棉签，折为两截，掏了掏两边的耳朵，然后塞进了衬衫口袋里。

“你和她发生性关系了吗？”马克问。

戈尔没有回答。

“你这是表示，你从未和她发生过性关系吗？”马克又问。

“我没这么说。”

“如果你和她发生过性关系，精液检测会与你的 DNA 相符。”

“我没做，”戈尔说，“我帮不了你。”

马克和鲁宾站了起来，会见结束了。在将要离开的时候，马克问戈尔，他们还可以再来吗。当然，戈尔说，但如果约在他上班的地方见可能就更好了。

上班的地方？马克想，戈尔不是要服刑四十年吗？

戈尔解释说，他白天会在萨拉·邦内尔的家乡普塞尔为公共工程局工作。在那个地方找他，他们可以多聊一会。

马克和萨拉同意了，两人都很吃惊，戈尔居然在狱外有一份工作。

当天下午，马克打电话给玛丽·朗，她当时负责州调查局DNA检测部。马克建议，在监狱数据库里找到戈尔的DNA，并且与犯罪现场的精液样本进行比对。她答应了。

丹尼斯·弗里茨被关在囚室里，等待下午四点一刻的清点。透过铁门，他听到大厅那边传来一名囚犯的律师那熟悉的声音。那个人高声说道："嘿，弗里茨，你是个自由人了！"然后说了些关于DNA的事情。

丹尼斯不能离开囚室，那位律师走了。他的室友也听到了，他们那天夜里一直在讨论这话是什么意思。

时间太晚了，没法给纽约那边打电话。丹尼斯煎熬了一夜，基本没睡，想要压抑内心的兴奋之情，但根本不可能做到。第二天早晨，他和无辜者计划取得联系之后，消息得到确认。DNA检测证明，犯罪现场的精液不属于丹尼斯和罗恩。

丹尼斯很是兴奋。他被捕近十二年，真相终于大白。证据如山，无可辩驳。他将会被证明是无辜的，并得到释放。他打电话给母亲，她百感交集，不能自已。他打电话给现已二十五岁的女儿伊丽莎白，庆祝这一刻。他们已有十二年不曾见面，畅想着重聚将会是多么甜蜜。

为了保护犯罪现场和弗里茨、威廉森提供的毛发样本，马克·巴雷特安排一位专家检查了毛发，并用红外相机对它们进行了微观拍摄。

在撤销案件动议听证后不到三个星期，实验室控股公司完成了第一阶段的检测，并送回了一份非结论性报告。马克·巴雷特和萨拉·博内尔驱车去埃达的法官办公室开了一次会。汤姆·兰德里斯迫切希望得到的答案，只有DNA检测才能提供。

鉴于DNA检测的复杂性，不同的毛发会交由不同的实验室进行检测。鉴于控辩双方互不信任，多个实验室进行合作变得非常必要。最终，五个实验室参与了本案的检测工作。

律师们与兰德里斯法官讨论了这些问题，法官再一次指示他们尽快完成检测。

在听证后，马克和萨拉走到法院楼下比尔·彼得森的办公室，在来往信件和听证中，比尔表现得越来越敌对，他们觉得也许可以靠一次友好的拜访来缓和僵化的关系。

与预期相反，他们听到的是长篇指责。彼得森仍然相信罗恩·威廉森强奸并谋杀了黛比·卡特，他的证据没有改变。忘记DNA吧，忘记州调查局的专家吧，威廉森就是个坏蛋，他在塔尔萨强奸妇女，在酒吧里闲逛，在街上背着吉他游荡，和黛比·卡特住得很近。彼得森坚信，弗里茨的邻居加里·艾伦实际上看到了罗恩·威廉森和弗里茨于谋杀当晚在院子里用水管冲洗血迹，与此同时还又笑又骂。他们一定是有罪的！彼得森不停地咆哮，与其说是了为说服马克和萨拉，还不如说是在向自己保证。

他们目瞪口呆。这个人完全不能承认错误，或把握真实情况。

3 月这一个月对丹尼斯·弗里茨来说好似一年。兴奋消失了，他艰难地挨过每一天。他满脑子里都是毛发样本可能会被彼得森或州调查局的某个人调包的念头。精液的问题已经解决，州政府只能利用剩下的唯一证据来拼命挽救这个案件。如果毛发的 DNA 检测为他和罗恩清洗了冤屈，那么他们就会重获自由，虚假的公诉也会暴露在公众视野中。警方的声誉将受到极大威胁。

一切都不是他能控制的，丹尼斯不堪重负。他担心自己会心脏病发作，为此去了监狱诊所，主诉心悸，但他们给他的药不起什么作用。

日子一天天缓缓过去，4 月到来了。

罗恩的兴奋也退去了。极度欣快消失，新一轮的严重抑郁和焦虑袭来，他又开始想要自杀。他经常打电话给马克·巴雷特，马克一直向他保证没有问题。马克接听罗恩的每一个电话，当他本人不在办公室的时候，他也会确认有人会和这位当事人交谈。

罗恩和丹尼斯一样，害怕政府对检测结果做手脚。两个人都是因州政府专家的证言入狱，而这些人仍然可以接触到证据。有人会为了保护这些人并掩盖冤案而毁坏毛发证据，这种情节并不难想象。罗恩毫不掩饰自己的欲望，他将在获得自由后起诉所有相关人士。身居高位的人一定很紧张。

罗恩在允许的范围内尽可能多地打电话，通常一天打一个。他有些偏执，抛出各种各样令人不快的构想。

最终，马克·巴雷特做了一件他以前从未做过，以后可能也不会再做的事。马克向罗恩保证会把他弄出监狱。如果 DNA 检测失败，他们会去参加重审，马克保证他将被宣告无罪。

一位如此有经验的律师给出这样的安慰，这让罗恩平静了几天。

《毛发样本不匹配》，这是4月11日《埃达晚报》周日版的头条。据安·凯利报道，实验室控股公司已经检测了十七份犯罪现场毛发样本中的十四份，他们“不可能符合弗里茨或威廉森的DNA结构”。

比尔·彼得森说：

> 目前，我们还不知道这些毛发属于谁。我们还没有将其与除弗里茨和威廉森之外的任何人进行比对。在我们启动整个DNA检测程序的时候，在我看来，毫无疑问，这两个人是有罪的。我将物证送出去的时候，希望它们能够给这两个人定罪。当我们看到精液样本的检测结果时，我吃惊得下巴都快掉到了地上。

实验室提交最终报告的时间是下周三，即4月14日。兰德里斯法官决定在4月15日举行听证，有人猜测这两人可能会被释放。弗里茨和威廉森15日都会出庭。

并且，巴里·谢克来到了镇上！随着无辜者计划完成一个又一个DNA免罪案件，谢克声名鹊起，当他可能会来埃达完成另一个案件的风声传出去时，媒体狂欢随即开始。州和全国层面的各家媒体打电话给马克·巴雷特、兰德里斯法官、比尔·彼得森、无辜者计划、卡特的家人，以及所有的主要参与人。兴奋之情急剧高涨。

罗恩·威廉森和丹尼斯·弗里茨真的将在下周四自由地离开吗？

丹尼斯·弗里茨没有听说毛发检测的结果。4月13日星期二，他正待在囚室里，不知从哪里来了个看守，大声说："把你的垃圾收拾好。你要走了。"

丹尼斯知道他将回到埃达，也很有希望获释。他快速打包，和几个朋友道了别，就匆匆离开了。开车送他回埃达的不是别人，正是约翰·克里斯蒂安，庞托托克县看守所的一个熟人。

在看守所和监狱度过的这十二年，让丹尼斯懂得珍视隐私和自由，懂得欣赏平常的小事，比如开阔的空间、树林和鲜花。春天的气息无处不在，在回埃达的路上，他透过车窗向农场、绵延起伏的小山和乡村微笑。

他的思想在随意游弋。他不知道最新的检测结果，也不确定他为什么被送回埃达。他有可能会被释放，但也有可能在最后的时刻发生意想不到的事情。十二年前，在预审听证中，米勒法官意识到州政府没有什么证据，那时他差一点就被释放了。然后，警察和彼得森提供了证人詹姆斯·哈乔，结果，丹尼斯受审，被判入狱。

他想到了伊丽莎白，能够见到她，抱着她，将是多么美好。他迫不及待地想要离开俄克拉荷马州。

接下来，他又感到害怕。他曾那么接近自由，但此刻依然戴着手铐，在去看守所的路上。

安·凯利和摄影师在等他。走进看守所时，他微笑着，迫切地希望与记者交谈。"这个案子本就不该起诉，"他对记者说，"他们指控我的证据不足，如果警察对所有嫌疑人都进行充分调查，这一切也许根本就不会发生。"他还解释了贫困者援助辩护系统的问题。"如果你出不起钱为自己辩护，你就只能任凭系统摆布。一旦进入这个系统，你几乎不可能出来，即使你是无辜的。"

他在老地方度过了一个平静的夜晚，梦想着自由。

第二天，4 月 14 日，当罗恩·威廉森从维尼塔到达看守所时，平静被打破了。他穿着囚服，对着镜头咧嘴笑。有传言说，他们会在第二天获释，这个新闻引起了全国性媒体的关注。

罗恩和丹尼斯已有十一年不曾见面。两人只给对方写过一次信，但在重聚时，他们拥抱了对方，开心地笑着，试图理解当下的处境和正在发生的事情。律师到了，他们和律师说了一个小时的话。全国广播公司《日界线》节目的记者在场，用镜头记录着这里发生的一切。《纽约每日新闻》的吉姆·德维尔陪同巴里·谢克一起到达。

他们挤在看守所东侧正对着法院的一间小会见室里。罗恩趴在地板上，摊开四肢，向玻璃门外望去，用手托着头。有人忍不住问："嘿，罗恩，你在干什么呢？"

"在等彼得森。"他说。

法院的草坪上挤满了记者和摄像机。其中一个记者碰巧遇到了比尔·彼得森，并采访了他。当罗恩看到站在法院前面的检察官时，他对着门口大喊，"你个胖流氓！我们打败你了，彼得森！"

丹尼斯的母亲和女儿出现在看守所，这给了他一个惊喜。虽然他和伊丽莎白经常通信，她也给他寄了很多照片，他还是在心里对见到眼前的姑娘没有做好准备。她已出落成一位美丽、优雅、非常成熟的二十五岁年轻姑娘，他在拥抱她时，不禁泪流满面。

那天下午，在看守所里，许多人流下了许多眼泪。

罗恩和丹尼斯被关押在不同的囚室，"以免他们再次杀人"。

格拉西警长解释说："我要把他们分开。我只是感觉把两个已决谋杀犯放在同一间囚室里是不对的——在法官提出反对意见前，他们就是两个谋杀犯。"

两人的囚室相邻，他们可以聊天。丹尼斯的室友有一台小电视，从新闻报道中，丹尼斯亲耳听到他们将在第二天被释放，就把这一切都告诉了罗恩。

不出意料，特莉·霍兰德又回到了看守所，这是她不可思议的小偷小摸生涯中的又一次短暂休息。她和罗恩说了几句话，但没谈什么特别不愉快的事。夜幕降临，罗恩又恢复了老习惯。他大喊大叫，内容无外乎自由和他的冤情，他向女囚们说了很多污言秽语，还高声与上帝交谈。

第十五章

罗恩·威廉森和丹尼斯·弗里茨的洗冤行为让埃达受到全国关注。1999 年 4 月 15 日黎明，法院被新闻车、卫星卡车、摄影师、摄像师和记者包围。小镇居民纷至沓来，好奇是什么事情这么热闹，急切地想看到更多详情。许多人在抢夺法庭里的位置，兰德里斯法官不得不让记者抽签进入，并允许新闻车从他办公室的窗户拉出去一条直播线。

一大堆摄影机守在看守所外，当两名被告出现时，他们被包围了。罗恩穿着外套和衬衫，打了领带，那是安妮特匆匆为他置办的。新鞋太小，导致他脚疼得要命。丹尼斯的母亲给他带了一套西装，但他更喜欢过去几年在狱中被允许穿的便服。他们很快就戴好手铐，面带微笑，和记者说笑着走上了囹圄生涯的最后一程。

安妮特和勒妮早早就到了，坐在她们通常坐的位置，即辩护席后的第一排。她们手拉手，祈祷着，流着泪，努力露出一两个笑容。此时说庆祝还为时过早。陪同而来的有她们的孩子、其他亲属和一些朋友。万达和伊丽莎白·弗里茨坐在旁边，也手拉着手，兴奋地低声交谈。法庭里挤满了人。卡特的家人坐在过道对面，他们再一次被拖进法庭，忍受着又一次的庭审，看着州政府手忙脚乱地追究犯罪，寻求正义。在黛比谋杀案发生十七年后，最初的两个被指控和定罪的凶手即将获释。

座位很快就坐满了，人们挤在墙边。兰德里斯法官同意录像，他让摄影师和记者坐进陪审席。有人拿来了折叠椅，人们如楔子般相互交错着坐好。到处都是警察和法警，安保严密。曾有人打匿名电话来威胁罗恩和丹尼斯。法庭里坐得满满当当，气氛颇为紧张。

现场来了很多警察，不过丹尼斯·史密斯和加里·罗杰斯没来。

律师们也到了——辩护方的马克、萨拉和巴里·谢克，州政府一方的比尔·彼得森、南希·休和克里斯·罗斯。大家微笑致意，握手。州政府“加入”了撤销案件、释放两个男孩的动议。这是为纠正错误所做的共同努力。这是一个罕见的案例，整个社区在关键时刻联合起来，适当地反思和着手纠正冤案。真是一个幸福的大家庭。每个人都应得到祝贺，都应为身处运行如此良好的系统之中而深感荣耀。

罗恩和丹尼斯被带进法庭，他们的手铐被最后一次取下。他们坐在律师身后，离家人只有几英尺远。罗恩的眼睛直勾勾地向前看着，却似乎什么也没看见。丹尼斯则望向人群，看到了一张张阴沉而严肃的面庞。在场的大多数人看上去对他们获释并不感到高兴。

兰德里斯法官在法官席上落座，他对每个人表示欢迎，然后迅速切入正题，让彼得森传唤他的第一个证人。州调查局 DNA 检测部的现任负责人玛丽·朗上庭作证。她概述了检验过程，介绍了参与分析犯罪现场毛发、精液和嫌疑人样本的各个实验室。

罗恩和丹尼斯开始出汗。他们本以为这次庭审仅需几分钟即可结束，然后兰德里斯法官就会驳回起诉，让他们回家。随着时间的流逝，他们担心起来。罗恩坐立不安，嘴里嘟囔着，“发生了什么事？”萨拉·邦内尔潦草地写了个字条，向他保证，一切都好。

丹尼斯的精神濒临崩溃。证词想要说明什么？会不会再发生什么出人意料的事？每次法庭之旅都是噩梦。他坐在那里，被唤起了痛苦的回忆——说谎的证人，面无表情的陪审员，想要对他处以死刑的彼得森。丹尼斯又一次犯了错误，他环视了法庭，又一次没能看到很多支持者。

玛丽·朗谈论了重要材料。受检的是从犯罪现场提取的十七根毛发——十三根阴毛和四根头发。十根毛发是在床上或在床上用品中发现的，两根来自撕裂的内裤，三根来自受害者黛比嘴里的毛巾，两根来自她尸体下方。

十七根毛发中只有四根找到了匹配的DNA图谱。两根属于黛比，没有一根属于罗恩或丹尼斯的。没有。

朗作证说，精液样本提取自床上用品、撕裂的内裤以及受害人，之前已做过检测，当然，罗恩和丹尼斯被排除了。然后，她结束了作证，走下证人席。

1988年，梅尔文·海特作证说，在十七根毛发中，十三根与丹尼斯的毛发“在显微镜下观察是一致的”，两根与罗恩的样本一致。甚至还有一个“匹配”。此外，他在丹尼斯的庭审启动之后提交了第三份也是最后一份报告，在报告中，海特排除了格伦·戈尔是任何毛发来源的可能。他的专家证词是州政府用以指控罗恩和丹尼斯的唯一“可信”的直接证据，也与他们的定罪有莫大的关系。

DNA 检测显示，在尸体下方发现的一根头发和在床上用品中发现的一根阴毛是格伦·戈尔留下的。另外，实验室也检测了在尸检期间通过阴道拭子回收的精液。它来自格伦·戈尔。

兰德里斯法官事先就知道这一点，但在庭审前一直保密。经他批准，比尔·彼得森当庭宣布了毛发属于戈尔这一检测结果，满堂震惊。

彼得森说："法官大人，这是刑事司法制度的艰难一刻。这个谋杀案发生在 1982 年，1988 年审判。在那个特定时间，我们向陪审团提供了证据，将丹尼斯·弗里茨和罗恩·威廉森定罪。在我看来，在那个特定时间，那些证据是压倒性的。"

他并没有回忆十一年前的所谓压倒性证据到底是什么，只是开始漫谈 DNA 现在如何推翻了他曾经相信的很多事。基于目前掌握的证据，他无法再继续对两名被告进行公诉。他请求法官批准撤销案件的动议，随即坐下。

没有安抚，没有遗憾，没有认错，没有道歉。对此，彼得森没有只言片语。

至少，罗恩和丹尼斯应当得到一个道歉。人生中的十二年被渎职、人为错误和傲慢偷走。他们所忍受的冤屈本可以轻易避免，至少，州政府欠他们一声对不起。

它本不应发生，现在却成了永不愈合的创口。

兰德里斯法官对所有冤情进行了简短评论，然后让罗恩和丹尼斯起立。他宣布，就此驳回所有指控。他们自由了，可以自由地离开。有几个旁听者鼓掌欢呼，但大多数人没什么心情庆祝。安妮特和勒妮拥抱了自己的孩子和亲属，又痛哭了一场。

罗恩从辩护席上弹起，经过陪审席，走出侧门，走下楼梯，来到法院大楼的台阶，他在那里停了下来，深吸了一口冷空气。他点燃了一支香烟——这是他重归自由世界后将要抽的一百万支香烟中的第一支，并向镜头兴奋地挥舞。这张照片登上了数十家报纸。

几分钟后，他回来了。他和丹尼斯、他们的家人还有律师聚集在法庭里，摆姿势，拍照片，回答一大堆记者的问题。马克·巴雷特曾打电话给格雷格·威尔霍伊特，让他飞回俄克拉荷马州一同庆祝这个大日子。罗恩看到了格雷格，和他拥抱在一起，亲如兄弟，像过去一样。

记者问："威廉森先生，你感觉怎么样？"

"对什么的感觉？"罗恩反问道，然后说，"我感到我的脚痛得要死。鞋子太小了。"虽然之后安排了新闻发布会，但这场问答还是持续了一个小时。

佩姬·史迪威被她的女儿和姐妹从法庭搀扶出去。她被打垮，完全惊呆了，没有人告诉她和她的家人关于格伦·戈尔的消息。他们现在回到了犯罪现场，等待另一场审判，离正义还很遥远。他们很困惑，很多家庭成员仍相信弗里茨和威廉森是有罪的，但戈尔与这件事有什么关系呢？

罗恩和丹尼斯终于开始退场，每一步都被恰当地保存和记录下来。"两名罪犯"走下楼梯，走出前门。他们停顿了一秒，他们现在终于是自由人了，沐浴在阳光和清冷的空气中。

他们被释放了，重获自由，被免罪，但没有人道一声歉，没有人给一个说法，或者赔偿一毛钱，他们没有得到任何形式的、一星半点的援助。

午饭时间到了。罗恩最喜欢的餐厅是小镇北边的鲍勃烧烤店。

安妮特提前打电话订了几桌，之所以需要好几张桌子，是因为随行的人越来越多。

虽然罗恩只剩下几颗牙齿，而且面对那么多的镜头吃东西并不容易，但他还是吞下了一整盘排骨，还想要更多。罗恩从来不是一个会品味食物的人，但他在品味这一刻。他对每个人都彬彬有礼，感谢所有驻足鼓励他的陌生人，拥抱那些想和他拥抱的人，和每个想要记录新闻的记者聊天。

他和丹尼斯止不住地笑，即使嘴里塞满了烤肉。

前一天，《纽约每日新闻》的记者吉姆·德维尔和全国广播公司《日界线》栏目的亚历山德拉·佩洛西驱车去珀塞尔找格伦·戈尔，想要问他一些问题。戈尔知道事情正在埃达被热议，也知道自己不久后就会成为头号嫌犯，但监狱工作人员显然不知道。

戈尔听说有些外地人在找他，他猜想会是律师或执法部门的人——那些他要尽量避开的人。大约中午时分，他放下了在珀塞尔清洁沟渠的工作，逃走了。他找到了一片树林，步行了几英里，偶然看到了一条高速公路，就搭了一辆去埃达方向的车。

当罗恩和丹尼斯听到戈尔逃跑的消息时，他们大笑起来。戈尔肯定是有罪的。

漫长的午餐过后，弗里茨和威廉森一行人驱车前往埃达温特史密斯公园的小屋举办新闻发布会。罗恩和丹尼斯在律师陪同下，坐在一张长桌后，面对着镜头。谢克谈了无辜者计划以及它为被错误定罪的人赢得自由所做的工作。有人问马克·巴雷特，这个冤案最初是怎样造成的，他讲了一个关于被误导的公诉的漫长故事——五年的拖延、懒惰和可疑的侦查工作、告密者、垃圾科学。大多数提问都指向了两名刚刚获释的蒙冤者。丹尼斯说，他打算离开俄克拉荷马，回到堪萨斯，尽可能地多陪伴伊丽莎白，在适当的时候，他会考虑余生该怎么过。罗恩没有什么切近的计划，只想离开埃达。

格雷格·威尔霍伊特和另一位来自塔尔萨的俄克拉荷马州蒙冤者蒂姆·达勒姆也加入了受访者的行列。蒂姆因为莫须有的强奸罪名入狱四年，无辜者计划通过 DNA 检测让他得以获释。

在位于马斯科吉的联邦法院，吉姆·佩恩、维基·希尔德布兰德和盖尔·苏厄德默默压抑住了内心的成就感。他们并没有举办庆祝活动，他们为威廉森案所做的工作已于四年前结束，此时正忙于其他案件，但无论如何，他们还是停下了手头的事，享受这一刻。在 DNA 揭开案件神秘面纱之前很久，他们就已经凭借头脑和辛苦的工作用传统方式发现了真相，由此挽救了一个无辜人的生命。

西伊法官也没有为此得意。沉冤得雪自然令人欣喜，但其他事情让他分身乏术。他只是尽到了自己的职责，仅此而已。虽然在整个过程中其他所有法官都辜负了罗恩·威廉森，但弗兰克·西伊了解这套制度，知晓它的缺点。真相通常难以发现，但他愿意去找寻，也知道在哪里可以找到。

马克·巴雷特让安妮特找一个地方举办新闻发布会，可能的话再找个地方办一场小的招待会，只要是一个可以好好迎接罗恩和丹尼斯回家的地方就可以。她知道这样一个地方——她所属教堂的团契厅。这座教堂是见证罗尼长大成人的地方，也是她在过去四十年里弹钢琴、拉风琴的地方。

前一天，她打电话给牧师，请求他允许她使用团契厅，并安排细节。他犹豫了一下，勉强地说，这需要获得长老们的首肯。安妮特嗅到了麻烦的气味，于是她起身前去教堂。当她到达时，牧师说，他已经给长老们打过电话。他们的意见是，教堂不应染指这样的事件，他也认同这一点。安妮特惊呆了，她问，为什么。

"可能会发生暴力冲突。"他解释道。有报道称，有人发出了针对罗恩和丹尼斯的威胁，事件可能会失去控制。小镇正为释放他们而流言四起，大多数人表示不满。"卡特一方有一些难对付的人，嗯，反正就是不行。"

"但这个教会已经为罗尼祈祷了十二年。"她提醒他。

"是的，确实是，我们还将继续为罗恩祈祷，"他说，"但有很多人仍然认为他有罪。这太有争议了。教堂可能会被玷污。"答案就是不行。

安妮特变得很激动，从牧师的办公室里跑了出去。他试图安慰她，但她一句也听不进去。

她离开教堂后，打电话给勒妮。几分钟后，加里·西蒙斯开车去了埃达。他们家在达拉斯附近，开车前来需要大约三个小时。加里径直开到教堂，面见了牧师，牧师仍坚持自己的主张。他们争论了很久，但什么问题也没解决。教会的立场很坚定，这就是太冒险了。

"罗恩星期天早晨会到这里，"加里说，"你会接纳他吗？"

"不会。"牧师说。

在安妮特的家里，大家享用了晚餐，朋友们进进出出。晚餐后，庆祝活动继续进行。清洗过碗碟后，大家聚集到阳光房，在那里，传统的福音伴唱开始了。巴里·谢克，这个来自纽约的犹太人，听着他以前从未听过的音乐，也尝试跟着哼唱。马克·巴雷特在场，对他来说，这是一个骄傲而光辉的时刻，他不愿离开。萨拉·邦内尔、珍妮特·切斯利和金·马克斯都跟着唱了起来。格雷格·威尔霍伊特和他的妹妹南茜也在那里。弗里茨和家人——伊丽莎白和万达——紧紧地坐在一起，融入了这快乐时光。

“那天晚上，大家在安妮特家里参加庆祝派对。”勒妮说，“到处是食物、歌声和欢笑。安妮特弹了钢琴，罗尼弹了吉他，其他人一起合唱了很多首歌。每个人都在唱歌，拍手，享受这愉快的时光。到了十点钟，当新闻在电视上播出的时候，人们安静下来。我们都坐在阳光房里，满屋子的人，等着亲耳听到我们期盼多年的新闻。新闻向镇上的人宣布，我的小弟，罗纳德·基思·威廉森不仅被释放，而且是无罪的！虽然这是一个快乐的场合，我们也都因此而松了口气，但我们也都可以看到罗尼眼神中的厌倦。毕竟，这么多年来，他一直受到折磨和虐待。”

他们为电视报道而再次庆祝。一切结束后，马克·巴雷特和巴里·谢克，还有其他一些人道了晚安。明天又将是漫长的一天。

更晚一些时候，电话响起，安妮特接了起来。来电者不愿透露姓名，他说三 K 党就在附近，正在寻找罗尼。当时最严重的流言之一就是，支持卡特家的一些人悬赏要罗恩和丹尼斯的命，而现在三 K 党正在受雇追杀。那时，在俄克拉荷马州东南部仍有三 K 党在活动，但已经有几十年没被当作谋杀嫌疑犯了。他们一般也不会以白人为目标，但在这风口浪尖，三 K 党被认为是最有可能接下这单生意的黑帮。

无论如何，这通来电让人脊背发凉。安妮特低声将这件事告诉了勒妮和加里。他们决定认真对待这个威胁，但不让罗尼知晓。

"我们一生中最快乐的一夜，转眼成了我们一生中最恐怖的一夜，"勒妮说，"我们决定打电话给埃达警方。他们告诉我们，没法派人来，除非发生了什么事，他们爱莫能助。我们怎么会天真地认为他们会保护我们？惊慌失措中，我们所有人检查了房子的每个角落，关闭了百叶窗，锁好门窗。显然无人可以入眠，因为每个人都紧张不安。我们的女婿因他的妻子和刚刚出生的孩子陷入如此险境而忧心忡忡。我们聚在一起祈祷，请求上帝消除我们的不安，请求上帝派天使守护我们的房子，保护我们。我们终于度过这一夜，有惊无险。上帝再一次眷顾了我们这些向他祈祷的人。回想这一晚，最可笑的是，我们的第一反应竟然是打电话给埃达警方。"

《埃达晚报》的安·凯利整整一天都在报道这一事件。晚上，她接到助理地区检察官克里斯·罗斯的电话，他很不高兴，抱怨凯利诋毁检察官和警察。

没有人讲述他们这一方的故事。

第二天一早，在彻底重获自由的第一天，罗恩、丹尼斯和他们的律师马克·巴雷特、巴里·谢克一道开车去了当地的一家假日酒店。在那里，全国广播公司的录制组已经就位。他们出现在《今日秀》的直播中，主持采访的是马特·劳尔。

这个报道引人瞩目，大多数记者还没有离开埃达，他们在寻找与案件有关的人，哪怕有一丝丝的关联也不放过。戈尔的潜逃是一个绝妙的支线情节。

一群人——蒙冤者、他们的家人、律师——开车去往诺曼，停在了俄克拉荷马州贫困者辩护援助系统的办公室前，举办了另一场聚会。罗恩说了几句，他感谢了那些努力保护他并最终使他获释的人们。之后，他们又匆匆赶去俄克拉荷马市拍摄《新闻内幕》，并参加了《举证责任》节目。

谢克和巴雷特律师准备安排一次与州长和重要议员的见面，以便游说他们推动有助于 DNA 检测以及向被错判者提供补偿的立法。这群人又前往州府，软硬兼施，举办了另一场记者招待会。招待会举行的时机十分完美，他们身后有全国性媒体在跟踪报道。州长分身乏术，所以派来了一个高级助理。这位助理很有创意，他决定让罗恩和丹尼斯与俄克拉荷马州刑事上诉法院的人会面。按他的预期，这次会面会有什么成果并不确定，但互相仇视的可能性很大。那是星期五的下午，法官们看上去还是很忙。只有一位法官冒险似的走出办公室，打了个招呼，她没有恶意。在审查和确认弗里茨和威廉森的判决时，她并不在法院。

巴里·谢克离开了小镇，回到纽约，马克留在诺曼的家里，萨拉开车去了珀塞尔。这是疯狂之中的平静时刻，每个人都要休息一下。丹尼斯和他母亲留在俄克拉荷马市伊丽莎白的家里。

在回埃达的路上，安妮特开车，罗恩坐在前排，等着替换她。不再有手铐和条纹囚服，也没有全副武装的法警负责押送。他专注地看着俄克拉荷马州东南部的乡村、农场、散布各处的石油钻井平台，还有和缓起伏的山丘。

他要离开，迫不及待。

“他离开我们的生活如此之久，我们似乎要重新认识他，”勒妮说，“在他获释第二天，我们与他度过了如此美好的一天。我请他原谅我们，因为我们有那么多问题要问，那么想知道他在死囚区的生活是什么样子。他非常愉快，用几个小时平和地回答了我们的问题。我问他的其中一个问题是：‘你胳膊上的伤疤是怎么来的？’他说：‘我有时非常抑郁，我会坐在那里，割伤自己。’我们问他，他的囚室是什么样的，食物能不能吃，等等。但在回答了很多问题之后，他看着我们所有人说：‘我不想再讨论这些了，聊点别的吧。’我们尊重他的意愿。他坐在安妮特家的露台上，唱着歌弹着吉他。有时我们可以听到他从内心深处发出的声音，我所能做的只有忍住眼泪，倾听，猜测他所经历的一切。他会走到冰箱前，打开门，站在那里，看着他想吃的东西。家里的每一种食物都让他着迷，特别是他明白，只要愿意，他可以吃掉任何甚至所有东西。他站在厨房窗口，感叹着我们开的每一辆车都那么好，有些品牌他从未听说过。有一天他坐在车里评论说，看着人们或走或跑，每日忙碌地生活，这情景是多么不同。”

罗恩对回归教会很期待。安妮特没有告诉他关于牧师的事，她永远也不会说。马克·巴雷特和萨拉·邦内尔接到了邀请，罗恩希望和他们一起去教堂。威廉森一家在星期天礼拜时匆匆赶到，迅速在前排就座。安妮特和往常一样坐在风琴后，当她弹奏的第一句赞美诗打破平静后，罗恩就跳了起来，边拍手，边唱歌，面带微笑，兴致盎然。

牧师在报告中对罗恩归来只字未提，但在晨祷中，他勉为其难地说，上帝爱每个人，哪怕是罗尼。

安妮特和勒妮怒火中烧。

五旬节礼拜不是面向胆怯者的仪式，节奏加快，唱诗班开始摇摆，会众放声歌唱，这时教堂里的一些成员走到罗恩面前打招呼，和他拥抱，欢迎他回来。但这样做的人寥寥无几。其他“善良”的基督徒则在人群中对凶手怒目而视。

安妮特在那个星期天离开了那座教堂，再也没有回去过。

《埃达晚报》星期天版的头条是《检察官为自己在热点案件中的作为辩护》。下面配有比尔·彼得森的照片——在诉讼中站在法庭的法桌后，很有法律人的样子。

出于显而易见的原因，彼得森在两人被免罪后的日子并不好过，想要和埃达的民众分享内心的不满。在保护罗恩和丹尼斯方面，他也出了力，却没有得到公平的评价。安·凯利的长篇报道呈现的完全是一个被打败、狼狈不堪的检察官的尴尬发泄，他本该躲开记者。

文章开头写道：

> 庞托托克县地区检察官比尔·彼得森称，让丹尼斯·弗里茨和罗恩·威廉森从监狱逃脱的DNA检测被错误地归功于他们的辩护律师。

彼得森想上吊，安·凯利则递给了他一条足够长的绳子。他回忆了卡特案中DNA检测过程的细节。只要一有机会，他就会恶意中伤马克·巴雷特和巴里·谢克，但从不会忘记自夸。DNA检测其实是他的主意！

但他始终回避一目了然的事实。他不止一次承认，自己希望DNA检测可以将罗恩和丹尼斯钉死在棺材里。他对他们有罪这一点坚信不疑，所以才乐于推进检测。现在检测结果出乎意料，他却想沽名钓誉，摇身一变成为一个秉持公正的人。

接下来的几段文字都在闹着玩儿似的推卸责任。彼得森随意地点出对其他嫌疑人的怀疑，说警方正在收集更多的证据，他的暗示很模糊，用心又极阴险。报道这样写道：

> 他（彼得森）说，如果新证据表明弗里茨和威廉森与卡特谋杀案有关，禁止双重危险原则将不会适用，他们将再次受到审判。彼得森说，卡特案的侦查已经重启了一段时间，格伦·戈尔并不是唯一的嫌疑人。

报道在结尾处引用了彼得森说的两段令人震惊的话。第一段是：

> 在 1988 年我审判他们时，做了正确的事。在建议撤销他们的定罪时，就针对他们的现有证据而言，我所做的也是合乎法律、道德和伦理的正确之事。

当然，他没说的是，他同意撤销定罪，即所谓极为符合伦理和完全合乎道德的行为，是在罗恩差点被执行死刑的五年之后，是在他公开反驳西伊法官的重审判决的四年之后。在最后时刻，彼得森占领了道德高地，以拙劣的手段确保罗恩和丹尼斯以无辜者的身份仅在监狱里待了十二年。

而报道中备受指责的是下面这段话。这段话被着重强调，印到了头版的中间位置。彼得森说：

我从未亲口说过威廉森和弗里茨是无罪的。现在并不能证明他们无罪。这只是意味着，我不能以我现有的证据指控他们。

罗恩和丹尼斯在获得自由四天之后，又一次气愤、恐惧到浑身发抖，这篇报道让他们害怕。彼得森为什么想要再审判他们？他已经给他们定过一次罪了，两人毫不怀疑，他会再一次这样做。

新证据，旧证据，零证据，都无关紧要。他们谁也没杀，却在铁栅后煎熬了十二年。在庞托托克县，证据不是要考虑的要素。

这篇报道激怒了马克·巴雷特和巴里·谢克，两人都撰写了长篇檄文，准备发表在报纸上。但他们明智地选择了等待，几天后，他们意识到，没有人在意彼得森的言论。

星期天下午，罗恩、丹尼斯和他们的支持者应马克·巴雷特的邀请开车来到诺曼。碰巧，国际特赦组织正在举办一年一度的户外摇滚音乐会，以筹措资金。露天剧场上聚集着很多人。天气温暖而晴朗。

马克·巴雷特的演讲穿插在歌曲之间，然后，他介绍了罗恩、丹尼斯、格雷格和蒂姆·达勒姆。他们每个人都讲了几分钟，分享了自己的经历。虽然他们很紧张，不太习惯做公开演讲，但还是鼓起勇气，讲出了肺腑之言，观众很钦佩他们。

四个男人，四个出身良好家庭的普通白人，被制度折磨和虐待，总计被关了三十三年。他们的经历所传递的讯息很明确：除非制度改进，否则这种事情可能会发生在任何人身上。

发言后，他们在露天剧场周围休息，听音乐，吃冰淇淋，晒太阳，享受自由。布鲁斯·莱巴不知从哪里跑了出来，给了他的老伙计一个熊抱。布鲁斯没参加罗恩的庭审，在他入狱期间也没写信给他。布鲁斯为这种漠然感到愧疚，并真诚地向他自高中以来最好的朋友道歉，罗恩马上就原谅了他。

他愿意原谅任何人。自由那令人迷醉的气息熄灭了陈旧的怨恨，报复的幻想。虽然他梦想一次大规模的诉讼梦想了十二年，但那些事现在都已成过去，他不想重温噩梦。

媒体对于故事总是永无餍足。罗恩尤为引人注目，因为他是一个来自白人小镇的白人，是白人警察敲开了他的门，是白人检察官提起了公诉，又是白人陪审团给他定了罪，他成了报纸和杂志记者理想的重要报道对象。类似的虐待对穷人和少数族裔来说可能已司空见惯，对小镇英雄来说却很罕见。

棒球事业前程似锦，却在一夜之间沦为死囚，与死刑擦肩而过，蠢警察对明显的凶手视而不见，这个故事内容丰富，层次分明。

来自世界各地的采访请求涌进了马克·巴雷特的办公室。

在藏匿六天之后，格伦·戈尔选择了自首。他联系了一名埃达律师，律师打电话给监狱，进行了预先的安排。在准备投降期间，他非常明确地表示不希望由埃达当局处理。

其实他本不必担心。那帮总是脱靶的人并不想把戈尔弄回埃达再进行一次审判。遍体鳞伤的自尊需要时间去恢复。彼得森和警方躲在他们的职位后，故作姿态，表示要重启侦查，他们正重燃追查凶手和或许是凶手之人的热情，积极推进。在这种努力中，戈尔只是其中一个角色。

检察官和警察永远不会承认他们犯了错，他们还在无望地坚信自己是正确的。也许又会有一个吸毒者闯进警察局，供认出罗恩和丹尼斯，或者暗示他们是凶手。也许会有新的优秀告密者出现。也许警察可以从一个证人或嫌疑犯那里挤出另一份梦境口供。

这就是埃达。好吧，警方凭借扎实的侦查工作可能会找到各种各样的新线索。

罗恩和丹尼斯仍未被排除嫌疑。

第十六章

当球队不在镇上的时候，扬基体育场的日常仪式就会发生微妙变化。没有了人潮和镜头的敦促，没有了下一次新鲜出赛的预期，这座老建筑失去了光彩。日上三竿，穿着卡其短裤和灰色 T 恤的场地管理员才拖着疲惫的脚步开始打理场地。首席割草工格兰特利笨拙地推着像蜘蛛一样的托罗牌割草机，而土壤专家汤米则在本垒板后把土地拍打平整。丹推着小型割草机沿一垒线走过厚厚的蓝草。在外场警告跑道边，洒水器按照规定的间隔时间喷水。一个导游带着一群人站在三垒休息区，遥指着记分板外的什么地方。

五万七千个座位空着。各种声音在周围轻轻地回荡——小型割草机发动机的闷响，场地管理员的笑声，喷洗机清洗上层观众席座位远远传来的声音，四号线掠过场地右墙的隆隆声，记者席旁边锤子的轻敲声。对于那些维护鲁斯建起来的体育场的人来说，过去的时光值得珍惜，因为它寄托着对扬基伟大历史的怀旧，也承载着对更辉煌的未来的展望。

人们在约二十五年前曾期待他的到来，二十五年后，罗恩·威廉森从扬基休息区的长凳上站了起来，走到了场地边上的棕色碎石警告跑道上。他停下了脚步，站在体育场的巨大空间里，沉浸在最神圣的棒球场地的氛围中。那是一个阳光灿烂的春日，风清日丽，绿草平整如毯。阳光温暖了他苍白的肌肤，刚刚割过草的味道让他回想起了其他场地、其他比赛，还有旧时的梦想。

他戴着扬基棒球帽，这是前台送的纪念品。因为他现在是一个名人，来纽约是为了去《早安美国》和黛安·索耶录节目，所以他穿着唯一的运动外套（就是安妮特两周前匆匆购买的海军蓝休闲西装），还有唯一的西裤，戴着唯一的领带，不过他换了双鞋。他对衣服失去了兴趣。虽然他曾在男装商店工作，为别人提供到位的着装建议，但他现在不在乎了。穿十二年的囚服是会让你发生这样的转变。

帽子下面是他灰白、厚实又蓬乱的瓜盖头。罗恩现在四十六岁了，但看上去更老。他整了整帽子，然后踏上草坪。他身高六英尺，尽管二十年的虐待与漠视给他的身体造成了明显的伤害，但还是可以看出伟大运动员的一些痕迹。他慢步越过界外区，走近土质的跑垒道，走向投球区土墩，在那里，他站了一会，向无数排天蓝色的座位望去。他轻轻地把脚放在塑胶地面上，摇了摇头。唐·拉森正是在这里投掷出了那场完美的比赛。他的偶像怀特·福特曾是这块土墩上的霸主。罗恩向左看去，望向右外野，墙显得那么近，罗杰·马里斯曾击飞过很多球，它们飞出了墙外。他可以看到伟大扬基队员的纪念碑，远离球场中心，在高墙之外。

米奇也在那里。

马克·巴雷特站在本垒板，也戴着扬基帽，正在揣度他的当事人在想什么。将一个人从监狱释放，他在那里度过了十二年却一无所得，无人道歉，因为无人真心承认错误，没有道别，只有“滚蛋”“快走，别废话”。他也没有得到补偿、建议、州长写的信或任何其他官方信函，没有得到来自公共机构的指导。两个星期后，他卷入了一场媒体风暴，每个人都想从他身上分走点什么。

罗恩现在显然还没有心生怨恨。他和丹尼斯沉浸在获释后丰富多彩的生活之中。怨恨日后才会到来，在媒体退场很久之后。

巴里·谢克待在休息区附近，一边看着罗恩，一边和其他人聊天。作为一名死忠扬基粉，他打电话安排了对扬基体育场的这次特别访问，在纽约的这几天，他是东道主。

大家拍了照，摄影组拍摄了罗恩站在投手土墩上的样子，然后，继续沿着一垒线参观，在导游随意说着这个或那个扬基球员的时候，人们慢慢走着。罗恩知道很多数据和故事。导游说，没有一个球完全打出过扬基体育场，但曼托已经很接近了。他曾将球打在了右中心墙上，就在那里，导游说着，指向那个点，距本垒大约五百三十五英尺。“但是，华盛顿的一个球飞得更远，”罗恩说，“有五百六十五英尺。投手是查克·斯托布斯。”此言给导游留下了深刻的印象。

安妮特跟在罗恩后面几步远的地方，紧随着他，一如既往，她处理细枝末节，作艰难的决定，进行善后。她不是棒球迷，当时，她最关心的是让弟弟保持头脑清醒。罗恩在生她的气，因为她前一天晚上没让他喝酒。

他们一行人还包括丹尼斯、格雷格·威尔霍伊特和蒂姆·达勒姆，所有四名洗冤者都出现在《早安美国》节目中，美国广播公司报销路费。《纽约每日新闻》的吉姆·德维尔也来到了现场。

他们在中外场停下脚步，站在警告跑道上。另一边就是纪念碑公园，那里有鲁斯和格里克、曼托和迪马乔的巨大半身像，还有其他伟大扬基球员的小一些的半身像。导游介绍说，在装修前，这个小角落，这个近乎神圣的地方，事实上是位于界内场地的。大门开着，他们经过了栅栏，走进了一个砖砌的庭院，在那一刻，人们很容易忘记自己身处棒球体育场。

罗恩走近曼托的半身像，游览其生平简介，他仍记得儿时背下的比赛数据。

罗恩做扬基队员的最后一年是 1977 年，在劳德代尔堡，效力于 A 级队，虽说是职业球员，却处于离纪念碑公园最远的一端。安妮特还有一些他身着真正的扬基队服的老照片。事实上，这套队服是一个真正的扬基队员在这个球场上穿过的。大俱乐部直接把这些衣服传了下来，随着队服在青年队员中一代代相传，它们带上了令人伤感的细小痕迹，它们在前线的战斗生活中收集着伤痕。每一条裤子在膝盖和屁股部位都有缝补，裤腰都被改小，再放大，而改动都隐藏在内里，这样，受训的球员就可以保持衣服表面的平整。每件运动衫都浸染上了草汁和汗水。

1977 年，罗恩代表劳德代尔堡扬基队出场十四次，投三十三球，两胜，四负，被打得鼻青脸肿，当赛季终于结束时，扬基队毫不犹豫地裁掉了他。

参观继续进行。罗恩稍作停留，嘲笑雷吉・杰克逊的标牌。导游正在讲体育场面积的变化，它是如何在鲁斯打球时变大，在马里斯和曼托打球时变小。摄影组尾随在后，记录着这些必将会被剪掉的场景。

所有这些关注多么有趣，安妮特想。在儿时和少年时代，罗尼就渴望聚光灯，梦寐以求，而四十年之后的现在，镜头记录下了他的一举一动。

享受这一刻，她一直在这样对自己说。一个月前，罗恩还被关在精神病院，他们不确定他还能不能出来。

众人缓步返回到扬基队的休息区，在那里休息了一会。在最后几分钟，罗恩沉浸在这个地方的魔力中，他对马克·巴雷特说："我终于感受到了他们在这里的快乐。"

马克点了点头，但没想出可以说些什么。

"曾经，我一心只想打棒球，"罗恩说，"这是我曾拥有的唯一乐趣。"

他停顿了一下，看了看四周，说："你知道，过一段时间，这一切都会从你身边流逝，我现在真正想要的只是一杯冰啤酒。"

饮酒是从纽约之行开始的。

胜利游行从扬基体育场延伸到迪士尼乐园，德国一家电视公司为所有随行人员支付了三天的游玩费用。罗恩和丹尼斯所要做的只是讲述他们的故事，而那些德国人，怀着欧洲人对死刑的典型好奇，记录下了每个细节。

在迪士尼乐园，罗恩最喜欢的是未来世界的德国村，他在那里发现了巴伐利亚啤酒，喝了一杯又一杯。

他们飞往洛杉矶，参加了《莉扎脱口秀》的直播。节目即将开始的时候，罗恩溜了出去，偷偷喝了一品脱伏特加。由于大多数牙齿都掉落了，他说话时发音不清，没有人注意到他有那么一点大舌头。

时间一天天过去，他的故事不再那么备受瞩目，一行人——罗恩、安妮特、马克、丹尼斯、伊丽莎白和萨拉·邦内尔——踏上了归途。

罗恩最不想去的地方就是埃达。

罗恩和安妮特在一起，开始了适应新生活的艰难过程。记者们终于消失无踪。

在安妮特的密切监督下，他积极接受治疗，状态稳定。他睡得很多，弹吉他，梦想靠唱歌出名。安妮特不准罗恩在她家里喝酒，而他却酒不离手。

罗恩害怕再次被捕，再度入狱，这种恐惧让罗恩心力交瘁，他总是担惊受怕，一有风吹草动就吓得跳起来。罗恩知道警方并没忘记他，他们仍然认为，他和这起谋杀案有某些牵连。埃达的大多数人也是这样想的。

他想离开埃达，但又没有钱。他无法承担一份工作，更别说受人雇用。他近二十年都没有驾照，对学习驾驶员手册和考试也不是特别感兴趣。

安妮特向社会保障局争取罗恩的残疾保障金，他入狱后就再也没有收到过支票。最终，她胜利了，罗恩总共得到了六万美元的补偿。社会保障局恢复了每月给罗恩六百美元保障金的做法，将持续到其康复，而康复似乎不太可能。

一夜之间，罗恩感觉自己像个百万富翁，希望能独自生活。并且，他也渴望离开埃达和俄克拉荷马州。安妮特唯一的孩子迈克尔住在密苏里州的斯普林菲尔德，他们计划让罗恩搬到那里去，于是花了两万美元，购买了一辆崭新的房车，里面有两个卧室，配备好了家具。他们让罗恩搬了进去。

虽然这是一个令人骄傲的时刻，但安妮特还是为罗恩将要开始一个人的生活而担心。当安妮特最终离开，罗恩坐在他的新躺椅上，看着自己的新电视，感觉自己是个很幸福的人。安妮特三个星期后来看他，他依然坐在躺椅上，周围七零八落地堆满了啤酒罐。

罗恩每天睡觉，喝酒，打电话，弹吉他，不做这些事情的时候，他就在附近的沃尔玛超市游荡，在那儿买啤酒和香烟。但发生了一件事，一个意外，于是超市请他到别的地方待着。

在独自任意妄为的日子里，他专注于向这些年借钱给他的人还钱。存钱看上去是个荒谬的想法，他便把这种想法抛在脑后。他被电视节目中的各种呼吁所打动，饥饿的孩子，将要失去所有神职的牧师，等等。他送钱给他们。

电话费高得吓人。他打电话给安妮特和勒妮、马克·巴雷特、萨拉·邦内尔、格雷格·威尔霍伊特、贫困者援助辩护系统的律师、兰德里斯法官、布鲁斯·莱巴，甚至一些监狱官员。他在电话中表现出非同寻常的乐观，因重获自由而高兴，但是在每次谈话的结尾，他都会大骂瑞奇·乔·西蒙斯。他根本不在乎格伦·戈尔留下的DNA痕迹。罗恩希望警察立即逮捕西蒙斯，罪名是："1982 年 12 月 8 日强奸，用器具强奸，暴力鸡奸，并且谋杀了黛比·苏·卡特，在她位于东八街 1022 1/2 号的家里！"每次聊到最后，他都会把这个要求的细节至少重复两遍。

奇怪的是，罗恩还打电话给佩姬·史迪威，两人通过电话建立起了友好的关系。他保证，他从未见过黛比，佩姬相信了他。在失去女儿十八年后，她还是不能释怀。她向罗恩承认，多年来，她一直怀疑这起谋杀案并未真正破案，这让她心中不安。

一般来说，他避免去酒吧，也不接触随便的女人，但有一次还是惹火上身。罗恩正在街上自顾自走着，一辆车停了下来，里面有两个女人，他就上了车。他们逛了几间酒吧，在深夜一起回到他的房车。在那里，一个女人在床底下找到了他藏的现金。当他发现丢了一千美元后，发誓要离所有女人都远远的。

迈克尔·赫德森是罗恩在斯普林菲尔德唯一的朋友，罗恩鼓励外甥买把吉他，并且教了他几个和弦。迈克尔定期去看他，并把情况告诉自己的妈妈。罗恩喝酒喝得越来越凶了。

酒精和药物会产生冲突，罗恩变得极端偏执。只要看见警车，他就会严重焦虑。他甚至拒绝横穿马路，总感觉警察一直在监视自己。彼得森和埃达警方正在策划着什么阴谋。他用胶带在窗户上贴满了报纸，紧锁着门，门也用胶带从里面封好，睡觉时身边放着屠夫刀。

马克·巴雷特去看过他两次，留宿在他的房车里。他担心罗恩的情况，担心他的偏执和酗酒，尤其担心那把刀。

罗恩很孤单，很恐惧。

丹尼斯·弗里茨也不敢乱穿马路。他回到了堪萨斯，和母亲一起住在利斯特大街的小房子里。他最后一次离开那栋房子时，它正被一队沮丧的特警包围着。

在罗恩和丹尼斯获释几个月后，格伦·戈尔仍没有受到指控。侦查工作在沿着某个方向进行，按照丹尼斯的理解，他和罗恩依旧是嫌疑人。丹尼斯一看见警车就会躲起来，他只要离开家，就瞻前顾后，电话铃响，也会吓他一跳。

丹尼斯驱车前往斯普林菲尔德去看望罗恩，罗恩酗酒的程度让他震惊。在那几天，他们试图说笑和回忆，但罗恩喝得太多了。罗恩喝醉后不会变得卑劣或情绪化，只是很吵闹，不招人喜欢。他会睡到中午，起床，开一罐啤酒，当作早餐和午餐，然后开始弹吉他。

一天下午，他们一起驾车兜风，喝啤酒，享受着自由。罗恩弹着吉他，丹尼斯小心翼翼地开车，他对斯普林菲尔德不熟悉，他最不想碰到的情况就是警察找麻烦。罗恩认为他们应该找个夜店停下，说服老板允许他们在晚上进行一次现场表演。丹尼斯感觉这是个坏主意，况且罗恩对夜店不十分熟悉，也不认识那里的老板或门卫。他们激烈争论起来，随后回到了房车上。

罗恩梦想登上舞台。他希望在数以千计的观众面前表演，出售专辑，一举成名。丹尼斯不忍心告诉他，凭借他嘶哑的声音、损坏的声带，还有微不足道的吉他天赋，那只不过是一个梦。他督促罗恩减少饮酒量，建议罗恩时不时地在每日纵情狂饮的百威中间掺杂些不含酒精的啤酒，不要再喝烈酒。罗恩越来越胖，丹尼斯劝他锻炼并戒烟。

罗恩充耳不闻，继续喝酒——真正的啤酒。三天后，丹尼斯返回堪萨斯，几周后和正好路过的马克·巴雷特一起回来。他们开车带着罗恩去了一家咖啡厅，罗恩在那里的小舞台上弹吉他，演唱了鲍勃·迪伦的歌曲，还收了些小费。虽然观众很少，而且比起听歌，他们更在意吃东西，但罗恩表演得很尽兴。

为了让自己忙起来，同时赚点钱，丹尼斯找了一份烤汉堡的兼职工作，仅领取最低工资。他在过去十二年里一直钻研法律书籍，他发现这个习惯已根深蒂固。巴里·谢克鼓励他考虑去读法学院，甚至答应帮他承担学费。密苏里大学堪萨斯分校就在附近，那里就有法学院，课程安排也很灵活。丹尼斯着手准备入学考试，但不久后就感到力所不逮。

他遭受了某种创伤后压力失调，压力有时使他身心俱疲。监狱的恐怖挥之不去——噩梦、闪回、再次被捕的恐惧。谋杀案调查正在进行，埃达警察四处出击，他们始终有可能在深夜敲响他家的房门，或者又会来一次特警袭击。丹尼斯最终选择去寻求专业人士的帮助，慢慢振作起来。巴里·谢克建议他提起诉讼，一场针对冤案责任人的大规模诉讼，丹尼斯认真听取了这个想法。

一场全新的斗争即将开始，他整装待发。

罗恩的生活却滑往相反的方向。他举止怪异，令邻里侧目。后来，他带着屠夫刀在房车停车场穿行，说是彼得森和埃达警方在追他，而他在保护自己，不想回监狱。

安妮特收到了驱逐通知。但罗尼不接她的电话，她接到了法院的指令，让她带罗恩去做精神健康评估。

罗恩正待在自己的房车里，门窗都用胶带封着，贴满了报纸。他喝着啤酒，看着电视，却突然听到了扩音器里传出的高声厉喝——“举起手，出来！”他向外窥去，看到了警察。他心想，生活又完蛋了，他又要回死囚区了。

他害怕警察，警察也怕他，双方在这一点上是一致的。罗恩没有被送回死囚区，而是被带到精神病院接受评估。

房车买了还不到一年，但已脏乱不堪，安妮特把它卖了。罗恩从医院出来后，安妮特要找个地方安置他。唯一能找到的床位在斯普林菲尔德郊外的疗养院。她开车去医院，帮他收拾了东西，把他送到达拉斯县护理中心。

起初，罗恩很喜欢那里的日常生活和定期护理，他按时吃药，不能喝酒。他感觉好多了，但很快就厌倦了被一群坐在轮椅上的虚弱老人包围的日子，又开始抱怨，不久后就完全无法忍受，安妮特不得不又在密苏里州的马什菲尔德找了另一个房间。但那里同样满是沉闷的老年人，罗恩只有四十七岁，他如何能在疗养院里度日？他一遍又一遍地问这个问题，安妮特终于决定带他回俄克拉荷马州。

他不愿回埃达，也没人希望他回去。安妮特在俄克拉荷马市的海港之家找到了一个床位。海港之家原本是一间旧旅馆，后来被改造成了过渡性住所。那里的人都经历了生活的某个阶段，也向往以后会活得更好。那里不准喝酒，罗恩在好几个月里都很清醒。

马克·巴雷特到海港之家探望过他几次，知道罗恩在那里待不了很久。没有人能做到这一点。那里的大多数人都过着行尸走肉的生活，比罗恩更加伤痕累累。

几个月过去了，格伦·戈尔仍然没有受到谋杀指控。新的调查被证明和十八年前的一样“卓有成效”。

埃达警方、检察官和州调查局拥有可靠的 DNA 证据，它们表明犯罪现场的精液和头发来自格伦·戈尔，但他们还是破解不了这起谋杀案。他们需要更多证据。

当局仍未排除罗恩和丹尼斯的嫌疑。虽然他们是自由人，也因此而高兴，但头顶上始终悬浮着一片阴云。罗恩和丹尼斯每星期，有时每天打电话给对方或他们的律师。他们在恐惧中生活了一年后，决定反击。

如果比尔·彼得森、埃达警方和俄克拉荷马州政府能为冤案道歉，为罗恩·威廉森和丹尼斯·弗里茨做个了结，他们就能选择一条光明的道路，结束这个悲伤的故事。

然而，他们让自己站上了被告席。

2000 年 4 月，共同原告丹尼斯·弗里茨和罗恩·威廉森起诉了俄克拉荷马州政府中的一半机构和人员。被告包括埃达市政府、庞托托克县政府、比尔·彼得森、丹尼斯·史密斯、约翰·克里斯蒂安、迈克·坦尼、格伦·戈尔、特莉·霍兰德、詹姆斯·哈乔、俄克拉荷马州政府、州调查局、州调查局雇员加里·罗杰斯、鲁斯蒂·费瑟斯通、梅尔文·海特、杰里·彼得斯、拉里·穆林斯，以及惩教局官员加里·梅纳德、丹·雷诺兹、詹姆斯·塞夫勒和拉里·菲尔德。

该案是诉至联邦法院的民权案件，原告诉称，被告违反了宪法第四、第五、第六、第八、第十四修正案。案件正好被随机分配给了弗兰克·西伊法官，他后来申请回避。

原告诉称：被告编造证据，隐藏无罪证据，未能对原告进行公平的审判；明知错误，却共谋逮捕，恶意对原告提起公诉；实施欺诈行为；故意造成原告的精神伤害；在对原告的公诉中疏忽大意；提起并进行恶意公诉。

针对监狱系统的主张是，罗恩在死囚区受到虐待，监狱官员在不断得到通知的情况下，仍忽视他的精神疾病。

原告要求一亿美元的损害赔偿金。

《埃达晚报》引用比尔·彼得森的话说："在我看来，这是个轻率的诉讼，只是为了博取眼球。我并不担心。"

他还再次强调，对凶案的调查"仍在继续"。

诉讼由巴里·谢克的律师事务所和堪萨斯市一个名叫谢丽尔·彼拉多的律师提起。马克·巴雷特离开了贫困者辩护援助系统，开始私人执业，他后来也加入了这个团队。

针对误判提起的民事诉讼极难胜诉，大多数洗冤者被挡在了法院门外。受到误判并不能自然而然地赋予一个人起诉的权利。

潜在原告必须证明他的民事权利受到侵害，还要证明宪法对他的保护被侵犯，由此导致了误判。困难在于，事实上，与导致误判的法律程序有关的每个人都享有豁免权。法官不管审理得有多糟糕，都可以在误判案件中得到豁免。检察官只要履行公职——也就是说，只要他在公诉——就享有豁免权。然而，如果他过分参与侦查，那么可能会被追责。警察也享有豁免权，除非可以证明，他的错误行为是任何一个理智的执法者都明知违反宪法的。

维持这种诉讼的费用极其高昂，后果也是毁灭性的。这意味着原告律师不得不面对数万乃至数十万美元的诉讼费用。并且，鉴于获得赔偿之路如此漫长，他们冒的风险也太大了。

大多数被误判的人，比如格雷格·威尔霍伊特，一分钱也没拿到。

2001 年 7 月，罗恩来到了下一站，即诺曼的“过渡之家”，这是一个成熟的机构，为人们提供组织化的环境、建议和培训。它的宗旨是让病人在顾问的监督下，恢复自力更生的能力，终极目标则是让病人成为有创造性的、稳定的公民，回归社会。

第一阶段是一个为期十二个月的计划，人们和室友合住在宿舍里，要遵守诸多规则。最初的培训项目之一是教会他们利用公交车在城市中来回穿行。那里也教授并侧重烹饪、清洁和个人卫生方面的技能。罗恩学会了打鸡蛋，做花生酱三明治。

罗恩喜欢待在宿舍附近，只在想抽烟时出门。四个月过去了，他仍没搞明白公交系统。

罗恩儿时和一个女孩青梅竹马，她叫黛比·基思。她父亲是一名牧师，并希望自己的女儿也嫁给牧师。而罗恩距离这个愿望太过遥远。她的兄弟米奇·基思追随父亲的步履，成了福音教堂的牧师。这座教堂也是安妮特在埃达的新去处。在罗恩的请求和安妮特的催促下，基思牧师开车来到了诺曼，来到了过渡之家。

罗恩对重新加入教堂和洗心革面的事情非常认真，他在内心深信着上帝和耶稣基督，永远不会忘记儿时背诵的《圣经》和他喜爱的福音赞美诗。虽然他犯过很多错误，身上有不少缺点，但他渴望回归正途。对自己生活方式的负罪感让他终日不安，但他相信耶稣对神圣、永恒和完全宽恕的承诺。

基思牧师与罗恩交谈，和他一起祈祷，讨论了一些文书方面的事情。牧师解释说，如果罗恩真的希望加入教堂，他需要填一张表格，声明他重新皈依基督教，保证会向教堂缴纳什一税，尽可能地参加教堂的活动，保证不给教堂带来负面影响。罗恩很快就填好了表格，签了名。表格提交给了教堂的委员会讨论，并得以通过。

罗恩在这几个月里过得相当怡然自得。他整洁而清醒，决心在上帝的帮助下改掉坏习惯。他加入了匿名戒酒协会，几乎不错过任何一次活动。他均衡用药，家人和朋友很喜欢和他待在一起。他声音洪亮，说话幽默，总是可以迅速反驳别人或想出一个有趣的故事。为了吓唬陌生人，罗恩喜欢在开始讲一个新故事前说，“当我还在死囚区的时候……”。家人尽量陪伴他，他们经常惊异地发现，他可以回忆起他发疯时所发生之事的微小细节。

过渡之家位于诺曼市中心附近，步行到马克·巴雷特的办公室很方便，罗恩经常会溜达过去。律师和当事人一起坐下来喝杯咖啡，谈谈音乐，讨论一下案件的进展。不出所料，关于诉讼，罗恩最关心的是何时结束，他可以拿到多少钱。马克邀请罗恩和他一起去教会，即诺曼的基督信徒公会。罗恩和马克的妻子一起参加了主日学校，并且迷上了关于《圣经》和基督教的公开而自由的讨论。在五旬节教会，文字是确定可靠的，相反的观点会令人蹙眉。与五旬节教会不同，在这里可以质疑任何事。

罗恩把大部分时间花在了音乐上，他练习鲍勃·迪伦和埃里克·克莱普顿的歌，直到可以模仿得惟妙惟肖。他因此被雇用，在诺曼和俄克拉荷马两市大大小小的咖啡厅做了几次现场演出，收些小费，接受点歌，尽管客人并不多。他无所畏惧，虽说音域并不宽广，但他不在乎，乐于尝试唱所有的歌。

俄克拉荷马州废除死刑联盟邀请罗恩在“消防站”举行的筹款活动中演唱和发言。消防站是紧邻俄克拉荷马州立大学的一个很受欢迎的娱乐场所。听众有两百人，这比他平时能见到的人多多了。罗恩被紧张之情压倒，他站得离麦克风太远了。听众几乎听不到他的声音，尽管如此，他们仍对他赞赏有加。傍晚，他见到了俄克拉荷马州立大学的犯罪学家、倡导废除死刑的社会活动家苏珊·夏普博士。她邀请他去自己的课堂参观，他高兴地接受了。

两个人成了朋友，只是罗恩很快就把夏普博士当成了女朋友。她努力将关系保持在友谊和工作的层面上。她眼中的罗恩是一个伤痕累累的人，她决心帮助他。浪漫关系是不可能的，他也没有强求。

罗恩在过渡之家取得了第一阶段的进步，从而进入第二阶段——独自在宿舍里居住。安妮特和勒妮急切地祈祷他可以独立生活。她们尽力不去设想罗恩在养老院、中途之家[1]和精神病院度过后半生的可能。如果他能完成第二阶段，那么下一步就是找份工作。

振作的状态仅持续了一个月左右，他就日渐沉沦。没有了系统的管理与监督，他开始忽视用药。他真的很想喝点冰啤酒，就来到了一个名为戴里的校园酒吧，那儿吸引着酒鬼和叛逆青少年。

罗恩成了那儿的常客，故态复萌，醉后会让人不快。

2001年10月29日，罗恩在他起诉的案件中作证。俄克拉荷马市的速记员办公室里挤满了律师，所有人都等着向这个已成为本地名人的男人问几个问题。

在几个基本问题过后，第一个辩护律师问罗恩："你在接受某种药物治疗吗？"

"是的。"

"这些药物是精神科医生开具处方并指示你服用的吗？"

"精神科医生，是的。"

"你有没有今天服药的处方或信息？"

"我知道我吃的是什么药。"

"是什么？"

"我吃的是双丙戊酸钠，剂量是二百五十毫克，每天四次；再普乐一天一次，晚上吃；安非他酮，一天一次。"

"你知道这些药都是起什么作用的吗？"

"双丙戊酸钠用来抑制情绪波动，安非他酮控制抑郁，再普乐

---

1 中途之家（halfway house），一种为身心障碍人士或有犯罪记录的人设立的机构，旨在让他们学习必要的技能，为重新融入社会做好准备。

抑制幻听幻视。”

“好的。我们今天非常关心的一件事是，这些药物会不会对你回忆往事的能力造成影响。会吗？”

“嗯，我不知道。你还没让我回忆什么呢。”

作证持续了几个小时，罗恩筋疲力尽。

作为被告，比尔·彼得森提出了适用简易程序的动议。这是一种常用的法律策略，目的在于让自己摆脱这个案件。

原告称，彼得森不享有豁免权，因为他超越了检察官的角色，对黛比·卡特案进行了刑事侦查。他们提出了两个明显例证，证明彼得森编造证据。

第一个例证来自准备在民事诉讼中使用的格伦·戈尔的证言。戈尔说，事实上，比尔·彼得森来到他在庞托托克看守所的囚室，威胁他，让他指证罗恩·威廉森。据证言所称，彼得森曾说，如果拒绝，那么戈尔最好指望自己的指纹“没有出现在黛比·卡特的公寓里”，他“有可能会追查戈尔”。

原告举出的彼得森编造证据的第二个例子涉及黛比·卡特的掌纹。彼得森承认在 1987 年 1 月见过杰里·彼得斯、拉里·穆林斯和埃达的调查员，讨论了掌纹的事。彼得森表达了自己的观点，调查“已经山穷水尽”。他提出，在尸体埋葬约四年半后，或许能提取到更清晰的掌纹，并安排穆林斯和彼得斯再去调查一下。尸体被起出，掌纹被重新提取，专家忽然之间就有了新的意见。

（罗恩和丹尼斯的律师聘请了己方的指纹专家比尔·贝利先生。他认为，穆林斯和彼得斯之所以得出新结论，是因为分析了掌纹的不同部位。贝利的分析结论是，墙上的掌纹根本就不属于黛比·卡特。）

联邦法院的法官驳回了彼得森提出的简易程序动议，他认为，“彼得森、彼得斯、穆林斯以及其他人是否为了给威廉森和弗里茨定罪而参与了系统性的伪证行为，这是一个正当的事实问题”。

法官接着说：

> 在本案中，间接证据表明，多位调查员和彼得森协同剥夺了原告的一项或多项宪法权利。调查员一方面多次忽视无罪证据，另一方面接受有罪证据和有争议的伪造证据，未能追查涉及其他嫌疑人的明显线索，并使用有问题的法医学结论。这一切表明涉案被告故意追求威廉森和弗里茨公诉的特定最终结果，却在整个过程中无视最终结果可能不公正的种种警示信号，他们在侦查中发现的事实也不能支持这个结果。

判决于 2002 年 2 月 7 日作出，这是对被告的重大打击，也改变了案件的趋向。

多年来，勒妮一直都在劝说安妮特离开埃达。埃达人总是怀疑罗恩，对他的两个姐姐说三道四，他们所属的教堂也拒绝接受他。正在进行的针对镇政府和县政府的诉讼则引发了更多反感。

安妮特抗拒这种想法，是因为埃达是她的家乡，而她的弟弟是无辜的。她学会了无视周围的窃窃私语和异样眼神，决心坚持下去。

但是，诉讼让她担心。在历时近两年密集的审前证据开示后，马克·巴雷特和巴里·谢克感到局势正朝对他们有利的方向发展。和解谈判一次次启动，一次次宣告失败，但双方律师都感到，案件不会真的走到审判那步。

也许是到了改变的时候了。2002 年 4 月，在埃达生活了六十年后，安妮特离开了埃达，搬到塔尔萨，她在那里有亲戚，不久后，弟弟也来到塔尔萨和她住在一起。

安妮特迫切地希望罗恩离开诺曼。他又开始喝酒，喝醉后，还是管不住自己的嘴。他吹嘘自己的案子，声称自己请了多名律师，说他会从那些对他不公、把他送进死囚区的人那里拿走几百万美元，如此等等。他在戴里和其他酒吧晃悠，吸引了形形色色的人的注意。他们在拿到钱后会马上成为他最好的朋友。

罗恩搬到了安妮特家，不久就发现塔尔萨新家的规矩和埃达老家是一样的，特别是不能喝酒。他得以保持清醒，加入了她的教堂，和她的牧师慢慢相熟。教堂里有一个名为“迷途者之光”的查经小组，它为奔赴贫穷国家的传教之旅筹集资金。他们最喜欢的筹款方式就是每月一次的牛排和马铃薯晚餐。罗恩加入了厨房团队，负责给烤土豆包裹锡箔，他喜欢这份工作。

2002 年秋，这起“草率”的诉讼以和解结案，赔偿金高达数百万美元。为保护事业和自尊，诸多被告坚持签订保密的和解协议，这样一来，他们及其保险公司在支付高额赔偿金的同时，可以不必承认自己做错了什么。保密的和解协议藏在上锁的文件柜中，受联邦法院令的保护。

但和解协议的细节迅速就在埃达的咖啡馆里风传，后来镇议会被迫公开了事实，它从应急储备金中拿出五十万美元支付了和解协议中自己应承担的部分。镇上流言四起，每个咖啡馆里流传的赔偿数额版本都有所不同，大多数人相信是在五百万美元左右。《埃达晚报》援引了匿名信源，在报道中明确写出了这个数额。

因为罗恩和丹尼斯并未被排除嫌疑，所以埃达的很多善良民众仍然相信他们与谋杀有关。他们现在从罪行中潇洒获利，引起了更多愤慨。

马克·巴雷特和巴里·谢克坚持让他们的当事人先一次性领取一笔钱，然后每个月领保障金，这样做是为了保护他们的赔偿款。

丹尼斯在堪萨斯市郊买了一处新房子。他照顾着母亲和伊丽莎白，把其余的钱存在银行里。

而罗恩则没有那么谨慎。

他说服安妮特帮他在离她家和他们的教堂都不远的地方购买了一套公寓。他们花了六万美元买了一套两居室，罗恩又一次出去独居，他最近几个星期的状态很稳定，如果安妮特有事不能开车接他，他也可以高兴地步行去教堂。

但塔尔萨才是他熟悉的地盘，不久后，他就又回到了脱衣舞俱乐部和酒吧，在那里送酒给所有人喝，给小姐数千美元小费。钱和他的大嘴巴吸引了各式各样的朋友，有新有旧，很多人都在占他的便宜。他挥金如土，对管理自己的新财富毫无概念。在安妮特阻止他之前，五万美元已经蒸发。

罗恩公寓附近有一家名为“赏金”的街坊酒吧。这家酒吧很小，格雷格的父亲盖伊·威尔霍伊特是常客。罗恩和他相遇，成为酒友，他们绘声绘色地谈论格雷格和死囚区给他们留下的阴影，一个又一个小时就这样愉快地度过。盖伊告诉赏金酒吧的服务员和老板，罗恩是他和格雷格的一个特殊朋友，如果罗恩有什么麻烦（这是常态），就打电话给他，不要报警。他们答应保护罗恩。

但罗恩无法远离脱衣舞俱乐部，戈黛娃夫人俱乐部是他的最爱。他迷上了一个舞娘，明知她已名花有主，也并不在意，当他发现她有家庭却没地方可住时，便邀请他们到他家里住，把楼上的卧室让了出来。舞娘、她的两个孩子和所谓的孩子父亲都搬进了威廉森先生漂亮的新公寓。他们还缺生活用品。罗恩打电话给安妮特，给了她一份长长的必需品清单，她极不情愿地去商店把东西买了回来。当安妮特去送时，却找不到罗恩，舞娘和她的家人把自己反锁在楼上的卧室里，躲着安妮特，不愿意出来。安妮特在门外大声发出了最后通牒，威胁说如果他们不马上走就要对他们提起刑事诉讼。他们逃之夭夭，而罗恩非常想念他们。

罗恩的冒险仍在继续，直到身为法定监护人的安妮特拿着法院令进行了干预。他们再一次为了钱而争论，但罗恩知道什么对他来说才是最好的。公寓被变卖，罗恩去了另一家疗养院。

真正的朋友并没有抛弃罗恩。丹尼斯·弗里茨知道罗恩正在努力寻求一种稳定的生活方式，提议罗恩去堪萨斯和他一起生活。丹尼斯会监督罗恩服药和饮食，敦促他锻炼身体，强迫他少抽烟少喝酒。丹尼斯发现了健康食品、维生素、营养品、草药茶等，并急切地希望在他的朋友身上试试。他们好几个星期以来都在谈论搬家的事，但安妮特最后表示反对。

格雷格·威尔霍伊特现在是一个地道的加州居民，也是愤怒的废除死刑社会活动家，他恳请罗尼搬到萨克拉曼多，那里的生活简单而悠闲，真的可以忘却过去。罗恩喜欢这个想法，但谈谈很开心，真正实施却是另外一回事。

布鲁斯·莱巴找到了罗恩，表示会给他提供一个房间。布鲁斯以前也多次这样做过。安妮特同意罗恩搬去和布鲁斯一起住。当时，布鲁斯是名卡车司机。罗恩坐在前排，全身心地享受着高速公路上的开阔和自由感。

安妮特预计，这个安排不可能维持三个月，那是罗恩适应一种新生活的平均时间。每种生活、每个地方都很快就会使他厌倦，三个月后，他和布鲁斯吵了一架，为什么而吵两个人都没记住。罗恩搬回了塔尔萨，在和安妮特一起住了几个星期后，找了一家小旅馆的套房，租期是三个月。

2001 年，丹尼斯和罗恩获释两年，谋杀案发生已近十九年，埃达警方终结了调查。之后，又过了两年，格伦·戈尔走出列克星顿惩教中心，站上了法庭的被告席。

出于多重原因，比尔·彼得森没有在这个案件中担任公诉人，没有再次站在陪审团前，指着被告，说些“格伦·戈尔，你应该为你对黛比·卡特所做的一切被判处死刑”之类的话，这可能行不通，因为他已经对另外两个人提出过同样的指控。彼得森以利益冲突为由申请回避，却派了助手克里斯·罗斯坐在公诉席，记录法庭里发生的一切。

承担公诉任务的是来自俄克拉荷马市的特别检察官理查德·温特里，凭借 DNA 检测结果，他很容易就得到了有罪判决。在听取了戈尔冗长的暴力刑事记录之后，陪审团没费什么功夫就建议适用死刑。

丹尼斯不愿关注这个审判，罗恩却不能无视，他每天都打电话给兰德里斯法官：“汤米，你应该去抓瑞奇·乔·西蒙斯。”

“汤米，忘掉戈尔！瑞奇·乔·西蒙斯才是真凶。”

从一家疗养院到另一家疗养院。罗恩一旦厌倦了一个新的地方，或者耗尽了别人欢迎他的情谊，他就打电话求助，安妮特则要忙乱地寻找另一家愿意照顾他的机构，帮他收拾行李，搬家。有些疗养院散发着消毒药水的刺鼻味道，笼罩着死神的阴影，有些则温暖而友好。

苏珊·夏普博士去看望他的时候，他正住在霍伊镇上一家让他心满意足的疗养院里。罗恩几个星期以来一直头脑清醒，心情极佳。他们开车去了小镇附近的一个湖畔公园，一起散了步。天空晴朗，空气凉爽。

“他就像一个孩子，”夏普博士说，“喜欢在好天气出去晒太阳。”

在他清醒并服了药的时候，和他在一起会很令人开心。那天晚上，他们“约会了”，在附近的一家饭店用餐。罗恩很自豪，因为他请了这样一位漂亮的女士和他共进牛排晚餐。

第十七章

严重的胃痛于2004年初秋开始发作。罗恩感到腹胀，坐立不安。来回踱步可以减轻一些痛苦，但疼痛在加重。他总是感到很累，无法入睡。他在入住不久的疗养院的大厅里整晚徘徊，希望可以缓解肚子周围日益增加的压力。

安妮特家距罗恩有两个小时的路程。尽管听到罗恩在电话里抱怨，但她已经有一个月没去看过他了。当她接罗恩去看牙医时，她惊讶地看到他的肚子极大，“看上去像是怀胎十月”。于是，他们没去看牙医，而是直奔塞米诺尔医院的急诊室。他被转入塔尔萨的医院，第二天，罗恩被诊断患有肝硬化。不能手术，无法治愈，没有机会移植。这是另一次死刑宣判，更为痛苦。按乐观的估计，他还能活六个月。

他活了五十一年，至少有十四年在监狱里度过，没机会喝酒。五年前，在获释之后，他终于抓住了酒瓶，但他在戒酒的过程中也清醒过很长时间。

肝硬化来得似乎有些突然。安妮特问了弟弟一些尖锐的问题，想回答它们并不容易。罗恩除了狂喝滥饮，还有不正当用药史，虽然在获释后就很少发生这种情况。另外一个可能的原因是精神疾病治疗史。罗恩在他至少一半的人生中，无数次服用了各种剂量的、非常强力的精神药物。

也许他生来肝脏就弱。现在这也不重要了。又一次，安妮特打电话给勒妮，把这个令人难以置信的消息告诉她。

医生抽出了几加仑的积液，院方让安妮特为他另寻他处。她遭到了七个机构的拒绝，最后才在“断箭护理之家”找到了一个房间。在那里，护士和工作人员像欢迎一个熟悉已久的家庭成员一样迎接了他。

安妮特和勒妮不久后就意识到，六个月是一个不切实际的预测。罗恩迅速衰弱下去，腹部严重肿胀，身体的其余部分却在萎缩。他失去了胃口，终于戒掉了烟酒。随着肝功能急剧衰弱，他痛得厉害，一刻不得舒坦，一连好几个小时在房间内和在疗养院的走廊上来回缓缓走动。

在这艰难时刻，家人们聚集起来，尽可能多地和罗恩待在一起。安妮特住在附近，但勒妮、加里和他们的孩子们住在达拉斯附近。他们要开五个小时的车，但还是一有时间就前来探望。

马克·巴雷特多次来看望他的当事人。他是一个业务繁忙的律师，但一直优先处理罗恩的事。他们谈论过死亡和死后的生活，谈论过上帝和基督救赎的许诺。面对死亡，罗恩却心满意足，这是他期待了多年的结局，他不惧怕死亡，心中也没有愤恨。他为自己过去做过的很多事，犯过的错，给别人造成的痛苦而后悔，但他真诚地请求上帝原谅，而上帝也原谅了他。

他并没有怨恨谁，尽管比尔·彼得森和瑞奇·乔·西蒙斯困扰着他，几乎直至生命的终结，但他最终还是原谅了他们。

马克又一次来访的时候，谈到了音乐的话题，罗恩在几个小时中不停地聊对新事业的打算，以及当他离开疗养院时会多么开心。没人提到他的病，更没人提及死亡。

安妮特给他送去了吉他，但他发现自己已无力弹奏。于是，他请她唱他们最喜欢的赞美诗。罗恩在疗养院的卡拉 OK 室完成了最后一次表演。他奇妙地攒足了一展歌喉的能量，那时，护士和其他许多患者已经听说了他的故事，他们为他欢呼打气。随后，在录音机放出的背景音乐中，他和两个姐姐一起跳了舞。

和大多数有时间思考和规划的重症病人不同，罗恩并不希望牧师握着他的手，听他临终的忏悔和祈祷。他和牧师一样熟悉《圣经》经文。他对福音的信仰是坚定的。也许他已迷途，偏离得比大多数人更远，但他已悔悟，错误也已为人遗忘。

他准备好了。

出狱后这五年的自由生活里有一些闪光的时刻，但总的来说，生活并不愉快。他搬过十七次家，多次被证明无法独自生活。他拥有的是什么样的前途？他是安妮特和勒妮的负担。他这一生在大多数时候都是别人的负担，他已疲惫。

自从被关入死囚区，罗恩就不止一次地和安妮特说，他情愿自己根本就没有来过这个世界，他渴望就这样死去。他为自己造成的苦难，尤其是对父母的伤害，感到羞愧，他想去见他们，向他们说对不起，永远在那里陪他们。在获释后不久，有一天，安妮特发现他站在她家厨房里，恍恍惚惚，望着窗外。罗恩抓住她的手说：“和我一起祈祷，安妮特，祈祷主带我回家，就在此刻。”

她无法完成这样的祷告。

当格雷格·威尔霍伊特赶来过感恩节假期时，他和罗尼一起度过了十天。虽然罗恩的情况急剧恶化，大量使用吗啡让他昏昏欲睡，但他们还是聊了好几个小时。他们聊死囚区的生活，那里依旧那么可怕，现在却带给他们迟来的幽默。

直至 2004 年 11 月，俄克拉荷马州一直在以惊人的速度执行死刑，他们的许多老邻居都已安息。罗恩知道，当他去天堂时，有几个人会在那里，但大多数人没有资格。

他告诉格雷格，他经历过最好和最坏的生活，没什么特别想见识的东西了，他已准备好离开。

“与主同在，他彻底平静下来，”格雷格说，“他不怕死，只是希望能泰然处之。”

当格雷格说再见时，罗恩几乎没有了意识。医生慷慨地给他打了吗啡，死亡就发生在数日后。

罗恩突然离世，许多朋友措手不及。丹尼斯·弗里茨路过塔尔萨，却找不到罗恩住的疗养院，他打算尽快回去看罗恩，但没赶得及。布鲁斯·莱巴在外州工作，暂时联系不上。

几乎是在最后时刻，巴里·谢克打来慰问电话。罗恩的民事案件调查员丹·克拉克匆忙接通了会议室的免提电话，巴里的声音充满了整个房间。这是一次单方交谈，罗恩吃了很多药，接受了太多治疗，濒临死亡。巴里答应马上就来，和他闲聊，如此等等。他说：“另外，罗尼，如果你走了，我答应你，我们最终一定会抓住瑞奇·乔·西蒙斯。”罗恩微笑了一下，而其他人都笑出声来。

巴里·谢克说完后，家人被叫了进来。

三年前，著名摄影师塔林·西蒙来到小镇为一本计划出版的书收集洗冤者的人物素材。她为罗恩和丹尼斯拍照，还记录了他们的案件的简要情况。西蒙请他们写几句话，配在照片旁边。

罗恩写道：

> 我希望我既不是去天堂，也不是去地狱。我希望，在我死去的时候，就此睡去，再也不要醒来，也不要有噩梦。长眠，正如你在一些墓碑上所看到的那样，那正是我所期盼的。因为我不愿意再次受审，不希望谁再来审判我。在死囚区的时候，我问自己，如果明知要经历这些，我为何还要存在世上，甚至为何要来到这世上？我几乎要诅咒父母把我带到世间，这样很不好。如果有机会再来一次，我宁可不要出生。
>
> ——《无辜者》[1]

面对死亡，罗恩略微缓和了内心的激愤，渴望在天堂中得到永生。

2004 年 12 月 4 日，安妮特、勒妮和她们的家人最后一次聚集在他的床边，向他道别。

三天后，人们聚集在断箭护理之家的海赫斯特殡仪馆举办追悼会。罗恩的牧师泰德·希斯顿主持罗恩这一生的最后一次“庆典”。监狱里的牧师查尔斯·斯托里讲了话，回忆了他们在麦卡莱斯特一起经历的温暖轶事。马克·巴雷特致悼词，追忆了他们特殊的友情。谢丽尔·彼拉多读了巴里·谢克的一封信，他在为别处的两个洗冤者工作，无法出席。

灵柩敞开，面色苍白的灰发老人已安息。他的棒球夹克、手套

---

1 Taryn Simon，*The Innocents*，New York: Umbrage，2003.

和球棒被放在灵柩里，旁边还有他的吉他。

追悼会播放了两首经典福音歌曲，即《我要飞走》《他给我自由》。这两首福音歌曲罗恩从小就学会了，并唱了一生，在复活节，在教堂聚会，在戴着手铐脚镣参加母亲的葬礼时，在死囚区最黑暗的日子里，获释当晚在安妮特家里。追悼会还播放了踢踏舞曲，让大家放松，每个人都不禁莞尔一笑。

追悼会显然令人伤心，但解脱感也显而易见。一个悲惨的生命结束了，拥有它的人现在去了更好的地方。这正是罗尼所祈祷的。他终获自由。

下午四五点钟，悼念者重新在埃达聚集，参加他的葬礼。镇上的一大群亲朋好友赶来，对他的去世表示哀悼。出于对卡特家人的尊重，安妮特选择了远离黛比长眠之所的一处墓地。

天气寒冷，刮着风。那天是 2004 年 12 月 7 日，正好距黛比最后一次被人看到整整二十二年。

灵柩抬放就位，抬棺人包括布鲁斯·莱巴和丹尼斯·弗里茨。一位本地牧师讲了最后几句话，念了一段祷文，众人再一次流泪，与罗恩最终道别。

永远铭刻在他的墓碑上的那段话是：

> 罗纳德·基思·威廉森
>
> 生于 1953 年 2 月 3 日，卒于 2004 年 12 月 4 日
>
> 坚强的幸存者
>
> 1988 年遭误判
>
> 1999 年 4 月 15 日获释

后　记

罗恩·威廉森入土为安两天后，我在翻阅《纽约时报》时看到了他的讣告。标题是“从死囚区获释的罗纳德·威廉森去世，享年五十一岁”，足够触动人心，而吉姆·德怀尔撰写的长篇讣告则更详尽地讲述了罗恩的经历。讣告配有一张醒目的照片，拍摄于获释那天，罗恩站在法庭上，看上去百感交集，有解脱，甚至也许有些自得。

不知为何，我错过了罗恩于 1999 年获释的新闻，我从未听说过罗恩·威廉森或丹尼斯·弗里茨。

我又读了一遍这篇讣告。那时我的创造力正处于低谷，凭空很难构思一个像罗恩的经历这样丰富而层次分明的故事。并且，我很快就会发现，讣告只是冰山一角。几个小时后，我就联系上了他的两个姐姐——安妮特和勒妮，忽然之间，我手头就多了一本要写的书。

我从未想过要写一部非虚构作品，我更喜欢写小说，我更不知道自己要写的是一个怎样的故事。这个故事的调查和写作耗费了我此后的十八个月时间。我去了埃达很多次，去了小镇附近的法院、看守所和咖啡厅，去了麦卡莱斯特的新老死囚区，还有阿舍。在阿舍，我坐在露天看台上和穆尔·鲍温聊了两个小时的棒球。我还去了纽约的无辜者计划办公室，去了塞米诺尔的咖啡馆，在那里和弗兰克·西伊法官共进午餐。我去了扬基体育场，去了列克星顿惩教中心，在那里会见了汤米·沃德。然后，我回到我的大本营诺曼，和马克·巴雷特一起谈论这个故事，一聊就是几个小时。我在堪萨斯见了丹尼斯·弗里茨，在塔尔萨见了安妮特和勒妮。在我说服了格雷格·威尔霍伊特从加利福尼亚回来后，我们去了大麦卡。在那里，他重返了他住过的囚室，他十五年前离开后就再也没回去过。

每次拜访，每次谈话，都会让故事发生新的转折。我本可以写上五千页。

这样的旅途也向我展示了误判的图景，有些事情是我这样一个做过律师的人都不曾花很多时间去思考的。这不仅仅是俄克拉荷马州才有的特殊问题，远远不是。在美国，误判在每个州每个月都会发生，原因大同小异——侦查工作不当，还有垃圾科学、说谎的目击证人、不负责任的辩护律师、懒惰的检察官、傲慢的检察官。

在各个城市，刑事技术专家的工作量都是惊人的，这导致他们难以维持程序和行为的职业水准。而在小镇，警察未经培训，不受制约。谋杀和强奸仍然是令人震惊的事件，人们需要正义，并且需要正义马上实现。他们，市民和陪审员，相信他们的政府会依法行事。而当政府没有这样做时，结果就是罗恩·威廉森和丹尼斯·弗里茨蒙冤。

蒙冤者还有汤米·沃德和卡尔·方特诺特。两人被判终身监禁，也都在服刑。汤米有一天可能会有机会获得假释，但因为程序的奇怪安排，卡尔却永远没有这样的机会。DNA 检测技术救不了他们，因为现场没有留下生物学意义上的证据。杀害丹尼斯·哈拉维的凶手或凶手们永远不会被发现，至少不会被警方发现。如果想更多地了解汤米和卡尔的故事，可以访问 www.wardandfontenot.com。

在为写这本书做调查时，我碰到了与埃达有关的两个其他问题。1983 年，一位名叫卡尔文·李·斯科特的男子在庞托托克县法院受审，罪名是强奸。受害人是一个年轻的寡妇，她在睡觉时遇袭。因为强奸者用枕头捂住了她的脸，她无法指认他。州调查局的毛发专家作证说，现场发现的两根阴毛与在卡尔文·李·斯科特身上提取的样本“在显微镜下比照一致”。而斯科特却坚决否认有罪。陪审团没有相信他，判了他二十五年监禁。他服刑二十年后获释。2003 年，DNA 检测为他洗脱冤屈，把他从监狱里救了出来。

在这个案子中，丹尼斯·史密斯负责侦查，比尔·彼得森担任地区检察官。

同样是在 2001 年，埃达的前助理警察局长丹尼斯·柯文被指控制造和分销甲基苯丙胺，并在联邦法院认罪，被关押六年。丹尼斯，如果您还记得的话，是格伦·戈尔在署名的宣誓证言中提及的埃达警察。而这份证言是在戈尔所描述的贩毒活动发生二十年后作出的。

埃达是一个很不错的小镇，但面临一个显而易见的问题：这些好人什么时候清理门户？

也许要等到他们厌倦了为行为失当的检察官买单的时候。在过去两年中，埃达市已两次提高财产税来补充储备金，因为储备金已部分用于罗恩和丹尼斯所提起的诉讼的和解。这是一个残酷的侮辱，这些税由所有不动产所有人承担，其中包括黛比·卡特的许多亲人。

计算所浪费金钱的总额是不可能的。俄克拉荷马州一年要花费约两万美元来安置一名囚犯。即使不算死囚区和州精神病院治疗的额外费用，花在罗恩身上的钱至少有二十五万美元，丹尼斯也一样。加上他们在民事诉讼中获得的赔偿金，一目了然，他们的案件导致的浪费肯定有几百万美元。

这个数字还没有考虑为了拯救这两个人努力工作的上诉律师所花费的数以千计的工时，也没考虑州政府律师为了判处他们死刑而浪费的时间。为了公诉和辩护而花费的每一美元最终都计入账单，邮寄给了纳税人。

有些钱则花得比较节省。政府为了给罗恩提供辩护，向巴尼·沃德支付了“高达”三千六百美元的费用。如果你还记得的话，琼斯法官驳回了巴尼所提出的聘请法医学专家评估州政府证据的申请。格雷格·桑德斯收到了同样的费用，三千六百美元。他聘请专家的申请也被驳回。纳税人应当受到“保护”。

金钱上的浪费让人心痛，但人所受的伤害却更严重。显然，罗恩的精神问题因误判而严重恶化，获释之后也没有恢复。大多数洗冤者都没能完全恢复。丹尼斯·弗里茨是幸运的。他拥有勇气和智慧，并最终拥有了金钱，让自己重整旗鼓。他在堪萨斯过上了平静、普通和富裕的生活，去年，他还当上了外公。

至于故事中的其他人物，比尔·彼得森现在仍然是埃达的地区检察官，他的两名助理是南希·休和克里斯·罗斯，调查员是加里·罗杰斯。丹尼斯·史密斯 1987 年从埃达警察局退休，2006 年 6 月 30 日突然死亡。巴尼·沃德于 2005 年夏天去世，当时我正在写这本书，但再也没有机会采访他了。罗恩·琼斯法官1990年在竞选中失利，离开了埃达地区。

格伦·戈尔仍被关在麦卡莱斯特的H区。2005年7月，他的定罪被俄克拉荷马州刑事上诉法院推翻。法院下令进行重审，认为戈尔没有得到公正的审判，因为兰德里斯法官没有允许他的辩护律师提出另外两名男子已经因该谋杀案被判有罪的证据。

2006年6月21日，戈尔再次被判有罪。在死刑问题上，陪审团陷入僵局，兰德里斯法官依法判处戈尔不得假释的终身监禁。

许多人为本书的写作提供了帮助，我非常感谢他们。安妮特、勒妮和她们的家人让我得以了解罗恩生活的各个方面。马克·巴雷特花费了不计其数的时间开车带我穿行于俄克拉荷马州，给我讲那些起初令人难以置信的故事，找寻证人，检索过去的文件，动用他的社交网络。他的助手梅利莎·哈里斯为我复制了上百万份文件，并把所有文件整理得井井有条。

丹尼斯·弗里茨热情洋溢地回忆了痛苦的往事，回答了我提出的所有问题。格雷格·威尔霍伊特也是一样。

《埃达晚报》的布伦达·托利特变魔术般地从故纸堆里挖出了两起谋杀案的详细经过。现任职于《俄克拉荷马人》的安·凯利·韦弗回忆起了与这一洗冤过程相关的很多故事。

一开始，弗兰克·西伊法官不太愿意谈论他办理的案件。他依然抱有“法官只闻其声，不见其人”的老派观念，但最终还是接受了采访。在我们的一次电话交谈中，我称他为“英雄”，他立即提出反对，我在一千二百英里之外被法官驳回了。维基·希尔德布兰德仍在为西伊法官工作，她生动地回忆了自己第一次审阅罗恩人身保护令申请书时的情形。

吉姆·佩恩现在也已担任联邦法官，他很配合我，但对拯救罗恩性命的荣誉不感兴趣。他也是一个英雄，是他在家花了数小时时间认真阅读了珍妮特·切斯利做的摘要，并认为事关重大，需提交给西伊法官，并在命悬一线时建议发出暂停执行令。

虽然汤姆·兰德里斯法官在后面几章才进入这个故事，但他却享有在1999年4月主持洗冤审判的殊荣。每次去他在埃达法院的办公室拜访，我总能得到热情款待。我听他娓娓道来这些故事，其中很多都极有可能是真实的。

巴里·谢克和无辜者计划的战士们从来都是慷慨而坦率的。到写本书时，他们已经通过DNA检测技术为一百八十名囚犯赢得了自由，并且还为全国范围内其他至少三十个无辜者计划提供了启发。想了解详细信息，可以访问www.innocenceproject.org。

汤米·沃德在死囚区，即老F囚区，关了三年零九个月。之后，被永久发配到了列克星顿惩教中心。我们通过很多次信。他讲的一些故事与罗恩有关，他也允许我在本书中使用。

关于罗恩的噩梦，我主要依据的是罗伯特·迈耶的《埃达之梦》。这是一本引人入胜的书，也提醒我，纪实犯罪文学写作可以达到怎样的高度。迈耶先生在我的研究中提供了充分的帮助。

感谢俄克拉荷马州贫困者援助辩护系统的律师和工作人员——珍妮特·切斯利、比尔·勒克和金·马克斯。还要感谢布鲁斯·莱巴、穆尔·鲍温、克里斯蒂·谢泼德、莱斯利·德尔克、基思·休姆博士、南希·福勒森、苏珊·夏普博士、迈克尔·塞勒姆、盖尔·苏厄德、李·曼、戴维·莫里斯和伯特·科利。约翰·谢尔曼是弗吉尼亚州立大学法学院三年级的学生，他花了一年半的时间埋头研究我们收集的一箱箱材料，并将它们整理得井然有序。

我有幸读到了这个故事涉及的大多数人的宣誓证言。有些采访是没有必要的，有些没有成功。在本书中，仅对据称受到强奸者的姓名作了处理。

约翰·格里森姆

2006 年 7 月 1 日